www.bbulmedia.com

www.bbulmedia.com

오후를 견디는 법

오후를 견디는 법

언재호야 장편 소설

DAHYANG ROMANCE STORY

CONTENTS

"괜찮겠어?"

대답을 바란 건 아니지만, 역시 아무런 말이 없었다.

"전화 오는 거 꼭 받아. 안 받으면 당장 달려올 거니까."

협박이었지만 상대는 그렇게 생각하고 있지 않는 것 같았다.

"혼자 있기에는 딱 괜찮아. 조용하고. 또 목조 주택이라 건강에도 좋을 거 같고. 가재도구도 그냥 있다니까 우선은 좀 둘러보자고."

차창 밖으로 하늘이 사람 눈을 홀릴 만큼 새파랗게 떠 있었다. 그러나 선글라스와 모자를 눌러쓴 사람은 그 어디도 보고 있지 않았다. 운전 중인 남자는 힐끗 그를 돌아보더니 다시 말을 이었다.

"아무래도 혼자 있는 건 무리야. 너무 갑작스러워. 준비라도 하고 다시 오든지. 오늘은 그냥 구경만 하고 준비 좀 해서 주말이나……."

"아니……."

한참을 혼자 떠들던 운전자의 귀에 낮은 소리가 들렸다.

"뭐?"

무슨 뜻인지 알고 있지만, 그는 일부러 잘못 들었다는 듯 큰 소리로 되물었다.

"혼자 있어도 돼."

"널 어떻게 믿어? 약도 제때 먹어야 한다고."

그러나 대답이 없었다.

"아무래도 이건 좀 아닌 거 같다. 이렇게 즉흥적으로 정할 문제가 아닌 거 같아. 좀 더 생각해 보고 사람을 구한 다음에나……."

"그냥 가."

운전대라도 돌릴 거라 생각했는지 옆에서 또다시 낮은 목소리가 들렸다.

"널 어떻게 믿어. 거기 가서 혼자 방구석에서 말라 죽으면 어쩌려고!"

운전대를 잡은 그가 버럭 소리를 지르자 옆에서 또렷한 목소리로 대답했다.

"그럼 여기서 죽든지."

"……."

목소리가 너무 명료해서…… 운전대를 틀 수 없었다.

"음…… 그렇게 됐어. 너 전에도 나보고 오라고 했었잖아."

〈그거야 그렇지만, 이렇게 갑자기 내려오면 어쩌려고……. 나도 준비를 해야지!〉

전화기 저편에선 저번에 한 이야기가 인사치레에 지나지 않음을 완곡하게 이야기해 주고 있었다. 철석같이 믿고 있었던 게 바보 같은 짓이었을까.

"여기 정리 다 했어. 나 내일부터 바로 출근해도 돼."

〈야! 이게 무슨…… 신발 갈아 신듯 하는 일도 아니고!〉

"가서 청소해 줄게. 하여튼 이따 저녁에 보자."

혜진이 무리하게 끼어드느라 옆에서 요란하게 클랙슨 소리와 함께 욕지거리까지 들렸지만 늘 그렇듯 무시를 하고 비상등 두어 번 깜빡거리는 것으로 제 기분을 표시하고는 액셀을 밟았다. 웅웅거리면서 금방이라도 차는 터질 듯한 굉음을 냈지만 제 생각만큼 속도는 오르지 않았다.

〈경훈 씨랑 일 있는 거지?〉

제 속을 푹 찔러 대는 은진은 저를 너무 잘 알고 있었다. 옷 보따리와 짐이 잔뜩 차서 백미러로 뒤가 보이지 않는 혜진은 연신 고개를 돌려 뒤를 보면서 대답했다.

"일은 무슨…… 원장이랑 대판 싸웠어. 그래서 더 이상 일 못해. 하고 싶지도 않고. 그냥 짐 싸서 내려가는 중이야. 하여튼 가서 이야기할게. 길 더럽게 막힌다. 이따 이야기하자."

〈야! 유혜진!〉

전화기 저편에서 빽 소리를 질렀지만 혜진은 전화기를 꺼 버리곤 옆에 속을 벌린 채 있는 커다란 가방에 던져 넣어 버렸다. 하던 일이 마음에 들지 않았던 건 아니지만, 은진에게 말한 것처럼 대판 싸운 건 아니었다. 아니 차라리 그랬다면 더 괜찮았을까? 통화 때문에 낮춰 놨던 볼륨을 다시 높였다. 찢어질 듯한 록 음악이 낡은 차 안을 울렸다.

경영학부를 졸업하긴 했지만, 인서울 한 거 빼고는 그다지 메리트가 있는 것도 아니었다. 결국 변변한 곳 원서도 한 번 못 내 보고 남들이 다 하듯 노량진에서 이 년 동안 부질없는 공무원 공부를 하다가 끝내 보습학원의 강사로 나서고 말았다. 변변한 직장 대신 수요가 충분한 일자리는 그런 것들뿐이었다.

남들이 다 겪는 그런 수순이었다. 그리고 공부하다 만난 괜찮아 보이는 남자가, 괜찮게 공부를 하다 번듯한 대기업에 취직을 하더니, 그때까지 학원 다니며 번 월급으로 데이트 비용도 대고 용돈도 찔러 주던 절 하찮고 우습게 보다가 결국 사달이 나 버린 터였다.

웃기지도 않지…….

그동안 제가 가지고 있던 괜한 자괴심에 더 화가 났다. 겨우 대기업이라지만 신입사원 2개월 차 주제에, 꼬박꼬박 월급 잘 받아서 먹고 싶은 거 먹여 줘 면접 본다고 옷 사 줘, 백 일 날 커플링도 다 제가 번 돈으로 했건만.

'넌, 맨날 그렇게 살래? 정말 남한테 말하기도 창피하다.'

알고 있었다. 남한테 말할 생각도 없었다는 거.

경훈의 취직을 제 일처럼 기뻐했던 게 바보였다. 혜진은 골골거리면서 굉음을 내뿜는 제 차의 액셀러레이터를 사정없이 밟았다. 그래 봤자 시속 백 킬로도 겨우 나온다는 걸 알고 있지만, 그래도 차가 있다는 게 어딘가.

실은 제 차도 아니었다. 한 달 전에 돌아가신 아빠의 차니까. 아빠의 차를 이렇게 꿀꺽하고, 이제 아빠가 마지막으로 남긴 집으로 가고 있었다.

그래도 집이 있으니까, 아빠의 손길이 그 어느 구석 하나 안 미친 곳이 없는 아빠의 분신 같은 집.

"에게…… 집이 이렇게 작아?"

"그래도 이 층이잖아. 이 층엔 네 방도 있어."

"그래?"

20여 년 만에 처음으로 갖는 '우리 집'이었다. 다만 삼각형의 조그만 대지에 마치 무슨 '이상한 나라의 앨리스'에나 나오는 것처럼 요상한 모양의 이층집이라니.

아빠는 공사장에 다니는 목수였다. 더러는 고급 아파트 같은 곳도 다녔지만 대부분 목조 주택 같은 공사장에 다녔다. 그래서 한 달에 서너 번 집에 들어올까 말까 한…… 늘 거친 손을 가지고 있었고, 집에서 쉬는 날이면 쉴 새 없이 뚝딱거리다가 책상이니 책장이니 혹은 나무 밥상 같은 것을 금방 만들어 내곤 했었다.

어느 날은 강원도 어디, 또 어느 날은 전라도 어디에서 전화를 해서는 잘 있냐고 물었었다. 솜씨가 좋았던 모양이라 벌이도 좋았던 거 같은데 집에는 늘 돈이 없었다.

한 달의 20일 이상은 얼굴을 보이지 않는 아빠를 대신해 엄마는 막 초등학교를 들어간 저를 두고는 정말 다양한 직업을 가졌다. 야쿠르트 아줌마, 화장품 외판원, 함바집 이모, 식당 아줌마, 마트 캐셔……. 그러나 늘 제가 돈이 필요할 때면 엄마와 아빠는 큰 소리를 냈었다. 그 절정은 아마 제가 대학에 입학했을 때였을 것이다.

혜진은 오히려 대학을 멀리 가서 집에 오지 않아 더 좋았다. 방학 때도 아르바이트를 해서 대부분 집에 들어오지 않으려고 했었다. 와 봤자 돈 타령만 하는 엄마와 그 엄마의 잔소리에 고개를 돌리며 혼자 무언가를 만드는 데 열중하는 아빠 사이에 끼어들기 싫어서.

그리고 막 대학교를 졸업하고 막막해져 있을 때 아빠가 말했다.

"우리 집이다."

늘 전셋집을 전전하던 가족이었다. 가끔 월세일 때도 있었던 거 같은데 혜진은 별로 신경 쓰지 않았었다. 그러다 어느 날 오랫동안 살았던 작은 읍내의 끄트머리에 있는 논만 잔뜩 있는 한적한 동네에 낡은 차를 끌고 간 아빠가 잔뜩 센 하얀 머리카락을 뒤로 넘기면서 자랑스럽게 이야기했었다.

"우리 집이야."

건평은…… 겨우 십여 평이 될까 말까 했다. 물론 개인 주택이니 아파트보다야 넓었지만.

하얀색 칠을 한 목조 주택이었다. 지붕은 새빨갛고 작은 마당도 있었다. 물론 세모난 모양이라 우스꽝스러웠지만, 마치 무슨 영화 속에 나오듯 빨간색의 우체통도 있었다.

하얀 나무 대문을 열고 들어가면 돌을 박은 길이 있고 그 옆에 금방 심은 잔디가 있었다. 그리고 아빠 솜씨가 분명한 지붕이 있는 나무 그네도 있었다. 한참 유행하던 벤치 모양의 나무 그네…….

그리고 커다란 창을 지닌 집의 옆으로 난 문을 열고 들어가면, 나무 냄새가 물씬 나고 벽의 두 면이 창인 네모난 거실이 있었다. 거실에는 나무로 된 뼈대 위에 담요 비슷한 걸 올려놓은 소파 대용의 긴 의자가 있었다.

그 옆에는 벽난로도 한구석에 있었고 뒤로는 역시 나무로 만들어진 기역 자 모양의 좁은 부엌이었다. 그 옆의 작은 문은 침대와 붙박이장이 있는 안방이었고, 뒤쪽으로 그 좁은 공간에 욕조까지 있는 욕실이 있었다. 그리고 욕실 옆으로 빙 둘러진 계단을 오르면 작은 방이 하나 나왔고, 그 방 앞으로는 한 평쯤 되는 작은 베란다도 있었다.

"여기서 고기 구워 먹으면 맛있겠지?"

그러려고 가운데 화덕을 넣을 수 있는 테이블까지 있는 집이었다. 물론 그 테이블에서 다 같이 고기 한 번 구워 먹어 본 적이 없었지만.

"누가 이딴 코딱지만 한 집이 갖고 싶대? 이거 하느라 돈 얼마나 든 거야? 이러느라 내가 그렇게 돈 없다는데 숨겨 놓고 안 준거야? 어쩐지!"

좀 작긴 했지만, 누가 봐도 예쁘고 정감이 간다고 할 만큼 정성이 가득한 집이었다. 모양도 예쁘고 무엇보다 전부 나무로 만들어진 집은 마치 작은 카페같이 예뻤다. 다만 좀 어설픈 감이 있었지만.

늘 팍팍한 반지하나, 기숙사 같은 곳에만 있었고, 또 그전에도 늘 네모반듯하고 벽이 얇아 아랫집 윗집 속살거림까지 다 들리는 그런 곳에서만 살던 혜진에게는 나지막한 지붕이 드리워진 다락방 같은 제 방에 타인의 소음이 들리지 않는다는 게 신기하고 기뻤다.

그러나 계단 아래에서는 더욱더 늘어난 엄마의 날 선 목소리만 들려왔기에, 혜진은 또다시 짐을 싸서 노량진으로 가야만 했다.

제가 결국 고시를 포기하고 아는 친구 집에 얹혀살면서 돈을 벌기 위해 보습학원의 강사로 들어가 월급을 타게 되자 그녀의 엄마는 심심찮게 그녀에게 전화를 해서 악담을 퍼부어 댔다.

〈저 나이 먹도록 뭐 하나 제대로 하는 것도 없으면서, 저것도 집이라고……. 내가 진짜 기가 막혀서!〉

아빠가 뭘 잘못했는지는 여전히 뾰족하게 생각나지 않았다. 엄마를 혼자 뒀다는 거? 그러나 엄마는 오히려 아빠가 와 있으면 복창이 터지니 숨이 막히니 잔소리를 하다가 나가 버리곤 했었다. 오히려 혼자 있으면 곱게 화장을 하고 일을 하러 갔고, 아는 형님들과 봄이면 꽃구경, 가을이면 단풍구경을 다녔고 문화회관의 노래교실에 나갔었다. 그런데 왜, 뭐가 문제인가.

〈너 돈 좀 모아 놓은 거 있니?〉

딸랑 6개월 일을 해서 겨우 월급이 10만 원쯤 올랐을 때부터 전화 내용이 달라졌다. 혜진은 룸메이트의 지저분한 습관도 싫었고, 지저분한 남자관계에도 질린 터라 얼른 나가 버릴 생각으로 돈을 모으고 있었다. 물론 짬짬이 '애인'의 뒷바라지도 해야 했다.

"내가 돈이 어딨어!"

〈그만큼 컸으면 부모한테 은혜를 갚아야지!〉

엄밀히 말해 부모가 아니라 그냥 모 아니었던가?

그러다 일은 한꺼번에 터지고 말았다. 자세히 말해 보라 하면 어떤 순서였는지도 잘 기억이 나지 않았다. 불과 얼마 전의 일인데도 불구하고.

엄마가 이혼을 하겠다는 선언을 했고, 갑자기 충남 어디서 아빠가 공사장에서 사고로 돌아가셨다고 했다. 그리고 취직에 성공한 경훈이 저를 피하기 시작했다.

장례식장에 와 사위 노릇을 해 주는 것까지는 바라지도 않았다. 적어도…… 한 번쯤은 올 수 있었던 거 아닐까? 딱 그때 신입사원 연수하고 날짜가 맞아떨어진 것에 대해서 탓할 생각은 없었지만 혜진은 내심 서운함이 컸다. 그걸 몇 번 말로 했던 게 오히려 그와의 사이를 소원하게 만든 것이라 생각되기도 했다.

그리고 곧 보습학원의 시험 철이 닥쳤고, 이래저래 자리를 채우지 못해 난처해진 혜진은 구석에 몰리게 되었고, 원장의 눈 밖에

나게 되었다. 하지만 결정적으로 돌아서게 된 건 경훈의 한마디 때문이었다.

"남한테 말하기도 창피하다."

그런 쓰레기 같은 집 따위 필요 없다고 소리치던 엄마의 말과는 달리, 혜진은 집이 있다는 게 다행이었다. 돌아갈 곳이 있다는 거. 그리고 그곳이 남의 눈치를 볼 필요 없는 곳이라는 게 얼마나 위안이 되는지……. 다른 사람들은 절대 모를 것이다.

아빠가 돌아가시고 한참이나 빈 채로 있었던 거 같았다. 아마 손을 봐야 할 것이 많을 터였다. 그렇지만 적어도 자는 데 돈을 내야 하지는 않을 테니까. 그게 위안이 되었다.

그러나 그건 혜진의 착각이었다.

1

몇 겹으로 접혀
낡은 소파에 누웠다

가을볕이 나른하게 내려앉았다.

오랜만에 보는 '고요'였다. 저쪽으로 누르스름한 논이 있었고, 인가가 딱 끝나 농로로 이어지는 길이 있는 끄트머리에 있었다. 그 집은.

그게 마음에 들었다. 주변에 아무것도 없다는 것이.

"허, 진짜 작긴 작네."

옆에서 한탄인지 혹은 실망인지 모를 말이 터져 나왔다.

"이거 완전 사기 수준인데."

따가운 가을볕이 한 점밖에 드러내지 않은 뺨에 내려앉았다. 온기가 느껴졌다. 당혹스럽게도. 그럴수록 그는 몸을 움츠렸다. 따뜻한 온기가 스며든 가을볕 같은 건…… 제게 가당치도 않으니까.

"들어가 보기나 하자."

라고 지석이 말했지만, 그건 뜻대로 되지 않았다. 바로 옆에서 일어난 소동 때문에.

"뭐라고요? 이게 무슨 소리예요, 아저씨!"

"말했잖아. 엄마가 이 집 팔았다고."

"네에?"

당장 씻고 싶었다. 어제 과음을 했고, 룸메이트인 영숙과 크게 한바탕한 뒤로 화장실에 들어가지도 못했었다. 오죽하면 휴게소에서도 화장실만 종종거리고 갔다 왔을 뿐이었다. 그 흔한 우동 한 그릇 먹을 수도 없었다. 몰골이 형편없어서…….

그런데 문제는 허술한, 그러니까 장식용이나 다름없는 마당의 울타리에 칭칭 쇠사슬이 감겨 있고 '매매'라고 어설프게 쓴 글씨와 함께 익숙한 부동산 이름과 번호가 적혀 있는 팻말이 떡 하니 걸려 있었다는 사실이었다. 그 밑의 번호를 보고 당장 전화를 했고 쫓아 나온 익숙한 얼굴을 보고 혜진은 저도 모르게 제가 가장 경멸했던 엄마처럼 악다구니를 칠 수밖에 없었다.

"엄마가 무슨 권리가 있어서……."

"몰라. 하여튼 팔았어. 새 주인이 오기로 했다니까."

왼쪽 뺨에 커다란 사마귀가 있는 반 대머리의 이 씨 아저씨는 지금 대명 부동산이란 간판을 건, 전에는 대명 복덕방의 주인이었다. 귀찮다는 듯 대답한 이 씨 아저씨가 제 어깨 너머를 보는 것을 보고 혜진은 저도 모르게 고개를 돌렸다.

"저기 혹시……."

"이 집 주인인데…… 부동산 직원이십니까?"

한눈에 봐도 딱 이마에 서울에서 온 대단히 샤프한, 연봉은 일억이 넘고 외제차쯤은 끌고 다니고, 이런 시골에는 투기 목적이나 혹은 별장 삼아 헐값으로—물론 이 동네 사람으로 봐서는 대단한 시세지만— 사 놓은 집이 전국 방방곡곡의 요지에 있을 것 같은 세련된 모습의 젊은 남자가 부드러운 억양의 서울말로 물었다.

"아, 그럼 전에 통화하신 한 사장님?"

"네. 그런데 무슨 일이라도?"

"무슨 일이 있거든요!"

혜진은 제 차, 아니 아빠의 옛 구형 아반떼에 잔뜩 실린 제 짐을 보고서 다시 저도 모르게 엄마와 같이 빽 소리를 질러야 했다.

우아하고 단정하게 생긴 남자는 혜진이 무슨 말을 하든 들어 줄 기세였다. 다만 판단은 전혀 그녀의 의도대로 하지 않을 거란 게 분명해 보였다.

"이 집은 저희 아버지 소유거든요."

말해 놓고도 혜진은 이 게임에 승산은 없을 거라 생각했다. 정말 이 집이 아빠의 것이기나 한 걸까? 아빠가 지어 온 여러 가지 집들 중에 하나인데 집이 수백 채 있는 맘 좋은 사장이 잠깐 네가 살아라, 하고 말해 줬을지도 모를 일이었다. 등기부 등본이니 혹은 집문서니 따위는 본 적이 없으니까.

다만 누군가 나가라고 와서 악다구니 치는 소리를 들어 본 적이 없다는 지극히 경험적인 사실 하나만으로 이게 아빠의 소유라고 지레짐작하는 것일지도 몰랐다.

"저희는 이 집의 소유권자인 박경숙 씨한테 정당한 대가……아니 솔직히 말해서 공시지가보다 훨씬 높은 가격에 이 집을 매입했습니다. 저야 대리인을 통해서 매수했으므로, 직접적인 것은 모르지만, 취득세, 등록세, 지방 공채까지 다 매입하고 소유권 이전과 등기부 등본까지 다 확보한 상태입니다. 그러니까 그쪽의 주장은 절대 법적으로 효력이 없는 것입니다."

반듯한 콧날과 짙은 쌍꺼풀이 있는 곱상한 남자는 당장 멱살을 잡히더라도 이 이상 목소리 톤이 높아질 일 없을 것같이 차분했다. 그리고 남자가 내미는 서류는 잘은 모르지만 남자의 말과 같아 보였다.

이 집이 아빠 집이긴 했나 보다 싶었다. 그러니 뻔뻔한 엄마 이름이 저기 있는 거지. 그러나 혜진은 이대로 있을 수 없었다. 아니, 대체 어떤 이유로 이런 당혹스러운 일이 일어날 수 있단 말인가.

"저기 있는 저 하얀 자전거는 제 거거든요. 그리고 창 안에 있는 저 빨간 땡땡이 무늬 커튼도 제가 단 거예요. 아빠가 돌아가신 건 저번 달이지만, 전 이 집의 유일한 상속자고 제게 단 한 마디 통고도 없었다고요! 이건 무슨 착오가 분명해요!"

라고 외쳤지만, 혜진은 말을 마치자마자 불안해졌다.

정말 엄마는 이혼을 했을까? 제게는 이혼했다고 말만 했었다. 저는 등본을 떼 본 적도 없었고, 그걸 확인하려고도 하지 않았다. 아빠에게 놀라 전화를 하긴 했지만, 그냥 허허 웃는 소리에 더 이상 말을 못 하고 끊어 버리고 말았기 때문이었다.

만날 헤어지네 어쩌네 이혼을 하네 어쩌네 하는 것이 일상이라고 생각했을 뿐이었다. 적어도 이혼을 했다면 아빠가 저를 붙잡고 이야기했을 거라 믿었기 때문이었는지도 몰랐다. 이게 사실일까?

이제…… 이제 어떻게 해야 하는 거지.

"유감스럽게 됐지만, 저희는 법적으로 전혀 하자가 없습니다. 소송을 하시려거든 마음대로 하십시오. 저희도 법적으로 대응할 테니."

아무렇지도 않은 듯 서류를 내밀면서 남자가 하는 말에, 혜진은 저도 모르게 이성을 잃고 말았다.

"전 여기 말곤 갈 데가 없다고요!"

차 안에는 나른한 햇살이 쏟아져 내리고 있었다. 하얀색의 면장갑을 낀 손 위로도 따가운 햇살이 내려앉았다. 어쩌면 갑갑해질 수 있겠다 싶을 만큼 햇살은 따가웠다. 그러나 그는 잠자코 있었다.

창밖으로 보이는 외딴 집은 그 어느 누구라 해도 한 번쯤 힐끗 돌아볼 만했다. 하얀 벽체와 짙은 자주색의 지붕, 정말 사람이 사는 집이 맞을까 싶을 정도로 좁은 목조 주택, 세모난 모양인지 네모난 모양인지 규정할 수 없는 묘하고 좁은 집은 커다란 창을 가지고 있었다.

마당은 사람의 손길이 닿은 지 꽤 됐는지 잡초와 잔디의 비율이 반반이었다. 다만 나무로 만든 새빨간 우체통과 짙은 고동색 칠이 된 나무 그네가 있어서 사람의 눈길을 끌 뿐이었다. 아무렴, 그 어떤 집인들 어떠랴. 그는 미미하게 고개를 돌렸다. 선글라스와 모자, 그리고 두툼한, 깃을 세운 코트는 햇살이 쏟아지는 차 안의 더운 공기에 적당하지 않았다. 그러나 그는 그걸 느끼지 못했다.

이물스러운 하얀 장갑이 제 눈에 띄자 그는 고개를 돌려 제 시선을 끌 곳을 찾아야 했다. 저쪽에 하얀색의 낡은 승용차 앞에 있는 어떤 여자에게 시선을 돌린 것은, 그 여자가 빽빽거리고 있어서 무슨 말을 하는지는 모르겠지만, 두꺼운 차창으로 무언가 웅얼거리는 소리가 들렸기 때문이었다.

아마, 무언가 하고 싶은 말이 있는 듯 보였다.

차는 문짝이 두꺼웠고, 돈을 많이 들여 방음을 하려 한 티가 역력했다. 그래서 시동도 꺼져 고요함 속에 있는 그는 밖에서 들리는 소란이 먼 세상의 일인 양 나른하게 들렸다.

검은색 선팅 밖에서 무언가를 열심히 주장하는 젊은 여자는 뭔가 불만이 많아 보였다. 사는 데 불만이 있다는 건 그만큼 사는 데 애정이 있는 탓이리라. 그는 어느새 흥미를 잃고 다시 집 쪽으로 고개를 돌렸다.

지석이 말했듯, 혼자 '살 수' 있을까.

그렇지 못한들 어떠랴. 그는 나른한 약 기운을 느끼면서 슬몃 눈을 감았다.

사정을 해야 했다.

"저 서울에 있는 집도 다 정리하고 여기서 지내려고 내려온 거라고요. 보세요, 저기 짐들. 집을 팔았다는 걸 알았다면 제가 이렇게 짐을 싸서 왔겠어요?"

이 세련된 남자가 제시한 공적인 서류에 하자가 없다는 것을 확인하고 나자 혜진은 당혹스러웠다. 이십여 년…… 순탄치 않은 삶을 살면서 당혹스럽고 황당한 경우를 당한 적이 없다고는 할 수 없었지만, 지금 이 순간이 그 정점이라 할 수 있었다. 이게 대체 어찌 된 것이란 말인가.

"박경숙 씨가 집이 비었다고, 그 안의 집기까지 포함해서 다 매매를 했습니다. 잔금까지 다 지불했으니 그쪽에서 말씀하시는 것은 억지 아닙니까?"

따지고 있었지만 목소리 톤은 여전히 비싼 보험을 가입하거나 뒤에 있는 저 으리으리한 외제차를 판다 해도 넘어가야 할 것같이 호감 있고 조리 있었다. 감히 뭐라 반박을 할 수 없을 만큼. 그리고 반박을 할 것도 없었다. 그러니 이제 어쩐다…… 사정하는 수밖에.

"전 갈 데도 없다고요!"

제가 생각해도 억지였다. 하지만 이건 현실이었다. 정말 갈 데가 없으니까. 서늘하게 익어 버린 가을바람이 아까까지만 해도 화가 머리끝까지 나서 열을 뿜던 제 뺨을 스치고 지나갔다. 선뜩한 서늘함마저 저를 비웃는 느낌이었다. 빌어먹을……. 제 자신이 한심해지는 순간이었다.

"거. 이를 어째."

옆에 어정쩡하게 서 있던 복덕방 이 씨 아저씨가 한마디 하자 잠시 생각에 잠겨 있던 남자가 입을 열었다.

"저기, 아가씨는 직업이 뭡니까?"

보습학원 임시 선생요……라고 말하기엔 왠지 자존심이 상했다. 그러나 뭐라 말한단 말인가.

"지금은…… 없어요. 친구한테 가서 구해 봐야 해요. 전 정말 쉬러 온 거라고요. 아빠 집에서."

불쌍하게 보이려고 한 말이었지만, 뱉고 나니 정말 제 스스로가 불쌍해졌다. 이 무슨, 참 말도 안 되는 소리인가. 당장 엄마라는 사람한테 전화를 해 봐야 할 것 같았다. 아무리 집이 헐값이라 해도 쥐어 본 적 없는 목돈이었을 테니까. 아마 그 돈을 쥐고 혼자서 환호성을 질렀을 터였다.

"그럼, 제가 제안을 하나 하겠습니다."

"네?"

"실은 전 일이 있어 올라갈 거고. 이 집에 묵을 사람은 저기 차에 있습니다. 그런데 그 사람이…… 좀 몸이 불편합니다. 조만간 간호하는 사람을 구해 볼 생각이었는데 급하게 오느라 그냥 왔고, 전 바로 올라가 봐야 합니다. 저 사람의 끼니도 해결해야 하고 특히 시간 맞춰서 약을 먹여야 하는데, 그쪽에서 숙소를 구하고 제가 간호할 사람을 구할 때까지만 그 일을 대신하시면서 집에 머무시는 건 어떻습니까? 집 내부 구조를 보니 일이 층이 구분된 거 같으니까. 이 층에서 사셨습니까?"

"네……."

얼떨떨한 혜진은 저도 모르게 대답했다. 눈앞에 보이는 삐죽이 솟은 이 층의 다락방이 그녀의 방이었다. 집은 대지가 무척이나 좁은 탓에 일 층에는 욕실과 부엌, 거실 그리고 침실이 다였고 이 층도 좁은 계단으로 올라가면 작은 다락방이 하나 있는 구조였다.

"그럼 그렇게 하시는 게 어떻습니까?"

"잠깐만요. 여기 머물 사람이란 게…… 남자 아닌가요? 아니, 그래도 그렇지 외간 남자랑 한집에 살라고요?"

찬밥 더운밥 가릴 수 있는 처지는 아니었지만 이건 아니었다. 세상이 어떤 세상인데!

혜진의 항의에 잘생긴 남자는 아무렇지도 않다는 듯 슬몃 미소까지 지으면서 대답했다.

"절대, 무슨 일은 없을 겁니다. 환자거든요."

"아니 환자라고 해도……."

"좋습니다. 제가 제 이름을 걸고 그런 일은 없을 거라 장담하지만 그것도 못 믿으시겠다면 제안을 하죠. 폭행이든, 혹은 여자분이 생각하시는 성적인 위해 같은 것이 있을 경우 집의 소유권을 혜진

씨께 넘기겠다고 말입니다."

"아……."

그렇게밖에는 대답할 수 없었다. 그렇게 자신이 있나? 아니면…….

"저, 혹시 환자라는데, 막 전신을 하나도 못 움직이는 뭐…… 그런 중증 환자예요?"

그것도 골 아픈 일이었다. 한 번도 그런 사람들을 대해 본 적이 없으니까.

"아니요. 전혀 아무런 지장이 없습니다. 다만 본인이 의지가 희미할 뿐이라서요. 그냥 제때 끼니를 먹는가 약을 먹는가 정도를 봐 달라는 것뿐입니다. 그 외에는 오히려 눈에 띄는 걸 거슬려 할 정도니까요. 같은 곳에 있으실 필요도 없습니다. 체크만 해 달라는 거죠. 간섭하는 사람이 없다면 몇 날 며칠이고 잠만 자거나 일어나지도 않으려 할지 모르니까요. 그뿐입니다."

이상한 제의였다. 그러나 뭐라 마다할 수가 없었다. 아니 선택의 여지가 없었다. 당장 오늘 잘 곳이 문제였으니까.

"뭐, 어쩔 수 없죠."

"일어나."

성가신 녀석. 아직도 얻어먹을 게 있어서 저러고 있나. 그는 눈을 뜨고 싶지 않았다. 아니 뜰 기운도 없었다. 다만 열려진 문으로 들어서는 서늘한 공기와 신선한 바람 때문에 정신이 드는 듯했다.

"나와. 자려거든 들어가서 자자."

이 무슨 모순된 말인가. 나가면 잠이 깰 것이 분명한데……. 힘겹게 눈을 뜬 그는 당황스러운 눈앞의 광경에 잠시 머뭇거리고 말았다. 아까 보이던, 싸움이라도 할 듯 소리를 지르던 여자가 차 앞에 서 있었다.

"인사해. 이쪽은 유혜진 씨."

지석의 말에 그는 다시 눈을 감았다. 열린 문으로 서늘한 가을의 오후가 스적스적 새어 들었다. 낯설었다. 어디론가 가야만 할 것 같았다. 그렇지 못한다면 하다못해 차 문이라도 닫고 싶었다. 그러나 그는 움쩍거리기조차 하지 않았다.

"이 친구가…… 좀 몸이 안 좋습니다. 카…… 진우. 이 친구 이름은 이진우 입니다. 진우야, 이쪽 유혜진 씨가 당분간 널 돌봐 주기로 했어."

그는 피식 웃음이 날 것 같았지만 아무것도 변한 건 없었다. 귀찮았다. 그래서 있는 힘을 짜내 한마디 해야 했다.

"필요 없어."

그러나 한지석은 그럴 맘이 없었는지 말했다.

"들어가자."

한 달 동안 문 한 번 연 적이 없는 게 분명하다는 걸 문 안의 공기가 말해 주고 있었다. 무언가 썩어 문드러진 것은 아니었지만, 집 안은 퀴퀴한 느낌으로 가득 차 있었다. 그리고 눈에 들어온 건, 텅 빈 한쪽 벽이었다.

분명히 아빠는 저 벽에다 제법 큰 벽걸이 텔레비전을 걸어 놨다. 드라마 없는 삶은 삶이 아니라고 생각하는 엄마 때문에. 물론 LED니 하는 최신형은 아니고 이제는 단종돼 버린 PDP를 어디서 싸게 구했던 거 같았다.

하지만 볼록한 브라운관이 아닌 벽걸이 텔레비전은 그리 큰 사이즈는 아니었지만 집을 새집처럼 보이게 하는 구실을 톡톡히 했었다. 그런데 벽은 텅 비어 있었다.

"뭐야 이거……."

제 입에서 더한 욕설이 튀어나오지 않은 게 다행이었다.

한 겹 먼지가 쌓인, 밀폐된 공간에 스며드는 가을 공기는 낯설었다. 이미 등기부 등본이 다른 사람의 이름으로 되어 있어서일까. 혜진은 그 낯선 기분에 당혹스러웠다.

그런데 그걸 채 느끼기도 전에 누군가 제 어깨를 휙 스치고 가더니 겨우 카펫 하나의 넓이만큼 될까 말까 한 좁은 거실의 한쪽을 차지하고 있는, 아빠가 직접 만든 게 분명해 보이는 나무 프레임 위에 그 흔한 쿠션도 없이 털이 긴 담요를 펴 놓은 소파 위로 뚜벅뚜벅 다가갔다. 그러고는 마치 제자리라는 듯 거기 눕더니 눈을 감았다. 모자도, 두꺼운 코트도 심지어 선글라스도 낀 채로.

"이봐요!"

혜진이 소리쳤지만, 그 사람은—게다가 키가 커서 그 딱딱해 보이는 나무 소파 위로 몸을 쭉 펴 눕힐 수도 없어 잔뜩 구부려야 함에도 불구하고— 거기에 눕더니 미동이 없었다.

"저 친구가 좀 피곤한가 보네요."

분명히 먼지투성이일 것이었다. 엄마란 사람이 청소 따위를 하는 걸 본 적이 없었다. 저도 솔직히 이런 집은 대체 어떻게 청소를 해야 할지 난감해서 제대로 해 본 적도 없었다.

그저 방비로 쓱쓱 쓸고 걸레로 훔치는 게 다였던 비닐 장판이 깔린 단칸방이나 두 칸짜리 방에만 살아왔던 삶의 부작용이었다. 이 먼지를 어찌하긴 해야 하는데…….

"잘 부탁드립니다."

뭘?

채 대답을 듣기도 전에 한 사장이라고 불리던—복덕방 주인이야 무조건 고객에게 사장님, 사모님을 붙이니까— 남자는 고급스러운 캐리어 하나와 노끈으로 묶은 책 한 보따리를 집 안에 옮기고는 사라져 버렸다.

갑자기 적막이 찾아왔다. 아까까지만 해도 머릿속에 폭죽이라도 터뜨린 듯 정신이 없었다. 그러나 지금은 완벽한 적막이 내려앉았다.

정신없는 도심에 살던 그녀였다. 대학을 다닐 때부터 한시도 차들의 경적 소리나 사람들의 기척이 없는 곳에서 있어 본 적이 없었다.

노량진 고시원의 얇은 벽을 통해 들리는 옆방의 기척이나, 아래층의 피아노 학원에서 울리는, 나중에는 머릿속이 땡땡거리는 듯한 피아노 소리와 초등학교 아이들의 요란한 소음 속에서 살아왔다. 게다가 출퇴근 시간이나 어디를 갈 때도 늘 이어폰이 생활필수품이었다.

그러나 이 작은 읍내의, 그것도 지나가는 사람도 드문 논바닥 한가운데 덩그러니 서 있는 목조 주택으로는 아무런 소리가 들리지 않았다. 마치 진공으로 된 곳에 있는 그런 느낌이었다. 음소거가 된 컴퓨터 화면을 보고 있거나 혹은 비현실적인 꿈속에 있는 것 같은 당혹스러운 느낌이었다.

가을 햇살이 가득 쏟아지는, 정남향의 커다란 창만 두 개나 있는 거실에는 아까보다는 덜하지만 미세한 먼지가 마치 살아 있는 생물처럼 날아다니는 게 보였다. 그것들이 고여 있는 공기 속을 헤

27

치고 다니는 소리가 사각사각 나는 것 같은 착각이 들었다.

따뜻하고 고요한 햇살이 가득 차 있는 낡은 소파에 남자는 커다란 사지를 몇 겹으로 접고 누워 있었다.
마치 처음부터 그랬다는 듯…….

2

며칠 현관문이 '외출 중'을 붙잡고
서 있는 동안 나는 세상에서 방전되었다

아무것도 하지 못했다.

적어도, 이 먼지 구덩이 속을 털기라도 해야 했고 그것도 아니라면 차에 실어 놓은 터무니없이 하찮은 제 몇 년간의 타향살이의 증거물들이라도 들여놔야 했다.

그런데…… 묘한 나무 냄새와 먼지 냄새가 가득한 고요한 적막이 저를 나른하게 덮고 있었다. 아직도 자리를 잡지 못해 끼그덕 소리를 내는, 이제는 고쳐 줄 사람도 없는 좁은 나무 계단을 올라가자, 겨우 싱글 매트리스 하나와 앉은뱅이 탁자 하나를 들여놓은 제 공간이 보였다. 새집이라고 아빠가 새로 사다 줬던 시골 장날 티가 물씬 나는 핑크색 꽃무늬가 가득한 이불도 보였다.

그리고 이 집에서 가장 마음에 들었던 나무창이 보였다. 그 무뚝뚝하고 분위기라고는 한 조각도 없는 아빠의 로맨틱함을 엿본 거 같아 당혹스러웠던, 그린 게이블스의 앤의 다락방 창문처럼 위로 올려 열고 중간에 굄대를 고정시켜야 하는 나무창이 눈에 들어오자 혜진은 저도 모르게 침대 위에 주저앉고 말았다.

무수히 많은 먼지들이 또다시 발악을 하면서 공기 중에 퍼져 가을 햇살을 어지럽혔지만 혜진은 화장터에서 다 말라 버렸다고 생각했던 눈물 덕분에 그것들을 보지 못했다.

가을 해는 짧았다. 잠시 넋을 놓고 있었는지도 몰랐다. 아니면 너무 낯선 적막에 정신이 공황 상태였는지도. 문득 정신을 차렸을 때 그 로맨틱한 창으로 어스름이 내려앉고 있었다.

배 속의 허기보다 더 참을 수 없는 건 적막이었다. 나무 집의 끼그덕거리는 소리까지 들릴 것 같은 이 적막을 참을 수 없었던 혜진은 일부러 쿵쿵 발소리를 내며 나무 계단을 내려섰다.

그러나 이 낯선 적막 속의 타인은 그 소리를 못 들었는지 아니면 무시하려는 참이었는지 여전히 두꺼운 코트가 구겨지는 것도 모른 채 먼지투성이일 게 뻔한 나무 소파의 담요 위에서 꼼짝도 없이 누워 있었다.

사지육신은 멀쩡하다고 했지.

혜진은 어스름이 더 내려앉기 전에 문을 나서야 했다. 은진을 만나야 하니까. 적어도 제 통장 잔고가 얼마나 저를 견디게 할지 의심스러울 만큼 빈약했으니 오너가 될지도 모르는 친구를 만나는 게 그녀에겐 가장 급한 일이었다. 이 '환자' 따위보다. 혜진은 급하게 문을 나섰다.

"그래서 결국 헤어진 거야?"
"글쎄."
은진이 그녀의 빈 잔에 술을 따랐다.

"정말 인간성하고는. 너 경훈 씨 때문에 일 시작한 거 아니었어? 공부 그만두고?"

아니라고는 말할 수 없었다. 둘 다 밥 한 끼 사 먹을 수 없는 데이트는 비참했으니까.

"내가 그 바닥에서 아직까지 공부를 했다 한들 시험에 붙었겠니?"

밑바닥이 타들어 가는 고기를 뒤집으면서 말간 액체를 넘겼다. 찬 기운이 가신 액체는 뒤끝이 썼다. 재빨리 야채절이를 집어넣어야 했다.

"뭐 그 시험이 실력으로 되는 거니? 다 운이지."

"……."

운이 나빴을 뿐이야. 혜진은 차마 뒷말을 붙이진 못했다.

"일하는 선생님이 나간다고는 했는데, 내가 말해 볼게. 너 면허 있지?"

"응. 있어."

"운행도 해야 해. 가끔 나 대신."

"시켜만 주면 다 할게."

혜진은 다시 빈 잔을 채웠다.

"그래도 집은 있어 다행이다. 그지? 니네 집 좁아서 그렇지 예쁘잖아. 쭉 비어 있었겠다. 그지?"

홀라당 팔렸어, 라고 말을 해야 했지만 자존심이 상했다. 은진과 자존심 세울 사이는 아닌데도 불구하고.

"나 니네 집에 가서 살까? 나 그런 집에서 사는 거 소원이었는데. 거기 다락방 엄청 예쁘잖아."

술이 올라 새빨개진 얼굴을 한 은진이 웃으면서 말했다. 혼자 학원을 하느라 고생이 심했는지 지워져 가는 화장 밑으로 시커먼 기미가 보였다. 혜진은 한참 망설여야 했다. 어차피 알게 될 건데.

"실은, 집…… 엄마가 팔았어."

"뭐?"

저도 모르게 은진이 빽 소리를 질렀다. 그 덕에 저쪽 테이블에 있던 군인들이 흘끗 이쪽을 보는 게 느껴졌다. 그제야 얼굴이 빨개진 은진이 소리를 낮춰서 물었다.

"무슨 소리야? 니네 엄마?"

"그럼 또 누가 있겠니."

"그럼 어디서 살아? 방 구했어?"

그 말의 저의는 저한테 얹혀살기는 힘들 거라는 속뜻이 들어 있었다. 조금 서운한 느낌이 들긴 했지만 그건 당연한 반응이었다. 은진도 오빠네 집에 얹혀사는 처지였으니.

"음, 당분간 거기 다락방에 있으래. 집 산 사람이 내려왔나 봐."

"다행이네. 착하나 봐."

그게 여자인지 남자인지 안 물어보는 건 당연히 여자라고 생각했기 때문일 것이었다. 더 이상 이야기하고 싶지 않았다. 그것에 대해서는…….

"그런데 니네 교재는 뭐로 나가? 반 나눠서 따로 수업하는 거 아니지?"

"에휴. 도시 생각하지 마라. 여긴 그냥 오는 대로 하는 거야."

은진이 일 이야기를 하자 혜진은 다행이라고 생각했다. 문득, 그 남자 아직도 그 딱딱한 의자에 누워 있는 걸까 싶었다. 집에 아무것도 없을 텐데…….

제법 술이 센 그녀였지만, 며칠째 과음을 한 상태였다. 그리고 또 오랜만에 친구를 만나 신세 한탄 겸, 미래를 기약하면서 하루 종일 비어 있던 속에 제법 많은 양의 소주를 부어 넣었다.

등짝을 따끈하게 데우던 가을볕은 어둠 속에 쌓이더니 싸늘한 속내를 드러냈다. 얼큰하게 불 앞에서 마신 술기운이 돌지 않았더라면 어깨가 으슬거릴 만큼 소슬한 바람이 적막한 거리를 훑고 지나갔다.

일찍 시작된 술자리라 그렇게 징하게 수다를 떨었음에도 불구하고 파한 시간은 채 아홉 시가 넘지 않은 듯 보이는데, 길가에는 사람의 인적이라곤 없었다. 옹송하게 4차선 대로변에 늘어선 상점들의 반은 이미 간판 불도 꺼진 채였다. 물론 불이 켜진 가게라고 해도 사람의 그림자가 보이지는 않았다.

도로가를 지나쳐 샛길로 들어서자 불 켜진 집도 드물었다. 가로등 불만이 켜진, 한쪽은 논으로 이어진 뒷길은 그야말로 적막 그 자체였다. 큰길에는 더러 차도 지나갔지만, 샛길 쪽은 완벽한 적막이라는 말이 어울릴 정도로 조용했다. 그리고 그 길 끝에 어둠속에 쌓인 집이 보였다.

혜진은 천천히 집으로 갔다. 낮에 제가 타고 온 중고 아반떼가 아직도 제 짐을 가득 실은 채 길가에 덩그러니 서 있지 않았다면, 제 존재조차 낯설 것 같은 기분이었다.

집 안은 적막에 싸여 있었다. 마치 진공 속에 들어간 느낌이었다. 부스럭거리는 소음조차 없이, 완벽하게 컴컴한 어둠 속이라니.

보기엔 어설퍼 보여도 바닥 콘크리트를 빼면 100% 목조 주택이었다. 덕분에 콘크리트의 냉기 대신 뭔가 따뜻한 온기가 차 있었다. 그러나 너무 적막했다. 불을 켜기보단 무언가 소음이 나는 걸

틀어야만 어떤 것이든 할 수 있을 것만 같았다.

그때였다. 어디선가 부스럭거리는 소리가 났다. 마치 얼어붙은 듯 서 있던 혜진은 그제야 알딸딸한 술기운 속에 이 집에 있는 게 저 혼자가 아니라는 걸 깨달았다. 그녀는 벽을 더듬거려 불을 켰다.

탁.

어둠이 확 찢어지는 소리였을까, 저도 모르게 눈앞에서 섬광탄이 터지듯 밝아져 눈을 가리려고 했을 때 누군가 소리쳤다.

"뭐야……."

제 공간에 있는 타인은…… 실체였다. 그제야 오늘 많은 일이 있었고, 무심코 찾아온 제집이 제집이 아님을 깨달았다. 저 낯선 사람의 집에 얹혀사는 거구나 하는 당혹스러움이 저를 짓눌렀다.

"불 꺼."

낯선 남자의 화난 목소리가 낯설게 바닥에 깔렸다.

'저 사람의 끼니도 해결해야 하고 특히 시간 맞춰서 약을 먹여야 하는데…….'

그 잘난 남자의 말이 이제야 머리에 떠올랐다. 제가 이 '남의 집'에 머무를 수 있는 이유는 그것이었다. 제 배야 아까 연탄불에서 익힌 고기와 소주로 채웠지만 이 사람은 옷도 그대로이고 심지어 이 컴컴한 오밤중에 선글라스까지 끼고 있었다.

"저녁 먹었어요?"

묻는 게 어이없을 지경이었다. 그러나 혜진은 달리 할 말이 없었다. 그리고 상대도 대답이 없었다.

"약…… 먹어야 한다던데."

저를 이곳에 '유예' 해 준 고마운 '사장님' 은 밑도 끝도 없이 이 정체불명인 남자의 끼니 해결과 약을 먹이라는 특명을 맡겼다. 그러나 대체 다 큰, 심지어 저보다 키가 큰 멀쩡한 남자에게 무엇을 하라고 하는 걸까.

생각해 보니 갑자기 무서워졌다. 터무니없이 좁은 집 한쪽 벽을 다 차지해 구조도 애매하게 만든 커다란 나무 의자가 이 집엔 참 어울리지도 않는다 싶었는데, 그 긴 나무 의자가 좁아 다리를 접고 있는 덩치 큰 남자라니…….

다락방에 문이라도 있긴 했지만, 그 문이란 게 허술하기 그지없지 않은가. 저 덩치의 남자가 우악스럽게 어쩌자고 하면 나무로 지어진 이 집은 맥없이 넘어갈 것 같은 느낌이었다.

그때였다. 갑자기 남자가 부스스 일어났다. 그 때문에 머리에 쓴 모자가 바닥에 떨어져 버리고 말았다.

삐죽삐죽한, 손질 따위는 해 본 적이 없는 듯, 짧은 스포츠머리가 그냥 자란 것 같은 형태의 머리카락은 꽤 길었지만 짓눌려 있었다. 그리고 여전히 창백한 얼굴에 쓴 선글라스는 그대로였다.

요즘 저런 스타일이 유행인가 싶어 당황스러운 혜진은 말없이 쳐다만 보고 있었다.

그걸 아는지 모르는지 남자는 부스럭거리면서 주머니를 뒤지더니 잔뜩 구겨진 약봉지를 꺼내 들었다. 찌익 소리를 내면서 봉지를 뜯더니 꽤나 많아 보이는 알약을 물도 없이 그대로 입안에 넣었다. 한참이나 그것들을 삼키려고 애쓰는 것을 보고 있다 혜진이 말했다.

"물 줄까요?"

대답이 없는 남자를 보고 있다가 혜진은 바로 옆에 있는 주방으로 갔다. 냉장고를 열자 안 좋은 냄새가 확 뿜어져 나왔다. 분명히 냉장고는 텅 비어 있었지만, 특유의 오래된 냄새 때문에 혜진은 코를 틀어막고 다시 닫아야 했다.

싱크대 상부장을 열자 그녀는 또다시 망연자실해졌다. 안은…… 거의 텅 비어 있었다. 분명히 아빠가 새집이라고 새 그릇 같은 것도 채워 넣었던 기억이 생생한데 찬장 안에는 지겹게 이사를 다니면서 끌고 다니던 낡은 그릇 몇 개밖에는 없었다.

혜진은 아무거나 밥공기를 하나 꺼내 들고 수돗물을 틀었다. 정수기나 생수 따위가 있을 리 없으니. 한참이나 틀어도 시원치 않아 보였지만, 그래도 여긴 시골이었다. 그거 하나 믿고 혜진은 찬물이 담긴 밥그릇을 남자에게 내밀었다. 약을 넘기려고 애쓰던 남자는 여전히 두꺼운 장갑을 낀 손으로 그것을 받아 들더니 벌컥벌컥 마시고는 빈 그릇을 그녀에게 줘 버리고 다시 자리에 누웠다.

"저기…… 옷 좀 벗는 게 어때요?"

"……."

그러나 말이 없었다.

시커먼 선글라스 밑으로 보이는 뺨이나 목덜미는 멀쩡했다. 햇빛을 못 본 환자인지 창백하긴 했지만. 무슨 화상 환자는 아닌 것 같은데 장갑에 선글라스라니.

혜진은 한숨을 내쉬고는 썰렁한 집 안을 둘러보다가 보일러를 틀려고 했지만 전원을 켜자마자 기름이 없다는 경고등이 켜지는 것을 보고 다시 꺼야 했다.

그제야 텅 빈 주방이 눈에 띄었다. 전기밥솥도 있었던 거 같은데 그런 것들도 있던 자국만 남아 있었다. 냉장고야 하도 오래되어 오히려 들고 갔다가는 버리는 데 돈이 더 들 것 같아 들고 가지 않은 듯했다.

대체…… 이 엄마란 여자는 뭐 하는 여자인가. 혜진은 세수라도 해야겠단 생각에 화장실의 문을 열었다. 안쪽에 세탁기가 있던 자리도 텅 비어 있었다. 그 세탁기도 그리 새것은 아니었는데.

멍하니 서 있던 혜진은 작은 안방 문을 열었다. 붙박이장은 반쯤 열린 채였고 텅 비어 있었다. 양말 한 짝 남기지 않고 다 가져가 버린 모양이었다. 대신 한쪽에 있는 낡은 퀸 사이즈의 침대와 담요는 그대로 있었다.

분명히 먼지가 두껍게 쌓여 있을 테지만 다행스럽게도 컴컴한 밤이라 보이지 않았다. 혜진은 담요를 들고 나갔다. 그러고는 의자 위에 구겨져 다시 누운 남자에게 살그머니 덮어 주었다. 혹시나 뭐라 할까 봐 혜진은 말했다.

"밤에는 추워요."

"……."

그러나 여전히 그는 대답이 없었다.

잘한 짓인가…….

혜진은 찬물로 세수를 하고 대충 입안을 헹군 뒤에 끼그덕 소리가 나는 이 층으로 향했다.

분명히 먼지가 일 센티는 쌓였을 텐데. 술김이라 더 이상 생각하지 않고 좁은 다락방의 침대 위에 몸을 뉘었다. 술에 취한 게 다행이었다. 아마 제정신이었으면…… 이 지독한 적막을 견디지 못했을 것이었다.

딱…… 딱…….

망각의 강 저 너머로 막 건너는 순간 귓가에 의미 없는 소리들이 울렸다.

'아빠! 이게 무슨 소리야! 집 무너지는 거 아니야?'

'나무로 만든 집은 아직 나무들이 물기가 있어서 마르느라 그러는 거야. 이 집은 살아 있거든.'

그녀는 아빠의 대답을 시큰둥하게 들어 넘겼었다. 나뭇결이 뒤틀리면서 나는 소리는 가끔, 이렇게 건조해지는 계절이면 더 자주 났었다. 적막 속에 딱딱거리면서 몸을 뒤척이는 나무 기둥들은 살아 있는데, 오히려 저는 죽어 가는 기분이었다.

내일 눈을 뜨면…… 어떻게 되는 걸까.

하루 만에 그녀의 쳇바퀴 같은 세상은 너무나 크게 뒤틀려 버렸다.

외출 중.

아니 '매매' 라는 어설픈 푯말을 걸고 있던 집에 돌아온 그녀는 세상에서 방전되었다. 어떻게 충전이 되는지 날이 밝으면 또다시 살아 움직이겠지만, 어쩐지 내일이면 제가 살아 있는 것 같지 않을 것 같았다. 그러나 어쨌든 알코올이 떠도는 제 혈관 속의 피들은 그녀에게 이제 좀 고만하고 자 버리라고 고함치고 있었다.

3

익숙한 풍경이 커튼처럼 걸리고

늘 그렇듯 지독한 숙취 속에서 눈을 떴다.

아니 늘 그렇듯이란 말에는 어폐가 있었다. 대개 룸메이트의 요란한 알람이나, 혹은 새벽에 머리를 감고 말리는 요란한 드라이기 소리에 잠을 깨는 게 보통이었다.

그녀는 늘 출근을 점심때쯤 했고 늦게 잠들었다. 반면 영숙은 정상적으로 아침에 출근하는 여자였다. 그 덕에 집 안 정리니 청소도 다 그녀의 몫이었으니까. 물론 시간상의 이유도 있었지만, 제일 큰 이유는 비정상적인 원룸 보증금의 비율 때문이었다. 대학 동기였던 영숙의 집 보증금 일부를 제가 대고 얹혀사는 처지였기에.

거기에 생각이 미치자 혜진은 눈을 떴다. 그러나 제가 눈을 뜨고 있는 건지 아직도 꿈속인지 구분이 되지 않았다.

적막이었다.

제가 현실을 직시하지 못하는 가장 큰 이유는.

혜진은 몸을 일으켰다. 먼지가 사방에서 풀풀 나는 것 같은 느낌이었다. 이 먼지 구덩이 속에서 잠을 자다니. 남향인 창으로 해가 쏟아졌다. 늘 버릇처럼 해가 한참 뜬 다음에나 깼났기 때문이었다.

당장 눈앞에 보이는 수많은 먼지 알갱이들의 비행을 참지 못하고 혜진은 제 몸을 덮고 있던 이불을 미친 듯이 걷어 들고 아래층으로 내려갔다. 그러나 나무 계단이 끼그덕거리면서 신음을 낼 뿐 여전히 적막했다.

당장 차에 있는 노트북을 꺼내 와 음악이라도 틀어 놔야 할 것 같았다. 텔레비전조차 없으니……. 두 면이 모조리 커다란 창문인 아래층은 좁은 다락방보다 훨씬 밝았다. 그러니 제가 이불을 들고 내려와 생긴 어마어마한 먼지의 향연에 저절로 기침이 날 것 같은 느낌이었다.

그러나 그녀의 발길을 멈추게 한 것은 여전히 어제와 똑같은 자세로 나무 소파 위에 쭈그리고 누워 있는 남자의 형상이었다.

바닥에 선글라스가 떨어져 있었다.

그래서 저도 모르게 시선이 갔을 뿐이었다. 남향집은 이미 높이 떠오른 햇살이 가득 내려앉아 온통 환한 빛으로 차 있었다. 그 때문에 그 빛 속에서 빛나는 것같이 창백한 남자의 얼굴이 더욱더 눈에 띄었다.

잔뜩 깃을 올린 코트 자락, 깊이 눌러쓴 비니 모자, 커다란 선글라스는 마치 투명인간이 실재하지 않는 얼굴이 그쯤에 있다는 걸 보여 주기 위한 분장같이 보일 정도였다.

그러나 밤에 떨어진 모자 때문에 남자의 하얀 귓등이나 턱 선을 보고 투명인간은 아니며, 흉측한 화상 환자도 아니구나 하고 술김에 생각했었다. 그래도 한밤중에 선글라스 따위를 낀 걸 보면 쌍꺼풀 수술 후유증은 아니더라도 뭔가 흠이 있기 때문일 거라 생각했었다. 그러나 그건 오해였다. 아니지…… 저 눈을 뜨면 한쪽 눈이 유리로 된 의안일지도.

그러나 그건 둘째 치고, 남자의 창백한 얼굴은 혜진의 발걸음을 묶고 넋을 놓게 할 만큼 근사했다. 아니 근사하다는 말이 모자랄 정도였다.

마치 하얀, 그러니까 정말 새하얀 석고상 같은 느낌이었다. 아마 만드는 사람이 조금이라도 비율이 맞지 않으면 다시 뭉개고 1대 1.618의 정확한 황금비율을 재서 붙이고 깎아 놓은 것 같은…… 그런 느낌이었다.

드라마니 가요 프로니, 심지어 다들 취미 생활이라고 주말이면 몰려가는 영화 따위도 잘 보러 간 적 없는 그녀였다. 잘난 남자에 대한 외적 환상 따위는 없었다. 제게 잘난 남자란 그저 안정적인 직장, 넉넉한 잔고와 그에 비례하는 넉넉한 마음을 가진 남자일 뿐이었다.

그런 남자가 언젠가부터 제 기준에 잘난 남자가 되었다는 게 비참하긴 했지만, 현실은 그랬다.

하지만, 혜진은 지금 저도 모르게 먼지 구덩이인 이불 더미를 안고 멍하니 서 쏟아지는 햇볕에 고스란히 드러난 잠든 남자의 기나긴 눈썹과 날 선 콧대와 완벽한 곡선을 그리고 있는 그런 것 같은 입술을 보고 머릿속이 하얗게 되는 별 이상스러운 경험을 하고 말았다.

"으……."

딱딱한 의자 때문일까. 아니면 따가운 제 시선 때문일까. 남자가 뒤척거리는 소리에 괜히 아무런 죄도 없음에도 불구하고 가책을 느낀 혜진은 이불을 들고 문을 나섰다. 일부러 기척을 내려 한 건 아니지만 벌컥 문을 열었고 제 등 뒤로 쾅 하고 요란하게 문이 닫히는 소리가 난 것에 찔끔하고 말았다.

쏴아악…….
어디선가 소리가 나는 느낌이었다. 햇살이 쏟아지는 소리일까.
바로 어제 아침만 해도 도심의 한가운데서, 맑음이라고 휴대폰에 찍혀 있어도 늘 찌뿌둥하니 한 겹 불투명한 가제 수건이라도 드리워진 듯한 매캐한 하늘 밑에서 눈을 떴었다.
그런데…… 정말 이게 가을 하늘일까?

여러 번 이사를 다니다 중학교 때쯤 정착한 곳이었다. 늘 야반도주 같은, 커다란 짐이라곤 장롱밖에 없어도 그런 것들도 내버려 두고 당장 들 수 있는 것들만 들고 차를 타고 전혀 모르는 사람들만 득시글한 곳의 빈방에 덩그러니 앉아 있는 게 어린 그녀에게는 이사라는 것이었다.
아마 이곳에도 그렇게 왔었을 것이다. 그러나 이곳에서 중학교 1년, 고등학교 3년의 생활을 하고 대학까지 갔을 때는 어느 정도 이곳이 익숙해졌었다.
그러나 그녀는 이 집에서 이런 계절을 맞아 본 적은 없었다. 그래서 정말로 눈이 시리도록 새파란 하늘을 보고 혜진은 이불 더미를 든 채 멍하니 서 있을 수밖에 없었다.
그 하늘 밑에 붉은 빛이 여기저기 돌고 있는 산, 그리고 그 밑을 또 꽉 채우고 있는 샛노랗게 익어 가는 벼들. 한 겹 먼지가 쌓였지만 고동색의 삐죽한 나무 울타리 너머로 하얀 콘크리트 소로까지. 눈을 뜨고 멀쩡하게 걸어 나왔지만 마치 꿈을 꾸는 것 같았다.

여전히…… 적막했기 때문일까. 간간이 날아가는 새 소리 외에는 흔한 자동차의 털털거리는 소리조차 없었다. 물론 이곳에서 꽤 오랜 시간을 살았지만, 살던 곳은 큰 대로변의 뒷골목이었다. 옆집 앞집이 다닥다닥 붙어서 누군가 늦게 들어와 소리라도 치면 그 소리가 고스란히 들리는 그런 곳이었다.

약간은 따가운 듯한 가을 햇살이 내려앉은 좁디좁은 마당에서 혜진은 빨랫줄에 쳐진 거미줄을 걷어 내고 제 이불을 넌 뒤에 역시 거미줄이 생긴 플라스틱 빗자루를 찾아 사정없이 이불을 두드렸다.

이 적막을 참을 수가 없어서.

혜진은 생각난 김에 정체불명의 남자가 덮고 있는 이불과 나무 소파 위에 덮여 있는 담요를 생각해 내고 집 안으로 들어왔다.

이 이불들을 빨기라도 해야 할 텐데. 물론 제 차 안에 이불이 두어 개 있긴 있었다. 영숙이 꼴도 보기 싫어서 큰 가구 빼고는 제 것을 다 들고 내려왔으니까.

그런데 있어야 할 세탁기가 없었다. 세탁소에 갖다 줄 수도 없었고, 더더욱 영화에서나 나오는 것처럼 고무 대야를 내놓고 깔깔거리며 발로 밟아 빨 여유나 낭만 따위도 없었다.

버려야 할까. 혜진은 그 생각만 골똘히 하면서 여전히 잠에 취해 있는 남자의 허여멀건 얼굴을 보지 않으려 했다.

그러나 슬슬 때가 됐는지 속도 허했다. 분명 이 남자는 어제부터 내내 잠만 잤다. 집 안에는 수돗물 빼고 먹을 것이라곤 없었다.

그리고 악착같이 제가 산 샴푸와 세탁용 세제까지 들고 나오긴 했지만 그릇이나 냄비는 제 살림살이에 없었다. 원체 먹는 것에 대해 관심이 없었기 때문이었다. 아니 그 먹는 것이라고는 집에서 무언가 만들어서 먹는 것에 국한했다.

남이 해 주는, 돈을 치러야만 하는 음식들은 좋았으니까. 영숙과 아침을 먹거나 한 적은 없었다. 휴일에도 늦은 점심을 라면이나 김밥 같은 걸로 때웠고, 늘 퇴근이 늦는 그녀는 영숙과 저녁을 먹을 일도 별로 없었지만 있다 하더라도 배달 음식이 다였기에 당연히 있는 그릇 따위는 컵이나 덜어 먹을 접시뿐이었고, 그것을 더 살 생각 따윈 없었다.

이 노릇을 어쩐다……. 하지만 우선은 끼니보다 이 남자에게서 이불을 빼앗아야 했다. 이 지독한 먼지 구덩이에 있다간 멀쩡한 사람도 병이 날 테니, 환자인 이 사람에겐 좋을 턱이 없었다. 제가 이 집에 더부살이하는 이유가 이 환자를 돌보는 거니까. 그러나 차마 입이 떨어지지 않았다.

"저기요……."

남자의 하얀 조각 같은 얼굴은, 정말 조각상인지 움직일 생각을 하지 않았다. 헝클어진 머리카락 밑으로 창백한 얼굴에 길게 드리워진 속눈썹이 저도 모르게 마른 목구멍에 침을 삼키게 만들었다.

"저기요……."

좀 더 큰 소리로 혜진이 기척을 냈을 때, 갑자기 남자가 눈을 번쩍 떴다.

"으…… 으악……!"

"……!"

혜진은 깜짝 놀라 뒤로 물러서야 했다. 눈을 뜬 남자가 갑자기 소리를 질렀기 때문이었다. 소리를 지르던 남자는 나무 의자에서 굴러 떨어지듯 떨어졌고 남자 위에 덮여 있던 담요에서는 먼지 알갱이가 가득 피어올랐다. 우당탕 소리를 내면서 떨어진 남자는 머리를 움켜쥐고 마치 공처럼 온몸을 오그렸다.

"저……저기요!"

마치 누군가 자신을 때리려는 것을 막는 것처럼 잔뜩 움츠린 남자가 부들부들 떨고 있는 게 느껴졌다. 이게 뭐야……. 이 사람, 말로만 듣던 정신병 환자인가?

어제 그 멀쩡한 남자는 그냥 '환자'라고만 했다. 혜진은 혀가 굳어서 말이 나오지 않을 정도였다. 저렇게 덩치가 큰 남자, 그것도 정신 상태가 온전치 못한 남자와 이 집에서 단둘이 살란 말이야……?

막 도망을 가려고 문 쪽으로 향했다. 그때였다.

딩동!

혜진은 그 소리에 오히려 더 놀랐다. 누구지? 그러나 뒤에서는 남자의 비명 소리가 들리고 있었다. 혜진은 급하게 문을 열었다.

"누구세요!"

"진우야!"

혜진은 뭐라 대답도 하지 못했다. 마치 바람처럼 제 곁을 휙 지나친 남자는 신발도 채 벗지 않고 뛰어들어 소리를 지르는 저 미친 남자에게 다가갔다.

"진우야! 진정해! 진우야! 나야, 정신 차려!"

"어? 어……."

남자의 눈은…… 의안은 아니었다. 새빨갛게 충혈된 눈엔 눈물마저 고여 있었다. 익숙한 사람을 보고 소리 지르는 것을 멈춘 남자는 멍하니 주변을 둘러보았다. 마치 여기가 어디인가 싶은 듯.

"약은?"

그러면서 지석은 혜진을 돌아보았다.

버버리 코트 안쪽에는 말끔한 정장이었다. 평일이어서일까. 출근이라도 하는 듯한 복장이었다. 깔끔하게 넘긴 머리카락, 싸한 남자의 스킨 향 같은 게 미미하게 느껴졌다.

"내내…… 잤어요. 지금 깨난 거 같은데."

혜진은 모든 게 제 불찰이라고 생각하는 듯한 남자의 표정에 더 듬거리면서 대답했다.

"집이 너무 비어 있어서……. 청소를 좀 해야 하는데, 당장 청소기도 없고 해서……."

그제야 지석은 주변을 둘러보았다. 어제야 바쁜 와중에 그를 놓고 가느라 자세히 못 봤지만 이제 보니 집은 텅 비어 있었다.

"쳇, 정말 완전히 사기를 당했네. 진우야, 약 어딨어?"

아직도 멍한, 그러니까 거의 완벽하게 정신이 나간 것 같은 남자에게 그가 물었다. 혜진은 한 무더기나 되는 약을 담은 비닐봉지가 싱크대 위에 있는 것을 보고 다가가서 말했다.

"여기 있는데요."

"점심이라고, 아니 아침이라고 쓰인 것과 물 좀 가져다주십시오."

혜진은 어젯밤에 했듯이 한참 동안이나 물을 틀어 수돗물을 받아 밥공기에 담아 내밀었다. 그것을 어이없게 보고 있던 지석이 말했다.

"이 집엔 도대체 뭐가 있는 겁니까?"

딱히 화를 내는 것 같진 않아 보였다.

괜찮은 기분이었다.

아니 오히려 기분이 좋아졌다. 쓸데없이 쇼핑 따위에 기분이 좋아지는 그런 여자는 아니었다. 그러나 본능일까. 저를 사 가라고, 저를 선택해 달라고, 비싼 돈을 들여 마케팅이니 심리학이니를 배운 전문가들이 가장 구매욕을 자극하는 장소와 방법을 동원해 쾌적하고 깔끔한 곳에 가득가득 진열해 놓은 물건을 보자 기분이 좋아졌다.

마음대로, 지금껏 평생 제 주머니 속의 사정이나 통장 잔고를 생각하면서 포기와 갈등을 해 왔던 과거와는 달리, 오늘 하루 마음껏 살 수 있다는 건 정말 색다른 경험이었다. 물론 제 것은 아니었지만.

"이거, 제일 빨리 배송되는 걸로요. 이왕이면 오늘 오후에 됐으면 좋겠는데요. 아, 결제는 일시불로 할 거예요."

혜진은 카드를 내밀었다.

"네? 뭐라구요?"

"어제는 정신이 없어서 못 봤는데 정말 아무것도 없으니 필요한 걸 사오시라고 했습니다."

"절 뭘 믿고 그러시는 거죠?"

혜진은 남자가 돈 뭉텅이도 아닌 카드를 내미는 것을 보고 의아해서 되물었다. 아니 요즘 같은 세상에…….

"그쪽이 이런 푼돈 가지고 도망갈 분으로 여겨지지 않는다는 게 제 생각인데 틀렸습니까?"

"그래도 그렇지……."

"필요한 거 사십시오. 보아하니 컵도 하나 없는 거 같은데, 한 도 넘길 만큼만 아니라면 말이죠. 아, 그리고 결제되면 바로 알람 오니까 제가 보고 이상하다 싶으면 바로 신고할 테니 걱정 마시죠. 진우야, 일어나 봐. 일어날 수 있겠어? 뭐 좀 먹어야겠다."

여전히 매끈한 얼굴로 과할 만큼 좋은 인상을 지닌 통 큰 '사장 님'은 신용카드 한 장을 그녀의 손에 넘기고 바로 바닥에 구겨져 있는 남자에게 다가갔다. 마치 저하고는 용건이 끝났다는 듯이.

"저기, 세탁기도 없는데……."

"사요. 세탁기, 냉장고, 뭐 텔레비전 그런 것도. 적당한 걸로 필 요한 거 다 사요. 진우야, 괜찮아? 병원 안 가도 되겠어?"

남자는 저 따위에게 쓸 신경이 없어 보였다. 이게 무슨 횡재란 말인가.

"정말이죠?"

혜진의 말에 신경도 쓰지 않은 지석은 오로지 환자한테만 관심 있어 보였다.

혜진은 결제가 끝나 제 손에 돌아온 신용카드를 내려다보다가 조심스레 갈무리했다.

냉장고는 자리 때문에 문이 한쪽밖에 없는 걸 사야 했다. 그러 고는 혜진은 큰맘 먹고 드럼 세탁기를 골랐다. 그리고 마침 진열돼 있던 나무 프레임으로 장식된 엔틱 텔레비전도 골랐다.

마당에 세워져 있던 차가 어마어마해 보였기 때문이었다. 아마 저 같은 사람하고는 사는 스케일이 다른 사람들일 테니까, 괜히 구 질구질하게 아낄 필요 따위 없을 테니까.

혜진은 전기압력밥솥도 가장 고가인 것으로, 가장 중요한 청소기도 고르고 전자레인지와 커피를 마실 전기 주전자, 토스터기 따위도 샀다. 그리고 포근포근해 보이는 수건이라든지 욕실에서 쓸 칫솔걸이 따위의 소품도 한껏 예쁜 것으로 골랐다.

그런데도 카드가 삑삑거리거나 제 전화기가 울리지 않는 것으로 보아 카드의 한도는 다 차지 않은 모양이었다. 슬쩍 제 옷이니 뭐니를 샀어도 괜찮았을 것 같은 느낌이었다. 보아하니 제가 산 물건들과 가격표를 하나하나 대조할 것 같지는 않아 보였으니까. 그러나 뭐, 이게 다 어디인가.

혜진은 아래층 식료품 매장으로 가서는 쌀이니 생수, 반찬이나 계란, 빵 등을 잔뜩 샀다. 그리고 그득해서 남들이 힐끗 쳐다보는 카드를 끌고 푸드코트에 가서 순두부 하나를 시켜 먹었다.

그 낯선 집이 있는 곳에서 한 30분쯤 떨어진 소도시였다. 그나마 관광지라 커다란 마트도 있는 곳이었다. 옥상 주차장으로 올라가는 무빙워크 바깥으로 나른한 호수와 산이 보였다. 아파트들이 잔뜩 들어서서 낯설긴 했지만, 그래도 어쩐지 푸근한 느낌이었다. 저 멀리 보이는 산은 불긋불긋 물이 들어 있었다.

갑자기 상전벽해처럼 달라진 제 삶…… 이건 괜찮은 걸까?

그녀는 생각을 하다가 말고 덜컥하고 무빙워크가 끝나 버려 얼른 무거운 카트를 밀어야 했다. 잠시 제 사념이 당혹스러워지긴 했지만, 지금은 우선 이 많은 것을 차에 실어야 했다.

"준비를 좀 하고 왔어야 하는데. 다시 올라가자. 내가 좀 다시……."

"됐어."

여전히 모자와 선글라스, 깃을 올린 코트와 장갑을 낀 채였다.

갈빗집의 구석진 방에 마주 앉은 두 사람 앞에 펄펄 끓고 있는 갈비탕이 나왔다.

서빙하는 사람은 흘끗거리면서 이 이상한 두 남자를 쳐다보았고, 그 사람이 나갈 때까지 둘은 침묵을 지켰다. 문을 닫고 나가자 지석이 입을 열었다.

"조 박사님도 아직은 시기상조라고 했어."

"여기 오자고 한 건 너잖아."

숟가락을 들 생각도 없는 남자가 차갑게 말했다.

"그거야……. 하지만 이렇게 급하게는 아니었어. 우선 좀 먹어."

선글라스 밑의 눈이 그를 쏘아보는 게 느껴졌다.

"네 속을 모를 줄 알고?"

"네……가 생각하듯…… 그런 게 아니다."

단정하고 담담해 보이던 지석이 숟가락을 들다 말고 당황한 듯 대답했다.

"네가 원하는 걸 쥐똥만큼이라도 생각한다면, 여기 웬만하면 나타나지 마."

그제야 남자는 여전히 장갑을 낀 손으로 서툴게 숟가락을 들었다.

"……."

맞은편에 앉은 지석은 수저를 들지도 못하고 그런 그를 쳐다볼 뿐이었다.

집이 비었기를…….

그러나 제가 밖에서 보낸 시간이 꽤 길었다. 7번 국도변의 언뜻 언뜻 보이는 바다의 시퍼런 물결 때문이었는지도 몰랐다. 지도상에는 바닷가이지만, 바다가 보이지 않는 곳에서 살았다. 게다가 따가운 햇볕에 살이 타는 게 싫어서, 들러붙는 모래 알갱이가 서걱거리는 게 싫어서, 그래서 남들은 기를 쓰고 돈을 퍼 들이며 찾는 해변을 제철에는 가 본 적이 없었다.

왜 그렇게 살았을까를 곱씹으며 오느라 제 차는 느릿느릿 집으로 돌아온 것 같았다.

개선장군처럼 산더미 같은 것들을 차에 싣고 와 문을 벌컥 여니 마치 텅 빈 집에 유일한 가구같이 여전히 코트와 떨어졌던 모자와 선글라스로 무장한 남자가 나무 소파 위에 누워 있었다.

"저기요, 여기 청소 좀 해야 할 거 같은데……."

또다시 무시무시한 발작을 할지도 몰라 혜진은 조심스럽게 말했다. 그러자 이번에는 남자가 부스스 일어나 앉았다. 그러고는 벌떡 일어서더니 싱크대 위에 있던 약봉지를 찾아 들었다.

"잠시만요!"

혜진은 날듯이 밖으로 뛰어나가 차 트렁크를 열었다. 잔뜩 쌓인 종이 박스 사이에 있는 생수 박스를 뜯어 생수병 하나를 들고 들어오니 어제처럼 남자는 약을 삼키려고 애쓰고 있었다.

"마셔요."

평생 해 보지 않은, 잔고 따위를 생각하지 않고 해 본 쇼핑 덕에 기분이 좋아져 있었다. 그게 다 이 남자 때문이니까, 그러니까 제 기분만큼은 잘해 주고 싶었다.

생수 덕에 약을 잘 넘긴 남자가 다시 제자리로 돌아가려 하자 혜진이 말했다.

"청소할 테니까. 잠깐 나가 있어요. 밖에 의자에……. 먼지 많이 나서 안 좋을 거예요."

남자의 행동이 마치 스톱 버튼을 누른 것처럼 멎었다. 여전히 쏟아지는 나른한 오후의 햇살 속에 우뚝 서자 어마어마하게 키가 큰 남자는 시커먼 선글라스의 렌즈 너머로 그녀를 멍하니 쳐다보고 있었다.

남자의 기세에 말을 잃은 그녀와 멍하니 여자를 바라보고 있는 그 사이에 오후가 사각사각 소리도 없이 움찔거리며 지나가고 있었다.

"나가 있어요."

한참 만에 그녀가 간신히 입을 뗐다. 그제야 정신이 난 듯 남자는 아무런 말도 없이 그녀의 명령에 복종하듯 천천히 밖으로 나섰다.

현관 옆에는 나무 벤치로 된 그네가 있었다. 끼그덕거리는 소리가 났다. 남자가 거기 자리를 잡은 모양이었다. 막 청소를 하려던 혜진은 또다시 급하게 뛰어나갔다.

차에는 딱딱한 나무 소파를 생각해 내고 골랐던 한창 유행하는 북유럽풍의 큰 쿠션 두 개가 비닐도 뜯지 않은 채 들어 있었다. 절대 자신이 가진 재산으로는 거들떠도 못 볼 사치품이었다. 혜진은 그것을 꺼내 들고 어색하게 그네에 기댄 남자에게 내밀었다.

"기대요. 시간 좀 걸릴 테니까."

그러나 남자는 아무것도 들리지도 보이지도 않는다는 듯 멍하니 그녀의 어깨 너머를 보고 있을 뿐이었다. 벼들이 익어 만들어 낸 비정상적인 샛노랑이 가득한 풍경을.

혜진은 아무 말 없이 남자의 불편해 보이는 등짝 쪽에 쿠션을 쑤셔 넣었다. 남자에게선…… 바싹 마른 풀잎 향 비슷한 체취가 느껴지는 것 같았다. 혜진은 저도 모르게 고개를 저었다. 그러고는 제 전리품들을 수거하러 다시 차로 향했다.

중간고사가 끝나면 기말고사가 기다리고 있었던, 익숙한 학창 시절의 시골 풍경이 커튼처럼 사방에 쳐져 있었다.

그리고 그 가운데 생뚱맞은 목조 주택과 더욱더 낯선 남자 하나 가 그곳에 있었다.

4

빛이 차단된 몸에서

그녀의 유일한 취미는 청소였다.

영화 감상이니 독서니 하는 것들은 그녀에게 있어 사치스러운 여가일 뿐이었다. 룸메이트인 영숙과 돌아선 가장 큰 이유도 청소 때문이었다.

집안일 따위 신경도 쓰지 않는 엄마와, 가끔 집에 오면 아무것도 하기 싫어하는 아빠 사이에서 왜 제가 그런 성격을 갖게 됐는지는 아직도 미스터리한 일이었다.

혼자 설거지를 하고, 누가 시키거나 가르쳐 주지 않았는데도 제 더러워진 옷을 손으로 빨고, 책상을 정리했다.

정돈된 책상과 몇 가지 없지만 그래도 깔끔하게 정리된 옷장을 보면 제 초라한 행색이 좀 가려지는 기분이었는지도 몰랐다. 그러니 속옷도 벗어 그 자리에 고대로 놔두는 룸메이트하고는 이틀 이상 좋게 지내는 게 힘든 건 뻔한 일이었다. 오로지 제 돈이 부족하다는 자격지심 하나로 버텨 왔을 뿐이었다.

한창 싱크대를 닦는데 반가운 사람들이 왔다. 당장 진열품이라도 달라고 한 그녀의 주장대로 마트에서 전자제품을 싣고 온 것이었다.

이런 기분은 처음이었다. 이 년 전에 지어진 집이지만, 그래도 손을 안 탄 새집이었고, 늘 중고 가전제품이나 남이 버린 것을 주워서 쓰던 고시원 월세방 인생을 살아온 그녀에게 제 것은 아니지만, 제 취향대로 고른 최신형의 새 전자제품들이 배달되었다.

작은 거실에 맞추느라 그다지 큰 인치는 아니었지만 엔틱한 디자인의 LED 텔레비전과 새 냉장고, 가져 보는 게 소원이었던 드럼 세탁기와 예쁜 청소기, 예쁜 디자인 덕에 가격이 곱절이었던 전자레인지와 토스터기, 그리고 전기 주전자까지…….

무거워서 같이 배달을 주문했던 그릇 세트와 프라이팬 같은 주방 도구도 가득 싱크대 위에 쌓였다.

구질구질한 옛날 냉장고가 밖으로 나가고 박스 등 포장재들까지 나가 버리자 혜진은 그야말로 신이 났다. 마치 신접살림을 차린…… 그런 기분이었다. 지금 제가 뭘 하는 건지, 이 상황이 대체 어떤 상황인지조차 구분을 못 할 만큼, 혜진은 눈앞에 펼쳐진 것들에 정신이 나가 버렸다.

신형 청소기로 구석구석을 밀고, 제 짐과 사 온 물건들로 욕실과 싱크대를 채웠다. 당장에 쓸 수 있게 된 세탁기에는 꾸질거리는 담요와 이불들을 넣었다.

다락방에는 공간이 거의 없기 때문에 혜진은 제 옷을 우선 안방의 붙박이장에 채워 넣었다. 그러곤 그 사장님이란 남자가 밀어 놓고 간 캐리어를 들여놓았다. 그제야 혜진은 이 집에 있어야 할 사람이 생각났다. 그리고 밖을 내다보니 벌써 해는 기울어 가고 있었다.

아차……. 가을 햇살이 기울어지면서 금방 서늘한 기운이 돌고 있었다.

하도 바빠서 그녀는 그것을 잊고 있었다. 혜진은 얼른 문밖으로 나갔다. 손바닥만 한 좁은 마당에는 전리품을 포장하고 있던 껍질들이 잔뜩 쌓여 있었다.

그리고 그 마당 한 귀퉁이, 볕이 잘 드는 나무 그네에는…… 남자가 잠들어 있었다. 위에 나무로 된 지붕이 있어서 분명히 그늘은 서늘할 텐데.

남자는 여전히 검은색의 코트 깃을 올린 채 모자를 눌러쓰고, 새카만 선글라스를 낀 채 주머니에 두 손을 찔러 넣고, 아까 그녀가 괴어 준 대로 비닐 포장도 뜯지 않은 쿠션에 기댄 채 깊이 잠들어 있었다.

커다랗고 새카만 보잉 선글라스 밑에는 쭉 뻗은 시원스런 콧대와 그린 것같이 꾹 다문 입술이 마치 탈색이 된 듯 거칠어진 채 허옇게 드러나 있었다.

이 남자는…… 왜 여기까지 와서 이렇게 매번 깊이 잠들어 있는 걸까.

혜진은 이제야 꿈에서 깨어난 기분이었다. 아니 오히려 꿈속에 들어온 기분이라고 해야 하나. 여전히 조용한 주변에는 가을 해가 따스한 공기를 끌고 저 산 너머로 넘어가고 있는 듯 스산한 찬 기운이 몰려오고 있었다.

"저기요, 일어나요."

또다시 괴성을 지르며 발작을 일으킬까 겁이 났다. 그 '사장' 이라는 남자는 이미 돌아갔고, 다시 올 리 없을 테니까.

"저기요……."

이 남자 이름이 뭐랬더라……. 잘 기억이 나지 않는 혜진은 곤란한 듯 조심스럽게 내뱉었지만 남자의 눈꺼풀은 미동도 없었다.

바람이 차가워지고 있었다. 게다가 해도 넘어가서 겉옷을 입지 않고 나온 혜진은 목덜미가 시렸다. 아무리 코트와 모자를 썼다 해도 이런 곳에서 자고 있으면 멀쩡한 사람도 몸에 좋을 리 없었다.

"이봐요! 일어나요!"

보다 못한 혜진이 손을 내밀어 그를 툭 쳤다. 그늘 밑이 너무 서늘해서, 뒷덜미에 느껴지는 싸함에 남자를 여기에 두면 안 되겠다 싶어 그랬을 것이다. 다시 손을 내밀어 그를 흔들려는데 남자가 움찔하며 몸을 움직였다.

"저기……!"

"으……."

아마 온몸이 저려서 그랬을 것이다. 저런 딱딱한 나무 의자에 기대어 자다니……. 남자가 몸을 움찔거리자 비스듬히 걸쳐져 있던 선글라스가 바닥에 굴러 떨어졌다.

"으."

남자의 긴 속눈썹이 드리운 눈꺼풀이 파르르 떨렸다. 남자는 분명히 온몸이 불편해서, 그래서 그랬을 것이다. 그러나 혜진에게는 이것 또한 낯선 꿈속 같았다. 남자의 비현실적인 외모 때문일까.

"……."

뭐라 말을 해야 하는데…… 눈을 뜬 남자는 당황한 기색이 역력했다. 마치 여기가 어딘가 싶은 얼굴로 남자는 몸을 일으키더니 주변을 두리번거렸다.

"청소 대충 끝났으니까, 들어가요."

혜진은 그의 등 쪽에 구겨져 있던 쿠션들을 꺼내면서 말했다. 이 예쁜 쿠션들이 있어야 거실이 완성되는 느낌일 테니까.

낯선 여자가 저를 깨웠다. 나른한 제 수면을 방해받는 건 싫었지만, 문득 정신을 차리고 보니 차가운 바람이 스며드는 느낌이었다. 게다가 딱딱한 의자의 서늘한 느낌까지.

눈앞에 낯선 여자가 저를 내려다보고 있었다. 아니…… 그건 어폐가 있다. 몇 번 본 낯익은 여자였다. 머리를 묶은, 마치 지푸라기 같은 이 메마른 여자는 제 말을 다 했다는 듯 등에 구겨져 있던 쿠션들을 가지고 휙 돌아서 집 안으로 들어가 버렸다. 저를 억지로 끌고 들어가는 짓은 하지 않아서 다행이었다.

여기가, 대체 어딜까.

어디냐 묻지도 않았다. 물어보았다면 대답해 줬겠지만, 묻고 싶지 않았다. 어디면 또 어쩌랴, 어디든 상관은 없었다. 저 여자가 왜 이 집에 있는지도…… 잘 기억이 나지 않았다.

그래도 마음에 드는 건 저 여자가 절 성가시게 하지는 않는다는 거였다. 약은…… 제가 필요하니까 먹는 거였다. 먹는 것이 편하니까. 여자는 그걸 언급하는 것 외에는 달리 뭐라 하지 않을 것 같았다.

그래서 좀 기분이 나아졌다. 지석이 녀석이 나름 머리를 썼다지만, 결코…… 그의 뜻대로 될 것 같지는 않다. 겨우 하루가 지났을 뿐이니까.

으드드드득…….

온몸의 뼈마디가 고함을 지르는 느낌이었다. 그는 일어나 비현실적으로 보이는 눈앞의 샛노란 색과 새파란 색을 응시했다. 그제 야 제 눈에서 선글라스가 떨어졌다는 것을 알았지만, 그는 그게 어 디 떨어졌는지 생각이 나질 않았다.

가벼운 현기증을 느끼면서 써늘한 공기에 부르르 몸을 떨던 그 는 잠시 머뭇거리다가 옆에 보이는 현관으로 향했다.

분명히 저 남자는 들어와서 또 나무 소파 위에 누울 것 같았다. 혜진은 나름 좋아진 기분 덕에 제가 저번 달에 샀던 이불을 반으 로 접어 긴 소파 위에 펼쳐 놓고 그 위에 쿠션의 비닐을 뜯어 올려 놓았다.

이럴 줄 알았으면 밑에 깔개용 이불도 색깔에 맞춰 살 걸 하는 생각이 들었다. 아직도 제 주머니에는 그 남자의 카드가 있었다. 그러나 양심상 더 이상은 사용하지 못할 것 같았다. 지금도 휙 돌 아본 바로는 내가 이래도 되나 싶을 정도니까.

끼그덕거리는 소리와 함께 문이 열리더니 비틀거리는 걸음걸이 로 남자가 들어왔다. 남자는…… 겉으로 보기에는 멀쩡했다.

검정색 코트와 평범해 보이는 바지, 웬만한 사람은 모두 패션테 러리스트로 만들어 버린다는 검은색 비니 모자까지 썼는데도 불구 하고 남자는 이런 시골은커녕, 서울 바닥에서도 보기 드물 만큼 키 가 큰 데다 잘난 얼굴을 가지고 있었다. 마치 모델처럼.

문득, 워낙에 비썩 말랐기 때문에 정말 모델 같은 직업을 가진 게 아닐까 하는 생각이 들었다. 그 사장이라는 사람은—사장이라는 칭호는 분명히 복덕방 아저씨가 붙인 것임에도 불구하고— 이 남자 의 모델 에이전시 같은 걸지도 모른다는 생각이 들었다. 그러니까 그런 외제차에 카드 따위 휙휙 던져 댈 수 있는 거 아닐까.

혜진의 머릿속이 여러 가지 생각으로 모락모락 넘쳐 나는 동안 남자는 또다시 뚜벅뚜벅 나무 소파로 다가갔다.

"뭐 좀 먹었어요?"

혜진은 내뱉고 나서 저답지 않게 목소리가 너무 하이톤이었다는 걸 깨달았다. 뭐가 그리 좋은데…… . 이 반짝거리는 새 물건들이 찬 집이 절대 제 것이 아니란 걸 자꾸 망각하고 있는 것 아닐까.

잘난, 그러나 이상한 남자가 나무 의자에 앉더니 그녀를 쳐다보았다. 남자의 눈을 정면으로 본 건 처음이었다. 선글라스로 가려져 있거나, 긴 속눈썹을 드리운 채 감겨 있거나, 혹은 부들부들 떨며 딴 곳을 응시하고 있었다.

하지만 지금 저를 쳐다보는 남자의 눈은…… 쌍꺼풀 따위도 없이 길게 뻗은 눈썹 밑에 마치 무엇이라도 잡아먹을 것을 찾는 맹수처럼 싸늘했다. 그리고 그 눈빛은 마치 바보 멍청이 같은 저를 비웃는 것 같기도 했다.

어차피 저는 저 남자를 돌봐야 하는 가사도우미 같은 역할일 뿐이었다. 그 유효기간이 언젠지도 모르는. 그래도 당장 갈 곳도 할 일도 없는 제가 당장 이렇게 살 곳, 먹을 것 걱정 안 해도 되는 건 오로지 이 남자 때문이었다. 혜진은 뻣뻣해지는 제 얼굴을 다시 펴면서 말했다.

"아직 정리는 안 했지만, 뭐 토스트라도 좀 줄까요?"

정말…… 가사도우미스러운 발언이었다.

남자의 싸한 눈빛이 사라졌다. 남자는 제 얼굴에서 시선을 돌리고 집 안을 한 바퀴 휘둘러보았다. 혜진이 적잖이 당황스러워 아직도 할 일이 많은 주방 쪽으로 갔을 때 뒤에서 남자의 목소리가 났다.

"당신은……."

낮지만 근사한 목소리였다. 아까 비명을 지를 때와는 달리.

혜진은 말소리가 나는 쪽으로 고개를 돌렸다. 멍한 표정이 된 남자가 저를 보지도 않고 말을 이었다.

"사는 게 그렇게 행복해?"

"아니, 방 뺀다고 했잖아."

〈알아보는 중이라고…….〉

"그래서 돈은 언제 줄 건데?"

〈주인아저씨가 줘야 주지. 누가 뭐 그딴 몇 푼 떼먹을까 봐 그래?〉

"안 그러면 빨리빨리 해결하자고."

〈아, 지금 택시 타야 돼. 준다고, 줘!〉

전화는 일방적으로 끊겼다. 혜진은 해가 넘어가고 나자 차가운 바람이 부는 마당에 서서 전화기를 내려다보고 있었다.

화가 치밀어 오르긴 했지만, 더 구차해 보이긴 싫었다. 대신 은 진에게 전화를 하려다가 참았다. 아직 일을 하고 있을지도 몰랐다. 제가 전에 다니던 학원에서도 아직 마무리가 안 됐을 시간이니까.

일하는데 괜히 채근을 하면서 전화를 하면 누구나 성가실 게 뻔했다. 어제 분명히 같이 일을 하자 했으니까. 혜진은 달리 갈 데도 없고 으슬거리는 추위에 집으로 들어와야 했다. 주방 쪽 불만 켜진 컴컴한 집 안의 한구석에는 또다시 코트도 벗지 않은 남자가 잠들어 있었다.

사는 게 그렇게 행복해?

제 얼굴이 새빨갛게 물들었던 건, 창피해서였다. 제 얼굴이 그 랬었나? 행복에 겨워 보였었나? 겨우 홀라당 넘어가 버린 남의 집 에 남의 물건을 채워 넣으면서……

일 년 반 일해서 모은 제 전 재산의 행방이 불안한 데다가, 제 게 새 인생을 줄 거라 믿었던 남자의 배신과, 그나마 안정된 수입 을 주리라 믿었던 일자리도 잃고, 다시 일자리를 얻을 수 있을지도 불투명한 제 얼굴에 웬 행복?

행복해 본 적이 있었나?

행복이란 게 대체 뭔데……. 오랜만에 집으로 온 아빠가 엄마 몰래 두둑한 용돈을 쥐여 준 것 외에 뭐 또 행복한 적이 있었나? 지긋지긋한 집을 떠나 인서울이란 걸 하면서 번듯한 대학교의 기 숙사에 들어간 날, 그날은 행복이란 걸 해 봤나?

늘 저와 컵밥이나 겨우겨우 같이 먹다가 대실한 모텔에서 제 순 결을 가져가며 널 꼭 행복하게 해 주겠다고 눈물까지 글썽이던 남 자가 대기업 합격 통지서를 받은 날…… 그때 행복이란 걸 했던가. 아니 그때 잠시 잠깐 행복했더라도 지금은, 지금은 어떤데……

아일랜드식 싱크대 위 쟁반에 예쁘게 놓인 붉은 햇사과와 먹기 편해서 사 온 바나나 한 송이가 눈에 들어왔다.

저는…… 원대한 꿈 따위를 가져 본 적이 없었다. 그냥, 작고 좁더라도 이런 깨끗한 집에 작고 아기자기한 살림살이와 쟁반에 담긴 사과 같은 게 있는 이런 주방까지밖에는 꿈꿔 본 적이 없었 다. 그러나 그 보잘것없이 작은 꿈조차 너무 멀고 험해서 제가 다 가가기엔 힘들었다.

오분의 일만 제 몫인 원룸은 늘 스멀스멀 곰팡이가 올라왔다. 그저 그런 대학의 그저 그런 과를 나와 개나 소나 다 간다는 어학

연수도 한 번 못 갔다 온 스펙으론 중소기업의 경리 겸 커피 배달 원밖에는 할 일이 없었다. 아니 그것도 제 차례가 돌아오지는 않았다.

할 수 있는 일은 겨우 학습지 교사니 혹은 보습학원의 강사 따위 자리뿐이었다. 언제까지 할 수 있을지는 모르겠지만, 당장 먹고 살 일이 걱정이라 그것이라도 감지덕지 일해야 했다.

이러다 내 인생은 어디로 흘러가는 걸까, 늘 고민했지만 그래도 제겐 번듯한 '애인'이 있었었다. 그게…… 그나마 그게 제 가장 큰 위안이었을 것이다. 지금 저는 이렇게 겨우겨우 구차하게 살아가고 있지만, 언젠가는 절 행복하게 해 주겠다던 저 애인이 잘 될 거라는 생각 하나로 버텼었다.

제 손에 버릇처럼 끼고 있는 이 가늘고 가는 커플 반지도 제 돈으로 했지만, 그래도 언젠간 이게 금붙이나 혹은 깨알 같은 다이아라도 박힌 채 다시 제게 돌아오리라고 굳게 믿고 있었다. 그러나…… 그건 제 헛된 믿음이었을 뿐.

사는 게 그렇게 행복해?

넌…….

넌 뭐가 그렇게 불행해?

이렇게 멀쩡한 집 따위 금방금방 살 수 있고, 이런 반짝거리는 새 물건들을 그 자리에서 바로바로 채워 줄 수 있는 사람이 옆에 있는데, 그거면 너도 행복해야 하는 거 아니야?

대체, 무슨, 어떤 억울한 사정이 있어서 그렇게 묻는 건데. 게다가 넌 잘났잖아. 잘나고 사지도 멀쩡한 게 왜 나한테 그따위로 묻는 건데?

그러나 제 입에서는 한마디도 나오지 않았다. 그건…… 제가 지금껏 이십여 년의 짧은 삶을 살면서 사람이 하고 싶은 말을 다 하고 살 수 없다는 게, 아주 지극히 평범한 삶을 사는 방법임을 알고 있기 때문이었다.

혜진은 세탁기에서 뽀송뽀송하게 건조까지 되어 나온 이불들을 보면서 다시 한 번 돈이란 건 참으로 좋은 것이고, 그것을 위해서는 사람이 얼마든지 비굴해질 수 있다는 것을 느끼면서 남자가 깨지 않도록 조용조용 안방의 나무 침대 위에 이불들을 펼쳐 놓았다.

내일 눈을 뜨면 당장 인터넷부터 설치해야겠다고 생각하고 혜진은 삐거덕거리는 나무 계단을 올라 제 방으로 갔다. 앉은뱅이책상과 서랍장, 그리고 일어날 때 조심해서 일어나지 않으면 머리를 부딪칠 수도 있는 기울어진 지붕 밑에 침대가 있는 제 공간에 와서야 겨울을 이곳에서 나려면 전기장판이라도 하나 있어야겠다는 생각을 했다.

오늘 너무 많은 일을 해서 일찍 몸이 피곤해진 것은 다행이었다. 혜진은 휴대폰 이어폰을 꽂았다. 곧 귓가에 피아노곡들이 울렸다.

노래 가사가 있는 노래는 그 가사를 곱씹느라 일에 방해가 되었다. 단지 주변의 소음을 차단하기 위해 틀어 놓는 음악은 그래서 전부 클래식 피아노곡이나 바이올린곡으로 바뀌었다. 결코 제가 교양이 넘치거나, 우아함을 동경하기 때문이 아니었다. 옆에 있는 창으로 새까만 밤하늘이 펼쳐졌다.

제 작은 방은 휴대폰의 화면이 꺼지자 곧 어둠으로 싸였다.

도시 같은 인공의 빛이 없는 이 작은 방은 완벽하게 빛이 차단
되었다.

빛이 차단된 제 몸에서…… 스멀스멀 절망이란 게 기어 나오기
전에 그녀는 잠들려고 애썼다.

5

수많은 눈들이 하나둘 떨어져 나간다

적막한 아침이 제게 낯설게 찾아왔다.

자리끼를 찾는 대신 그녀는 손을 내저어 휴대폰에 있는 음악을 플레이했다. 적막한 공간에 바이올린 음이 울려 퍼졌다. 그제야 그녀는 눈을 다시 감았다.

일찍 일어날 필요가 없었다. 늘 그녀의 삶은 그래 왔다. 늦게까지 일을 하고 느지막이 일어나는 생활…….

하지만 혜진은 몸을 일으켰다. 실은 욕실 청소를 다 하지 못했기 때문에 그걸 해야 했다. 그리고 밖에 있는 박스들도 버려야 했고, 또…… 서툴지만 밥을 챙겨야 할 사람도 있었다.

게다가 각종 청구서들을 받을 주소도 바꿔야 했고, 인터넷도 설치해야 했다. 머릿속을 꽉 채우고 있는 생각 때문에 그녀는 무심하게 끼그덕거리는 계단을 내려오고 있었다. 그러나 거의 다 내려와 두 계단을 남겨 두고 멈춰 서고 말았다.

목조 주택인 데다, 혜진의 방인 다락방이 있는 집은 천장이 높았다. 좁은 대신 높은 천장 덕에 그나마 숨 막혀 보이지 않는 구조였다. 그런데 언뜻 보면 휑한 그 거실의 한가운데, 시커먼 것이 보였다. 검은색의 옷을 입은…… 남자가 서 있었다.

당연히 그냥 그 나무 소파에 똑같이 코트를 입은 채 누워 있을 거라 생각했기 때문일까. 귓가에는 여전히 바이올린의 격한 소리가 울리고 있었다. 망연하게 서 있던 남자는 끼그덕거리는 소리 때문에 시선을 그녀 쪽으로 돌렸다.

어제의 그 싸늘한 눈초리와는 달리 남자의 표정은 멍했다. 모자가 어디로 가 버렸는지 더벅머리 같은 머리는 심하게 뭉쳐 떡져 있었다.

그리고 입고 있던 코트도 완전히 구겨져 형편이 없었다.

그러나 남자의 매끈한 얼굴이 가지는 시각적 아름다움을 빼앗지는 못했다. 남자는 멍하니, 그러니까 진짜 넋이 나간 표정으로 저를 쳐다보고 있었다.

"잘…… 잤어요?"

혜진은 다분히 작위적인 목소리로 이어폰을 빼면서 물었다. 마치 전에 학원에 다닐 때 원장 선생님에게 말하듯. 그러나 남자는 대답이 없었다. 혜진은 아무렇지도 않게 남은 계단을 내려갔다.

"아침…… 아니 점심 먹어야겠네요."

제 눈앞에서 이렇게 현실성이 없는 잘난 남자를 보는 건, 그래도 못난 남자보다는 나았다. 모든 패션의 완성은 얼굴이라고 했으니까. 이왕이면 다홍치마, 기왕이면 잘생긴 남자 아닐까.

혜진은 자신이 세수도 해야 하고 양치도 해야 한다는 걸 알았지만 이 상황에서는 어찌해야 할지 당혹스러웠다. 남자와의 동거는…… 처음이니까.

"저기…… 좀 씻고 올 테니까. 앉아 있는 게 어때요?"

당황하지 않고 말하려고 애썼다. 그러나 남자는 여전히 멍해 보였다. 환자라니까…… 아마 정신적으로 문제가 있는 게 틀림없어 보였다.

그 '사장'이라는 남자는 저 남자가 위해를 가할 거라고는 하지 않았다. 이 집을 볼모로 한 말이었으니, 그러니까 뭔가 나쁜 일은 일어나지 않을 거야……. 혜진은 주춤거리면서 화장실로 들어갔다.

요리 따위를 해 본 적은 없었다. 하지만 값비싼, 최고 사양의 전기밥솥에 봉지쌀을 씻어 넣고, 김치 봉지를 뜯어 물을 붓고 참치 캔을 따 넣었다. 제가 할 줄 아는 유일한 요리였다.

그래도 세 팩에 만 원 하는 기본 밑반찬이 있으니까, 적어도 한두 끼는 먹을 수 있을 거라 생각하고 혜진은 새로 산 그릇 세트를 꺼내 주방 세제로 씻고 있었다. 금방 냄비에서는 그럴듯한 향기가 났다. 그리고 전기밥솥에서도.

막 제가 부산하게 먹을거리를 준비하는데 한참 만에 욕실 문이 열리는 소리가 났다. 생각해 보니 저 남자는 샤워를 하는 것 같았다. 온수를 만들 보일러에 기름도 바닥이어서 그것도 채워 넣어야 했으니 찬물만 나왔을 텐데.

"내 가방은?"

"방에 있어요."

보이지 않는 남자의 목소리가 들렸다. 제 대답을 듣자 방으로 들어가는 소리가 났다. 덩치도 크고, 눈빛도 사나운 남자랑 산다는 게 점점 불안해졌다.

"저기…… 장갑은 왜 안 벗어요?"

제대로 젓가락질을 못하는 남자를 보고 그녀가 물었다. 그러나 대답이 없었다.

코트는 벗었지만 남자는 두꺼운 회색 집업 점퍼를 입고 마치 잡초같이 삐죽거리는 머리를 하고 나왔다. 그나마 제가 사다 놓은 바디 클렌저나 샴푸를 사용한 듯했다.

혜진은 어설픈 참치 김치찌개와 밥, 밑반찬으로 상을 차려 놓았고 남자는 제 앞에 앉았다.

그런데 문제는 남자의 손에 여전히 남아 있는 하얀색의 장갑이었다. 뭐라고 해야 하지…… 그 결혼식용 하얀 면장갑이라고 해야 하나. 남자는 그걸 낀 채였다.

장갑을 끼고 젓가락질을 하니 당연히 제대로 될 리가 없었다. 그러나 남자는 묵묵부답이었다. 잘 집어지지 않는 걸 보고 혜진은 벌떡 일어나 싱크대 서랍 한편에 있던 포크를 가져다 내밀었다.

"이거라도 써요."

그녀의 말을 무시하는 듯했지만 아무리 해도 메추리알 장조림이 집어지지 않자 남자는 포크를 가져다 쿡 찔렀다.

혜진이 푸른색 비닐봉지에 신경을 쓰게 된 건, 눈앞에서 보이는 이상한 모습 때문이었다.

두 면의 창으로는 나른한 가을 햇살이 쏟아졌다. 깨끗하게 씻고 나왔는지 물 냄새와 새 샴푸 냄새를 풀풀 풍기던 남자는 제 앞에서 서툰 젓가락질로 대충 밥을 먹더니 옆에 있던 커다란 비닐봉지 안에 있는 약 뭉치를 뒤적거렸다.

아침이라고 쓰인 약봉지를 꺼내 보기에도 꽤 많은 알약을 삼키더니 채 십 분도 지나지 않아 그 나무 소파 위에 누워서 다시 꿈나라로 가 버렸다.

설거지를 하고 나서 돌아선 혜진은 당혹스러웠다. 물론, 남자가 저를 쏘아보거나 어제와 같은 제 무심한 자존심을 찔러 대는 말을 하지 않아서 다행이긴 했다.

그러나 적막한 공간 덕에 소리에 예민해진 혜진은 밤새 남자가 부스럭거리는 소리를 들어 본 적이 없었다. 그러니 저녁도 먹지 않고 내내 잤다는 이야기인데 멀쩡하게 씻고서 밥을 먹고 채 12시가 되지도 않았는데 또 잠들었다는 건…… 뭔가 부자연스러웠다.

현대약국이라는 지극히 보편적인 이름이 쓰인 파란색의 비닐봉지에는 둘둘 말린 적어도 한 달 치쯤은 되어 보이는 약이 가득 들어 있었다. 아빠도 목수라는 몸을 쓰는 일을 하는 덕에 집에 오면 병원에서 한 달 치나 보름치씩 받아 오는 약봉지가 가득가득했다.

아침 점심 저녁 또렷한 글자가 찍힌 투명한 약봉지에는 언뜻 보아도 예닐곱 개는 넘어 보이는 형형색색의 알약들이 가득 들어 있었다.

적막을 참을 수 없는 그녀의 이어폰에서는 다시 라벨의 차간느가 흘러나오고 있었다.

이게 뭔지는 몰랐다. 한참을 샤인이란 영화에 빠져서 극악의 난이도를 가진 피아노곡이라던 라흐마니노프에 빠져 있었었다. 하도 들어서 무의식중에도 클라이맥스 부분을 외울 때가 돼서 그녀는 가장 흔한 악기인 바이올린곡으로 갈아탔다.

인터넷에 가장 어려운 바이올린곡 하면 나오기에 다운받은 곡인데 무려 9분가량이나 돼서 길기도 길거니와 다채롭기 때문에 하루에 10번 이상 들어도 곡이 외워지지 않을 정도였다. 그래서 요즘은 늘 그녀의 휴대폰 플레이어 윗부분을 채우고 있는 곡이었다.

인터넷 설치 기사는 이따 오후에나 온다고 했다. 보일러 등유도 오후에나 온다는데 깜깜무소식이었다. 남자는 여전히 잠들어 있었다. 혜진은 천천히 잔뜩 뭉쳐 있는 약봉지를 하나 꺼내 들었다.

대부분…… 아주 비싼 약이 아니고서야 이렇게 한 달 치, 두 달 치씩 되는 약은 다 먹질 못하고 꼭 몇 개씩은 남는다는 걸 알고 있는 그녀는 가장 많은 약이 든 저녁이라고 쓰인 봉투를 집어 들었다. 투명한 봉지는 굳이 뜯지 않아도 안쪽의 내용물을 관찰하기에 딱 적당했다

빨간색의 조그마한 알약, 노란 장방형, 마름모꼴의 초록색 약, 커다란 노란색 캡슐, 하얀색의 크고 작은 알약…… 무려 아홉 개나 되는 약이었다. 그녀는 휴대폰으로 약 종류를 찾는 프로그램을 검색했다.

그냥, 솔직히 심심해서였다.

전에 그녀가 감기 때문에 갔던 동네 내과에서 엄청난 양의 알약을 주기에 의아해했더니 학원 동료 강사가 약 검색을 해 보라고 해서 보았더니 쓸데없는 항생제니 소화제니 근육이완제 등이 잔뜩 들어 있었다. 그다음부터는 병원 약을 검색해 보는 게 버릇처럼 되었다. 그래서 투명한 봉투에 잔뜩 든 알약의 종류가 궁금해졌을 뿐이었다.

항우울제, 수면제, 항불안제, 진정제, 소화제, 근육 이완제, 장기능 개선제, 수면제, 수면제…….

"아니, 이게 뭐야……."

제 입에서 나온 말은 순전히 저절로 나온 거였다. 아니 무슨 약이 이래. 수면제 하나만 먹어도 잠드는 거고, 여러 개 먹으면 큰일나는 거 아니었나? 항불안제니 항우울제 같은 것도 결국은 수면제 기능이 있는 약이었다. 이렇게 많이 먹으니 밤새 한 번도 안 깨고 잠만 자게 되지……. 아니 저러다 죽는 거 아니야? 혜진은 저도 모르게 벌떡 일어났다.

제가 너무 벌떡 일어나느라 목제 바닥에 나무로 된 의자가 요란한 소리를 냈다. 그러나 그 소리는 공허하게 울리기만 했다. 여전히 남자는, 마치 잠자는 숲 속의 공주처럼……. 그렇다. 너무 완벽한 얼굴 때문에 딱 그렇게 보이는 남자는 여전히 평온하게 잠들어 있었다.

그게 너무 편안하고 안정돼 보였기 때문에 혜진은 제 휴대폰에 떠 있는 약들의 무시무시한 내용을 보고도 뭐라 할 수 없었다.

"네…… 네, 주소 이전 하려구요. 옮길 주소는……."

오후는 나른하게 지나갔다. 늘 느지막이 일어났기 때문에 은행이라도 갈 일이 있으면 헐레벌떡 난리가 났어야 했다. 토요일이나 일요일이면 늘 그녀의 '애인' 때문에 더 바빴던 그녀였다. 그러니 조용하고 무료한 시골의 오후는 느릿느릿 지나갔다. 출근하고 싶어 하는 곳에서는 아직 연락이 없었다.

다행히 적막을 깨 주는 것이 있었다. 눈앞이 샛노래질 정도로 가득했던 벼를 오늘 드디어 베는 모양이었다. 그것도 기계가 몇 번 왔다 갔다 하더니 그 눈이 시린 노란색은 금방 어디로 가 버리고 앙상한 바닥의 진흙만 보이고 있었다.

혜진은 밖에 있는 흔들 그네에 앉아서 열심히 전화 통화 중이었다. 제 카드와 공과금들이 오는 곳의 주소를 이전하고 있었다. 한참 부산스럽게 전화를 하다가 그녀는 제 손안에 들린 까만 네모를 들여다보고 멈췄다. 끼그덕거리는 소리는 여전히 그녀의 귓가에 서성이고 있었다.

'넌 어떻게 너만 생각하니? 다시 공부를 할 수도 있잖아. 노력해 보지도 않고!'

'나도 나름대로 노력했어. 했는데 안 되는 걸 어쩌라구!'

서운했다. 제가 먼저 희생하듯 그저 그런 자리라도 취직을 해서 같이 맛난 것을 먹고 사랑했던 순간들은, 그렇게 아무렇지도 않게 평가절하되고 또 잊히는가 싶어서.

'다시 하라고! 공부 말이야.'

그렇게 이야기하는 건 좋았다. 그런데 그 뒤에 이제 네가 해 준 만큼 네 뒷바라지는 내가 해 줄게, 뭐 그런 단어가 붙었어야 하는 거 아닌가? 그는 끝내 그런 소리를 하지 않았다.

그동안 제 월급으로 옷을 사고, 끼니를 때우고 한 것들은…… 그냥 당연한 거였다. 그걸 따지고 들었어야 했는데 괜한 자존심에 그러지 못했다.

그가 첫 월급을 다 어쨌는지는 전혀 알 수 없었다. 여전히 버릇처럼 그는 같이 밥을 먹어 놓고도 계산대 근처에는 가지도 않았다. 그걸 보고 그의 월급은 차곡차곡 두 사람의 곳간에 쌓아 두려는가 보다 하고 천진난만한 생각을 했을 뿐이었다.

'내가 그렇게 창피하면, 이제 옆에서 없어지면 되겠네!'

무슨 말을 그렇게 하냐고, 적어도 그랬어야 하는 거 아닌가. 그러나 그는 끝내 아무 말도 하지 않았다. 마치 그 말이 나오길 기다렸다는 듯…….

저를 탐탁지 않게 여기는 직장이나 사사건건 충돌을 일으키는 룸메이트나, 모두 저를 붙잡지 않았다. 너만 없어지면 다들 속이 시원하겠다는 그런 표정이었다.

그래서…… 홧김에 나와 버렸다. 갑갑한 서울의 하늘이 없어지고, 한적한 산과 들이 눈앞에 나타나는 순간 후회했었다. 좀 더 참을걸, 좀 더 이야기해 볼걸……. 그러나 그건 이미 지난 일이었다.

그의 전화는 그 뒤로 단 한 통도 오지 않았다.

젠장……. 그렇기 때문에 뒤도 안 보고 돌아선 거지만, 막상 이렇게 현실에 직면하고 나니 어이가 없었다. 아니 당혹스러워졌다. 돌아설 땐 용기 따위가 있었던 거 같은데, 적막한 이 시골 마을은 저의 숨통을 옥죄고 있었다.

혜진은 그네에서 일어났다. 서늘해진 바람에 집 안으로 들어서려다 우스꽝스러운 집을 올려다보았다.

적어도…… 적어도 이 집만이라도 그냥 제대로 있었으면 괜찮았을까? 적어도 내 살 집은 있으니까, 그러니까 여기서 뭘 하든, 심지어 밭에 나가 상추를 뜯어 하루 품삯을 받더라도 나름 괜찮았을지도 모른다.

하지만 현실은 그렇지 않았다.

적어도 저 남자를 깨워서 뭘 좀 먹여야 할 것 같았다. 저런 약에 찌들어 잠만 자다간 정말 죽을지도 모르니까. 남자가 잘못되는 게 무서운 게 아니라 제가 저 집에서 쫓겨날까 봐 그게 두려운 거란 걸 스스로도 잘 알고 있었다.

막 발을 옮기려는데 뭔가 발에 밟히는 듯해 얼른 물러선 그녀의 눈에 선글라스가 보였다. 제가 밟아 망가뜨리지 않아 다행이었다. 혜진은 그것을 집어 들고는 한동안 내려다보다 집 안으로 들어갔다.

"저기요…… 일어나요!"

남자의 석고상 같은 얼굴은 여전히 깊은 잠에 빠져 있었다. 나른하게 넘어가는 해가 샛노랗게 집 안을 물들이고 있었다.

이 사람을 깨워야 하는 건가? 그러나 그전에 그녀의 휴대폰이 울렸다. 저도 모르게 깜짝 놀랐지만 익숙한 지역 번호가 찍힌 것을 보고 그녀는 제 그런 놀람 자체가 창피해졌다. 아직도 그의 전화를 기다리고 있는 제 마음을 누군가에게 들킨 것만 같아서.

인터넷 설치 기사가 흘긋거리다 가 버렸고, 보일러 등유는 밖에서 해결했다. 우선은 보일러를 가득 채워서 다행이었다. 얼음장 같은 물로 머리를 감지 않아도 되었으니.

이리저리 바쁘다 보니 벌써 어둑해지고 있었다. 분명히 눈앞의 저 남자는 약 기운 때문에 눈을 뜨지 못하는 게 분명했다. 물어보기라도 해야 할까? 혜진은 쌀을 씻어 밥을 안치고 나자 할 일이 없어져 남자를 쳐다보고 있었다. 무슨 일 때문에 저런 남자가 저런 몹쓸 병에 걸렸을까.

분명히 항우울제 같은 것은 우울증이니 공항장애니 하는 병들에 쓰일 거라 생각했기 때문이었다.

다들 배가 불러서 그런 정신병 따위에 걸리는 거야. 정신분열도 아니고 우울증 따위는 왜 걸리는지 이해를 할 수가 없었다. 저렇게 팔자가 좋은데 왜 정신을 놓고 사는데…….

괜히 화가 난 혜진은 제 귓가에 들리는 바이올린 음의 볼륨을 높였다. 마침 반주인 오케스트라의 피리 소리가 나비처럼 나풀거리고 있었다.

아침 약은…… 약 기운이 그래도 좀 약하다.

전처럼 칼같이 사람을 깨워 다시 잠드는 약을 시간 맞춰 먹이는 게 아니라서 제 생활 패턴이 흔들리고 있는 것 같았다. 물론 그 패턴이라는게 먹고 자고 먹고 자고의 반복이었지만.

그러나 아무렴 어떠랴. 이곳은 시계 따위가 없어서 다행이었다. 멍하니 밖을 내다보다 이상한 어색함이 느껴졌다. 그게 뭘까 한참이나 흐릿한 기억을 더듬어 보니 샛노랗던 배경이 거무죽죽하게 변해 있었다.

그러나 그걸 채 깨닫기도 전에 어둠은 내려앉았고 칙칙거리는 요란한 소리를 내면서 밥솥에서 밥 냄새가 쏟아져 나와 작은 공간을 꽉 채웠다.

뭔가 눈앞이 흐릿해지는 느낌이기도 했다. 전에는 밥 냄새가 끔찍하게 싫었다. 아마 대량으로 만드는 식사는 공장에서 만들어 내는 물건 같은 느낌이었기 때문일까. 싸구려 학용품이나 장난감을 포장지에서 뜯으면 나는 휘발유나 염료 냄새 같은 그런 악취를 맡는 기분이었다.

그러나 이 조용한 집 안에 퍼지는 밥 냄새는 그렇지 않았다. 별로 느껴 본 적이 없는 낯선 느낌이지만 어딘지 포근했다. 그는 나무 의자에 여전히 몸을 쭈그린 채 멍하니 앉아 있었다.

"일어났음 좀 먹어요. 그런데 그렇게 자꾸 먹고 자기만 하면 몸이 견디겠어요? 여기 공기도 좋은데 좀 나다니기라도 하지……."

도통 맛 따위를 느끼지 못했기에 반찬 따위는 상관없었다. 영양

제 주사니 링거니 하는 게 없으니 의무적으로 먹어야겠다는 생각이었지만, 제 앞에서 열심히 밥을 먹는 여자는 그가 뭘 먹든지 신경 따위 쓰지 않고 혼자 꾸역꾸역 잘도 먹는 게, 오히려 식욕을 돋우는 느낌이었다.

늘 화려한 화장과 치장을 겸비한 여자들만 보았기 때문인지 처음에는 화장기 하나 없는 맨얼굴이 당혹스럽긴 했다. 그러나 나름 눈에 익어서인지 그런대로 괜찮아 보였다.

여자의 첫인상은…… 수심에 차 보였다. 아마 그게 철이 든 모든 인간의 맨얼굴일 것이다. 걱정 근심 따위 없는 사람이 몇이나 있을까.

그러나 그런 여자의 얼굴은 괜찮아 보였다. 아니 그건 제 귀찮음에 기인한 쥐똥만큼의 관찰력 때문일 것이다. 어차피…… 저 여자도 언젠간 눈앞에서 없어질 테니까.

굳이 관찰 따위를 할 건 아니었지만, 제 본능만큼이나 탁월한 시선 속에 어제와 똑같은 반찬이 보였다. 찌개는 어제 것을 데우기만 했는지 고기 건더기 따위가 현저하게 줄어 있었다. 그는 별생각 없이 윤기가 좔좔 흐르는 밥알만 떠먹고 있었다.

"장갑은 굳이 왜 끼고 있는지 모르겠지만, 포크 줄까요?"

여자가 조그마한 디저트용 포크를 내미는 걸 말없이 받아 들었다. 젓가락질은 여전히 그에게 낯설었으니까.

막 적막한 저녁 식사가 끝나 갈 무렵이었다. 어디선가 노랫소리가 울렸다. 휴대폰의 벨소리였다.

제 주머니 어딘가에도 지석이 끼워 넣은 휴대폰 따위가 있다는 걸 알고는 있었지만 그 전화기가 울릴 리는 없었다. 그건 꽤 오래전의 일이니까. 그 사실을 입증하듯 여자는 벌떡 일어나 싱크대 위에 있던 검은색 휴대폰을 집어 들었다.

"어? 아저씨가 웬일이세요?"

제게 말하던 목소리가 아니었다. 여자는 전화기를 들고 부엌을 빠져나갔다. 마치 제가 듣길 원치 않는다는 듯.

"네? 아니 그럴 리가……."

갑자기 여자의 목소리가 급격하게 바뀌었다. 그는 숟가락을 놓고 옆에 놓인 생수병의 물을 컵에 따르고 있었다.

"아니 그게……."

〈그 처녀가 서랍장이랑 옷장은 아가씨 거라고 가지고 갈 거라고 했단 말이지. 그런데 그렇게 소식이 없으면 어떡하냐고. 다음 세입자 들어오기로 했는데 비워 줘야 할 거 아니야.〉

"그게 무슨 소리예요? 그럼…… 보증금은요?"

〈당연이 다 칼같이 입금해 줬지.〉

"누구한테요?"

당황한 혜진이 소리쳤다.

〈누군 누구야. 그 처녀한테지. 하여튼 이거 어쩔 거야?〉

"아저씨! 내 돈은요! 내 돈을 영숙이한테 다 줬단 말이에요?"

혜진이 소리쳤다.

〈왜 소릴 질러! 그게 아가씨 돈인지 누구 돈인지 내가 어떻게 알아! 계약자한테 돌려주는 거지. 하여튼 저거 장롱하고 서랍장 어쩔 거냐고!〉

전화기 속의 목소리도 지지 않고 그녀에게 소리쳤다.

"뭐…… 뭔가 잘못된 거예요. 제가 영숙이한테 전화해 보고 다시 연락드릴게요!"

이게…… 이게 무슨 미친 소리인가. 분명히 룸메이트인 영숙은 방이 안 나간다고, 나가면 연락한다고 하지 않았던가? 그게 바로 몇 시간 전의 일이었다.

그런데 주인아저씨의 말에 의하면 벌써 어제 이사를 나갔다는 건데……. 분명히 낡은 옷장과 서랍장은 영숙의 것이었다. 혜진은 보증금을 더 보태고 몸만 들어간 거니까. 그런데 그 짐을 제 거라고 떠넘기고 가 버렸다는 게 원룸 주인아저씨의 말이었다.

전화는…… 받지 않는다는 메시지만 되풀이되었다. 몇 번을 전화해 봐도 그랬다.

"받아! 이 나쁜 년아!"

홧김에 지른 제 앙칼진 소리에 멀뚱하니 있던 남자가 저를 쳐다보는 것을 보고서야 그녀는 말문을 닫았다.

아니, 어떻게 이럴 수가.

여전히 전화는 연결되지 않았다. 혜진은 뛰듯이 다락방에 올라가 제 웃옷과 차 키를 찾아 들었다. 남자는 여전히 멍하니 저를 쳐다보고 있었다.

그러나 그걸 돌아볼 새도 없이 혜진은 문을 열고 나섰다. 그러고는 급하게 제 차에 올라탔다.

이럴 때, 아빠의 유품인 고물차라도 있는 게 천만다행이다 싶었다. 혜진은 더 이상 생각할 새도 없이 급하게 시동을 걸고 나섰다.

그 돈이 어떤 돈인데…….

여자가 마치 폭풍우 치듯 한바탕 난리를 치고 나간 집 안은 적막에 빠졌다. 물론…… 이 집은 늘 조용했다. 소란스러운 때란 저짐들이 들어올 때뿐이었으니까.

그는 멍하니 앉아 있다가 약봉지를 찾아 들었다. 그것을 찌익 소리를 내면서 뜯었을 때 문득 여자의 목소리가 공허하게 울리는 것 같았다.

'아저씨! 내 돈은요!'

그는 저도 모르게 피식 웃고 말았다. 유난히 개수가 많은 알약이 든 봉지를 장갑을 낀 손으로 뜯는 순간 그의 움직임 때문에 또 르르르 소리를 내며 조그마한 알약 몇 알이 바닥으로 떨어졌다.

그러나 몸을 굽히고 그것들을 주을 생각은 없었다. 그리고 둔한 장갑을 낀 손은 그것들을 찾는다 해도 집지 못할 것이라는 것을 알고 있었다.

그는 그냥 제 장갑 낀 손 위에 남은 것들을 입안에 털어 넣었다. 늘 그렇듯 이제 때가 타 칙칙해 보이는 장갑의 먼지가 같이 입에 들어가는 게 느껴졌지만 아무렇지도 않은 듯 식탁 위에 놓인 생수병을 집어 들어 그 약들을 삼켰다.

아일랜드 식탁 위에는 두 사람의 식사 흔적이 고대로 남아 있었지만, 그는 아랑곳하지 않고 또다시 나무 의자 위의 제자리로 가 자리를 잡았다.

누우면 금방 의식은 커튼을 친 듯 사라졌지만, 그게 바닥에 떨어진 약들이 하던 역할이었는지 지금은 몽롱해지는 정신이 그다지 빨리 끊어지지 않고 서성이고 있었다.

'받아! 이 나쁜 년아!'

소리를 지르던 여자의 표정이…… 갑자기 떠올랐다. 저에게 뭔가 먹으라고 하던, 그런 표정은 아니었다.

문득 자리가 불편해 몸을 틀다 눈이 떠졌다. 아마 불이 켜져 있어서일까, 아니면 약 기운이 덜해서일까. 얼마나 시간이 흘렀는지는 알 수가 없었다.

그는 자리에서 일어났다. 그러고는 주방에 가서 여전히 널려 있는 그릇들을 보다 겨우 손가락 한 마디쯤 남은 생수병의 물을 마저 마시고 한참이나 스위치를 찾다 주방에 켜진 불을 껐다. 금방 어둠이 내려앉았다.

아주 낯선 어둠이었다. 늘 어둠의 가장자리를 비집고 들어오는 비상구를 알리는 푸른 불빛이라든지, 하다못해 건너편 건물의 불빛이라든지, 그것도 아니라면 밤 순찰을 도는 간호사들의 손전등 불빛이 늘 존재했었다.

그런데 이 낯선 적막 속에는 그런 것들이 하나도 없었다. 그러나 완전한 어둠이 제 앞에 내려앉지는 않았다. 두 면이 커다랗게 나 있는 창으로 하얀 빛이 쏟아져 내렸다.

낯선 빛이었다. 마치 책도 읽을 수 있을 만큼…… 그런 하얀 빛.

창밖에는 새카만 비단의 커튼을 친 것 같은 밤하늘 가득 반짝거리는 것들이 흩어져 있었고, 그 가운데 하얀 빛을 쏟아 내는 귀퉁이가 약간 이지러진 둥그런 것이 내다보였다.

저것을 본 지 얼마나 되었을까.

강물 위로 부서지던 하얀색의 달빛. 언제였지? 어디서였지…….

문득 기억이 떠올랐다. 창밖으로 잘게 부서지던 잘자흐 강물 위였다는 것이.

돌아서서 제가 누워 있던 자리에 가 다시 누우려는 순간, 여자는 대체 어디로 갔을까 하는 생각이 들었다.

자리에 눕자 창밖에 반짝이는 것들이 마치 저를 쳐다보는 눈 같아 향긋한 세제 냄새가 아직도 남아 있는 이불 속으로 고개를 파묻었다.

그 수많은 눈들은 하나둘 제 의식 밖으로 떨어져 나갔다.

6

화창한 오후는 그림자를 둘둘
담요처럼 감는다

그는, 예민한 편이었다.

그래서 전에도 늘 약을 달고 살았고, 그 덕에 예전에 나온 약들은 다들 내성이 생겨 그의 약봉지에는 다양한 종류의 신약들이 들어 있었다. 그러나 그것도 슬슬 약효가 떨어지고 있었다.

한마디로 그는 조금, 아니 많이 특이한 체질이었다. 덜컥거리는 문소리에 그의 오락가락하던 정신은 완전히 깨져 버리고 말았다. 눈을 뜬 그의 앞에 새파란 것이 보였다. 잠깐의 시간 후에 그게 구름 한 점 없는 새파란 가을의 하늘이란 걸 알고 난 뒤에 그는 뒤에서 난 소리에 몸을 일으켰다.

그는 눈을 찡그렸다. 눈에 들어오는 하늘이 너무…… 파랬다. 그런데 그 새파란 창밖의 하늘 옆으로 여자가 칙칙하게 푸르스름한 점퍼를 입은 채 힘없이 들어서더니 마치 **뻣뻣한 마네킹**처럼 멍하니 서 있었다.

시계가 없었지만 해는 정수리께에서 한참 비껴가 있었다. 분명히 어제 저녁을 먹다 뛰어나갔고, 여자의 표정을 보건대 일이 제대로 풀리지 않은 모양이었다.

아니 제대로 풀리지 않은 정도가 아닌 듯했다. 달그락 소리와 함께 여자의 손에서 자동차 열쇠와 잡다한 열쇠 꾸러미가 떨어져 나무 바닥에 나뒹굴었다. 그리고 그가 뭐라 말도 하기 전에 여자는 털썩 바닥에 주저앉았다.

여자의 표정만 보아도…… 그는 저 여자에게 뭐가 필요한지 알 것 같았다. 그는 몽롱한 사지를 흔들어 깨우려고 애썼다. 약은, 죽이고 싶은 이 정신은 어쩌지 못하면서 거추장스럽게 제 사지만 묶어 놓았다.

한참 만에 그가 몸을 일으켰는데도 여자는 여전히 망연한 표정으로 마룻바닥에 앉아 있을 뿐이었다. 툭 쓰러질 것도 같은데 그러진 않았다. 그는 그 이유를 알 것 같았다.

마치 무슨 젤리로 꽉 찬 수영장 안을 걷는 것 같은 느낌이었다. 그러나 그는 열심히 제 흐느적거리는 사지를 움직였다. 그러곤 냉장고로 가서 무슨 육중한 금고를 열듯 용을 써서 문을 열고는 생수병 하나를 꺼내 들었다.

그리고 조리대 겸 식탁인 아일랜드 탁자 위에 놓인 푸른색의 비닐봉지를 열었다. 보기에도 짜증이 확 나는 둘둘 말린 약봉지 가운데서 아침이라고 쓰인 봉지 하나를 잡아 뜯었다.

투명한 비닐은, 며칠째 끼고 있어서 이제는 회색빛이 돼 가는 장갑으로 감싼 손가락이 풀풀 먼지를 내고 있는데도 쉽게 제 몸을 찢어발기는 걸 허락하지 않고 있었다. 아무리 애를 써도 마치 유리 껍질 같은 비닐은 제 헛손질을 허락하지 않았다.

그는 뒤를 돌았다. 여자가 엎어져라도 있으면 그는 그만뒀을 것이었다. 그러나 여전히 여자는 망연하게 어딘가를 보면서 앉아 있었다. 그래서…… 그래서 그는 저도 모르게 오른손에 있던 회색빛이 되어 가는 장갑을 벗겨 냈다.

하얗고 긴 손가락이 드러난 손은 쉽사리 투명한 비닐 팩을 찢을 수 있었다. 꽤 오랜 시간 동안 둔탁한 천으로 쌓여 있던 손가락 끝에 느껴지는 느낌이 생경했다. 그러나 그걸 느낄 새도 없이 나무로 된 탁자 위에 크고 작은, 형형색색의 알약들이 흩어졌다.

그 손은 그중에 하얀색의 가장 작은 알약 하나를 골라냈다. 그러고는 다시 뒤를 돌아보았다. 여자는 여전히 멍한 표정으로 앉아 있었다. 그는 노란색의 마름모꼴 알약을 하나 더 골라냈다.

골라낸 두 개의 알약을 꾸질꾸질한 왼손 위에 올려놓고는 마치 헝겊 조각 같은 장갑을 매끄러운 손 위에 다시 꼈다. 그러고는 생수병을 들고 여자에게 다가갔다.

"먹어."

여자의 공허한 눈이 저를 쳐다보았지만 그는 아랑곳하지 않고 생수병과 터무니없이 작은 알약 두 개를 내밀었다.

"먹어. 그리고 자."

여자의 눈이 새빨갛게 물들어 있었다. 이유가 뭔진 알 바 없었다. 그러나 이게 필요할 거란 건 명확했다. 그는 여자의 입에 알약을 밀어 넣고 물을 내밀었다. 그리고 힘주어 다시 말했다.

"먹어."

그는, 그 조그마한 알약의 전지전능한 힘을 알고 있었다. 그리고 그것은 대부분의 사람에게 그 능력을 발휘했다.

분명히 오랫동안 운전을 하고 뜬눈으로 지샜을 여자에게 약은 분명한 전능의 힘을 발휘했다. 그가 막 반쯤 빈 생수병을 탁자 위에 올려놓고 제 약을 찾으려는 순간 둔탁한 소리가 났다.

평소 여자의 공간인 저 가파른 계단 위로 여자를 끌고 가기엔 제 힘이 부치다는 걸 알고 있었다. 계단이 어마어마하게 가팔랐으니까. 그는 축 늘어진 여자를 안고 제 캐리어가 있는 방으로 갔다. 그 방에도 침대가 있는 것을 봤으니까.

바닥은 좀 많이 차가웠다. 그렇다고 제 나무 의자를 내줄 수는 없었다. 여자는 제법 키가 큰 것 같았는데 그에 비해 매우 가벼웠다. 신기할 정도로.

어차피 각자 삶에는 그만큼의 무게가 있는 법이었다. 그러나 여자는 형편없이 가벼웠다. 푸른 창밖의 해는 벌써 붉은 빛을 내며 넘어가고 있었다. 그는 잠시 고민하다 새 약봉지를 뜯었다.

"그냥 가려고?"

"자고 있어. 키 위에 올려놨으니까. 괜찮을 거야."

새로 산 고가의 버버리 코트의 구김을 펴면서 여자는 흘끗 뒤에 서 있는 커다란 차를 쳐다보았다. 매끈한 푸른색의 바디와 가운데 노란색의 말이 그려진 로고가 어마어마한 가격이라는 버프를 받아 더욱더 근사하게 보였다.

이런 시골 촌구석에 세워 두기조차 아까운 차였다. 하지만 엄연하게 차의 주인은 제가 아니었다. 그녀는 열심히 구김을 펴고는 다시 마치 이상한 나라의 앨리스에나 나올 법한 요상한 집을 쳐다보았다.

"진짜 미스터리다."

"신경 꺼."

지석이 신경질적으로 내뱉은 후 주머니에서 담배를 꺼냈다.

"이제 좀 끊지?"

"차에 들어가 있어."

민주가 입술을 삐죽거리면서 제 차에 들어서는 걸 보고 그는 폐에 스미는 니코틴을 음미하면서 새파란 하늘을 응시했다. 담배가 타들어 가는 동안 지석은 그가 깨날 때까지 기다릴까를 고민했다. 그러나 분명히 그가 말했다. 안 오는 게 좋을 거라고. 그리고 그게 나은 건 사실이었다.

그는 옆에 있는 낡은 빨간색의 아반떼 승용차를 보고 있었다. 그 여자가 어디로 갔는지 안 보인다는 게 이상하긴 했다. 전화를 해 볼까 하다가 말았다. 뭔가 문제가 있다면 먼저 전화를 했겠지.

게다가 집 안에 금방 밥을 먹은 것 같은 흔적이 있었다. 뭐 실하지는 않지만 밥을 먹는 모양이었고, 게다가 그의 몫도 비워진 채였다. 뭔가를 먹고 있는 건 사실이었다─물론 지석은 그 상이 어젯밤에 벌여 놓은 채 그대로 있다는 건 모르고 있었다.

그의 얼굴도 좀 괜찮아 보였다. 그리고 무엇보다도 코트를 벗고 선글라스와 모자까지 벗은 걸 보니 괜찮아 보였다. 옷을 갈아입었다는 거 자체가 호전됐다는 증거니까. 며칠 더 두고 봤다가 다시 오는 게 나을 것도 같았다. 게다가 저도 할 일이 많았다.

지석이 제 차의 문을 열었다. 이 차를 운전하고 왔던 민주는 얌전하게 조수석에 앉아서 거울을 보며 화장을 고치고 있었다.

"여기서 30분만 가면 속촌데, 가서 우리 물회라도 먹고 가자. 여기까지 왔는데."

"바빠."

그가 무표정하게 차에 올라타자 민주는 다시 입술을 삐죽거렸다.

"그렇게 바쁜 사람이 여기까지 와서 차를 갖다 놓는 건 뭔데? 뭐 저 차 타고 다니기나 하겠어?"

그러나 그는 대답이 없었다. 그가 시동을 걸자 민주가 소리쳤다.

"그냥 가려고? 저건 어쩌고, 저거 그냥 차에 두려는 거야? 미쳤어?"

"차 문 잠겨 있어."

지석이 아무렇지도 않게 대답했다.

"저게 얼마짜린데! 여기 가지고 온 것도 어이가 없는데 저걸 그냥 저기에 두고 간다고?"

"보험 들었어. 누가 훔쳐 가도 팔지도 못해."

민주는 어이가 없어 대답도 할 수 없었다. 그러는 사이 지석의 벤츠는 벌써 움직이고 있었다.

"지석 씨!"

"괜찮아. 신경 꺼!"

"난 몰라! 무슨 일 나도."

"그래. 넌 모르는 일이야."

그가 담담하게 말하면서 가속 페달을 밟았다.

무슨 소리가 나는 것 같았다. 그래서 눈을 떴다. 그러나 제가 눈을 떴는지 감았는지 분간이 가지 않았다. 눈앞이 캄캄해서 몇 번 눈을 깜빡거리자 어둠 속에 뭔가 희미한 것들이 보였다. 그러니 제가 눈을 뜬 게 맞았다.

혜진은 저도 모르게 벌떡 일어났다. 그러나 곧 제가 누워 있는 곳이 이제는 남의 것이 된 아빠의 집 안방이라는 사실을 금방 알아채고는 몸을 일으켰다.

죽지 않고 여기 온 것만 해도 다행이었다. 너무 화가 나고 기가 막혀서 제 뇌는 극도의 흥분 상태를 멈출 수가 없었다. 그러나 지금은 마치 그때의 순간이 몇 년 전쯤의 일인 듯 생각될 정도로 머릿속이 착 가라앉아 있었다. 마치 깊은 심해처럼…….

혜진은 몸을 일으켰다. 그러자 곧 극도의 허기가 몰려왔다. 지금이 몇 시쯤 된 걸까.

그 밤중에 제가 살던 원룸으로 달려간다고 해서 뭔가 있을 거라 생각했을까? 원룸 주인과 고래고래 소리를 지르고 싸우다가 아침까지 버텨서 영숙의 직장으로 달려갔지만, 이미 직장은 옮긴 상태였다.

분명히 그만두니 어쩌니 하고 있었던 걸 알고 있었다. 남 헐뜯길 좋아하고 입이 싼 여자였다. 그에 못지않게 몸조차. 물론 처음에는 그렇지 않았지만 그녀에 대한 호감이 경멸로 변하면서 그런 것들만 눈에 보이게 됐기 때문이었을 것이다. 그러다 보니 사사건건 부딪쳤던 거였다.

화가 머리끝까지 난 혜진이 나가자마자 옳다구나 하고 일을 벌인 모양이었다. 돈도 돈이었지만, 인간적으로 너무 화가 난 상태였다. 차를 끌고 다니면서 사고를 치지 않은 게 다행이었다.

그러나 결국은 그 넓은 서울 바닥에서 갈 데가 없었다. 경훈에게 연락을 할까 말까 고민하다 결국 내려온 거였다. 도무지 진정을 할 수 없을 것만 같았다. 그런데…… 무슨 일이 있었지? 왜 저는 여기서 누워 있었던 걸까.

혜진은 뭔가 어렴풋이 생각이 나는 것도 같았다. 우선은 뭘 좀 먹어야 할 것 같았다. 살아야 하니까, 살아남아서 고소를 하든 어쩌든 해야 하는 거니까.

문을 열자마자 하얀 빛이 쏟아져서 눈을 가려야 했다. 거실에 환하게 불이 켜져 있었다. 다만 창밖이 깜깜한 것으로 보아 밤인 모양이었다.

그때 낯선 소리가 들렸다.

"빵에…… 곰팡이가 폈어."

저도 모르게, 그러니까 정말이지 뇌가 인식도 하기 전에 제 입에서 요란한 웃음소리가 터진 건 왜일까.

제 세상에는 지금 하늘을 받치고 있던 기둥 따위가 뚝 부러졌기 때문에 바닥은 치솟아 뒤집히고 천장은 무너져 내리고 온몸에 있는 털 하나까지 부들부들 떨리고 있을 만큼 상태가 엉망이었다.

비록 무엇 때문인지 뇌가 뚝 잘려진 것처럼 푹 잤다지만, 눈을 뜨니 부러지고 무너진 세상은 변함이 없었다. 이걸 어떻게 치워야 할지, 어떻게 고쳐야 할지 엄두도 나지 않았다. 그래도 어떻게든 해야 하니까 눈을 뜨고 일어선 거였다.

그러나 제 눈앞에 있는 사지 육신이 멀쩡한, 하지만 정신은 나사 한두 개가 아니라 한 열댓 개쯤 빠져 데굴데굴 굴러다니는 것 같은 남자가 겨우…… 빵에 곰팡이가 폈다고 투덜거리고 있었다.

재밌어라……. 제기랄. 이게 무슨 블랙 코미디 같은 장면이란 말인가.

그 순간 그녀의 입에서 쏟아져 내리던 히스테릭한 웃음소리가 뚝 끊어졌다. 그걸 물끄러미 보고 있던 남자가 말했다.

"배고파."

혜진은…… 무언가가 필요했다. 뭔지 모르지만 무언가가 절실하게 필요했다.

"지금…… 배고프다는 말이 나와?"

"……."

그는 제가 무슨 잘못을 했는지 전혀 모르겠다는 표정이었다. 그 냥 멍하니 서 그녀를 쳐다볼 뿐이었다.

"어떻게 나한테 그런 소릴 할 수가 있어? 당신들은 등 따시고 배부르고 이런 집 따위 껌 사듯 사는데…… 왜 배가 고픈 건데?"

제 말이 억지라는 것조차 그녀는 알 겨를이 없었다.

"무려 사 개월이나…… 하하 호호거리면서 내 앞에서 베프니 어쩌니 하던 년이 내 전 재산을 가지고 날라 버렸어. 내 피 같은 돈 오백만 원을! 그 지긋지긋한 고시원에 벗어나려고 먹을 거 못 먹고 입을 거 못 입고 모은 돈이라고! 옆방에서 샤프가 사각거리는 소리 들리는 거 느껴 봤어? 정말이지 팬티 갈아입는 소리까지 다 들린다고. 내가 왜 난청인 줄 알아? 그거 듣기 싫어서 24시간 내 내 이어폰을 끼고 있어서 그런 거거든. 나한테 분명히 그깟 치사한 푼돈 필요도 없다고 해 놓고…… 그렇게 한밤중에 도망을 갔단 말이야. 그 썩을 년이! 그런데 배가 고프냐고!"

그는 멍하니 악을 쓰는 여자를 보고 있었다.

"니들이, 한도가 어마어마한 카드 따위 그냥 아무에게나 던져 주는 니들 같은 것들이 돈 오백만 원이 얼마나 대단한 돈인지 알기나 해? 알기나 하냐구!"

다분히 억지였다. 한참이나 쏟아 내고 나니…… 그게 느껴졌다.

난 왜 이 남자한테 이러는 걸까. 그제야 겨우 깨달은 혜진은 입을 다물었다. 그러나 제 입에서 쏟아진 말들은 이미 엎질러진 물이었다. 저 남자가 어마어마한 건망증이 있어서 다 잊어버렸으면 좋겠다 싶었다. 그러나…… 그러진 않을 것이다.

갑자기 적막이 쏟아져 내렸다. 이 적막을 어찌해야 할까 싶은데 멍한 표정의 남자가 그녀를 내려다보더니 말했다.

"몰라."

남자를 쳐다볼 수 없어 새까만 창밖을 쳐다보던 혜진이 고개를 돌렸다. 여전히 토스트기 앞에 식빵 봉지를 들고 있던 남자가 적막 속에서 천천히 말했다.

"몰라. 돈 오백만 원이 얼마나 큰돈인지. 아니, 난 이 식빵이 얼 만지도 몰라. 단 한 번도 내가 뭘 사 본 적이 없으니까. 난 아는 것도 없고 할 줄 아는 것도 없어. 그런데 배가 고픈 건 알아지는 게 아니잖아. 그냥 고픈 거야. 배가 고픈 걸…… 미안해해야 하나?"

"……."

이 남자 잘못은 아니지 않은가. 그녀는 제 앞에 멍하니 서 있는 남자를 쳐다보았다.

남자의 시선이 멍하니 텔레비전에 꽂혀 있는 게 다행이었다. 유선이니 아이피 티비니 따위를 신청하지 않아서 새로 산 텔레비전에서는 공중파 방송밖에 나오지 않았다. 사실 혜진은 텔레비전 따위 볼 시간이 없었기에 그냥 텅 빈 공간을 채울 인테리어 용품이 필요한 것뿐이었다.

텔레비전에서는 장황한 광고 방송이 나오고 있었고, 남자는 늘 침대처럼 사용하는 나무 소파에 앉아 멍하니 그것을 보고 있었다. 혜진은 뜨거운 물이 콸콸 나오는 개수대 앞에서 설거지를 하고 있었다.

혜진은 오로지 이 남은 음식물 쓰레기를 어디에 버려야 하는가 같은 생각에만 골몰하고 있었다. 그러지 않으면 너무 창피해서 죽을 것 같았으니까.

저 남자의 잘못은 아니지 않은가. 아니 저 남자 덕분에 이렇게 돌아올 곳이라도 있으니 다행이라 생각해야 했다.

제 통장에 잔고가 얼마나 빈약한지 잘 알고 있는 그녀는 아무리 시골이라도 어디 발 뻗을 방 하나 구할 수 없을 거란 것도 잘 알고 있었다. 이런 괜찮은 집에 아무런 부담 없이 살 수 있다는 건 다행이었다. 그러니 적어도 이 집의 '주인 총각' 한테 그러면 안 되는 거였다.

띵동.

경쾌한 벨소리가 울리자 혜진은 급하게 싱크대 서랍장에 넣어 두었던 카드를 꺼내 들고 현관으로 뛰어갔고, 그걸 남자는 멍하니 쳐다보았다. 한참이나 부산스럽게 무언가를 주고받던 여자의 손에 뭔가가 들려 있었다. 근사한 향기가 났다.

"이리 와요."

금방 치워진 식탁 위에는 양념 치킨과 후라이드 치킨, 무와 썰어 놓은 양배추 그리고 페트병에 든 생맥주 따위가 차려졌다.

"설마…… 치킨도 안 먹어 본 거 아니죠?"

그 한 사장이 주고 간 카드로 결제한 것이지만 마치 제가 사는 듯 혜진은 부산스럽게 머그컵을 꺼내고 앞 접시와 나무젓가락을 건넸다.

이런 걸 처음 보는 남자는 망연하게 쳐다볼 뿐이었다.

"살 발라 줄까요?"

아무래도 꾸질꾸질해진 장갑을 낀 손으로 젓가락질을 해서 닭 살을 발라 먹진 못할 것 같아 보였다. 아까 제가 퍼부은 게 미안했던 혜진은 나름대로 살을 떼서 남자 앞의 접시에 놓았다. 배가 고

팠는지 그는 망설이다 겨우 닭 살을 집어 들었다. 한참을 무안하게 닭 살을 씹던 남자가 말했다.

"맛있네."

"그럼 이것도."

머그컵에 잔뜩 생맥주를 따랐다. 그걸 한참 찡그리며 쳐다보던 남자가 한 모금 마시더니 인상을 더 찡그렸다.

"설마 맥주도 처음 먹는다는 건 아니죠?"

시골답지 않게 잘 튀겨진 치킨과 싸한 맥주가 시원하게 식도를 타고 내려가자 그나마 기분이 나아진 혜진이 물었다. 탁자 건너편 의 남자는 고개를 끄덕였다. 어이없게도.

늦은 시간, 밖에서 문을 열고 들어오는 혜진의 손에는 소주 두 병이 들려 있었다. 술을 좋아하는 건 아니었다. 아니, 그 반대였다. 엄마의 지긋지긋한 주사가 싫었으니까.

그러나 나이를 한 살 두 살 먹어 감에 따라 점점 그 지긋지긋한 엄마란 여자와 비슷해지는 게 느껴졌다. 지금은 아니었지만 언젠 간 그 이해할 수 없는 행동들을 이해하게 될까 봐 겁났다.

온기가 있는 집 안에 들어서자 남자는 늘 하듯 똑같이 나무 소 파 위에 쪼그리고 누워 있었다. 제가 나간 사이에 약을 먹은 걸까? 그러나 치킨의 잔해가 널브러진 탁자 위에는 약봉지가 없었다.

술을 정말 처음 먹는 걸까? 겨우 머그컵에 있는 맥주 반 잔을 마신게 다였다. 정말 이 매끄러운 얼굴을 가진 남자는 식빵의 가격 이나 치맥 따위도 모르고 살아온 걸까?

설마……. 아마 정신병자일 테니까, 기억이 안 나는 건지도 모 르고 혹은 정말 정신병이 심해서 갇혀서 살았는지도 모른다 싶었다. 그러나 그다지 무섭지는 않았다. 남자의 생김새가 키가 크다뿐이지 마치 온실 속에서 자란 공주처럼 근사해서였는지도 몰랐다.

혜진은 남은 양념 치킨 상자를 제 앞으로 당긴 후에 맥주를 마셨던 머그컵에 새로 산 차가운 소주 한 병을 따서 반쯤 부었다. 그러고는 제 휴대폰을 보고 있다가 충동적으로 전화를 걸었다.

"나 언제부터 출근하면 되니?"

최대한 밝은 목소리를 내려 했지만, 그게 뜻대로 되지 않았다.

커다란 창으로 눈부신 빛이 쏟아져 내리고 있었다. 근래에 처음 듣는 새 소리가 시골의 오전이란 걸 알려 주려는 듯 요란했다.

어젯밤 은진의 말을 듣고서야, 오늘이 토요일이라는 것을 알았다. 백수에겐 시간관념 따위는 없으니까.

한번 틀기 시작했더니 이젠 버릇처럼 그녀는 텔레비전을 틀어 놓았다. 쓸데없는 프로들이 나오고 있었지만, 소음을 내는 제 역할에는 충실했다. 막 치킨의 잔해를 치우고 싱크대를 청소하고 있는 사이에 그게 마음에 들지 않는 이가 새로운 소음을 내고 있었다.

"시끄러워."

그러나 혜진은 못 들은 척했다.

"시끄럽다고."

마치 좋아하는 여자아이한테 장난을 치는 개구쟁이 아이처럼, 그녀는 여전히 텔레비전 소리를 크게 틀어 놓은 채로 요란한 물소리를 내면서 설거지를 했다. 그리고 나서는 인상을 찡그리며 몸을 일으키는 남자에게 말했다.

"일어났으면 창문 좀 열어 놓을게요. 먼지 때문에."

커다란 창문까지 열어젖혔다. 청량한 가을바람이 스며들어 오는 게 나름 괜찮았다. 그러다 그녀의 손이 멎었다. 창밖의 낯선 물체 때문에.

한눈에 봐도 어디 잡지 혹은 영화에나 등장할 법한, 차에 대해서 전혀 모르는 그녀가 봐도 억 소리 나게 생긴 비싼 외제차가 울타리에 바싹 붙어 있었다.

분명 이 근처에는 저런 차가 있을 만한 집이 없었다. 펄이 든 새파란 색조차 괴리감이 느껴지는 차는 바닥에 찰싹 붙은 채 그녀의 손을 멎게 했다.

"저거…… 그쪽 거예요?"

저거가 뭔지, 그쪽이 저를 가리키는지도 잘 모르는 남자는 낯선 머릿속의 뭉긋한 통증의 정체를 찾아내려고 애썼다. 어제 약을 안 먹고 잤던가?

"이봐요!"

고개를 돌리던 혜진은 텔레비전 선반 앞에 놓인 뭉치를 보고 말 끝을 잇지 못했다. 분명 그것은 차 키였다. 비싼 차들에게만 있는 뭉툭해 뵈는 스마트 키.

"그…… 한 사장이란 사람 왔었어요?"

"몰라."

혜진은 왜 제 입술 끝이 비틀어지는지도 모른 채 남자의 뒤쪽에 있는 커다란 창을 열러 그쪽으로 갔다. 그쪽에서도 역시 그 새파란 외제차가 보였다. 그러곤 저도 모르게 중얼거렸다.

"내 차는 기름도 없는데……. 대체 주유소는 어디 있는 거야?"

기름이 떨어졌다는 경고등이 켜진 채로 중간에 멎어 버릴까 봐 무서웠지만, 아직 기름을 넣지 못했다. 이 동네는 도무지 주유소가 보이질 않았기 때문이었다. 그러나 그녀의 중얼거림 따위는 신경

96

도 쓰지 않고 남자는 자리에서 일어나 화장실로 향했다.

"뜨거운 물 잘 나와요."

괜히 감기라도 들까 봐 그녀는 재빨리 말했다. 그러고는 청소기를 꺼내 들었다. 새삼 제가 어제 떠든 말이 당혹스러워졌다. 아마 저 차 바퀴 하나도 오백만 원보단 비쌀 테니까.

혜진은 부지런히 청소기를 돌렸다. 그리고 흐트러진 남자의 이불들도 털어 다시 소파 위에 잘 개어 놓았다. 그러고 나서 주방으로 가니 제대로 된 반찬거리가 없었다. 조금 걸어 올라가면 시장 안에도 허술하지만 농협 마트가 있으니 거기라도 갔다 와야 할 것 같았다.

그렇게 산더미같이 카트를 꽉꽉 채울 만큼 물건을 샀는데도 뭘 해 먹으려니 아무것도 없는 것 같은 느낌이었다. 차에 기름도 넣어야 하고……. 혜진이 막 점퍼를 꺼내 입고 양심에 가책을 느끼면서 또다시 서랍의 카드를 꺼내 든 순간이었다.

전화벨이 요란하게 울렸고, 그리고 동시에 물을 뚝뚝 흘리면서 남자가 머리카락을 닦으며 나왔다. 언뜻 남자의 하얀 손을 본 것만 같았다.

장갑은? 그리고 저렇게 손이 멀쩡한데……. 절대로 벗지 않는 걸 봐서 손에 심한 화상이라도 입은 게 아닐까, 아니면 뭔가 심한 흉이 있을 거라 나름대로 생각했었다. 그러나 그런 건 보이지 않았다.

그녀의 시선을 느꼈는지 남자가 부산스럽게 뭔가를 찾기 시작했고 혜진은 요란한 전화기를 집어 들었다. 그러고는 거기에 떠 있는 글자를 보고 멈칫했다. 한참 보던 혜진은 그것이 끊어질까 봐 얼른 받았다.

〈혜진아!〉

익숙한 목소리였다. 제 당황이 눈에 보였을까. 어디서 다시 꾸질꾸질해진 장갑을 찾아 낀 남자는 멍하니 그녀를 쳐다보았다. 혜진은 차 키를 집어 들면서 말했다.

"장 좀 봐 올게요."

그러나 제 목소리가 갈라지고 있는 게 느껴졌다.

〈어디야? 너 고향 집이지? 나 근처다.〉

경훈의 목소리였다.

7

뱉지 못한 문장 뒤틀린 서술들

여자가 나갔다.

그는 갑자기 적막에 싸인 집 안을 저도 모르게 둘러보았다. 그러다가 본능처럼 약봉지가 있는 곳에 다가갔다.

깔끔하게 정리되어 깨끗한 아일랜드 탁자 위에는 제 약봉지만 가지런히 놓여 있었다. 반짝거리는 토스트기와 커피포트가 있었고 곰팡이가 피어 있어 저를 실망시켰던 빵 봉지는 어디론가 사라지고 없었다. 아마 제 채근을 듣고 치워 버린 모양이었다.

채 박박 닦지 못했는지 머리카락에서 뚝뚝 물이 떨어져 내렸지만 이미 젖은 수건을 던져 버린 터였다. 둘둘 뭉쳐 있는 어마어마한 양의 약봉지를 찾아 들었다.

어제 약을 안 먹었던가?

생각해 보니 약을 먹지 않았던 것 같았다. 그런데도 마치 약을 먹은 것처럼 깊이 잠들었다. 약간의 두통이 수반되긴 했지만. 그건 그 이상야릇한 맛의 액체 때문이었을까?

그는 잠시 멍하니 서 있었다. 미처 입지 못한 집업 후드가 바닥에 떨어져 있었고 반팔 티만 입은 그의 등짝에 서늘한 바람이 스치고 지나갔다.

고개를 돌리니 두 방향에 있는 커다란 창문이 다 열린 채였다. 그리고 그 열린 창문 밖으로 여자가 보였다. 그 옆에 낯선 남자까지.

"여긴…… 어떻게 안 거야?"

제 목소리가 떨리는 이유는…… 저도 잘 모르겠다 싶었다. 일주일 만이었다.

모든 건 다 견딜 수 있었다. 저를 우습게 아는 잘난 초딩들, 저를 무시하는 학원 원장, 뒤끝이 더러운 룸메이트 따위……. 그러나 그녀를 가장 절망하게 한 건 이 밝은 표정의 남자 아니었던가.

경훈의 옷차림에서 오늘이 주말이라는 걸 알 수 있을 정도였다.

공부하는 시절에는 매번 똑같은 추리닝에 계절 따라 바뀌는 점퍼뿐이었는데 정확하게 두 달 전부터는 산 지 얼마 안 되는 게 분명한 최신 디자인의 정장을 날을 빳빳하게 세워 입고 있었다. 늘자기가 대기업에 갓 입사한 신입사원이라는 걸 알리려는 듯. 그게 절 더 비참하게 만드는 데 일조했었다.

그러나 오늘은 딱 이런 가을날에 어울리는 캐주얼한 청바지에 체크무늬 셔츠, 그리고 부드러운 아이보리빛의 카디건까지 제가 그동안 본 적 없는 새 옷이었다.

그리고 자신만만한 표정을 한 그의 뒤에 서 있는 하얀색의 최신형 소나타 승용차까지.

"집에서 좀 보태 줬어. 아침에 버스에 지하철까지 갈아타고 다니는 게 고역이라서. 회사 앞에 어마어마한 언덕이 있어서 경차 뽑을까 하다가 어차피 십 년은 탈 거니까 좀 무리해서 중형차 뽑았다. 뽑자마자 온 거야."

집에 손 벌릴 수 없다면서 정말 아무것도 없이 맨손으로 공부만 하지 않았나?

보다 못한 제가 그의 뒷바라지를 하면서도 혜진은 단 한 번도 그의 집안에 대해 물어본 적이 없었다. 언젠간 이야기해 줄 거라 믿었으니까. 아니 말을 안 하는 데는 뭔가 이유가 있을 거라 천진난만하게 이 남자를 믿고 있었었다.

그러나 그게 중요한 건 아니었다. 그건 그다음의 일이었고, 지금은 여기 왔다는 데 초점을 맞춰야 할 것 같았다.

"여긴 어떻게 알았어?"

아까 분명히 물었지만 제 시선을 보고 동문서답을 한 그에게 다시 물었다.

"전에 너 집에 택배 보낸다고 했었잖아. 그때 주소 내 폰에 저장돼 있었거든."

나름 머리는 좋은 남자였다. 그러니까 그 노량진의 수많은 백수들 사이에서 탈출한 거겠지만.

그러나 사람은 참 간사한 동물이었다. 제집에 사는, 아니 제가 얹혀사는 집의 주인 남자가 너무 무리하게 잘난 바탕을 가진 터라, 제 눈앞에 나타난, 제 모든 것을 다 줘도 아깝지 않을 것 같던 남자는 그 전보다 훨씬 신수가 훤해졌음에도 불구하고 참……볼품이 없어 보였다.

게다가 더욱더 볼품없는 인격에 질렸는지도.

"이거…… 니가 말하던 네 집이야?"

이 짧은 한마디로 그녀는 이 남자가 왜 여기 왔을까, 하는 일말의 기대가 모두 사라져 버렸다. 저는 이 남자를 너무 속속들이 알고 있었다.

"좋네. 좀 외지긴 하지만, 별장 같기도 하고 예뻐서 값도 꽤 나가겠어. 그래도 부모님이 이런 집 물려주실 정도니까 넌 운이 좋은 거 같아. 요즘 그래서 쉬는 거야? 하긴 이런 데 있으면 며칠 아무것도 안 하고 쉬어도 좋겠지. 여기 공기도 엄청 좋네. 이사는 그냥 확 나가 버린 거야? 집에 연락이 안 돼서 말이지."

무얼 기대했던 걸까.

아니 이게 아직도 제집이었다면, 지금 뭔가 다른 생각을 할 수도 있었을까? 나도 뭔가가 있으니까, 나에게도 '재산'이란 게 있으니까 적어도 이 남자 앞에서 무한히 기죽을 게 아니라 당당하게 잘해 볼 수 있는 거 아니었을까. 그러나 그건 불행하게도 가정일 뿐 현실이 아니었다. 현실은 그렇지 않으니까.

"휴대폰은 장식으로 있는 거 아닐 텐데."

정말 서운했었다. 그래서 필요도 없는 말을 내뱉곤 금방 후회했다.

"미안했어."

그녀의 굳은 얼굴을 보고 있다가 한참 만에 경훈이 대답했다. 그러나 그게 진심으로 들리지는 않았다.

아마 추측해 보건대 얼마나 많은 저울질을 했을지 안 봐도 뻔했다. 그리고 그 저울질 끝에 이 앞에 나타났다는 게 참 씁쓸했다. 그게 저 때문일까, 아니면 이 집 때문일까 생각하다 답이 너무 금방 나와 버려서.

"내가 좀 너무했다는 거 알아. 공부하고 또 입사를 해 보니까, 이게 되는 일이잖아. 공부할 땐 불가능해 보였는데 말이야. 그러니까 너도 조금만 더 하면 될 거라고 생각했어. 그리고 그 생각 지금도 변함없고. 내가 공부할 때 집안에 떳떳하지 못하고 주눅 들었지만, 이제 직장 잡고 나니까 세상이 달라지더라고. 그러니 내 배우자도 그랬으면 하는 거 당연한 거 아니야? 솔직히 대학 나와서 찌질이들이나 하는 그런 학원 선생 나부랭이 같은 일 따위 오래 할 수도 없는 거고 남 보기도 그렇잖아."

왜 찌질하다는 단어만 귀에 확 들어오는 걸까 싶었다.

"그러니까 더 늦기 전에 네가 다시 공부해서 시험 봤으면 해서 그랬어. 나 말 제대로 못 하는 거 알잖아. 그걸 그냥 그렇게 화를 내고 다 때려 치우고 가 버리면 어쩌라는 거니. 아니지…… 그래 이제 좀 좋은 데서 쉬었으니까 다시 해 보자고."

그 학원 선생 나부랭이가 벌어 온 첫 월급으로 너 그렇게 행복하게 돼지갈비 먹던 날은 기억 못 하는 거야……라고 묻고 싶었지만 그녀는 말을 하지 않았다.

"실은 진작 내려오려고 했는데 야근도 바쁘고, 저번 주말에는 도저히 시간이 안 났어. 그리고 차도 어제 나왔고. 차 나오자마자 내려왔다."

역시 새 차 자랑을 하러 온 건가.

그러나 혜진은 제가 듣고 싶은 이야기는 단 한 마디도 하지 않는 것을 보고 여전히 침묵을 지켰다.

"여기 조용하고 좋네. 차라리 여기서 공부하든지. 인터넷 강의도 있고 또 뭐 강의야 신물 나게 들어 왔을 테니까. 내가 주말마다 내려올게. 진짜 완전 별장이네. 좀 들어가도 되겠어? 너 보고 싶었어. 주말마다 맨날 만나다가 저번 주에 너 없으니까 네 자리가 실감 나더라."

무슨 자리? 네 쌓인 정액을 배출해 주는 용도로?

연수 끝나고 같이 신입 연수 받던 사람이랑 살기로 했다고 집을 옮기면서 주말마다 모텔비를 낸 것도 자신이었다. 늘 그게 당연한 거였으니까.

저녁 한번 사 준 적 없이 월요일 출근 준비해야 한다고 점심에 해장국이나 나눠 먹고 휘릭 제 숙소로 돌아가 버리는 뒷모습을 보면서 점점 믿음 같은 것들이 사그라든 제 마음 따위는 한 번도 생각해 본 적 없었을 것이다.

이제 생각해 보니 돈 안 드는 별장이 생겼다고 생각한 건가? 혜진은 갑자기 어제 먹은 것들이 올라오는 느낌이었다.

적어도 방금 전까지 저를 만나러 왔다는 게 제 굳은 속을 조금쯤 말랑하게 하고 있었다. 그래도 어차피 제가 좋아했으니까, 그러니까 그런 걸 모두 참을 수 있었다. 그러나 이제는 그 말랑거린 속 자체가 역겨웠다.

"집, 내 거 아니야. 엄마가 팔았어."

"뭐?"

그가 대꾸했지만, 여전히 미소가 가시진 않았다. 아마 제가 삐쳐서 그런가 보다 하는 표정이었다.

"엄마가 팔았다구. 지금 남의 집이야. 집도 절도 없는 내 신세가 처량해서 저 집 주인이 잠깐 살라고 해서 지내고 있는 중이야."

"무슨 소리야? 내가 아버지 장례식장에 못 갔다고 삐쳐서 그러는 거야? 그거 내가 연수 때문에 그랬다고 했지."

정말 이제는 지긋지긋했다.

104

"삐친 거 없어. 그리고 마지막에 장지 가는 날 연수원 친구들이
랑 술 먹고 뻗어서 못 왔다는 거 다 알아. 그래, 경훈 씨가 와 줬
으면 좋았겠지. 근데 뭐 안 왔다고 해서 나 화나거나 하지 않아.
그러니까 이제 올 필요 없어. 올라가."

속이 시원했다. 아니 좀 더 퍼붓고 싶었지만 기운이 없었다. 얼
른 뭔가 사서 집 안에 있는 저 사람한테 먹이고 저도 좀 먹어야 할
것 같았다. 저 얼굴을 더 보고 있다간 토할 것만 같았다.

"혜진아, 내가 미안하다고 했잖아. 그리고……."

경훈은 이 집이 넘어갔다는 제 말을 믿지 않는 모양이었다. 겉
에서 보기에는 아주 예쁜 집이었으니까. 그의 시선이 제 어깨 너머
에 있는 게 보였다.

나쁜 새끼……. 혜진이 막 돌아서려는데 경훈이 뛰듯이 다가와
제 팔을 잡았다.

"너 그렇게 니 말만 하고 돌아서는 거 얼마나 큰 단점인 줄 알
아? 사람이 진심으로 사과하면 받을 줄 알아야지. 그리고 이렇게
와서 미안하다 하면 사과받아 주고 사람 말을 들어 줘야 하는 거
아니야?"

그 뒤에 네까짓 게, 라는 말이 생략됐다는 걸 혜진은 알 수 있
었다.

"안 미안해도 돼. 그러니까 돌아가. 그리고 이미 우리 헤어진
거잖아. 나 장 보러 가야 해."

"아, 유혜진! 그건 니 일방적인 생각이야!"

경훈이 돌아서는 혜진을 거칠게 잡아당기고 소리를 질렀을 때였
다. 갑자기 끼익 하는 소리가 요란하게 났다. 조용하던 곳에 난데
없이 난 소리에 두 사람은 저도 모르게 행동을 멈추고 소리 나는

곳을 돌아보았다.

그 소리가 난 곳은 집의 문이었다. 잘 열리던 문인데 문 사이에 뭔가 낀 모양이었다. 문을 덜컹 소리가 나게 흔들더니 밑에 낀 제 운동화를 찾아 뺀 사람이 말했다.

"아직 안 갔네."

경훈의 시선이 이상야릇하게 변했다. 그리고 슬쩍 일그러졌다. 갑자기 혜진이 놀라 돌아섰다.

헐렁한 추리닝 바지에, 집업 후드점퍼를 입고 어슬렁거리고 나온 창백한 남자는 덥수룩한 머리를 하고 분명히 꾸질거리는 장갑을 끼었을 손을 두 주머니에 넣은 채 나와 저를 쳐다보았다.

분명히 제가 살고 있을 거라 생각했던 집에서 난데없이 나온 남자의 출현이 경훈에게는 경악스러운 일이었는지 할 말을 잃고 쳐다보았다.

그의 눈길이 처음에는 당황스러웠다. 뭔가 큰 잘못을 한 것처럼. 마치 남편이 출장 간 사이에 우유배달원과 바람이 난 여자가 그 밀회의 순간을 들킨 것처럼. 아니 도대체 어느 쪽한테 더 무안한지도 헷갈렸다.

그러나 혜진은 곧 생각을 바꿨다. 차라리 잘됐다. 그리고 갑자기 나온 남자의 새하얀 조각 같은 얼굴이 정말 괜찮아 보였다.

"사과 좀 사 오라고."

겸연쩍은 듯한 남자가 한마디 했다. 그러고는 주머니에서 뭔가를 꺼냈다.

"받아."

뭔가가 포물선을 그리면서 그녀에게 날아왔다. 혜진은 저도 모르게 제 팔을 잡던 손에 힘이 빠진 경훈에게서 빠져나와 그것을 잡아들었다.

딱딱하고 무거운 것이 천천히 던졌음에도 불구하고 제 손에 떨어질 땐 슬몃 통증을 만들어 냈다.

"아얏!"

"차 기름 없다며."

쿵 하는 소리와 함께 문을 닫고 남자가 사라진 뒤에도 한동안 적막한 고요가 싸하게 내려앉았다.

그녀는 제 손에 떨어진 키를 쳐다보았다. 노란 바탕에 검은색 말이 그려진 새파란 색의 키는 스마트 키인 게 분명한데도 옆에 키가 따로 달려 있었다. 원장이나 다른 선생들의 스마트 키처럼 열쇠 부분이 눌러서 나오게 돼 있기에 뭉툭한 몸체만 있는 것과는 달랐다.

"뭐야, 유혜진."

돌아서려는데 경훈이 어이없다는 듯 내뱉었다. 저 녀석은 뭐냐는 듯한 말투였지만, 그의 시선은 울타리 한쪽, 혜진의 아버지 유품인 연식이 되어 보이는 아반떼 때문에 얼핏 가려져 있던 새파란 스포츠카에 꽂혔다.

"잘 올라가."

혜진은 한마디 하고 제 손에 들린 키의 버튼을 눌렀다. 삐릭 하는 소리와 함께 앞에 있던 새파란 차의 라이트가 번쩍거렸다.

"하, 이게 뭐냐고."

뭐긴, 이라고 한마디 하려는데 갑자기 다시 문이 열렸다.

"아, 말 안 했는데. 그거 기어가 버튼이야. 오토하고 후진은 R. 딴 건 신경 안 써도 돼. 그리고 우유도 사 와."

제 말만 한 남자는 다시 쿵 소리를 내며 문을 닫았다. 혜진이 뭐라 하려는데 옆에서 차가운 목소리가 들렸다.

"가지가지 하는구나, 유혜진."

그 말에 갑자기 뭔가 목구멍에 걸려 있던 게 쏟아져 나오는 느낌이었다. 그리고 그걸 막을 생각도 없었다.

"내가 뭘? 내가 뭘 했는지 경훈 씨가 어떻게 아는데?"

"하, 정말 내가 너 때문에 이렇게 득달같이 달려온 게 우습다."

이게 적반하장 아닐까. 아까까지만 해도 아주 실낱같이 뭔가를 기대하고 있었는지도 몰랐다. 이게 꿈이고 내일 눈을 뜨면 평범했던, 그냥 좀 바빠서 제게 쌀쌀맞았던 제 애인이 좀 따뜻해질지도 모른다고. 그러나 그럴 필요가 없었다. 앞이 어찌 될지 모르겠지만, 이 남자는 제 미래에 있을 수 없는 사람이었다.

"득달?"

일주일이나 연락이 없었다. 그래서 내려온 거였다. 내려가면서도 받지 않는 경훈에게 메시지를 남겼지만, 연락 한 번 없었다. 그런데 득달?

"내가 노는 사람이야? 그리고 주말마다 시간이 남아도는 것도 아니고! 정말이지……."

"그래, 그럴 필요 없었어. 아니 그래도 여기 온 이유는 있어야겠지. 맞아. 아까도 말했지만 이 집 엄마가 저 남자한테 팔았어. 그리고 난 갈 데가 없어서 여기 빌붙어 있는 거 맞고. 그래도 말은 똑바로 하라고. 아까 말했던 구질구질하고 남 보기 부끄러운 보습학원 강사 해서 경훈 씨 책 모자란 거 샀던 거, 매번 만났을 때 컵밥이나 햄버거 대신 육개장이니 칼국수니 먹었던 거 기억나지는 않겠지만 내 휴대폰 가계부 어플에는 따박따박 남아 있어. 물론 거기 우리 주말마다 갔던 모텔비도 들었고."

"참, 대단하구나."

기가 차다는 듯 경훈이 내뱉었다.

"그런데 치사하게 그런 거 갚아 달라는 거 아니야. 난 적어도
우리가 함께할 거라 생각했으니까 둘 중 그나마 벌 수 있는 사람
이 희생한 거라 생각했어. 그리고 이제 경훈 씨가 안정됐으니 내
게 공부하라고 한 말 고맙게 들었어. 하지만 그 뒤에 한마디 했
어야 하는 거 아니야? 니가 구질구질한 일 해서 우리 잘 먹고 잘
견뎌서 여기까지 왔으니까 이번에는 내가 해 줄게 같은 거 말이
야."

혜진의 목소리는 차분했다. 이상하게 쏟아지는 화창한 가을 햇
살이 저를 그렇게 만들었다.

"야…… 그거야, 그거야 말을 안 해도 아는 거 아니야? 그걸 꼭
치사하게 말로 해야 하는 거냐구!"

갑자기 얼굴이 벌게진 경훈이 말했다.

"됐어. 어차피 이 구석에서도 할 일은 구질구질한 거밖에 없어.
그러니까 가."

혜진은 돌아섰다. 자신에게 이렇게 일말의 자존심이라도 찾게
해 준, 저 미친 남자의 차 키가 고마웠다. 그냥 아무 생각 없이 던
져 준 거라 할지라도.

"야! 유혜진!"

돌아갈 줄 알았다. 그런데도 등 뒤에서 제 이름을 신경질적으로
부르는 것을 듣고, 혜진은 그래도 아주 나쁜 새끼는 아니었다는 걸
느꼈다. 그러나 '아주' 나쁜 새끼는 아니었지만 적어도 나쁜 새끼
는 맞으니까.

삐릭 소리와 함께 혜진은 바닥에 납작하게 붙어 있는 희한한 차

의 문을 열었다. 작은 거 같은데 무겁고 두꺼운 문짝이 열리는 것을 보고 정신적으로 극도의 흥분 상태였지만 차분하게 차에 올라탔다.

아마 저 뒤에 경훈이 제 이름을 부르고 있지 않았다면, 얼만지는 모르겠지만 이런 무시무시한 차에 올라타지 못했을 것이었다.

가끔 원장의 차에 얻어 타면서 스마트 시동 버튼을 보고 신기해했었는데 혜진은 아무리 봐도 그런 게 없는 걸 보고 잠시 당황했다. 멋지게 저 옆을 지나가야 하는데…….

'기어가 버튼이야.'

남자의 목소리가 문득 생각났다. 마치 무슨 우주선이나 비행기의 조종석 같은 당혹스러운 차 안에서 멈칫하던 그녀는 아직도 자신을 부르고 있는 경훈 때문에 용기를 냈다. 시동버튼을 눌러 시동을 걸고 웅웅거리는 어마어마한 소리를 들으면서 기어버튼을 눌렀다.

잠시…… 미친 것이 분명했다. 미치지 않았다면, 생판 모르는 남의 차를, 그것도 이렇게 무시무시한 차를 몰고 나가진 못했을 것이다. 당황한 건지 화가 난 건지 어이가 없는 건지, 그도 아니라면 부러운 건지 모를 경훈의 표정을 힐끗 쳐다보고 혜진은 큰길가로 그 무서운 차를 몰아갔다.

어느 순간 주위가 고요해졌다.

문을 다 열어 놓았는데도 이렇게 조용한 공간이 있을 수 있다는 게 정말 신기했다. 으르렁거리는 제 차 소리가 사라지자마자 신경질적인 차의 시동음이 요란하게 들리더니 곧 다시 고요해졌다.

창가로 쏟아지는 햇살들에서 쏴아 하는 소리가 들릴 것만 같았다. 그는 창을 닫을까 말까 고민하다가 다시 멍하니 나무 소파 위에 앉았다. 그러고는 제 몫이 된 담요를 집어 들었다. 어디선가 털털거리는, 농기구한테서 나는 소리 같은 게 멀리 스쳐 지나가더니 다시 적막해졌다.

약을 먹지 않아서일 것이다.

머릿속이 너무 맑아지는 것 같았다. 이곳이 제게는 '낯선' 곳이기 때문일까. 전에는 머릿속을 꽉 채우고 있던 것들이 하나도 남아 있지 않는 듯했다. 아주 텅 비어서 투명해진 것 같은 그런 기분이랄까. 약을 먹으면 다시 잠들 게 분명했다. 아마 날이 어두워져야 다시 깨날 것이다.

여자가 무언가를 사러 나갔다. 올 때까지 기다려야 하지 않을까. 빈속에 약을 먹는 건 좋지 않으니까.

왜 그랬을까.

'차 키야. 여기 둘게. 이거 지하에 서 있는 거 보니까…… 갑자기 생각이 나서 말이야.'

쓸데없는 짓이기에 그는 그 소리에 깨났지만 대꾸할 가치도 없다고 느꼈었다.

'여기 한적하고 조용해서 막 다니기도 괜찮네. 이거 사고 제대로 한번 밟아 본 적도 없잖아.'

'……'

그는 여전히 아무 대답도 하지 않았다.

'네가 뭐라 생각하고 있든지 상관없어. 난 네가 예전으로 돌아가길 원하니까. 그리고 언젠간 그러리라고 믿으니까. 오로지 너만 할 수 있는 일이니까. 게다가 여기 괜찮은 거 같아서 다행이야. 휴대폰 있는 거지? 충전기 여기 둘 테니까 필요하면 연락해. 뭐든 필요하

111

면. 그리고 여기 있는 그 여자…… 괜찮은 거지?'

저 차는, 그가 처음으로 '갖고 싶은' 생각이 들어서 산 물건이었다.

늘 모든 게 제가 생각하거나 필요로 하지 않아도 제 곁에 있었다. 싱싱한 야채와 과일로 이루어진 식단, 제가 '읽고 싶은 책들', 심지어 제 양말이나 속옷까지도…….

저 차도 위험한 물건이라고 처음에는 안 된다고 잘라 말했지만, 그래도 제가 원했기 때문에 순순히 내버려 뒀었다. 아마 그때의 막 터질 듯한 제 속을 알아차렸는지도. 아니 아마 알아차렸을 것이다. 그는 벌떡 일어났다. 그만 생각해야 했다. 더 이상은 위험하니까.

여자의 전 애인? 아니 그게 꼭 전이라고 할 필요는 없었다. 지금의 애인인지도. 두 사람이 어떤 말을 하든지 제가 상관할 바는 아니었다. 그런데 왜 그랬을까.

왜…….

제가 카트에 뭘 담았는지도 몰랐지만, 혜진은 유통기한이 넉넉한 식빵과 우유를 담고 저도 모르게 잡화 코너에서 하얀색 장갑 열 켤레가 든 뭉치를 집어 카트에 넣었다. 그러곤 쓰레기 종량제 쇼핑 봉투에 담아 나서면서 그제야 선뜩한 바람이 부는 주차장에 눈이 부시게 빛나고 있는 푸르스름한 차를 보고는 발길을 멈추고 말았다.

별로 지나가는 사람은 없었다. 그러나 그 어느 누구도 그냥 지나가지는 않았다. 힐끗거리든 혹은 서서 쳐다보든, 심지어 휴대폰으로 사진을 찍는 사람도 있었다.

그리고 그 차는 그럴 만했다. 마치 무슨 영화 속에나 나올 법한, 외제차가 즐비한 서울에서도 강남이나 압구정이 아니면 보기 힘들 만한 그런 차였다.

내가 무슨 짓을 한 걸까.

그는, 이제 다시 돌아오지 않을 것이다. 차를 자랑하러 왔든, 혹은 제집을 보러 왔든 간에 저를 찾아오긴 왔었다. 미련 따위 하나도 없다고 생각하고 제 할 말을 더 못 한 게 아쉬웠지만, 갑자기 아주 잠깐 후회 비슷한 게 들었다. 이제 정말 다시 저번 주로는 돌아갈 수 없는 거구나 싶어서.

아까 입에서 우물거리던 뱉지 못한 문장, 뒤틀린 서술들이 제 속을 부글거리게 했다.

그러나 우선은 돌아가야 했다. 제 손에 붉은 자국을 만들어 내는 종량제 봉투를 바투 쥐고는 그 대단한 차 앞으로 다가갔다. 삐익 소리와 함께 차 문을 열고 막 산 물건이 든 비닐을 차에 넣으려는 순간 차의 운전석 옆 좌석에 무언가 길쭉한 상자가 있는 게 눈에 띄었다. 아까는 너무 경황이 없어서 채 보지 못했던 모양이었다.

"이게 뭘까."

그냥 평범해 보이는 그러나 꽤 큰 길쭉한 나무 상자였다. 대신 상자는 매끈하게 마감 처리가 되어 있었고 잠금장치가 되어 있었다.

차가 작고 납작해서 조수석의 발밑까지 넣은 채 세워져 있었다. 혜진은 두리번거리다가 하는 수 없이 조수석과 운전석 사이의 공간으로 제가 산 물건이 든 비닐봉지를 쑤셔 넣어야 했다.

저 상자에 뭐가 들었는지는 모르지만 그래도 남의 물건이니 손을 댈 수는 없는 노릇이니까. 그러나 차 문을 닫고 난 뒤에 막막해졌다.

대체 이 차를 가지고 집까지 어떻게 가야 하는 건지.

8

나는 오래전 어둠에 길들여진 어긋난 문법

왜 그런 거죠?

저 차 엄청 비싼 거죠?

혹시 우리 대화 들었던 건가요?

날 뭘 믿고 그런 거죠?

제 손에 자국이 남도록 무거운 비닐봉지를 들고 문을 열면서 그 남자를 보면 쏟아 내려 했던 말이었다. 대체 어떤 걸 먼저 물어야 할지는 알 수 없었지만 무언가는 물어야 했다.

그러나…… 문에 들어선 혜진은 아무 말도 할 수 없었다.

부쩍 차가워진 공기가 가득 차 있었다.

그렇지만 남향이고 두 면이 창인 그리 넓지 않은 공간 안에는 가득 가을 햇살이 차 있었다.

그리고 그 남자가 있었다. 동향으로 된 창에 붙여 놓은 기다란, 늘 그 남자가 누워 있던 나무로 된 의자 위에 앉아 밖을 내다보다

설핏 잠이 든 모양인지 창에 머리를 댄 채 눈을 감고 있는 남자
가…… 있었다.

아까도 보았던 무릎이 나온 회색의 트레이닝복에 후드 집업 점
퍼를 입은, 그냥 아무렇지도 않은 평범한 그런 차림새였다. 게다가
덥수룩한 머리카락도 그대로였다. 그러나 혜진의 말문을 막은 건
그 남자의 새하얀 얼굴이었다.

아름답다, 아니 혹은 보기 좋다. 그도 아니라면 예쁘다…… 라
는 말도 내뱉어 본 적이 없을 만큼 삭막하게 살아온 혜진이었다.
집에서 곱게 자라서 예쁘게 생긴 애들은 말을 잘 듣고 고분고분할
때나 좋을 뿐이었다.

예쁜 풍경이 있는 그림이니, 혹은 영화 따위도 본 지 오래됐다.
대체 아름다운 게 뭔지, 예쁜 게 뭔지 보기 좋은 게 뭔지 따위 눈
앞에서 본 적도 보고 싶어 한 적도 없이 살았었다. 그런데…… 그
런데 눈앞에 있는, 눈을 감은 채 유리창에 머리를 기댄 남자의 긴
속눈썹에서 정서라곤 바싹 말라 비틀어져 버린 혜진은 제 심장이
쿵 하고 내려앉는 걸 느끼고 말았다.

예쁘다…….

아름답다는 말은 써 본 적이 없어 나오질 않았다. 예뻤다. 긴 속
눈썹이 드리워진 감긴 눈, 매끈한 콧대, 그리고 아름다운 곡선을
그리는 입술…… 길게 뻗은 목선까지.

티 하나 없는 하얀 피부는 벌써 퍼석해지는 제 얼굴과는 달랐
다. 매번 곱게 자라 좋겠다고 부러움 반, 그에 대한 반발 반 섞어
보내는 퉁명스런 시선조차 숨이 멎는 것 같은 광경에 멍해지고 마
는 것이었다.

끼그덕, 쿵……. 뒤에서 제가 밀고 들어왔던 문이 요란한 소리

를 내며 닫히지 않았다면 혜진은 아마 좀 더 그렇게 서 있었을 것이었다. 그 소리에 눈을 뜬 남자가 소리가 나는 곳을 쳐다보았다.

반쯤 잠에 취한 것같이 뜬 눈이 더…… 아름다웠다.

"왔네."

그 순간, 머릿속에 있는 복잡하게 얽힌 실타래 같던 모든 걸 하얗게 잊어버리는, 그런 신기한 경험을 해 버렸다.

"김 싫어해요?"

혜진이 급조해서 만든 반찬이라곤 계란 프라이밖에 없었다. 봉지 속에 들었던 김치, 계란 프라이, 그리고 즉석구이 김, 세 가지면 훌륭한 반찬이었다. 무엇보다 값비싼 전기밥솥에서 갓 지어 나온 기름기 좔좔한 밥에다 세 가지 반찬 정도면 훌륭한 거였다.

그런데 그 어느 것에도 손을 대지 못하는 남자에게 혜진이 한마디 하지 않을 수 없었다. 마트 안에 있던 즉석구이 김은 향기마저 기가 막혔다. 그리고 혜진이 무엇보다 좋아하는 반찬이었다. 바삭하고 짭짤한 김 한 봉지면 밥 한 공기쯤은 다 해치울 수 있는 거였는데…….

"김?"

그 도가 지나치게 예쁨이 과해 쳐다보기도 힘든 남자가 의아하게 되물었다.

"네, 김."

혜진이 접시를 내밀면서 잠깐 생각했다. 뭐 지나치게 미각이 섬세해서 김에서 비린내를 맡을 수도 있는 걸까? 혜진의 대답에 남자가 대답했다.

"먹을 줄 몰라. 먹어 본 적도 없고."

"……."

저도 모르게 푸 하고 웃음이 터져 나올 타이밍이었다. 그런데 그러질 못한 건, 너무나 진지한 남자의 표정 때문이었다.

"아, 먹을 줄 모른다고요."

"종이…… 같이 보여."

부자들은 이런 거 안 먹나? 의아했지만 혜진은 누구나 그렇게 하듯이 밥 위에 김을 가져다 올려 밥을 쌌다. 그러고는 입에 넣었다. 바사삭 부서지는 참기름과 소금, 입안에서 씹히는 맛은 기가 막혔다. 제 기억에도 이 동네 김은 괜찮았으니까.

"이렇게 먹으면 돼요."

그러나 제가 사 온 새 장갑을 아직 사용하기 전인, 꾸질꾸질한 장갑을 낀 남자가 어색하게 들고 있는 젓가락으로는 무리일 듯 보였다. 혜진은 밥 한 덩이를 김 위에 넣고 싸서 말았다. 그러고는 남자에게 내밀었다.

"먹어 봐요."

왠지 망설이는 표정…… 귀여웠다. 그냥, 그런 얼굴을 보고 있는 제가 딴 세상에 있는 것 같았다. 물론 그 당시에는 스스로 깨닫지 못했지만.

망설임 끝에 그가 입을 열었고, 혜진은 남자의 입에 김에 만 밥을 밀어 넣었다. 한참 우물거리고 씹던 남자가 말했다.

"괜찮네."

그거론 약했다. 빤히 쳐다보는 제 표정을 보고 남자가 말을 이었다.

"맛있어."

아마 제 입에서 웃음소리가 났을 것이다. 그녀는 그 김에 새로운 묘기를 보였다. 밥을 떠 척 하고 김을 붙여 올리는. 남자가 제 앞에서 신기한 듯 와우 하고 소리를 냈다. 남자의 표정 속에 한쪽만 쌍꺼풀이 깊게 지는 게 보였다. 그게…… 제 심장 한쪽 끝을 아리게 했다.

설거지를 하면서 그녀가 말했다.

"거기 장갑 사 온 거 있어요. 보니까 너무 좀…… 낡은 거 같아서……."

솔직히 지저분하다고 말하려고 했지만 그래도 저 잘난 남자에게 가득 있는 호감에 어휘를 골라야 했다. 아직도 꿈결 같은 경훈의 방문과 저 남자가 던져 준 고급차의 차 키 같은 것이 도무지 현실 같지 않았기 때문이었다. 이게 현실인지 아닌지는 모르겠지만 고마운 건 고마운 거니까.

뒤에서 부스럭거리는 소리가 났다. 그러나 혜진은 고개를 돌리지 않고 설거지에 열중했다. 그리고 지나가는 듯 물으려고 애썼다.

"손에 상처가 있어서 그래요?"

"……."

대답을 바란 건 아니었다. 그래서 아무런 대답이 없어도 혜진은 추궁하지 않았다. 엊그제 씻고 나온 남자의 하얀 손을 본 적이 있었다. 고마우니까. 그리고 제가 살아야 할 집의 주인이니까, 그러니까 저 남자가 대답하고 싶지 않은 것에 추궁하고 싶은 생각은 없었다. 그냥 그랬다.

새 장갑으로 갈아 낀 그는 멍하니 푸른색 비닐봉지를 내려 보고 있었다. 설거지를 하는 여자의 물소리가 경쾌하게 들렸다. 생전 처음 먹어 본 김이라는 음식의 짭짤하고 고소한 맛이 아직 입에 남아 있었다.

고개를 돌리니 두 군데의 커다란 창으로 화창한 가을의 새파란 하늘이 펼쳐져 있었다. 그리고 귓가엔 요란한 물소리가 들렸다. 잠시 망설였지만, 그는 약봉지를 들었다. 막 봉지를 뜯으려는데 여자가 돌아서면서 말했다.

"그거…… 다 수면제 같은 거 아니에요?"

그가 잠시 생각하다 대답했다.

"다는…… 아니야."

"금방 밥 먹고 누우면 소화 안 될 텐데. 지금 어디 아파서 통증 때문에 먹는 거예요?"

"……."

그는 대답이 없었다. 혜진은 대답을 기다리지 않는다는 듯 쿵쿵 거리면서 제 방으로 올라갔다. 분명히 몸이 아프거나 하는 데 먹는 약은 없었다. 고혈압이나 당뇨 약 같은 건 거르면 안 되는 거지만, 분명히 저 약들은 괜찮아 보였다.

혜진은 재빨리 제 점퍼와 휴대폰을 들고 내려왔다. 그런 저를 멍하니 올려 보는 남자를 보고 있다가 남자의 옷이 든 안방으로 들어가 남자의 웃옷, 그러니까 검은색의 코트를 꺼내 들고 나왔다.

"여기……. 산 쪽으로 산책로 좋아요. 한 바퀴 돌고 오는 거 어때요?"

딱히 이 남자와 산책을 하고 싶은 건 아니었다. 그러나 제가 말한 것처럼 밥을 먹고 바로 눕는 것도 그렇지만, 이 해가 쏟아지는 오후를…… 그냥 멍하니 견딜 방법이 없었다.

아마 저 햇살 속에 이 남자가 잠든 걸 보고 있다가는 다시 경훈 한테 미안했다고 애원하면서 전화를 할 것 같다는 생각이 자꾸 떠올랐다.

"갈 거죠?"

남을 채근한다는 게 무척 낯설었다.

남자의 걸음은 느릿느릿했다. 그러나 다리는 길었다. 그래서 그
녀와 나란히 걸었다.

평소에도 3층에 있는 원룸을 바쁘게 오르락내리락했고, 지하철
에서 내려 십오 분 이상 걸어가야 하는 직장까지 바쁘게 쏘다녔었
다. 그전에도 노량진의 험악한 산세를 타고 다녀야 했다.

요 며칠 그냥 집에만 있었지만, 그래도 걷는 것 하나는 자신 있
었다. 가을걷이의 뒷정리를 하는 농부들 몇이 보였다. 넘실거리던
누런 벼가 자취를 감춘 논은 삐죽거리는 밑동만 남은 채 시커먼
속을 드러내고 있었고, 물든 나무들이 잎사귀를 떨궈 내느라 바싹
말라 가고 있었다.

어딘가 졸졸거리는 도랑물 소리뿐 사방은 조용했다. 분명히 혜
진 혼자라면 주머니에서 늘 엉켜 버리는 이어폰을 꺼내 들었을 것
이었다.

할 말이 없었다. 그러나 그게 별로 어색하거나 이상하지 않았다.
그래서 다행이었다. 저는 말을 많이 해야 하는 직업이었고, 귓가에
울리는 사람 소리가 싫었다. 처음 일을 시작한 몇 주 동안은 요란
한 아이들의 소리가 환청으로 들리는 것 같았고, 처음 보는 교재들
때문에 혹 제가 뭔가 잘못할까 봐 강박관념에 시달리곤 했었다.

그래서 제 신경을 거스르지 않는 피아노 소리가 좋았다. 오케스
트라의 거창한 음악은 그 음악소리 중간에 나오는 악기들의 종류
를 생각해 내는 제 자신의 강박관념이 싫어서 한 가지 악기 소리

만 듣고 있었다.

그러나 지금은 적막이 아니라 일정한 발소리, 사각거리는 나뭇잎들이 떨어지는 소리, 졸졸거리는 물소리와 뭔지 모를 산짐승들이 움쩍거리는 소리까지 신경 쓰이지 않을 만한 소리들이 가득 차 있었다. 그게…… 제 정신을 멍하게 해서 좋았다.

혜진은 흘끗 옆을 돌아보았다. 침묵에 싸인, 그러나 좀 멍한 표정을 한 남자가 부지런히 저를 따라 걷고 있었다.

경훈은 늘 저를 만나면 불평불만을 쏟아 냈다. 고시원 옆방에 사는 정신 나간 놈들의 행태, 학원에서 벌어졌던 어이없는 일, 동영상 강의를 하는 강사의 개 같은 농담, 개같이 돌아가는 국회, 거기서 청년실업을 양산하는 정치하는 놈들, 식당 주인의 횡포 따위……. 매번 같은 소리를 다른 버전으로 하는 데 신물이 났지만 그렇다고 말할 수 없었다. 바보같이……. 거기까지 생각이 흘러가자 혜진은 제 생각을 자르려고 한마디 했다.

"보기보다 괜찮죠?"

그러나 상대는 한참 만에 엉뚱한 대답을 했다.

"어디까지 가야 해?"

이 년 전까지만 해도 매일 체력 단련도 따로 했었다. 지독한 연습으로 인해 몸이 가루가 되는 것 같아도 그걸 마다할 수는 없었다. 하지만 그 뒤로는 누구도 자신에게 뭘 하라 말라 하지 않았다.

또다시 생각이 거기까지 미치자 그는 저도 모르게 고개를 내저었다. 그러나 옆에서 열심히 거친 숨을 몰아쉬며 슬슬 경사가 시작되는 산길을 오르는 여자는 못 본 것 같았다. 뽀송뽀송하니 겉도는 새 장갑을 흘끗 내려다보던 그는 여자의 동그란 뒤통수를 보았다.

제법 산길을 잘 올라가고 있었다.

산속은 죽은 것같이 고요했지만, 또 숨어 있는 것들이 많은지 요란했다. 어디선가 흐르는 물소리, 바람 소리, 바스락거리는 것들의 소리……. 익숙한 듯, 하지만 낯선 숲 속이었다. 그 숲 속에 날리듯 떨어지는 낙엽들, 졸졸 흐르는 물소리들, 그리고 삐죽삐죽 튀어나온 돌들. 그는 그런 데 집중하려 했다. 그래야 머리가 텅 빌테니까.

"보기보다 괜찮죠?"

갑자기 여자가 저를 돌아보면서 말했다. 텅 빈 머릿속에 빨갛게 상기된 여자의 두 뺨이 불쑥 헤집고 들어섰다.

당황한 그가 저도 모르게 내뱉었다.

"어디까지 가야 해?"

그러자 그녀가 나무들 때문에 잘 보이지 않는 조각난 하늘을 쳐다보았다. 그러곤 딴소리를 했다.

"음…… 조금 더 갔다가 내려가려면 해가 질 테니까. 밥하기도 싫은데 우리 외식하는 거 어때요?"

"……."

그는 뭐라 대답해야 할지 알 수가 없었다.

"여기 막창 일 인분하고 갈빗살 일 인분 주세요. 아, 그리고 소주랑…… 술 먹을래요?"

마지막 말은 제게 물은 거였다. 삐죽삐죽한 머리카락 때문에 검정색 비니를 푹 눌러쓴 그는 멀뚱하니 그녀를 쳐다볼 뿐이었다.

"맥주 하나요."

둥그런 양철로 된 탁자 앞 플라스틱 의자에 앉은 남자는 어딘가 모르게 불안한 듯 자꾸 좌우를 두리번거렸다.

"좀 불편하긴 한데 이런 데서 먹어야 제맛이죠. 이런 거 안 먹어 봤죠?"

그는 대답하지 않았다. 이른 시간이었기에 가게에는 옆에 한 떼거리의 군인들밖에는 손님이 없었다. 다만 그들이 요란을 떨며 왁자지껄해서 가게 안은 소음이 가득했다. 금방 불판에 숯불이 들어오고, 물김치, 김치, 밑반찬, 야채 무침, 그리고 정체불명의 물건 한 접시가 차려졌다.

혜진은 원래부터 말수가 적은 여자는 아니었다. 그러나 학창 시절부터 자신이 뭔가 결여된 가정의 아이라는 자괴심이 제 입을 닫게 했다.

남들은 가족여행을 가고 방학이면 체험활동을 가고 집에서 엄마가 해 주는 맛난 음식이나 새 휴대폰 같은 것에 대해 재잘거릴 때 그녀는 달리 할 말이 없었다. 대학교를 가도 제 또래들이 관심 갖는 것들은 여유라는 것과 공존하는 것들이었고, 늘 아르바이트니 하는 것에 치여 살다 보니 별로 할 이야기가 없었다.

그나마 이 시골에서 서울에 있는 번듯한 대학을 갔으니 저는 분명히 번듯한 직장을 가질 거라 생각했다. 하지만 마지막 기회라고 생각했던 노량진 생활도 제 인생의 출구가 될 수 없음을 깨닫고는 그녀는 더욱더 할 말이 없어졌다. 그리고 갖게 된 직장은 제발 음소거를 했으면 싶었다.

그러다 보니 제 앞에 익어 가는 음식들을 보고도 그녀는 별로 할 말이 없었다. 겨우 할 말이라곤,

"이 소스에 찍어 먹으면 맛있어요. 먹어 봐요."

정도일 뿐.

난생처음 보는 이상한 광경, 이상한 음식, 이상한 곳이었다. 그러나 앞에 있는 여자는 제게 강요하지 않았다. 이제 이 세상 그 어느 누구도 제게 강요 따위를 하지 않을 거란 건, 오히려 두려움과 절망이었다.

　그 두려움을 목도하고 움츠러들자 제게 강요를 하는 이들은 하얀 옷을 입은 의사들이었다. 그러나 그 편이 오히려 나았던 걸까.

　제게 주어진 자유는…… 두려움이었다. 간절하게 벗어나고 싶었지만, 그 간절함이 제게 죄책감이 되어 부메랑이 되었다. 벗어나고 싶어 한 만큼의 죄로 돌아와 저를 감싸고 제 의식을 먹어 버렸다.

　몇 번 제가 증오하는 두 손을 잘라 버리려고 몸부림을 친 이후에 의사들이 제게 강요하는 약봉지에는 점점 그 알갱이의 숫자가 늘어 갔다. 마음으로는 얼마든지 할 수 있었지만, 겨우 슬쩍 상처를 내고 피를 좀 보는 것 따위밖에 하지 못하는 제 소심함을 그들은 알아채지 못했다. 결국 제가 할 수 있는 건 숨어서 약에 취하는 것밖에는 없었다. 그런데…… 그걸 언제까지 해야 할까.

　아니, 당분간 그냥 그 흰옷을 입은 이들이 얼씬거리지 않는 그냥 그런 곳이 필요했다. 그 지석이 놈도 없는 곳.

　그러나 제가 온 곳은 이상한 곳이었다. 그는 멍하니 주위를 둘러보았다. 얼룩덜룩한 추리닝 따위를 입은 머리를 박박 깎은 남자들이 모여서 요란하게 욕지거리를 하면서 술을 마시고 음식을 맛있게 먹고 있었고, 그 뒤로 또 다른 사람들이 들어섰다. 고개를 돌리니 앞에 앉은 여자는 낯선 음식을 뒤집으면서 조그만 술잔에 초록색 병에 담긴 술을 따르고 있었다.

　"여긴 소주가 더 어울리는데 이거 한잔 할래요?"

맨얼굴이 늘 창백하던 여자의 두 볼에 홍조가 들었다. 그리고 새빨간 입술에 물기가 돌았다.

"키스, 처음 해 봤죠?"

그녀가 우습다는 듯 저를 쳐다보면서 말했다.

"……."

아까까지만 해도 제 심장이 뽑혀 나갈 것 같은 느낌이었는데 갑자기 그 심장이 확 쪼그라들어 멈춘 느낌이었다.

"세상에나, 카일의 첫 키스 상대라니."

매끄러운 긴 머리카락을 한, 마치 동화 속에 나오는 공주 같은 모양새인 여자의 입에서 새어 나온 말이 저를 갑자기 차갑게 식게 만들었다.

"기다려요. 앞으로 가르쳐 줄 게 많을 거 같으니까."

분명히 그 조그만 여자를 벽에 밀어붙인 건 저였다. 그러나 여자의 긴 인조 속눈썹이 드리워진 눈망울은 저를 구석으로 몰아붙이고 내려다보고 있었다. 그녀가 손을 내밀어 그의 머리카락을 쓸어 올리면서 말했다.

"당신, 보기보다 엄청 귀여워."

그때 삐죽이 치밀어 올랐던 칼자국 같은 제 감정이 그녀의 불행한 소식을 들었을 때 커다란 칼날이 되어 제게 되돌아왔다. 생각이 거기까지 미치자 그는 저도 모르게 관자놀이로 손을 가지고 갔다.

"어디 아파요?"

"……."

그는 저도 모르게 마치 약이라도 되는 듯 제 앞에 따라진 지 오래라 거품 따위가 사라져 버린 노란색의 액체가 가득 든 컵을 집어 들었다. 그러나 아직 찬기가 남아 있는 쌉쌀하고 톡 쏘는 것 같은 액체가 목구멍을 급하게 넘어가자, 그 감각에 온통 신경을 쏟았다. 제 머릿속에 든 것을 몰아내려는 듯.

혜진은 냉장고에서 물을 꺼내 들었다. 화장실에서 비틀거리면서 나오는 남자를 보고 혜진은 약봉지를 꺼내 들었다.

물론 맥주 한 잔밖에는 마시지 않았지만, 보기엔 술 따위 먹어 본 적이 없는 사람이었다. 그러니 한참 전에 마셨다지만 술과 약이 섞이면 안 좋은 게 아닐까 싶어 고민하다가 그녀는 약의 개수가 가장 적은 아침이라고 적힌 봉지를 뜯었다.

머리카락에서 물을 뚝뚝 흘리는 남자가, 금방 다시 꼈는지 축축하게 젖어 버린 것 같은 장갑을 낀 손을 내밀었다. 약간의 취기가 도는 것 같은 남자의 눈이 저를 몽롱하게 쳐다보고 있었다.

혼자 소주 한 병을 마시고, 그리고 남은 맥주도 먹어 버렸지만 그녀의 주량에는 미치지 못하는 양이었다. 그리고 고깃집에서 한참이나 걸어왔으니까 술기운 따위 남아 있지 않을 거라 생각했다. 그런데 왜 취기가 오르는 것 같은 느낌일까. 그녀는 저도 모르게 제 손에 들린 알맹이들을 내밀었다. 다만 그의 손이 아니라 그의 입 쪽으로.

아마, 그도 자신의 축축하게 젖어 버린 장갑에 기분이 좋지 않았던 모양인지 내민 손끝에 입을 댔다.

남자의 뜨거운 입술이 제 손바닥에 담긴 알약을 삼켰다. 그건 아주 순간적이었고 얼마 걸리지 않았다. 그러나 작은 알약들을 모조리 삼키느라 뭔가 말캉한 것이 닿은 것도 같았다. 혜진은 저도 모르게 침을 삼키는 걸 들키지 않으려고 얼른 물을 내밀었다. 그리고 돌아섰다.

"자요. 불편할 텐데 들어가서 자요."

대답을 들을 생각은 없었다. 그녀는 쿵쿵거리는 발소리를 내면서 제 방으로 향했다.

그래도 꽤 익숙해진 나무로 된 집 안이 빙글빙글 천천히 춤을 추는 느낌이었다. 얼른 제 목구멍을 넘어간 것들이 꾸역꾸역 기어 나오려는 상념을 뚝 잘라 어디론가 버려 줬으면 싶었다.

낮에 여자가 잔뜩 사 온 장갑 뭉치가 어딘가 있는 것 같은데 제 눈에 보이질 않았다. 불도 꺼야 할 텐데 그는 천천히 제 정신이 심연으로 가라앉는 게 느껴졌다.

딱딱한 나무 의자 위에 눕고 걸쳐져 있던 담요를 뒤집어쓰면서 그는 걸리적거리는 젖은 장갑을 저도 모르게 벗어 버리고 말았다. 그러곤 제 정신도 벗어 버렸다.

맥주를 마신 탓에 귓가에서 격렬하게 흐르는 차간느의 선율을 듣던 혜진은 이어폰을 빼고 침대에서 내려서야 했다. 왜 조금만 더 넓어서 여기도 화장실을 하나 만들어 주지 않았는지가 원망스러워지는 순간이었다. 끼그덕거리는 가파른 계단을 벽을 잡고 간신히 내려온 혜진은 급하게 화장실을 갔다 나왔다.

주방 쪽에 불이 켜진 채 남자가 마치 제 자리인 듯 긴 나무 소파 위에 쪼그리고 누워 잠들어 있었다. 다리도 쭉 펴기 힘든 크기인데 늘 불편하게 잠드는 게 갑자기 안쓰러워졌다.

불을 꺼야 하는데 제 손은 그러지 않고 있었다. 노란 불빛 덕에 음영이 더욱더 짙어진 남자의 얼굴을 멍하니 내려다보고 서 있을 뿐이었다. 긴 속눈썹이 드리워진 감긴 눈, 매끈한 콧대, 그리고 그 밑에 그린 것 같은 입술…….

제가 미친 게 틀림없었다.

전 재산이나 다름없는 제 돈 오백만 원이 어디론가 사라졌고, 제 유일한 삶의 동아줄이라 느꼈던 경훈도 그렇게 쫓아내 버렸다. 그런데 왜 머릿속은 텅 비어서 호호 하하 웃고 있는 건지 모르겠다 싶었다.

아마, 저 환상같이 생긴 남자 때문에 꿈을 꾸는 거 아닐까. 당장 내일 끼니 따위 걱정하지 않아도 되는, 앞으로의 삶 따위 재고 재야 하는 그런 삶에서 떨궈져 나와 멍하니 꿈속에 취한 게 아닐까 싶었다.

아주 오랜 세월 동안 그녀의 어둠에 길들여진 문법 따위가 어긋나고 있는 게 느껴졌다. 문득, 제 손바닥에 느껴지던 남자의 비단결처럼 매끄러운 입술에 시선이 멈춰졌다.

미치지 않고서야…… 이럴 순 없는 거였다.

9

나를 필사하는 오후의 손가락이 한 뼘 길어졌다
흐린 지문으로 나를 한술 떠먹는다

직감적으로, 위험이 느껴졌다.

외간 남자와 함께 산다는 것은 보편적으로 여자 쪽이 훨씬 위험
하다는 게 일반적인 사실이었다. 그러니까 그냥 장식에 가까운 제
다락방 방문의 잠금장치 따위를 걱정해야 한다는 게 누구에게나
통용되는 상식이었다. 하지만 그게 다가 아닌 게 분명했다.

그 이유를 막 선잠에서 깨나 화장실을 가기 위해 가파른 계단을
내려가면서 짜증을 내다 말고 깨닫고 말았다.

어젯밤에는 술김이었다. 술이란 게 백해무익하면서도 인류에게
서 사라지지 않는 이유는 그 복잡다단한 알코올 성분이 만들어 내
는 미약 같은, 아니 그 쥐약 같은 효과 때문일 것이다.

숱한 새 생명을 만들기도 하고, 인연을 잇기도 또는 잘라 버리
기도 하고 세상의 지도를 바꾸는 일 따위도 할 수 있었다. 술은 사
람을 치졸하게도 만들고, 반대로 관대하게 만들기도 한다. 그리고

아무리 정확한 시력을 가졌다 해도 엄동설한에 싱싱한 콩 껍데기를 구해다 덮어씌워 줄 수도 있었다.

어젯밤 제가 멍하니 다리가 아프도록 저 나무 소파 앞에 서 있었던 것도, 밤새 뒤척이며 라벨의 차간느를 리와인드 해 음악에 문외한임에도 불구하고 리듬을 외웠던 이유는 그 알코올이 급조해 씌워 준 콩깍지 때문이라 치부했었다.

지금은 늘 그렇듯 해가 중천에 떴고, 사방은 바닥에 떨어진 바늘 하나도 보일 만큼 밝았다. 그리고 보잘것없는 알코올도 깨끗하게 분해되어 제 방광에 모여 있었다. 그런데…… 왜 저 남자는 저리도 예쁘단 말인가.

방광이 임계점에 다다랐기에 그 상념에서 벗어나 화장실에 뛰어들어야 했다. 정신을 차리려고 미친 듯이 분노의 칫솔질과 세수를 하고 나온 뒤에도 혜진은 당혹스러웠다.

냉장고에서 마지막 한 병 남은 생수를 반쯤 마시고 나서야 제가 너무 못난 사람들 사이에서만 살아온 후유증이라 치부할 수 있었다.

어제 제가 건넨 약은 수면제가 두 알 든 아침약, 그러니 분명히 이제 슬슬 깨날 것이다. 어제 급조해서 동네 농협 마트를 다녀왔지만, 정신이 나갔었는지 아니면 그쪽 마트란 데가 너무 부실했는지 냉장고를 열자 허술하게 텅 빈 게 보였다. 대체 두 손이 무겁게 뭘 샀던 걸까?

해가 솟아오르고 있었다. 깊어 가는 가을이라 해가 짧아진다지만, 그래도 이제 막 시작된 오후는 길었다. 이 긴긴 오후를 어떻게 보낸다……. 내일이면 제가 출근을 해야 하니까 괜찮지만.

"같이…… 시내 갈래요?"

새파랗던 하늘이 실종된, 이 집에서 처음 보는 이상한 오후의 첫머리였다. 혜진은 용기를 내어 말을 떼었고, 어떻게든 새로 입맛을 들인 김이란 놈을 점령하기 위해서 여전히 장갑을 낀 굼뜬 손으로 혜진이 척 하고 밥덩이로 붙여 내는 걸 시도하고 있던 남자는 무슨 말인지 못 들은 거 같았다.

"가는 데만 한 30분 걸릴 텐데……."

생각해 보니 일요일 오후였다. 아무리 작은 도시라 할지라도 관광지였고, 제가 목표로 한 곳은 대형 마트였다.

"어딜?"

겨우 김 한 장을 정복하고 남자가 물었다.

"드라이브 겸, 이 동네는 뭐 파는 게 제대로 없어서……."

"혼자 가."

재고의 여지도 없다는 듯 한마디 하고는 그는 다시 김을 공략했다. 그렇지…… 이 남자와 어딜 간다고. 혜진은 더 이상 물어보지 않고 흐릿한 밖을 내다보았다. 당장에 비가 쏟아질 것 같지는 않았지만 쾌청한 파란 하늘 밑의 바다를 보면서 달릴 드라이브를 생각했던지라 실망을 감추지 못했다.

설거지를 하고 서랍에서 카드를 꺼내 들었다. 그때 마침 화장실에서 남자가 나왔다.

"저기…… 이 카드 써도 되는 거죠?"

물론 그럴 생각이었지만, 남자가 나와서 눈이 마주치자 심히 양심에 찔린 그녀가 어색한 웃음을 지으면서 물은 것이었다.

자기가 생각해도 이 남자나 그 한 사장이라는 사람이 범상한 사람이 아니라는 것은 알겠지만 제가 이 카드를 사용한 금액은 얼추 계산해 봐도 어마어마한 금액이었다. 집 안의 집기 같은 것은 물론이거니와 슬쩍 둘의 외식 같은 것에도 썼기 때문이었다. 혹 뭐 잘못되는 건 아닐까 싶은 혜진은 갑자기 불안한 마음이 들었다.

"그게 뭔데?"

김도 모르는 남자니 카드도 모르는 걸까. 혜진은 궁색하게 설명했다.

"그…… 전에 한…… 그 사람이 준 카드요. 여기 필요한 물건 사라고."

"그래서?"

"음…… 지금 그……쪽이 식사를 해결할 거리를 사러 가는 거니까, 사용해도 되냐고……."

"맘대로 해."

귀찮다는 듯 대답한 그가 약봉지가 있는 곳으로 갔다. 혜진은 저도 모르게 피식 웃음 같은 한숨을 내쉬고 말았다. 어차피 저 남자는 또 약에 취해 잘 것이고, 전 산뜻한 드라이브와 쇼핑을 즐기면 그만이었다. 그러다 보니 저도 모르게 그녀는 말했다.

"이거 한도가 꽤 큰 거 같은데……. 내가 이거 가지고 도망가면 어떻게 되는 거예요?"

약봉지를 뜯고 냉장고를 열어 마지막 남은 생수병을 꺼내 든 그가 아무렇지도 않다는 듯 대답했다.

"그 자식 뒤에 변호사가 한 트럭쯤 될 테니까 알아서 하겠지."

"……."

뭐 하는 사람일까.

정말 텔레비전 같은 거 잘 보지 않았는데……. 저 남자 무슨 유명한 가수나 배우 아닐까. 혹 요즘 유행하는 아이돌 가수 같은 건가? 스캔들이라도 나서 숨어 있는 건가? 장갑을 끼고 있는 건......무슨 자해 같은 걸 해서 손목에 온통 칼자국이 나서일까?

날이 흐려서였다.

아마 어제같이 새파란 하늘이 쨍쨍했다면 요 근래 잘 듣지 않던 팝송이라도 크게 틀어 놓고 창문을 열고 한 손을 내밀어 저답지 않게 한적한 도로를 달리는 데 온 신경을 다했을지도 모를 일이었다. 아니 아마 그랬을 것이다.

그러나 현실은 금방이라도 가을비 따위, 아니 뭐 심하면 우박이라든지 눈이라도 쏟아질 것 같이 우중충한 날씨였다. 한참 무르익은 가을날에 눈이라니 당치 않지만, 이 동네의 산속은 그러고도 남을 동네였으니까. 그 우중충한 날씨 덕에 머릿속도 어이없이 우중충해지고 있는 터였다.

"한심하다!"

혼자 외치고 말았다. 다행히 차들이 늘어나는 시내가 가까워짐에 따라 그녀는 제정신을 차릴 수 있었다. 뭐가 필요했었는지 부족했던 물건을 되짚으면서 그녀는 건물들이 늘어난 거리로 차를 몰아갔다.

"다녀올게요."

인사를 남긴 여자가 나가자 집 안은 금방 적막에 싸였다. 여자의 차 소리가 사라진 한참 뒤에도 그는 약봉지를 뒤적이고 있었다.

새로 처방받은 수면제와 진정제는 복잡한 메커니즘 덕에 아직까지는 약효가 좋았다. 먹기만 한다면 오 분 내에 저를 아무것도 생

134

각할 필요 없는 적막 속으로 이끌 것이 분명했다. 여자가 나간 집 안에는 냉장고의 모터가 돌아가는 소리만 낮게 깔렸다.

그놈의…… 김이란 정체불명의 음식 탓이었다. 전엔 뭘 먹고 살았었지? 잘 기억이 나지 않았다.

병원에서는 끊임없는 발작과 과민반응 덕에 제대로 무엇을 먹었던 적이 없었다. 주사제로 버틴 적도 많았고, 형체도 맛도 기억나지 않는 것을 먹었던 이유는 오로지 병원을 벗어나기 위해서였을 뿐이었다. 사실 뭘 먹든 상관은 없었으니까.

그런데 대체 무엇으로 만들어졌는지 모를 검은색 종이 같은 건 묘하게 끌리는 맛이 있었다. 짜서일까? 아니면 이상한 향기 때문일까. 그것 때문에 너무 과하게 먹었는지 영 속이 편치 않았다. 그전엔 소화 따위 신경 쓸 만큼 뭘 먹지도 않았고, 약에 다 처방이 되어 있었기에 바로 누워 잠드는 게 아무렇지도 않았었다.

그런데 이 며칠…… 그러니까 바로 말한다면 이곳에 내려와 저 낯선 여자와 같은 공간에 살게 되면서 그는 도무지 무슨 맛인지, 왜 먹어야 하는지 모르던 하얀 쌀밥의 맛을 알게 되었다.

여자의 말로는 밥하는 도구가 비싼 거라 밥이 잘 된다던데 그게 무슨 말인지는 모르겠지만, 그래도 병원에서 억지로 먹던 것보다는 훨씬 나았고, 그 덕에 몇 술 더 뜨게 된 음식들은 속에서 부대꼈다. 어제 산에 한번 갔다 온 게 그나마 좀 괜찮았던 거 같은지라 그는 저도 모르게 창밖을 내다보았다.

길이야 단 한 개밖에 없고 가다가 중간쯤에서 되돌아오면 길을 잃을 리도 없었다. 그는 결심한 듯 약봉지를 내려놓고 문을 나섰다. 언제부터 신고 있었는지 기억도 나지 않는 낡은 운동화의 끈을 다시 묶자 등 뒤에서 삐리릭 하면서 문이 잠기는 소리가 났다. 그는 몸을 일으켰다.

늘 건조해서 뽀송거리는 것 같던 공기 대신 습기를 머금은 약간은 으스스할 정도의 서늘한 바람이 제 얼굴을 스쳤다.

아주 오랜만이지만, 산길을 뛰는 것쯤은 할 수 있었다. 그는 코트 따위도 없이 집업 후드점퍼만 입은 채 눈으로 가늠하던 산길을 향해 발을 내디뎠다.

언뜻 도무지 어울리지 않는 새파란 광택의 스포츠카가 제 눈에 들어왔지만 무시하고 걸었다. 아무 생각을 하지 않으려고 길가에서 들리는 온갖 소리들에 집중하면서 발걸음을 빨리했다.

매일 이렇게 살면 얼마나 좋을까.

그리고 언제쯤 저는 이렇게 살게 될까.

늘 많은 걸 바란 적은 없었다. 가계부를 적을 건 아니지만 그래도 지긋지긋한 통장 잔고 따위를 생각하지 않고 하루쯤 낯선 곳에, 아니 이름난 관광지에 놀러 가 경치 좋은 곳의 콘도를 잡고 맘껏 맛난 걸 먹고 놀려고 카트에 가득가득 술이며, 고기며 주전부리를 담으면서 웃을 수 있는 주말을 가끔 갖는 거.

그게 그렇게 먼 세상의 일이었을까? 번듯한 대기업에 취직한 경훈과 결혼하면, 물론 빚투성이겠지만 작은 빌라 한 칸 얻어서 같이 일하고, 그러다 애기 낳고, 또 승진도 하고…… 그러다 보면 남들처럼 슬슬 주말 국내 여행을 가고 또 돈 좀 모아 해외여행도 가고…… 그렇게 살 거라고 생각했었다.

당장은 아무것도 없지만 그래도 그럴 수 있을 거라 생각했었다. 참…… 야무진 꿈이었지.

문득 일요일 오후인데도 불구하고 가족끼리, 혹은 팔자 좋은 대학생들끼리 놀러 온 게 분명한 사람들이 즐거운 저녁 식사를 위해 카트를 가득 채우는 것을 보았기 때문이었을 것이다. 그중에는 꼭 수첩을 들고 돈 계산을 하는 총무 같은 아이가 있었다.

혜진은 고개를 돌리고 말았다. 제 삶은…… 저 나이 때 저렇게 놀러 한 번 못 간 제 삶은…….

그냥 그런 생각이 문득 들어서.

비가 오는 걸까.

혜진은 가득 찬 카트를 옆에 놓고 마트 안 시식 코너에서 무료로 주는 믹스 커피를 마다하고 호기롭게 푸드 코트 모퉁이에 있는 카페에서 생크림까지 송송 올려진 카페 모카 한 잔을 마시면서 하염없이 시간이 가길 기다렸다. 너무 일찍 집으로 돌아가 그 잘나 빠진 남자의 잠든 얼굴에 넋을 빼고 싶진 않았다.

몸이 망가진 건…… 당연한 결과였다. 하루는커녕 몇 날 며칠인지 모를 시간을 창도 없는 하얀 방 안에 덩그러니 놓인 환자용 철제 침대에 쪼그리고 있었던 적이 한두 번이 아니었다.

마음 같아선 나지막한 산길을 한달음에 뛰어오르고 싶었지만, 마음만 앞서 걸음을 빨리했던 그는 받아진 숨에 자주 발길을 멈추어야 했다. 아마…… 하늘에서 뭔가 뚝뚝 떨어지는 것이 걷잡을 수 없이 숫자가 늘어나지 않았더라면 호기롭게 길 끝까지 갔을 뻔했다.

와이퍼가 앞 유리를 긁는 소리가 요란했다. 길에 차가 많지 않은 게 다행이었다. 가장 운전하기 불안스러운 어스름이 내려앉는 시간에 비까지 오고 있었다. 가을비치곤 제법 양도 많았다. 비만 아니었다면 좀 더 꾸물거리려고 했었다.

와이퍼도 샀어야 했나? 제 차를 가진 지 한 달이 조금 넘었을 뿐이었다. 더러 주변 선생들이 차 와이퍼를 갈아야 한다고 하던 말도 들었고, 자동차 용품 파는 곳에 와이퍼가 있는 것도 봤었다. 그런데 어떻게 갈지…….

차창 앞은 더욱더 정신이 없었다. 반대편에서 쌩 하고 소리를 내며 스치는 차들의 불빛이 퍼져 앞이 잘 보이지 않는 것 같았다. 얼른 집에 가야 할 텐데…… 오로지 그 생각뿐이었다.

겨우 집이 있는 샛길로 들어서서 그녀는 이제 완전히 어둠이 내려앉은 한적한 들판의 어둠 속에 있는 집을 보고는 안심했다. 그러곤 불이 꺼져 있는 것을 보고 싸늘한 집의 나무 의자 위에서 쪼그리고 잠들었을 남자를 생각하고는 얼른 보일러라도 돌려야겠다 생각하면서 차에서 내렸다.

두 손 가득 들어야 하는 비닐봉지를 들고 굵은 빗줄기를 피해 처마로 달려가던 혜진은 저도 모르게 소리를 질렀다.

"뭐 하는 거예요!"

뭘 하긴…….

온통 비에 젖은 남자가 시퍼런 입술을 하고 감고 있던 눈을 금방 떴다.

"문이 안 열려……."

보일러 돌아가는 소리가 요란했다. 밥을 하고, 사 왔던 즉석 불고기를 볶고, 반찬을 담았는데도 불구하고 미안함이 앞섰다.

저 남자가 집 밖에 나갈 거라 생각하지 않았기에 당연히 도어록의 비밀번호 같은 걸 이야기해 준 적이 없었다. 갑자기 내린 비는

138

겨울을 재촉하는 듯 차가웠고, 남자는 그 비를 쫄딱 맞은 채 나무 그녀의 차양 밑에 앉아 있었다.

감기라도 걸렸으면 어떡하지? 분명히 기름을 가득 채운 보일러는 잘 돌아가는 거 같은데 집에는 냉기만 돌고 있는 것 같은 느낌이었다. 저도 으슬한데 비 맞은 남자는 오죽할까.

욕실에서 물소리가 계속 났다. 뜨거운 물은 잘 나오는 걸까. 밥이 얼추 다 될 무렵 문을 여는 소리가 났다.

"괜찮……."

"……."

요란한 빗소리와 보일러가 돌아가느라 윙윙거리는 소리가 가득 찼다. 그 속에 하얀, 뼈대 위에 거죽만 씌워 놓은 것 같은 등짝을 내민 남자가 젖은 머리카락을 한 채 저를 돌아보고 있었다.

혜진은 제 숨이 멎은 줄 알았다.

남자가 옷가지를 찾으러 방으로 들어가 버린 뒤에야 숨이란 게 쉬어졌다.

그다지 실하게 옷가지를 가져오지 않은 남자는 처음 내려올 때 입고 있던 검은색 목티를 입은 채 여전히 냉기가 빠지지 않은 푸르딩딩한 입술을 하고 밥을 먹었다.

"속이 더부룩해서 나갔을 뿐이야. 그러다 비가 왔고, 문이 안 열렸을 뿐이라고. 그렇게 죽을죄를 지은 표정 안 해도 돼."

제 표정이 어쨌는지는 모르겠지만, 남자는 지금까지 한 말 중에 가장 긴 대답을 했다. 그러나 미안함이 가시지는 않았다. 아니 정말 미안해서가 다일까.

"병원에…… 아니 감기약 같은 거라도 먹어야 하는 거 아니에요?"

이 남자가 잘못되면 큰일이었다. 제 이 조바심은 그 때문일 것이라 생각했다. 그게 아니라 해도 그것이어야 했다.

"괜찮아."

시간이 지나도 제 생각만큼 집에 온기가 돌지 않았다. 보일러가 잘못된 걸까? 아무리 기억을 되짚어 봐도 이 집에서 난방을 위해 보일러를 땠던 기억은 없었다. 그럼 뭐로 겨울을 났더라……

"아! 잠깐 있어 봐요."

혜진은 벌떡 일어나 갑자기 현관문을 열고 나갔다.

귀퉁이에 있던 무쇠로 된 벽난로는 절대 장식품 따위가 아니었다. 아마 돌아가신 아빠의 로망이었을 것이다. 분명히 집 뒤쪽에 잔뜩 장작더미 같은 게 있었다. 그리고 빗속에 나가 보니 잔뜩은 아니지만 그래도 꽤 많은 양의 장작이 벽에 붙어 가지런히 있었다.

처마 때문에 비를 맞진 않았지만 눅눅하긴 했다. 혜진은 옷에 먼지 같은 게 묻는 것도 잊은 채 제가 들고 올 수 있을 만큼 잔뜩 장작을 들고 비를 맞으면서 뛰어 집으로 들어왔다. 저를 걱정스럽게 보는 남자를 볼 겨를도 없이 그것들을 가지고 벽난로로 향했다.

어떻게 했었지? 생전 이런 걸 해 본 적이 없었지만, 그래도 아빠가 하는 걸 본 적은 있었다.

저를 보고 그가 말했다.

"Cheminée가 다 있네."

"네?"

라이터 같은 것도 없어서 가스레인지 불에 급조해 만든 불쏘시개로 불을 붙이고 입으로 불고 손으로 바람을 부치느라 난리가 났다. 자욱한 연기를 만들어 내다 겨우 불이 붙은 장작을 보고 한숨을 내쉬면서 뚜껑을 닫은 그녀의 뒤통수에 그가 내뱉은 단어는 생전 처음 듣는 말이었다.

"슈미네…… 하도 작아서 저건지 몰랐어."

"그게…… 뭔데요?"

생소한 단어에 혜진이 되물었다.

"슈미네가 슈미네지…… 뭐라 달리 부르는 말이 있나? 저렇게 장작 넣어서 불 지펴 난방도 하고 저기다 음식도 하는 거 말이야. 아, 여기서는 다른 명칭이 있나?"

분명했다. 이 붉은 불빛 덕에 하얀 얼굴에 음양이 도드라져 보이는 이 잘난 남자는 외국물을 먹은 남자임에 틀림없었다. 어느 나라 말인지 모르겠지만 분명히 어디 외국어일 것이다.

"벽난로요. 추울 테니까 여기 앞에 있어요. 이불 가져올게요."

어느 나라 말인지는 알 필요가 없었다. 제게 급한 건 남자의 푸르딩딩한 입술이니까. 금방 온기가 돌았다. 집은 좁았고 열기는 꽤 셌다. 혜진은 그동안 빨아서 잘 말려 놓은 이불을 얼른 가져다 벽난로 앞에 펼쳐 놓고, 나무 소파에 있던 쿠션도 가져왔다.

"앞에 앉아요. 금방 따뜻해질 거예요."

그도 추웠는지 아늑해 보이는 벽난로 앞자리에 자리를 잡았다. 혜진은 그제야 마음이 놓였다.

"저기…… 약 줄까요?"

"아니. 저기 혹시…… 그거 사 왔어? 그 치킨하고 먹던…….”

주방은 잔뜩 어질러져 있었고, 아일랜드 식탁 위에는 저녁 먹은 흔적도 그대로였다. 깔끔한 제 성격하고는 전혀 맞지 않았다. 아니 이 집에서 산다는 것 자체가 제 현실하고는 전혀 맞지 않는 비현실이었다.

왜 그렇게 숨이 목구멍까지 차오르도록 종종거리며 살았을까. 답은 간단했다. 서랍에 들어 있는 저 카드 따위가 제겐 없었으니까. 그러니까 몽롱한 이 집에서의 삶은 꿈인지도 몰랐다.

"약은 왜 먹는 거예요?"

작은 거실에는 타닥타닥, 창밖의 빗소리와 어울리는 나무가 타들어 가는 소리와 벽난로의 불빛으로 충분했기에 거실의 형광등 불은 꺼져 있었다. 그래서 아마 그 마트에서 스쳐 지나갔던 멀리 여행을 온 여행객들 같은 기분을 느낄 수 있었기에 제 입에서 나온 말인지도 몰랐다.

세일을 한다기에 대체 무슨 맛일까 항상 궁금했던 비싼 외제 맥주 6개들이 팩을 카트에 넣었던 건 탁월한 선택이었다. 옆에 이불을 둘둘 말고 있는, 절대 쳐다봐서는 안 되는—쳐다보았다간 제 속에 든 음란마귀가 소환될지도 모를— 남자가 그 맥주 캔을 홀짝거리는 데 재미를 붙인 듯 두 개째의 캔을 딸 때 용기를 내 물었다.

둘둘 말린 채 식탁 한편을 차지하고 있는 어마어마한 양의 약들이었다. 일명 정신병자용…… 그런 거 아닌가?

"자고 싶어서."

남자는 아무렇지도 않게 대답했다.

"왜 자고 싶은데요?"

남자는 다시 맥주 캔을 입에 대고 한참이나 있다가 대답했다. 그동안 그걸 마신 것 같지는 않았다. 그냥 마시는 척하면서 뭔가 생각한 듯싶었다. 아마 대답할 거리일 거 같았다.

"깨 있으면…… 안 되니까."

뭐가? 왜 안 되는 거지? 혜진은 저도 모르게 고개를 돌렸다. 여전히 하얀 장갑을 낀 손으로 맥주 캔을 들고 있는 남자도 저를 쳐다보고 있었다.

"이거……."

타닥타닥 타오르고 있는 새빨간 불빛 때문에 남자의 창백한 얼굴이 변한 건지 아니면 맥주 때문인지는 알 수 없었지만 남자의 얼굴은 붉어 보였다.

"네?"

"이거 마시면…… 원래 이런가?"

"뭐가요?"

김도 모르는 남자니까, 아니 그런 환자니까 술 같은 건 잘 모를 거였다. 저번에도 반 잔 남짓 마시고 그다음 날까지 약도 없이 잤으니까. 벌써 한 캔을 비우고 두 캔째였다.

"이거…… 마시면, 막……."

"막 어떤데요? 속이 아파요?"

놀란 혜진이 물었다. 어디 아픈 게 도진 건가? 그런데 남자는 고개를 갸웃거리더니 엉뚱한 소리를 했다.

"이거 마시면…… 키스하고 싶어지나?"

"……?"

그럴 리는 없을 텐데…… 취했나? 겨우 맥주 한 캔일 뿐인데……. 그냥 음료수 아닌가.

빗소리가 창밖으로 떨어져 내렸다.

타닥거리는 장작의 불빛이 적막 속에 퍼졌다. 그리고 매끈한 콧대를 가진 잘나디잘난 남자가 몽롱한 눈빛으로 저를 쳐다보다가 맥주 캔을 바닥에 내려놓고는 얼굴을 들이밀었다.

우스웠다. 뭐 이런 걸 먹고선 이런 헛소리를 하는지. 이렇게 잘난 남자한테 저같이 평범하다 못해 못난 여자가 여자로 보일 리 없잖아, 라고 대답해 주었지만, 그건 제 목구멍 안쪽에서나였다.

목구멍 밖으로 꺼냈어야 했나? 잠시 머뭇거리는데, 역시나 잠시 머뭇거리는 것 같은 남자의 얼굴이 다가왔다. 그래서 참…… 어이 없게도 저도 모르게 제 손에 있던 맥주 캔도 내려놓고 말았다.

대체 뭣 때문에?

이거 때문에? 알코올 축에도 못 끼는 이거?

남자의 매끈하고 아름다운 입술이 제 입술에 닿았다. 새파랗게 보였는데 무척이나 뜨거웠다.

남자의 아름다운 입술이 저를 한술 떠먹는다.

그게 느껴졌다.

저도 모르게 눈을 감고 말았다.

10

적막의 두께로 낡은 하루가 완성되었다

세면대에 떨어진 거품 사이로 새빨간 것이 섞여 들었다. 저도 모르게 아야 하는 소리를 내며 거품투성이인 입술을 들어 올리자 새빨간 피가 맺힌 잇몸이 드러났다. 어쩐지…… 아리더라. 그녀는 아무렇지도 않게 입을 헹구고 세수를 하고 머리를 감았다.

좁지만 새것 같은 욕실에는 마치 신혼집의 그것처럼 알록달록한 칫솔꽂이, 양치 컵, 향기 좋은 샴푸들과 하얀 수건이 걸려 있었다. 막 수건을 젖은 머리에 돌돌 감고 몸을 일으켰을 때 컵에 나란히 꽂힌 빨갛고 파란 칫솔 두 개를 보고 그녀는 저도 모르게 얼굴을 붉히고 말았다.

두 개의 커플 칫솔……이라니. 모텔의 일회용 칫솔도 아니고.

문을 열고 나오는 데도 한참 시간이 걸렸다. 대체 뭘 망설이는 걸까. 오늘은 월요일이고, 그녀는 첫 출근을 해야 했다.

천천히 점심 먹고 나오라는 은진의 말을 가늠해 보건대 적어도 한 시쯤에 나가는 게 딱 적당할 것 같았다. 아니 그전에 가야 할까. 초등학교 1학년도 급식을 마치고 끝나는 시간은 한 시가 넘어야 하는 거니까. 아니 이곳은 시골이니까 뭔가 다를지도 몰랐다.

하여튼 먼저 가서 청소니 정리니 하는 것도 도와야 할 것이고 책도 좀 살펴봐야 할 것이다. 그러니······. 혜진은 힐끗 선반에 올려놓았던 휴대폰을 보았다. 채 열 시도 되지 않은 '이른' 시간이었다.

해가 반쯤 든 거실은 저 때문에 또다시 허공에 먼지들이 떠돌고 있었다. 식탁 위에 남아 있는 그릇들이 있었고, 싸늘한 재만 보이는 벽난로 앞에는 이불 뭉치가 움직이지 않고 있었다. 그 앞에는 빈 캔과 아직 따지 않은 새 캔이 흩어져 있었고, 안주 삼아 뜯었던 감자칩도 반쯤 남은 채 벌려져 있었다. 혜진은 저도 모르게 얼굴을 붉히고서는 살금살금 제 공간으로 도망쳤다.

머리를 말리려고 드라이기를 꺼내 들었다. 요란한 소리가 날 테지만 어쩔 수 없었다.

이 소리를 듣고 깨나면 어쩌지.

혜진은 저도 모르게 픽 소리 내며 웃을 수밖에 없었다. 대체 무슨 일이 있었는데? 그리고 어차피 영원히 잘 것도 아니고 깨날 시간이 되면 깨나겠지.

대체 무슨 일이 있었는데······.

외간 남자와 불타오르는 벽난로 앞에서 타는 듯한 키스?

택도 없었다. 그건 키스 축에도 못 드는 거였다. 그냥 단순한 입술의 접촉? 뽀뽀라고 할 수도 없는······ 그런 사랑스러운 명칭을 붙일 수도 없는 당혹스러운 경험이었을 뿐.

술에 약한 남자는 취했을 것이다. 취하면 어떤 여자든 다 예뻐 보일 테니까. 조용하고 적막하고 게다가 분위기 업 하는 데 최고인 벽난로에서 타닥타닥 장작이 타면서 음향 효과를 더해 주고 있었으니까.

남자의 도발은 싱겁게 끝났다. 뜨거운…… 지금 기억나는 건 그것밖에 없었지만 타는 것 같은 입술은 제 입술을 물더니 더 이상 어쩌지 못하고 물러갔다. 그러고 나서 저를 빤히 쳐다보던 남자가 한 싸늘한 말 때문에 그 술자리는 싸하게 파하고 말았다.

'내가 그렇게 우스워?'

내가 뭘 어쨌는데!

정신병자가 틀림없다. 우울증에 공황장애인지 그딴 거, 아니 정신분열이나 성격파탄자가 분명했다.

분명히 어떤 말도 하지 않았다. 그리고 제 얼굴에 웃음기가 있었을 리도 없었다. 조금 당황하긴 했었다. 그러나 겁이 나거나 아니면 그 남자의 황당한 말대로 우습진 않았다.

화려한 남성 편력을 자랑하는 그 망할 룸메이트 영숙 같았으면 이게 웬 횡재수냐 했을지도 모를 일이었다. 적어도 잘나고 게다가 돈도 많아 보이는 남자는 일부러 꼬시려고 난리를 칠 수도 있을 만한 사람이니.

그렇다고 제가 이 남자에게 꼬리를 칠 생각은 없었다. 아니 좀 더 있어 보면 그럴 생각이 들려고 했을지도 몰랐다. 그러나 지금은 아니었다. 나쁜 감정이 없을 뿐이지 그렇다고 호감이 마구 무럭무럭 솟아나던 것도 아니고 그냥…… 좀 많이 미안했을 뿐이었다. 아픈 게 분명한데 비를 맞고 집에 못 들어가게 비밀번호를 가르쳐 주지 않은 건 제 과실이니까.

그렇지만…….

어쩌면 저 남자의 굳은 입술 밑에 든 혓바닥은 끝이 둘로 갈라 졌을지도 모른다 싶었다. 그러니까 어쩌다 내뱉는 말에 그렇게 독 기가 서려 있는 거겠지.

세상에서 가장 위험한 건, 사람이 분명했다.

게다가 예쁜 사람. 식물이나 동물도 화려하고 알록달록한 것일 수록 독기가 있다고 하지 않았나?

혜진은 아무렇지도 않은 듯 머리를 말리고 화장을 할까 하다가 우선 내려가서 정리를 다 해 놓고 밥도 하고 난 뒤에 하기로 했다. 적어도 제가 할 일은 저 독기 서린 혓바닥을 가진 남자를 먹여야 하는 거니까.

그건 이 임대료가 필요 없는 숙소에 대한 책임이었다. 그리고 그걸 아직 마다할 만큼의 기분이나 능력은 되지 않았다.

그러자 갑자기 생각났다. 내 돈, 피 같은 내 돈 오백만 원…… 냉장고니 세탁기니를 사느라 하루에 긁은 카드 값보다 적은 내 돈 오백만 원, 그래서 멍하니 잊고 있었던 돈…….

요란한 물소리였다. 저를 깨운 건.

싸한 냉기가 저를 감싸고 있었다. 그건 당연한 결과였다. 그는 눈을 떠 주변을 두리번거렸다. 제 신경을 깨우는 요란한 설거지 소 리에 그는 저도 모르게 안심을 하고 말았다. 적막 속에서 눈을 뜨 지 않은 게 오히려 다행스러웠다.

왜 그 지긋지긋한 화학약품 대신 술이란 것을 먹는 간편한 방법 을 쓰지 않았던 걸까. 그는 저도 모르게 쓴웃음을 지었다. 그러나 곧 엄습하는 두통과 추위에 어렴풋이 깨달았다. 이런 후유증 때문일까.

죽은 듯이 있을 수도 있었지만, 곧 느껴지는 요의 때문에 그는 일어나야 했다. 제 기척에 여자가 고개를 돌리는 게 느껴졌다. 그는 반사적으로 말했다.

"미안해."

"미안해."

"……."

괜찮아요. 아무렇지도 않아요. 그럴 수도 있죠……. 여러 가지 대답이 있었다. 그러나 그중에 어느 것도 내뱉지 못했다. 왜 미안한데? 뭐가? 키스…… 아니 뽀뽀를 하다 말고 정색한 거? 그다음 어찌어찌하지 않았음 뭐…… 문제 될 거 없는 거 아닌가. 혜진은 말없이 밥을 먹기만 했다.

"내가…… 그게…… 술에 취했었나 봐."

제 침묵에 그가 한마디 더했다. 그러나 머뭇거리던 혜진은 또다시 대답할 타이밍을 놓치고 말았다. 막 무안한 침묵 덕에 혜진이 입을 열려는데 그가 눈치를 살피더니 말했다.

"무슨…… 일 있어?"

"왜요?"

"오늘 좀 달라 보이네. 뭐가 좀."

뭐? 뭐 때문에? 혜진은 저도 모르게 저를 돌아봤다. 다르다니 뭐가……. 곧 피식하고 웃음이 나올 뻔했다. 여기 오고 나서 처음으로 화장을 했기 때문이었다. 오늘은 첫 출근이니까.

남자가 요란하게 씻는 도중에 밥을 다 차리고 나니 시간이 훌쩍 지난 터라 설거지를 하고 바로 나가기 위해 재빠르게 화장을 하고 내려왔기 때문이었다. 화장이래 봤자 비비크림에 파운데이션이나 바르고, 아이라인에 립스틱 바른 것뿐이었다.

립 라인도 제대로 깔끔하게 그려 내지 못하는 솜씨라 모조리 누드계열의 립스틱뿐이어서 별로 티도 날 것이 없었다. 그러니 뭔가 달라지긴 했는데 세상사에 무려 빠진 남자는 별로 눈치채지 못했을 뿐이었다.

"신경 쓸 거 없어요. 별로 마음 쓰지 않았으니까. 술 못하는 사람한테 자꾸 술을 강권한 사람이 잘못인 거죠. 밥통에 밥 있고, 식빵이랑 잼은 냉장고에 있어요. 언제 들어올지 모르니까 때 되면 먼저 식사해요. 약 꼭 챙겨 먹고."

놀란 듯 보이는 남자가 급하게 되물었다.

"어딜 가는데?"

"일 가요. 언제 올지는 모르겠어요."

혜진은 젓가락을 놓으면서 말했다.

"왜? 여기 있어야 하는 거 아니야? 지석이가…… 날 돌봐 줘야 한다고 하지 않았나?"

"이봐요!"

혜진이 짜증스럽게 내뱉었다.

"카…… 진우."

"……?"

"이진우라고. 내 이름."

덩달아 젓가락을 내려놓은 그가 말했다. 포기한 듯 혜진은 말을 이었다.

"좋아요. 이진우 씨. 전 그…… 한 사장이라는 사람한테 당신의 끼니와 약을 챙겨 주는 조건으로 저기 다락방에 기거하기로 했어요. 그 외에 뭐 24시간 여기 있어야 한다는 그런 말 들은 적 없다고요. 그리고 중요한 건 그것 외에는 어떤 보수 같은 거 받는다는 이야기도 없었구요. 그쪽처럼 뭐 넉넉한 사람은 그럴 필요 없겠지만."

그러나 전혀 수긍하지 못하겠다는 표정의 남자를 보고 혜진은 말을 이었다.

"전 지극히 평범한 서민이에요. 나가서 일을 해야 먹고살 수 있다고요. 아, 네. 뭐 저 카드로 먹고는 살겠는데 언제까지요? 그쪽이 언제 어떻게 될지 모르잖아요? 난 돈을 벌어야 한다고요."

제가 생각하기에도 쓸데없이 장황하게 이야기한 것 같은 느낌이었다. 왜 그랬을까. 혜진은 혼자 생각해야 했다. 눈앞에 자신의 말을 들은 남자가 잠시 뭔가 생각하는 듯 멍하니 있다가 말했다.

"그……래서 나간다고?"

"다 먹은 거죠? 설거지는 하고 갈 테니까."

"……."

혜진은 자리에서 일어났다. 그리고 그릇들을 치우기 시작했다. 그러다가 덧붙였다.

"아, 집 비밀번호는 1124예요. 혹시 또 운동 같은 거 나가면 잊어 먹지 말아요."

그러다 또 울컥해서 말을 잊고 말았다. 그건…… 제 생일이었으니까.

여자가 부산스럽게 차비를 하고 나간 집 안은 또다시 적막으로 가라앉았다. 두 면의 창으로 쏟아지는 나른한 가을 햇살, 부산스러운 여자의 움직임 덕에 깨끗하게 정돈된 좁은 공간, 제가 늘 꿈꾸던 아무도 없는, 그러니까 저를 방해하거나 저를 얽맬 것이 없는 공간이 제 눈앞에 펼쳐졌다.

그는 천천히 제가 먹어야 할 약봉지가 있는 곳으로 다가갔다. 그러다 시선을 옮긴 곳에 누르스름한 색조 속에 그것과 이질적인 인공의 새파란 광택이 있는 물건이 보였다. 그리고 희끗한 색의 재킷을 막 걸치면서 신발을 신던 여자가 덧붙인 말이 떠올랐다.

'아, 저 차 안에 상자 있던데……. 길쭉한 거요. 그거 혹시 그쪽 건가요?'

미친 새끼…….

길쭉한 상자라는 말을 듣자마자 제 속에서 튀어나온 단어였다. 그걸 왜 저기다 갔다 놨어. 미쳤다는 말밖에는 할 말이 없었다.

왜 그걸…….

그는 시선을 약봉지 쪽으로 돌렸다.

"일찍 왔네."

은진의 목소리가 반가웠다.

"나 뭐부터 하면 되니?"

이곳이 시골이구나 하고 느껴졌다. 불과 오륙 년 전에는 저도 여기서 잘 살고 있었다. 적응을 너무 잘하는 건 죄가 아니었다. 아마 이곳에도 금방 적응하게 될 것이다. 제 삶이 어찌 될지는 모른다. 마치 일이 주 전에는 이런 삶을 생각하지 않았듯. 그러나 중요한 건 오늘이고 지금이었다.

아이들은 착하고 순진했다. 새로 온 선생님에게 다들 잘 보이고 싶어 하는 게 눈에 보였다. 어려운 경시대회 문제를 준비해야 하는 심화반 따위는 없었고, 진도를 두서너 학년 일찍 나가는 반 같은 것도 없었다.

제 친절한 설명에 아이들은 즐거워했고, 능숙하고 재빠른 일 처리를 보고 은진이 맘에 들어 하는 게 보였다. 청소할 교실도 작았고, 아이들의 교재는 평범하고 쉬워 보였다.

혜진은 제가 할 수 있는 걸 열심히 하려고 애썼다. 일을 하는 게 좋지는 않았지만, 따스하게 쏟아지는 가을의 오후를 견디기에는 좋았다. 그리고 무엇보다 돈이 될 테니까. 그러니까 최선을 다했다. 일이 끝나면, 제 돈을 찾을 방법을 생각해 봐야겠다고 다짐했다.

"너라서 정말 다행이다."

"좋다는 의미니?"

"그럼. 이 동네서 쓸 만한 선생 구하는 게 정말 힘들어. 진짜 고맙다. 우리 정말 잘해 보자!"

은진이 내미는 술잔에 혜진은 제 술잔을 부딪쳤다.

"이런 촌구석에 얼마나 있을지는 모르겠지만."

"왜 그렇게 생각해?"

"다들 나가고 싶어 하잖아. 넌 여기 계속 있을 자신 있어?"

은진의 물음에 혜진은 머뭇거렸다.

"밖으로 나간들 똑같아."

"그러게, 왜 다들 그렇게 떠나고 싶어 하는 걸까? 그지?"

답답해서? 그러나 스스로에게 물어야 했다. 여기…… 여기서 너 살 자신 있니? 밤 8시면 깜깜해지는 이 동네서? 변변한 옷가게도 하나 없고, 과자 하나를 사려고 해도 포장지에 찍힌 정가 고대로 받는 그런 동네서? 공연은커녕 극장 하나 없는 이런 동네서?

"나 열심히 할 거야. 잘할게."

아는 사람끼리 일을 하는 건, 결코 좋은 방법이 아니었다. 그러나 오늘은 첫 출근이었다. 제 친한 고등학교 동창이 제 오너가 되었다. 열심히 할 수밖에 없는 거 아닌가? 돈을 벌어야 하니까. 푼돈이라도…….

"그래. 나도 고맙다."

적어도 날 미워하고 싫어하는 게 아니라면 고마워해야 했다.

술자리는 즐거웠고, 수다는 끝이 없었지만 둘 다 일을 하는 처지였고, 혜진은 피곤했다. 게다가 이차 따위 할 곳도 없었다. 혜진은 저도 모르게 흥얼거리면서 집으로 향했다. 누군가가 있는 제집으로.

"왔네."

"네."

혜진은 펌프스를 벗고 들어섰다. 텔레비전이 켜져 있었다. 남자가 늘 앉아 있는 나무 의자에 앉아 있다 일어났다.

"벌써 9시야."

"그거밖에 안 됐네."

전의 학원에선 회식을 하면 시작이 그 시간이었다. 흥에 겨워 3차, 4차까지 가면 날을 새우기도 일쑤였다. 오너와 회식을 했는데 9시라니…… 참 내.

"술…… 마셨어?"

"네. 마셨어요. 술 마시면 안 되는 거예요?"

그냥 제 오기일 것이었다. 남을 책임지는 일 따위…… 해 본 적이 없었다. 제 한 몸 챙기기도 힘들었으니까. 경훈도 같이 있을 때나 챙겼지 헤어지고 나서 제집으로 들어오면 잊히고 말았었다.

제 감정이 메말랐는지는 몰랐지만 헤어지고 나서도 막 보고 싶다거나 한 적은 없었다. 그냥 제 한 몸 피곤하면 쉬고 싶을 뿐이었다. 그런데…… 누군가 있었다.

"그건 아니지만……."

"피곤해서 자야겠어요."

혜진은 화장을 지우고 세수를 하러 화장실로 들어갔다. 그런 그녀를 물끄러미 보고 있던 그는 괜히…… 약을 먹지 않은 걸 후회했다.

그리 심하게 일을 한 건 아니었다. 그냥 서른 몇 명쯤 되는 아이들의 채점을 도와주고 진도를 나간 것뿐이었다. 그런데도 피곤했다. 겨우 소주 두 병을 나눠 마셨을 뿐이었다. 그런데 혜진은 마치 기절한 것처럼 잠들었다.

이래서 사람은 일을 해야 하는 거였다. 일을 하고 돈을 받아야 하는 것도 맞지만, 쓸데없는 생각 없이 푹 잠들고 일어나는 것도 일하는 것의 장점이었다.

끼그덕거리는 계단을 내려와 싸늘한 거실의 나무 의자 위에 쪼그리고 잠든 남자를 보고 혜진은 의미도 없는 미안함을 느꼈다가 그것을 지우려 애썼다. 내가 뭘 어쨌는데…… 내가 못할 일을 한 것도 아니고.

평생 먹기 위해서 뭔가를 만들어 본 적이 없는 그녀였다. 딱히 엄마가 해 준 음식이라고 기억나는 것도 없었다. 뭘 먹고 살았는지 기억도 나지 않았다. 아침은 굶기 일쑤였고, 점심이나 저녁은 학교 급식이었고 그 외에는 거의 사 먹는 게 다였다. 그런 그녀에게 딴 사람의 식사를 책임진다는 건 괴로운 일이었다.

스프 같은 육수가 있는 부대찌개는…… 그다지 맛나 보이지 않았다. 그래도 번듯하게 자리를 차지할 테니까 열심히 비닐 포장지에 쓰인 매뉴얼대로 요리란 걸 하기 시작했다. 그래 봤자 스프를 넣고 쓰인 재료를 순서대로 넣는 것뿐이지만.

여전히 제 귀에는 적막하고 화창한 날을 지우기 위한 라벨의 차간느가 흘러나오고 있었다. 처음 도입부가 좋아서……. 그리고 딱 9분 몇 초에 이르는 러닝타임이 시간을 재기 좋아서 그녀는 무한 반복을 걸어 놓고 듣고 있었다.

화창한 햇살이 쏟아지는 주방에 보글보글 끓고 있는 찌개 따위와는 어울리지 않는 구슬픈 바이올린의 선율이 그녀를 뒤흔들었다. 이게 이렇게 슬픈 느낌이었나? 가사도 없는데, 가장 어려운 곡이라고 하지 않았나? 그런데 왜 이렇게 슬프게 들리는 거지…….

그때였다. 멍하니 제 귀에서 흐르고 있는 소리에 취해 있던 혜진은 놀라 돌아봐야 했다. 누군가 제 어깨를 툭 쳤기 때문이었다. 그 누군가는 익숙한 사람이었고 혜진은 급하게 이어폰을 뺐다. 그러나 그게 좀 힘이 과했는지 이어폰의 잭이 툭 빠져나와 휴대폰이 바닥에 떨어졌다.

"앗!"

혹시 떨어져 액정이라도 깨졌을까 봐 혜진은 놀라 휴대폰을 집어 들었다. 그러나 제 걱정만큼 휴대폰에 문제가 생기지는 않았다. 대신 잔뜩 볼륨을 올려놓은 바이올린의 격한 음악이 밖으로 쏟아져 나왔을 뿐이었다. 그런데…… 갑자기 그 적막이 깨져 버렸다.

"으…… 으으, 으윽!"

뭐라 말을 할 새도 없었다. 늘 익숙한, 부시시하고 정리되지 못한 머리카락을 한, 덩치 큰 남자가 어설픈 표정으로 저와 뭔가 의사소통을 하고 싶었던 거 같았다. 그래서 소리를 미처 듣지 못해 미안한 혜진이 그 마음이 급해 고개를 돌리다가 단지…… 단지 휴대폰이 떨어져서 적막을 깨뜨렸을 뿐이었다.

아무것도…… 그 외에는 아무것도 잘못한 것이 없었다. 그런데 남자의 얼굴은 금방, 정말이지 순식간에 새하얗게 변하더니 굳은 채로 뒷걸음질을 치고 있었다.

"왜…… 왜 그래요? 어디 아파요?"

뒷걸음질 치던 남자가 아일랜드 탁자에 부딪혀 주저앉을 때까지 혜진은 당혹스러움에 아무것도 하지 못했다.

"그…… 그, 그거!"

그제야 혜진은 요란한 바이올린 소리가 나고 있는 휴대폰의 볼륨을 낮췄다.

"이…… 이거요?"

"우…… 욱……."

요란하게 화장실로 뛰어 들어가 구토를 하는 소릴 멍하니 듣고 서 있던 혜진은 뭐가 잘못된 걸까 생각해야만 했다.

뭐가…… 잘못된 거지?

어제는 생계를 위해 일을 하러 출근을 했을 뿐이었다. 아, 그전엔…… 작은 해프닝이 있었지만, 제가 잘못한 것은 없어 보인다.

먼저 시도를 한 것도 먼저 화를 내며 돌아선 것도 상대방이니까. 반항하지 않았던 게 잘못인가? 아님 화를 내며 돌아서는 걸 멍하니 보고 있었던 게 잘못인가? 그도 아니라면 방해를 하지 않으려고 이어폰을 끼고 음악을 듣다 음악이 새 버린 거였나? 분명히 텔레비전도 틀어 놓고 했었다. 소리에 민감한 체질인 거 같긴 했지만……

찌개가 문제인가? 그건 아닌 듯했다. 남들은 뭐 외식 메뉴를 먹으면 조미료 맛이 나네 어쩌네 하고 트집을 잡지만, 전 그게 무슨 뜻인지도 알 수가 없었다. 맛있으면 그만이지……. 그다지 시답게 보이지 않던 부대찌개는 가격 대비 그럴듯한 비주얼과 그럴듯한 맛을 냈다. 그래서 만족스러웠다. 그럼…….

그럼 뭐가 문제인 거지?

"괜찮아요?"

침묵 끝에 혜진이 물었다.

아무 말 없이 국물만 떠먹던 남자가 한참 만에 입을 열었다.

"미안."

대체 뭐가 미안한데? 따지고 싶었다. 그러나…… 딱히 뭐라 말을 할 수 없으리만큼, 잘난 얼굴에는 미안한 감정이 가득 묻어 있었다.

"오늘도 나가?"

"네."

얼른 밖으로 나가 버렸으면 싶었다. 저 남자랑 이 좁은 집에서 쏟아지는 가을 햇살을 맞고 있으면 질식해 죽을 것만 같은 느낌이니까. 남자는, 그러니까 이름이 이진우라는 이 남자는 물컵만 만지작거리고 있을 뿐이었다.

"왜 그런 거예요?"

"뭘?"

남자의 미안한 표정에 힘을 얻은 혜진이 물었다.

"아까…… 체한 건 아니잖아요?"

"……."

말하기 싫어하는 사람에게 굳이 캐물을 건 없었다. 저야 이 집에 사는 게 중요하니까. 그런데 그게 좀…… 점점 불편해지는 느낌이었다. 애초에 낯선 남자랑 동거하는 게 쉬운 일은 아니지 않았을까 싶기도 했다.

"그거…… 어디서 났어?"

"그거라뇨?"

포기하고 있던 대답 대신 이상한 질문에 혜진이 고개를 들었다.

"그…… 그 연주……."

"인터넷에서 다운받았어요."

물론 돈 주고 받은 건 아니었다. 피투피 사이트에서 매일매일 꼬박꼬박 출석 체크를 해 얻는 10포인트를 모아 받은 거니까. 그게 잘못인가?

"그게…… 왜 인터넷이란 데에 있어?"

남자의 이상한 물음에 혜진은 자리에서 일어났다. 달착지근한 믹스 커피의 당분이 필요했고 물을 끓이기 위해서였다. 아니 그건 차선의 이유고 우선은 남자의 저 묘한 표정에서 벗어나고 싶었다. 불법 다운로드를 감시하는 사람이었나?

"모르죠. 인터넷에 자료 올리는 사람들이 어떤 방법으로 올리는지는 모르니까."

"그런 덴…… 녹음을 한…… 음반들만 올라가는…… 거 아닌가?"

혜진은 주전자에 물을 담으면서 말했다.

"뭐, 요즘은 유튜브 동영상에 나오는 음악만 따서 파일 만드는 것도 쉽다 하더라구요. 그런데 왜요? 무슨 문제 있어요?"

정말 이상한 물음에 그녀가 되물었다. 그러나 등 뒤는 조용했다. 그게 이상해 고개를 돌리니 멍한 표정의 남자는 무슨 생각에 잠긴 듯했다.

미친놈이지…… . 저 잘생긴 삐죽 머리의 정체는 미친놈이었다. 그러니 건들지 말아야지. 혜진은 컵에 커피믹스를 담고 물었다.

"커피 마실래요?"

"…… ."

적은 양의 물은 금방 끓었다. 피식거리는 끓는 물을 막 컵에 따르는데 남자가 물었다.

"그거…… 왜 들어?"

이걸 왜 들을까. 혜진은 커피를 저으면서 말했다.

"적막이 불안하니까요. 아니 그전엔 벽이 얇은 데 살다 보니 듣기 싫은 옆방 소리를 강제로 들어야 했고, 그게 싫으니까 내가 들을 수 있는 소리를 늘 듣고 있었을 뿐이에요. 뭐…… 나 같은 사람은 저런 클래식 들으면 안 되나?"

"그게 아니라…… ."

혜진의 가시 돋친 말에 그가 잠시 주춤하더니 커피를 마시는 것을 보고 그가 말을 이었다.

"영혼도 없는 그 박제 같은 기계음을 왜 듣는 건데?"

잠시 남자의 저 뜬금없는 말을 생각해 봤어야 했다. 그러나 혜진은 얼핏 시계를 보고 마음이 급해졌다. 그래서 후루룩 커피를 마셔 버리고는 말했다.

"가사가 없으니까. 내가 가사를 알아들어서 머리를 쓰지 않아도 되니까. 그래서 가사 없는 걸 듣는 거라구요. 됐어요? 다 먹었죠? 설거지할게요."

설거지를 하는 시간은 그리 오래 걸리지 않았다. 원래 시작부터 단출한 메뉴였으니까.

그러나 기세 좋게 쏟아지는 수돗물에 설거지를 하면서 혜진은 뭔가 목구멍에 걸려 있는 느낌이었다. 그게 뭘까.

남자는 또다시 화장실로 들어가 버렸다. 정신이 멀쩡하지 않은 사람과 사는 건…… 그리 녹록한 일이 아니란 게 다시금 느껴졌다. 마치 조마조마한 폭탄을 안고 있는 것 같다고나 할까. 왜 전처럼 약에 취해 잠들지 않는지 모르겠다. 그러나 그게 좋은 건 아니니까.

상태가 좋아지면…… 후루룩 떠나는 거 아닐까, 그래서 제 사는 곳마저 잃어버리지 않을까 하는 구차한 생각까지 이어지자 스스로 고개를 저어야 했다. 제 자신이 너무 치사하게 느껴져서. 건강이 나쁜 사람이 좋아지는 건 좋은 일이었다.

제 한심함에 한숨만 내쉬던 혜진은 얼른 저도 양치를 하고 나가야 하는데 남자가 화장실에서 나오지 않는다는 걸 깨달았다. 문득 고개를 들었다가 제 신경을 긁는 것을 보고 말았다.

원래 목조 주택인 이 집은 천장이 높았다. 서까래가 그대로 드러난 천장이 그나마 좁은 집을 넓게 보이게 하고 있었다. 그런데, 거기 난데없이 거미줄이 쳐져 있었다. 못 보던 건데……. 혜진은 당장에 집 밖으로 나가 빗자루를 들고 들어왔다.

거미 같은 거 함부로 잡으면 안 된다고 어른들이 이야기했던 거 같은데 그건 저한테 어림도 없는 이야기였다. 아니 멀쩡하게 사람 사는 집에 거미줄이라니!

높은 천장 덕에 혜진은 늘 남자의 침대가 되어 버린 나무 의자 위에 올라섰다. 얼추 손을 뻗으니 거미줄이 빗자루 끝에 걸리는 게 느껴졌다.

"왜 여기까지 거미줄을 치고 난리야!"

애꿎은 거미가 애써 만든 집을 사정없이 철거하면서 그녀는 내뱉었다. 거미집은 생각보다 컸고, 그녀의 움직임은 더욱더 격해졌다. 막 달칵하는 소리와 함께 남자가 화장실에서 나오는 게 느껴졌다. 얼른 나가야 한다는 생각에 그녀는 더 힘껏 팔을 뻗쳤다. 그러다가 제 신경 반쪽이 등 뒤에 가 있는 바람에 한쪽 발이 허공을 내디뎌 버렸다.

"악!"

나무 의자는 꽤 높았고, 그녀는 마룻바닥에 나둥그러지는 게 무서워서 소리를 질렀다.

공허한 거실에 요란한 소리가 울렸지만, 그녀는 제가 뒹굴지 않은 걸 금방 알 수 있었다. 대신 싸한 향이 나는 남자의 마른 가슴에 푹 안겨 있는 걸 알고 당황한 나머지 눈을 꼭 감아야 했다.

머리 위로 적막의 두께가 느껴졌다.

11

가끔 손을 넣어 가라앉은 나를 휘저어 본다

숨이 턱까지 차올랐지만, 그건 결코 괴롭거나 힘들지 않았다. 그는 좀 더 힘을 내려 애썼다. 머릿속이 하얗게 되도록 뛰고 싶었지만, 머릿속은 그렇게 쉽게 바래지 않았고 제 다리는 그만큼 힘을 내 주지 못했다.

힘 가는 대로 그는 속도를 늦추었다. 어딘지 모를 나무가 가득한 산속에는 다양한 소리로 가득 차 있었다. 그는 그 속에 흩어지는 제 격한 숨소리를 들으면서 몸을 일으켰다.

왜…… 왜 하필 그 여자는 그걸 듣고 있었지? 왜…….

저는 이 복잡한 머릿속으로 그런 걸 생각하고 있어야 했다. 왜 그게 그 여자의 전화기에서 흘러나오고 있었는지, 왜 그걸 듣고 있는지 따위에. 그런데 제 몸뚱이는 그러지 못했다. 아니 그러지 않았다.

가냘픈 여자의 매끈한 몸이 제 품 안에서 벗어나려고 애쓰고 있었다. 단지 제가 문밖에 나왔을 때 여자가 갸우뚱하고 떨어져 내리고 있었다. 그다지 제가 민첩하지는 않았지만 그래도 상대가 다칠 거 같았다. 그래서 몸을 날린 것뿐이었다. 그래서 제 품 안에 떨어진 여자가 다치지 않아서 다행이라고만 생각했을 뿐이었다. 그 당시에는 그랬다.

아마 그건…… 그 여자뿐이기 때문일 것이다. 예쁜 여자들은 신물 나도록 봤었다. 그리고 그게 아무렇지도 않았었다. 그 어느 누구도 제게 진심을 보인 적은 없었다. 그것은 제 탓일 수도 있고, 또…… 제 곁에 있는 다른 사람 탓일 수도 있었다.

그러나 다시 말하지만 아무렇지도 않았다. 제겐 할 일이 있었으니까. 그런데…… 그 여자는 제게 진심을 보였나? 그럴 리가 없을 것이다. 제 존재란 건 그냥 귀찮은 일감일 테니까. 돌아가서 약을 먹고 머리를 하얗게 비운 뒤에 쓰러져 잠들어야 했다. 그런데 그러질 못하고 있다. 왜? 왜…….

남자란 존재에 대해서…… 그다지 깊이 생각해 본 적이 없었다. 이 고장에서 살 때는 엄마란 여자에게 지긋지긋하게 세뇌를 당했었는지도 몰랐다. 무능한 남자란 짐밖에 되지 않는다, 남자란 자고로 번듯하고 월급이란 게 꼬박꼬박 나오는 안정된 직장과 살뜰한 마음씨가 있어야 한다…….

학창 시절에 중학교부터 남녀공학이었던 시골의 학교에서는 늘 어디 가나 커플들이 넘쳤다. 쉬는 시간에도 무릎에 앉아서 허리에 두 팔을 두르고 애정 행각을 펼치는 게 당연했고, 그리고 부둥켜안고 있다가 다음 주면 다른 놈이랑 짝이 맞는 여자애들도 수두룩했다.

164

키도 컸고 인물도 그다지 빠지지 않았던 제게도 이리저리 들이
대는 아이들이 많았지만, 제 눈엔 그 애들이 우스웠다. 머리에 든
거라곤 무스로 잘 세운 앞머리와 유명 브랜드의 점퍼와 운동화밖
에는 없어 보였으니까. 악착같이 공부해서 이곳을 뜨고 싶었을 뿐
이었다.

공부만 열심히 하면 지긋지긋한 이런 시골 생활 따위 벗어날 수
있을 거라 생각했다. 그리고 서울에 있는 대학교에 입학하면서 그
꿈은 한껏 부풀었다.

그러나 문제는 큰 곳에 가고 보니 제가 얼마나 보잘것없고 시시
한 인간인지 깨닫게 됐다는 거였다. 같은 나이였지만 입학하자마
자 외제차를 끌고 다니고 밥 한 끼 값보다 더 비싼 커피값 따위 신
경도 안 쓰는 그들의 밝고 환한 표정에 주눅이 들어야 했다.

제가 아무리 열심히 공부를 하려 해도 외국물 먹은 아이들의 입
에서 영어가 술술 잘만 풀려 나왔고 제 빤한 생각과는 비교도 안
되는 훌륭한 PPT며 리포트를 제출했다. 남들 다 가는 어학연수는
꿈도 못 꾼 자신이 할 수 있는 건 공무원 시험뿐이었지만, 노량진
에는 그런 사람들이 발에 채이고도 남았다.

그 생활에 지쳐 갈 무렵 나타난 경훈의 가장 큰 매력은…… 공
부만 하기에 이 생활에서 가장 빨리 탈출할 것만 같다는 것이었다.
그러니까 친구 집에서 자고 오겠다고 하다 집으로 들어온 날 제집
에서 들린 엄마와 낯선 남자의 숨소리 같은 것에 대한 경멸도 참
을 수 있었다.

책이고 영화에서 나오는 그 은밀한 남녀 간의 모종의 관계에 대
한 수줍은 망상 따위는 없었다. 그것은 상상하기 힘든 고통이었다.
그리고 그 고통이 가시고 나니 상대에게 이 정도 해 주면 되는 거

아닌가 싶은…… 그런 막연한 책임감의 전가 따위만 남았다.

물론, 상대는 좋아했던 거 같았다. 같이 이야기를 하고 자판기 커피를 나눠 마시고 밥을 먹을 때보다 알몸이 되어서 땀을 흘릴 때 그의 키스는 깊고 짙었고, 제 손을 잡는 손길은 손아귀가 아플 만큼 셌으니까.

적어도 제 몸 위에서 절정의 순간에 파정을 하면서만큼은 세상을 다 가진 것 같은 표정이었으니……. 그 밑에서 그만 좀 하고 쉬고 싶다는 생각만 든 건 어쩌면 제 잘못이라는 생각이 들었다.

남들은 다 느끼는 그런 절정의 순간 따위를 모르는 건 그냥 제가 불감증이기 때문일 거라 생각했다. 아니 푼돈을 털어 대실한 모텔이 싫어서, 그도 아니라면 식도 올리지 않은 불안한 관계니까 번듯하게 식이라도 올리고 신혼여행을 가서 타국의 호텔쯤이면 그런 환희쯤은 느낄 수 있을 거라 막연한 기대를 하고 있었는지도 몰랐다.

그런데…… 어쩌다 제 망상은 여기까지 흘러온 걸까.

아…… 그 남자, 그 남자의 품.

어차피 다 똑같을 것이다. 뭐 좀 포장지가 잘났다고 해서 내용물이 다를 건 아닐 텐데. 아니 그 독사 같은 혓바닥을 마구 놀리는 정신병이 더해져서 아마 더욱더…… 더 뭐?

젠장.

이것은 어쩌면 잘못 끼워진 단추 같은 것이었다. 잘 맞는다고 생각하고 열심히 채웠지만 결국 마지막에 가서는 남아서 삐뚤어진 단추를 보고 망연해야 하는, 그리고 그 모든 걸 다 풀어서 다시 끼워야 하는 그런 바보 같은 짓임에 틀림없다.

낯선, 모르는, 그리고 미친 남자와의 동거라니. 그런데 가장 결정적인 문제는 달리 뭔가 돌파구가 없다는 사실이었다. 갑자기 양심에 찔린 영숙이 돈을 되돌려 주고 제가 경훈을 찾아가 손이 발이 되도록 빌어 사이를 되돌리면 달라지려나?

왜, 왜 이렇게 복잡하게 생각하는 거지. 그냥 단순히 제가 넘어지려니까 남자가 받아 준 거뿐이잖아. 어색하게 잠시 시간이 경과한 게 뭐가 잘못인데, 당장 그 남자가 절 어쩌려는 것도 아니고. 아…… 그 한 사장이라는 사람, 저 미친 남자가 절 어쩌려고 하면 그 집 준다잖아. 차라리 어쩌라고 비는 게 나은 거 아닌가?

"유 선생님! 은수 왔어요?"

"누……누구요?"

"장은수!"

병신.

지금은 저 아이들 이름을 다 외우는 게 문제였다. 그 집에 있는 미친 남자 따위 퇴근이나 하고 생각하라고. 혜진은 자리에서 일어났다.

아이들의 이름을 외우고 일일이 채점을 하고 진도를 나가고 정리를 하는 건 의외로 간단했다. 아이들이 적으니까. 은진도 아주 만족하는 눈치였다. 그리고 은진이 일이 있어 채 일곱 시밖에 안 됐는데 저는 집을 향해야만 했다.

참…… 의외였다. 아무리 초등부만 있는 학원이래도 여러 학원을 전전하는 아이들 덕에 경시대회부니, 아니면 선행학습반이 즐비했기에 시험이 없는 기간이라 할지라도 적어도 9시는 돼야 일과가 끝나는 게 태반이었다. 그런데 7시라니.

그러나 가을은 끝자락에 이르렀고, 벌써 어둠이 내려앉았다. 차를 끌고 다니기엔 당황스러울 만큼 가까운 거리라 혜진은 종종걸음을 하면서 집으로 향했다. 그나마 이른 시간이라 지나가는 학생도 있고, 행인도 있었지만 여전히 가장 번화가라는 길가는 썰렁했다.

또 저녁은 뭘 먹어야 하나. 참 저답지 않은 별스러운 게 다 고민이 되었다. 그러다 버스 정류장 옆에 있는 가게가 눈에 띄었다.

흠뻑 젖어 버린 온몸을 씻고 허한 빈속을 사과로 채우면서 그는 마치 버릇인 것처럼 텔레비전을 켰다. 끊임없이 나오는 광고들은 정신을 멍하게 만들었다.

이렇게 좋은 방법들이 세상에는 널려 있었다. 아무 생각 없이 산길을 뛰고 달리고, 혼자 멍하니 쏟아지는 광고를 보는 거, 이 얼마나 간단하고 명료한가. 소화불량과 간 기능 저하와 구토 따위의 부작용도 없었다.

제게 무차별로 쏟아지는 자유가 무서웠는지도 몰랐다. 꿈꾸고 있었지만 막상 갑작스럽게 닥친 자유는 제가 그걸 꿈꿨다는 이유만으로 죄책감이라는 쇠사슬이 되어 저를 칭칭 감고 좀먹고 있었는지도 몰랐다.

세상에는 이렇게 사는 방법도 있었다. 아무것도 하지 않는 거…… 이 얼마나 근사한 나태란 말인가.

사과 두 개가 갈빗대만 남았고, 강약 조절을 잘못해서 겉이 타 버린 과하게 바삭한 토스트를 먹고 멍하도록 광고를 보고 나니 그제야 느릿느릿 오후가 산 너머로 물러갔다. 어둠이 내려앉고 고민 끝에 환하게 불을 켰는데도 집 안은 여전히 적막에 싸여 있었다.

무언가를 기다린다는 게……, 이렇게 목구멍에 뭔가가 걸린 듯

이물거리는 느낌이라는 걸 처음 알게 된 것 같았다.

　불이 켜져 있었다. 자고 있는 게 아닌 건가?

　또 어제처럼 절 기다리고 있는 건가? 그래도 지금은 시간이 이르니까. 혜진은 잠시 머뭇거렸다가 크게 심호흡을 하고 발을 내디뎠다. 손에 든 게 식을 테니까.

　삐리릭 하고 문을 열자 적막과는 거리가 먼 요란한 광고 음악과 부스스 자리에서 일어나는 남자가 보였다. 트레이닝복은 또 세탁기에 넣은 건가. 남자는 여기 처음 올 때 입었던 검은색 반 목티와 검은색 바지 차림이었다.

　뭔가 반가운 듯한 표정이 설핏 서리는 남자의 얼굴을 보고 또 저는 덜컥 뭔가가 제 속에서 걸려 넘어지는 느낌이었지만 혜진은 아무렇지도 않다는 듯 손에 든 것을 들어 올렸다.

　"먹을 게 별로 없죠? 새로운 시도 한번 해 봐요."

　"오늘은 일찍 왔네."

　그가 손에 든 책을 내려놓으면서 말했다.

　"음…… 이 시간에 일이 끝나나 봐요. 여긴 사람이 적어서……."

　혜진이 부산하게 손에 든 것을 아일랜드 탁자에 올려놓고 윗옷을 벗었다.

　"아, 써늘하다. 불 좀 피워야겠네."

　"내가 할게. bois…… 아니, 나무 그거 어디 있어? 가져올게."

　나쁜 남자의 착한 버전이 좀 부담스러웠다. 그러나 집을 나갈 때의 어색함을 벗기 위해서 그녀는 비닐봉지부터 풀면서 말했다.

　"그건 천천히 해요. 이거 먹고. 이거 식으니까."

　그녀의 검은색 비닐봉지 안에서는 시뻘건 떡볶이와 순대, 그리고 찐만두가 쏟아져 나왔다.

"역시 안 먹어 봤죠?"

순대에 너무 많이 찍은 소금을 털어 내는 그를 보고 혜진은 새빨간 떡볶이 국물에 만두를 찍어 먹으면서 물었다.

"응."

"그런데 의외로 잘 먹네요."

그는 칭찬이라도 받은 듯 제가 먹던 것을 내려다보았다. 무슨 맛인지는 잘 느껴지지 않았다. 마침 때가 돼서 허기가 졌을 뿐이었다. 그리고 그 허기란 것도 아마 물리적인 것보다는 심리적인 것일 확률이 컸다. 그는 퍽퍽한 삼각형 모양의 것을 여자가 하듯 뻘건 국물에 찍어 먹으면서 대답했다.

'당신이 잘 먹으니까.'

그러나 그것은 입 밖에 내지 않았다.

"대체 무슨 일을 하는 거야?"

"아이들 가르쳐요."

난로에 불도 피워야 했고, 화장도 지우고 옷도 갈아입어야 했다. 그리고 아까 무료법률상담소에서 온 메일도 확인하고 답장을 써야 했다. 게다가 세탁기도 돌려야 했다.

이 집의 가장 좋은 점은 옆집이나 위아랫집을 신경 쓸 필요가 없다는 점이었다. 제 부산스런 마음은 얼른 허기를 채우고 이 자리를 벗어나야 한다고 다짐하고 있었다. 그러나 남자는 제게 묻고 있었다.

"아이들?"

허기를 때우려 만두를 먹으면서 그녀가 건성으로 대답했다.

"네."

"무슨 아이들?"

"초등학생요. 초등학생 보습학원을 하는 친구가 있어서 가서 강사로 일하기로 했거든요."

쓸데없이 뭐라 말할 필요는 없는 것 같았다. 상대가 제 이야기를 알아들을 것 같진 않았다. 그래도 낯선 음식을 잘 먹어 주니까 꼬박꼬박 대답을 했을 뿐이었다. 흘끗 시계를 보아도 이른 시간. 문득 의문이 들었다. 왜 저 수많은 약들을 안 먹는 걸까.

"그 한 사장이란 사람이 약 잘 챙겨 주라고 했는데, 약 먹었어요?"

"아니."

"갖다 줄까요? 먹어야 하잖아요."

"아니. 내가 알아서 해."

마치 밤송이 같은 머리를 하고, 다시 꾸질꾸질하게 색이 변해가는 장갑을 끼고, 멀쩡하게 외출복을 입은 남자는 위태위태하게 국물이 흘러내릴 것 같은 새빨간 떡볶이를 가느다란 이쑤시개로 먹으려 애쓰고 있었다. 갑자기 혜진은 이상한 걸 느꼈다. 이건 모두 꿈인가? 왜 이렇게 비현실적인 걸까.

"정리 좀 해요."

"뭘. 정리 다 된 거 같은데. 나 어지른 거 없는데?"

"그런 정리 말고요."

"……?"

무슨 말이냐는 듯 그가 열심히 떡볶이를 씹으면서 쳐다보았다.

"여기서 왜 이러고 있는 거예요? 뭐 저번 주에는…… 문제가 있어 보이데요. 이런 데서 있어야 할 거같이 보였으니까. 그런데 이제 많이 괜찮아진 거 같은데…… 원래 있던 데로 가야 하는 거 아니에요? 지금 이런 생활…… 뭔가 정상은 아니잖아요. 왜 이런 데 있는 거죠? 뭘 하다가 그렇게 된 거예요?"

그녀의 물음에 그는 문득 그녀를 따라 만두를 집으려 했던 손을 멈추고 말았다.

원래 어디에 있었지? 독일이었나? 빈이었나? 아니 그전엔 뉴욕이었나? 그전엔…… 어디 살았었지? 서울 어딘가였는데…… 서울 어딘가에 집이란 데가 있긴 있었던 거 같았다. 하지만, 제가 있던 곳은 늘 병원이었다. 그 병원이란 데도 몇 군데 바뀌기도 했고. 그리고…….

"그게 뭐 중요해?"

그가 한참 만의 침묵 끝에 대답했다.

중요한 거 아닌가? 혜진은 고개를 들어 남자를 쳐다봤다. 그도 똑바로 저를 쳐다보고 있었다. 남자의 싸한 눈이 제 속을 울컥하게 하는 이유는…… 잘났기 때문이지 그 이상, 그 이하도 아니었다.

비현실적으로 잘난 얼굴, 그리고 비현실적으로 남 따위 생각하지 않는 독사의 것 같은 혓바닥. 그러나 문제는 그게 아니니까.

"중요해요. 사람이…… 이렇게 살 순 없잖아요?"

"뭐가? 왜 이렇게 살면 안 되는데? 난……."

난…… 어떤가. 지금처럼 평온했던 적이 있었던가? 지금처럼.

그녀는 손에 있던 이쑤시개를 바닥에 내려놨다.

"그쪽, 처음에 왔을 땐 환자 같았어요. 돌보는 게 필요한. 그런데 지금은 아닌 거 같아요. 그러니까…… 이런 갑갑한 촌구석에서 있을 필요 없잖아요. 거기다가…….

"거기다 뭐?"

"거기다…… 아무 관계도 없는 남녀가 한집에 있는 것도 좀 그렇고, 물론 제가 나가면 되죠. 여긴 그쪽 소유니까. 그런데 문제는 갈 데가 없거든요."

"누가 뭐라고 했어? 그냥 여기 있으면 되잖아. 저기 위에 불편하면 밑에 저 방 써. 난 아무렇지도 않아. 여기 생활이 좋아. 이렇게 살아 본 적이 없으니까."

뭘…… 바라고 이야기를 꺼낸 걸까. 혜진은 스스로도 이걸 어찌 결론을 내야 할지 알 수가 없었다.

그런데 왜 이런 이야기를 꺼낸 걸까. 이유는…… 불편했다. 밥을 챙겨 줘야 한다지만, 적어도 혼자서도 끼니는 해결해야 했다. 그게 제 돈 드는 것도 아니었다. 방세도 낼 필요가 없었다. 남자가 제게 뭘 요구한 적도 없었다. 저녁에 피자고 치킨이고 먹고 싶으면 맘껏 먹으면 그만이었다. 이 얼마나 좋은 조건인가. 그런데 뭐가 문제인가. 뭐가.

"내가…… 뭐 불편하게 했나? 아, 엊그제…… 그 일 때문인가?"

"아니에요. 다 먹었죠?"

혜진은 부산스럽게 일어나서 정리를 하기 시작했다. 어제 그 일? 그렇다. 제 이 불편한 심사는…… 저 잘난 남자와의 이런 데면데면한 사이가 싫은 거 아닐까, 그래서일까.

"그…… 나무밖에 있나? 내가 가져올까?"

잘생기고, 잘나고, 돈도 많아 보이는…… 남자에 대한 제 감정이, 이 속물스러운 제 감정이 싫을 뿐이었다.

"나가서 오른쪽으로 돌면 벽에 있어요."

아무렇지도 않음을 가장했지만, 아무렇지도 않지는…… 않았다.

"이제 끝났어?"

절망적인 무료법률상담소의 메일에 겨우 답장을 쓴 그녀가 잔뜩 신경을 써서 피곤한 관자놀이를 누르면서 노트북을 덮었을 때 옆에서 그가 물었다.

세탁기를 돌리고, 설거지를 하고 화장을 지우고 하는 사이 남자는 열심히 벽난로에 불을 붙였고, 불이 붙자 실내는 금방 온기가 돌았다.

갑자기 날이 추워졌고, 그녀의 다락방은 그야말로 냉골이었다. 그래서 노트북을 가지고 내려와서 따뜻한 불 앞에 앉아 볼일을 봤을 뿐이었다. 원래 차가운 마룻바닥인지라 카펫을 깔아 놨었는데 남자가 얼른 침대에 있던 이불과 담요, 그리고 새로 산 이불을 잘 펴 놓은지라 푹신하고 따뜻한 자리가 되었고, 그녀가 사다 놓은 쿠션까지 받쳐 준지라 따뜻한 온기가 가득한 곳을 떠나기가 아쉬울 정도였다.

그러나 컴퓨터 안쪽에서는 구두로 계약한 것은 전혀 효력이 없으므로 당사자를 찾아 합의하는 것 외에는 방법이 없다는 절망적인 답변이 돌아와 그녀를 기운 빠지게 하고 있었다.

"네."

그가 책을 덮고 그녀를 쳐다보았다. 난로에서 타들어 가는 불빛이 창백한 남자의 얼굴에 온기를 만들어 냈다. 메일의 내용만 아니라면 나른하게 졸음이 쏟아지는 밤은 따뜻하고 포근하기만 할 듯했다.

"무슨 책이에요?"

차가운 냉골 같은 제 방으로 올라가기가 망설여져서 그녀가 힐끗 쳐다보며 물었다. 첫날에 그 한 사장이란 사람이 가져온 캐리어와 책 보따리를 생각해 냈다.

"동화책."

"네?"

그가 책을 내밀었다. 그러나…… 혜진은 단 한 자도 읽을 수가 없었다.

"푸시킨 루슬란과 루드밀라. 아, 독일어라."

"……"

어색한 표정의 혜진이 말을 이었다.

"자야겠어요. 약 안 먹어요?"

"먹을 거야. 그리고 위에 추울 텐데 여기서 자."

"네?"

"나 약 먹을 거니까. 여기서 자라고."

그는 그 말을 확인이라도 하라는 듯 벌떡 일어서더니 냉장고에서 물을 꺼내고 약봉지를 뜯었다.

"이거 다 수면제야, 무슨 일 없어. 그러니까 추운데 여기서 자. 이불 더 가지고 오든지."

그가 약을 장갑 낀 손에 털어 놓는데 작은 알약 하나가 바닥에 떨어졌다. 언뜻 노란색이 보였지만, 혜진은 그 사실을 알 리가 없었다.

노란색의 가장 작은 알약은…… 프로리파제암, 가장 약효가 센 신형 수면제였다. 그러나 그는 모른 척하고 약을 입에 털어 넣고는 물을 마셨다.

무엇보다 컴퓨터를 가져다 놓으러 올라간 다락방은 추웠다. 그리고 갑자기 목이 말라서 다시 내려왔을 뿐이었다. 그런데 타닥타닥 소리가 나는 따뜻한 벽난로 옆에 마치 죽은 듯 깊이 잠든 남자가 쪼그리고 누워 있었다.

그에게 담요를 덮어 주던 혜진은 그 옆에 놓여 있는 베개를 보고는 저도 모르게 제 이불을 가지고 내려왔다. 몇 개나 되는 수면제를 먹은 남자 옆에서 자는 건 제게 그다지 해가 되지 않을 테니까…… 라는 생각에.

불을 다 껐지만, 장작이 타들어 가는 벽난로에서 나오는 불빛은 밝았다. 장작 몇 개를 더 넣고 혜진은 조심스럽게 남자의 곁에 누웠다. 긴 속눈썹이 드리워진 남자의 하얀 얼굴은…… 아름다웠다. 피곤하고 졸렸지만, 쉬이 눈을 감고 싶지 않을 정도였다.

별로 꿈을 꿔 본 적은 없었다. 그리고 꿈을 꾸더라도 늘 뒤끝이 좋지 않은 악몽 비슷한 것만 나타났었다. 그런데 오늘은 왠지 포근하고 달큰한 꿈이 저를 찾아올 것 같은 바보스런 느낌이 들었다.

문득, 이 남자의 삶에 끼어든다면 어떨까 하는, 참…… 어이없는 생각을 하다 잠이 들었다.

깊이 잠들지 말아야겠다고 생각했다.

그러나 그게 잘 되지는 않았다. 하지만 그 생각이 너무 간절했던지 그는 문득 눈을 떴다. 아마 공교롭게도 프로리파제암이 바닥에 떨어졌기 때문이었을 것이다.

으스스한 찬 기운이 내려앉은 어둠 속이었다. 몇 시쯤 되었을까. 활활 타 온기를 주던 벽난로의 불빛이 사그라들어 있었다. 움직여질 것 같지 않았지만, 어둠 속에서 제 옆에 새근거리는 숨소리를 들은 그는 온 힘을 짜내 몸을 일으켰다. 그러고는 불을 뒤적거리고 옆에 쌓아 두었던 나무토막 몇 개를 더 넣어 불을 살리려 애썼다.

한참의 소리 없는 사투 속에 불이 다시 살아나는 것을 보니 밖이 훤하게 밝아 오고 있었다. 그러나 이불을 쓰고 누운 여자는 깊이 잠들어 있었다.

묘한 기분이었다. 누군가가 제 옆에 있다는 건…….

게다가 그 누군가는 저와 피 한 방울 섞이지 않은 사람 아닌가. 여자의 머리카락이 이마 위로 흩어져 있는 게 보일 만큼 불씨가 되살아났다. 그는 손을 내밀었다. 그러다 이제 다시 하얀색이 탁해져 가는 제 손을 감싼 장갑이 보였다. 하도 장갑을 끼고 있어서 이제는 느낌도 나지 않아 눈으로 보고서야 그 사실을 깨닫게 되었다.

한참의 망설임 끝에 그는 오른손에 있던 장갑을 벗었다. 별로 보고 싶지 않았던 제 손이 드러났다. 그래도 오른손이니까…….

그는 천천히 손을 내밀어 여자의 이마 위에 흐트러진 머리카락을 쓸어 넘겼다.

그러나 여자는 깊이 잠들어 있었다. 한참을 내려다보던 그는 나른한 온기가 퍼지자 다시 자리에 누웠다. 여자의 하얀 손이 나와 있었다.

점점 주변이 밝아지고 있었지만, 묘하게도 제 정신은 다시 잠에 취하려 하고 있었다. 그는 제 의식의 한 모퉁이가 망각의 저편으로 젖어 드는 게 느껴졌다. 그래서 용기를 냈다.

제 손을 내밀어 여자의 작은 손을 잡았다. 여자의 손은 작고, 매끄럽고 그리고 따뜻했다.

제 의식은 늘 가라앉아 있었다. 흙탕물 같던 제 속은 이제 가라앉아 제 진심이니 혹은 제 꿈이나 그 밖의 사는 데 필요한 것들은 바닥에 가라앉아 버린 지 오래였다. 그리고 멍한 제 육신은 멀쩡하게 둥둥 떠 있었다. 아무 색깔도, 맛도, 향기도, 생각도 없이.

그런데 문득 손을 넣어 가라앉은 저를 휘저어 보고 싶은 생각이 들었다.

그 안에 있던 것들은 무엇이었을까.

제 속을 휘젓던 손은 어느새 여자의 따뜻하고 작은 손을 몰래 그러잡고 있었고, 그 온기를 나눠 가진 덕에 그는 다시 잠들 수 있었다.

12

그렇게 아무런 예고도 없이 나를 열고 들어섰다

따뜻했다. 제 다락방에서는 내내 싸늘한 공기 속에 이불을 그러쥐고 눈을 떴다 다시 잠들곤 했었다.

귓가에 타닥타닥 나무가 타들어 가는 소리가 났다. 역시 벽난로가 따뜻하구나……. 혜진은 나른하게 취한 잠을 다시 떠먹으려 가늘게 떴던 눈을 감았다. 그러다가 생경한 느낌에 다시 눈을 뜨고 말았다.

뭔가…… 이상한 느낌. 바닥이 딱딱해서일까. 다락방의 매트리스가 아니어서 그런가. 뭔가, 어딘가가 불편했다. 혜진은 눈을 뜨고 나서 한참 만에 그 이상한 느낌의 이유를 알 수 있었다.

누군가, 제 손을 잡고 있었다.

그리고 그 누군가는 제 이마쯤에 숨결을 토해 내며 잠들어 있었다. 그걸 느낀 순간부터 그녀는 손이 마비된 느낌이었다. 제 손을 잡고 있는 커다란 남자의 손이라니.

키가 커서일까, 남자의 손은 컸다. 제 손을 잡던 경훈의 손마디가 굵직하고 짧은 손가락하고는 전혀 다른 느낌이었다. 길고 컸지만, 가느다란 느낌의 매끄러운 손이었다.

집 안은 충분히 밝았다. 혜진은 한참이나 제 손이 마비된 듯 움직이지 못하다가 천천히 몸을 일으켰다. 늘 먼지가 풀풀 나는 장갑에 싸여 있던 남자의 손은 예뻤다. 그리고…… 전혀 상처 따위 없이 매끄럽고 깨끗했다. 그리고 그 손의 주인이 잠든 모습은…… 여전히 숨이 막힐 것같이 아름다웠다.

혜진은 분명히 꺼져 버렸어야 할 장작이 아직도 타고 있다는 것과 남자의 벗겨진 장갑 한 짝을 보고는 이 남자가 중간에 깼났다는 것을 알 수 있었다.

이건 왜……일까. 그녀는 제 손이 저려 오는 것 같아 결국 슬그머니 남자의 손에서 제 손을 빼고 말았다. 그러면서 왠지 사라지는 남자의 체온이 아쉬워진다는 묘한 느낌이 드는 걸 얼른 지워 버리려고 화장실로 향했다.

혜진의 손길이 바빠졌다. 괜히 남자를 깨우기가 뭣해서 빨래를 갠다, 이불 정리를 한다 하면서 꾸물거리다 시간이 지체됐기 때문이었다. 게다가 수요일이었다. 수요일은 아이들이 일찍 끝난다고 조금 일찍 나오라고 은진이 귀띔을 했기 때문이었다.

도시 학교들은 딱히 학교 일정 따위에 학원 시간이 바뀌지 않았다. 단가가 셌기에 소풍이나 운동회같이 행사가 있는 날조차도 쉬는 아이들은 거의 없었기 때문이었다. 그러나 시골 학교는 학교가 일찍 끝나면 학원으로 몰려오는 모양이었다.

"설거지는 갔다 와서 해야겠네요."

"어떻게 하면 되는데? 내가 할게."

언제인지 두 손에 다시 탁한 색이 돼 버린 장갑을 낀 남자가 여전히 김만을 공략하면서 말했다. 저 장갑을 벗고 하려나? 남자의 긴 손가락이 떠올라 혜진은 말했다.

"손…… 다쳐서 그렇게 장갑 낀 거 아니에요? 그런데 무슨 설거지를 해요. 됐어요. 갔다 와서 내가 하면 되니까 그냥 둬요. 그리고 밥, 여기 솥 안에 더 있으니까 더 먹으려면 먹어요. 아, 과일 떨어졌나."

저도 모르게 횡설수설하는 느낌이었다.

"……."

남자는 대답하지 않았다. 늘 남자의 오른손밖에 보지는 않았지만, 왼쪽 손도 움직이는 데는 이상이 없어 보였다. 혹시 보기 싫은 문신 같은 게 있는 게 아닐까. 잠시 생각에 잠겼다 그녀는 시선을 들었다.

남자는 여전히 어젯밤에 입고 잤던 검은색의 반 목티와 정장 바지 차림이었다. 옷이라도 사야겠구나. 혜진은 저도 모르게 제 말이 끊겼다는 것을 알고 침묵을 지키고 있다가 양치를 하기 위해 화장실로 갔다.

거울 속의 여자는 왠지 얼굴이 빨갛게 물들어 있는 느낌이었다.

여자가 나가자 집은 또 텅 비어 버렸다. 그는 멀뚱하니 서 있다가 그녀가 하듯 그릇들을 한쪽에 치워 놓았다. 일찍 나가 버렸는지 벽에 걸린 시계는 어제보다도 이른 시간이었다.

여자가 돌아오려면, 아직 많은 시간이 더 흘러야 할 것 같았다. 두 면의 커다란 창으로 따뜻한 가을 햇살이 쏟아져 들었고, 벽난로는 어느샌가 꺼져 있었다. 그는 벽난로 안에 수북하게 든 재를 보고는 제가 할 일을 찾아내서 다행이다 생각했다.

"유 선생님?"

"아…… 은…… 아니, 선생님."

두 사람은 친구 사이였지만, 그래도 아이들이 있을 땐 선생님이라는 명칭을 붙였다. 딸랑 둘밖에 없지만, 은진은 끊임없이 아이들을 실어 나르는 셔틀 기사 구실을 하느라 바빴다. 구석구석 촌길이 많아서 아직 혜진에게 셔틀버스까지 맡길 수는 없는 모양이었다.

대부분의 아이들이 학교에서 먼 곳에 살기 때문에 읍내에 사는 애들 빼고는 공부보다는 하교 시 교통문제 때문에 학원을 다니는 경우가 많았다.

"주연이 나왔어요? 안 타서."

"아, 아까 엄마한테 전화 왔었어요. 오늘 아파서 학교도 못 갔다고."

"진작 좀 이야기를 해 주지."

제 멍한 표정을 채근하는 듯한 은진의 말투에 혜진은 정신을 차려야 했다.

왜 이럴까. 내가 대체 왜 이럴까. 머릿속이 멍한 느낌이었다.

오후는 느릿느릿 텅 빈 공간을 가로질러 가고 있었다. 제 인생에 적어도 28번의 가을이 지나갔을 텐데 그 쇠털같이 많은 늦가을의 오후를 뭘 하면서 견뎠을까. 뻔했다. 20하고도 몇 년은 뭘 했는지. 그리고 가까운 이 년은…… 이게 오후인지 오전인지, 아니면 새벽인지도 모르고 지냈을 것이었다.

아무것도 하지 않아도 되는 오후는…… 느긋하게 꿈지럭거리고 있었다. 이 오후를 만끽하고 싶은데 그는 점점 조바심이 나는 듯했다. 그래서 또다시 옷을 갈아입고 문을 나섰다. 어제보다 한 반 칸쯤 내려 붙은 온도계의 눈금이 느껴질 듯했다. 그는 신발 끈을 바싹 묶고는 작은 길을 뛰기 시작했다.

꽤 멀리 간 것 같은데 산길은 끝이 없었다. 그래서 어쩔 수 없이 되돌아와야만 했다. 그래도 어제보다 곱절은 더 멀리 간 것 같은 느낌에 숨이 턱까지 차올랐지만 그래도 기분은 좋아졌다.

집에 들어와 흠뻑 젖은 옷을 벗고 샤워를 하고 또다시 구겨진 옷을 입고 나서는데 어디선가 낯선 소리가 났다. 이게 무슨 소리일까. 그건 텔레비전 옆에 있는 새카만 물체에서 나는 소리였다.

'이거 그쪽 전화죠? 충전기 옆에 있던데. 충전해 놓을게요. 그쪽 한 사장이란 사람이 연락하라고 하지 않았어요?'

여자가 한 말이 떠올랐다. 저야 상관 따위 하지 않았지만. 전화기는 줄기차게 울리고 있었다. 다가가 보니 검은색 물체에 떠 있는 글씨는 역시나 그 자식이었다. 받지 않으려 돌아서다가 문득 창밖의 새파란 차가 보였다. 그래서 그는 맘을 바꿔 전화기를 들었다.

"미친 새끼."

〈어? 깨 있는 거야? 혜진 씨는?〉

명료한 목소리였지만, 반갑지는 않았다. 게다가 녀석의 입에서 나오는 여자의 이름이 맘에 들지 않았다.

"왜?"

〈아니, 네 상태도 물어보고, 약이 떨어질 때가 되지 않았나 싶어서. 지금 안 자는 거야?〉

거의 약에 취해서 식사 때만 정신을 차렸었다. 그걸 확인하고 싶었던가.

그가 대답이 없자 전화기 저쪽에서 다시 말이 이어졌다.

〈내가 다시 가야 하는데 바빠서 말이지. 조 박사님이 내려가실까 생각 중이시던데.〉

"됐고. 저건 왜 갖다 놨어?"

갑자기 치밀어 오르는 화를 참을 수 없어진 그가 험악하게 물었다.

〈어이, 이거 상태가 엄청나게 호전됐네? 그쪽 공기가 좋았던 거야?〉

"닥치고. 이유가 뭐야?"

〈그거야. 당연한 거 아니야? 그게 네 곁에 있어야지.〉

"미친 새끼."

제가 할 줄 아는 유일한 욕이었다.

〈내일이나 모레 내려갈게.〉

"오지 마."

〈조 박사님이…….〉

"내가 알아서 할 테니까, 오지 마."

그는 전화를 끊어 버렸다.

미친 새끼……. 왜 저게 여기 있어야 하는 건데…….

그제야 그는 제 맨손에 들려 있던 검은색의 전화기를 내려다보았다. 샤워를 하고 옷을 입자마자 전화가 온 탓이었다. 그는 장갑이 없는 제 왼손을 보지 않으려 애쓰면서 여자가 사 놓았던 새 장갑 뭉치를 찾아야 했다.

"늦었죠? 오늘 메뉴는 족발하고 소주인데 어때요?"

문밖에서 한참이나 머뭇거리면서 나름 한번 읊조려 본 대사인데도 불구하고 제 생각만큼 무심하고 밝게 나오지는 않았다. 바깥 공기는 쌀쌀했고, 얼른 따뜻한 집으로 들어가고 싶었지만 그게 망설여졌다. 왜일까.

남자는 표정을 숨기거나 하는 걸 잘 못하는 듯했다. 서운함과 반가움이 반반씩 섞인 그런 표정으로 여전히 요란한 텔레비전의 광고 소리 속에 벌떡 일어나 문으로 다가왔다.

"늦었네."

실은 오늘은 어제보다도 훨씬 일찍 끝났다. 어이없게도.

그러나 그녀는 계속 청소를 했고, 은진이 필요 없다는데도 아이들의 책상까지 물걸레로 닦았으며 은진이 마지막 아이들을 데려다 줄 때 운행 노선을 익힌다는 핑계로 가장 먼 분교 앞 동네까지 봉고차로 드라이브를 했다.

그리고 나니 겨우 날이 저물었고, 떨어진 식빵이나 우유 혹은 사과 따위를 생각하면서 일찍 문을 닫아 버리는 희한한 농협 마트까지 가서 장을 보았다. 그 뒤에도 저녁을 뭐로 할까 하던 그녀는 족발집 앞을 지나다 충동적으로 들어가서 포장이 다 되길 좁은 가게에 앉아 기다렸다가 가지고 왔다.

그러니 시간은 어제보다 늦었고, 기운은 배로 빠졌다. 아직도 따끈따끈한 비닐봉지 안에서는 식욕을 돋우는 향이 폴폴 흘러나왔다.

"이거나 먹죠. 늘 새로운 시도 어때요?"

"그게 뭔데? 아, 엄청 쌀쌀하네. 얼른 문 닫아. 내가 불 피웠어."

마치 잘한 일을 칭찬해 달라는 듯한 아이의 모습 같았지만, 혜진은 아무 대답도 없이 냉장고에 우유 등을 넣고, 입고 있던 재킷을 벗은 뒤에 부산스럽게 식탁 위에 상을 차렸다.

이런 기분은 처음이었다.

전처럼 기운이 모두 빠져 지쳐 버릴 것 같진 않았지만, 일을 하고 쌀쌀한 공기를 헤치고 집이란 델 왔더니 따뜻한 기운이 가득한 곳에 저만을 기다리는 사람이 제가 왔다고 반기는 것은.

단 한 번도 이런 것을 느껴 본 적이 있나? 엄마가 집에 돌아온 저를 반겨 준 기억 따윈 없었다. 가끔 오는 아빠나 저를 반겨 주긴 했지만, 그래도 오면 제가 밥을 차리거나 혹은 삭신이 쑤시다는 아버지의 다릴 밟아 주거나, 크고 나선 파스를 붙여 주고 약 먹을 물을 떠다 주었던 기억밖에 없었다.

혼자 들어가기에도 숨이 막힌 고시원 쪽방에 누군가 저를 기다릴 리 없었고, 룸메이트였던 영숙은 늘 제 할 일에 바빴었다.

"그건…… 뭐야?"

남자는 여전히 그 예쁜 손을 가린 채 다가와 물었다. 그나마 새 장갑을 낀 모양이었다.

"족발이에요. 아…… 돼지 다리 삶은 거? 하여튼 맛있어요. 아직도 따끈따끈해요. 그리고 족발엔 소주죠."

따뜻한 술기운에 힘입어 오늘은 꼭 싸늘한 다락방에서 자야겠다 싶어 선택한 것이었다. 한 병 더 살 걸 그랬나. 혜진은 마땅한 컵이 없어 커다란 머그컵을 꺼내면서 말했다.

"한잔할래요?"

요즘 들어 약봉지가 줄지 않는 것을 보고 그녀는 말했다.

"아…… 써. 이건 무슨 맛으로 먹어야 해?"

한참 족발을 먹다 혜진이 맛있다는 듯 홀짝거리는 것을 보고 머그컵을 들었던 그가 인상을 쓰면서 말했다. 적당히 따뜻하고, 적당히 포만감이 든 그녀는 그런 남자의 표정이 재밌었다.

"쓴맛에 먹죠, 처음엔. 그런데 뭐 좀 먹다 보면 달아요. 뒷맛이."

그녀의 말에 긴가민가하면서 또다시 술잔을 들었던 그는 역시나 인상을 쓰면서 머그컵을 내려놓았다. 그런 남자를 쳐다보는 게…… 묘하게 기분이 좋은 그녀는 또다시 제 잔을 홀짝거렸다. 정말 뒤끝이 달구나.

"오늘도 안 잤어요? 약 안 먹으면…… 안 되는 거 아닌가?"

왜 다들 저 약을 먹이지 못해서 안달일까. 그는 힐끗 푸른색의 약이 든 비닐봉지를 쳐다보았다.

"그건 내가 알아서 해."

그의 목소리가 굳어진 듯해서 혜진은 그만 물어야 했다.

"그래서…… 뭘 했어요? 추리닝 맨날 세탁기에 들어 있던데."

오자마자 세탁기를 돌리는 그녀는 건조 기능이 있기에 이따 털어 개기만 하면 되는 건 알았지만, 건조 기능이 너무 센지 옷이 망가지는 듯한 느낌이었다. 그런데 매번 속옷과 추리닝이 들어 있기에 궁금해진 그녀는 물었다.

"산에…… 산에 운동 삼아 갔다 오고 있어. 오늘은 제법 멀리 간 거 같기도 하고."

"아…… 그렇구나."

그래서일까, 남자는 제법 먹는 양도 늘어난 것 같고 전보다 얼굴이 나아진 것도 같았다. 그와 함께 침울한 기운도 나아진 거 같았고.

그녀는 살갑게 떠드는 스타일은 아니었다. 늘 경훈도 넌 여자치고 참 무뚝뚝하다는 말을 달고 있었다. 일할 때도 주변 선생들하고 잘 어울리지 않았다. 물론 그러려면 n분의 1로 들어가는 비용도 문제였긴 했지만.

그러다 보니 말수가 줄어든 건 제 생활이 되어 버린 듯했다. 그리고 눈앞의 남자는 뭔가 떠드는 것 자체를 잘 못하는 듯했다. 그러니 열심히 먹는 시간이 지나가자 곧 식탁 위에는 어색함이 내려앉았다. 그걸 물리치려고 그녀는 새 병을 땄다.

"이거…… 독한 거 같은데."

두어 모금 먹은 남자의 창백한 얼굴에 홍조가 슬몃 드는 걸 보고 혜진은 저도 모르게 피식 웃었다.

"옛날에는 독했는데 지금은 뭐 그저 그래요. 아직 안주도 많은데, 뭐."

식사에서 안줏거리가 된 족발은 큰 걸 샀더니 많이 남아 있었다.

"그럼…… 나도 좀 더 줘."

그가 컵을 내밀었다.

뒷정리를 하고 세탁기를 돌리고, 화장을 지우고 씻고 나니 거실은 또다시 침실로 변해 있었다. 그의 베개 옆에는 제 것도 놓여 있었다.

"저기요……."

"오늘은 어제보다 더 춥대. 저기, 미안하지만 내가 이거 가지러 올라가니까…… 너무 춥던데 여기서 자는 게 나을 거 같아. 내가 장작도 많이 가져다 놨어."

혜진은 말없이 남자의 열 오른 듯 발갛게 된 얼굴을 무시하고 제 방으로 갔다. 뻑뻑한 얼굴에 로션이라도 발라야 했다. 그러려고 올라가니 정말 추운 건 사실이었다.

생나무가 뒤틀어지면서 가끔씩 문틈이 잘 맞지 않는 경우가 있었는데 제 보기에만 예쁜 창틀도 그런 모양이었다. 술기운에 자 보려고 한 병 반이나 마신 소주도 제 정신을 아릿하게 만들고 있었다.

그래도 아래서 자는 건 안 되지. 혜진은 로션을 바르고 제 베개를 가지러 내려갔다. 마침 남자가 막 씻고 나온 모양이었다. 새하얀 등짝에 바지만 입은 남자가 뭔가를 찾고 있었다. 윗옷을 입기도 전에 그는 찾던 장갑을 찾아 끼었다.

"그거 왜 껴요? 손…… 아무렇지도 않던데."

몇 번이나 물어봤지만 남자는 대답하지 않았다. 맨몸에 그런 하얀 장갑이라니. 생각만 해도 웃길 텐데 돌아선 남자는 그렇지 않았다. 비썩 마른 것 같은 하얀 남자는 저를 물끄러미 쳐다보고 있었다. 그러다 입을 열었다.

"의사가…… 그러는 게 좋겠다고 했어."

술김이었다. 확확 열기가 솟아나는 거실의 벽난로 덕에 싸늘한 제 다락방에 있을 땐 착 가라앉아 있던 술기운이 확 일시에 오르는 느낌이었다.

"그런데…… 어제는 장갑 벗고 있었잖아요."

"……."

혜진은 남자의 침묵을 보고 있다가 바닥에 있는 제 베개를 집어 들었다.

"답답할 텐데 벗고 자요. 나 아무렇지도 않으니까."

"이거 벗으면, 여기서 잘 거야?"

왜 저런 말을 하는 거지? 저걸 벗든 말든 상관은 없는 건데.

아니 굳이 그럴 필요는 없었다. 의사가 왜 장갑을 끼고 있으라고 한 거지? 손에 무슨 약을 바르는 것도 아니고 상처도 없었는데. 그 의사란 건 정신과 의사일까?

비쩍 마르긴 했지만, 아마 여기 처음 왔을 때처럼 제대로 먹지도 않고 잠만 잤다면 충분히 그렇게 뼈만 남을 것이 분명했다. 그건 당연히 활동을 안 해서 몸이 망가진 거지, 몸이 망가져서 먹는 약은 저 봉투 안에 없었다. 그러니까 저 남자가 말하는 의사는 외과 의사는 아닐 것이었다. 자신의 손을 보면 안 되는 병이라도 있는 건가? 손을 보면 발작이라도 하나?

술기운이 확 오르긴 했지만, 그래도 아직 정신은 있었다.

"그거하고 무슨 상관인데요? 내가 왜 여기서 잤으면 좋겠어요?"

"추우니까."

그러나 여전히 그는 윗옷도 입지 않은 채였다.

"뭣 좀 입어요."

"그럼 여기서 자."

"……."

어차피 남자는 약에 취해서 잠들 것이다. 화장실 가기도 불편하고 무엇보다도 추웠다. 어느새 혜진은 그렇게 자신을 다독이고 있었다.

"알았어요."

남자는 그게 장갑을 끼지 말아야 되는 딜이라도 되는지 벗어서 바닥에 떨군 장갑을 놔둔 채 안방에 들어가 면 티셔츠 하나와 막 건조기에서 나온 추리닝 바지를 입은 채 나왔다.

남자의 드러난 손은 그녀의 생각대로 아무렇지 않았다. 그러나 다시 물어보기 뭣한 혜진은 가물거리는 눈을 하고 자리에 누우려 앉아서 이쪽으로 다가오는 남자를 향해 말했다.

"약 먹어요."

"안 먹으면 안 될까?"

작정한 듯한 목소리.

그냥…… 직감적으로 느낌이 왔다. 저 남자가 뭘 원하는지. 그리고 오늘 하루 종일 제가 멍했던 이유도 알 것 같았다. 왜 그렇게 이 집에 들어오지 않으려고 머뭇거렸는지, 따뜻한 집 안에서 오직 저만을 기다리는 누군가가 있다는 게 당혹스러울 만큼 감미로운데도 자꾸 주춤거려야 했던 이유를.

나쁘지 않잖아.

아니, 그 반대잖아.

대답을 하는 대신 그녀는 시선을 활활 타고 있는 벽난로로 돌렸다. 그게 대답이라고 느꼈는지 달깍하는 소리와 함께 거실의 불이 꺼졌다. 그러나 암흑이 몰려오지는 않았다. 벽난로 안에 타고 있는 장작이 만들어 내는 불빛은 사물을 인식하는 데 충분했으니까.

남자가 제 옆에 앉았다. 제가 사다 놓았던 꽃향기 비슷한 바디 클렌저 냄새가 은은하게 제 콧속으로 스며들었다. 그녀는 고개를 돌렸다. 남자의 상기된 얼굴이 저를 쳐다보고 있는 게 느껴졌다.

술기운에 의해서인지, 아니면 타닥거리는 소리를 내는 장작불의 색깔 때문인지 남자의 창백한 얼굴은 붉게 물들어 있었다. 정말 잘생긴 얼굴이었다. 태어나서 한 번도 본 적이 없으리만큼.

뭐…… 어때.

완고한 애인도, 날 보고 뭐라 할 부모도, 손가락질할 친구도 없는데…….

　남자의 입술이 다가왔다. 아마…… 단언컨대 이번에는 저번처럼 독사같이 이죽거리지 않을 거라는데 제 잃어버린 전 재산 오백만 원을 걸어도 될 것이다.

　남자의 아름다운 입술은 살짝 제 입술에 닿기만 했는데도 달았다. 제 혓바닥에 잔뜩 솟아 있는 미뢰세포까지 타액이 녹아 닿지 않더라도 제 뇌는 느낄 수 있었다.

　그렇게 그는 아무런 예고도 없이 나를 열고 내게 들어섰다.

13

닫으려 해도 닫을 수 없는 문이 되어 버렸다

내가 왜 그랬을까.

오른손을 내밀어 뾰족한 턱 선을 감싸 안으면서 생각했다.

내가…… 왜 그랬을까.

제 세상은…… 언제나 좁았다. 매번 비행기를 타고 지루한 시간을 견디면서 어디론가 가곤 했었지만, 그 어딜 가도 늘 똑같았다. 늘 똑같은 일정, 늘 똑같은 사람들…….

그래서 제게 다가온 그녀가 특별하다고 느꼈는지도 몰랐다. 아름답고 지적이고, 제가 늘 보던 북구의 동화 속의 공주 같은 그녀, 제가 잊고 있었던 언어를 하는 저와 비슷한 외모의 그녀. 그리고 보기도 전에 제 평생의 반려자가 될 거라 생각했던 그녀.

'뭐 생긴 건 그럴듯해. 게다가 최고잖아. 거기다가 완전히 청정지역이야. 숫총각인건 기본이고, 진짜 키스도 안 해 본 거 같더라니까. 오죽하겠어? 그 정 여사님이 얼마나 관리를 했을까 생각하면……

끝내주지 않니?'

　제가 듣고 있었다는 걸 몰랐는지는 알 수가 없었다.

　자신이 그렇게 살아온 게 절대 잘못이라고 생각하지 않았다. 아니 그러지 못했다. 제겐 선택의 여지 같은 것 따위 없었으니까. 그냥 제게 주어진 삶을 열심히 살아왔으니까.

　제가 태어날 때부터 가지고 있던 재능이…… 너무 과해서, 쑥쑥 자라는 키만큼 더 이상 자라지 않았다. 그것이 조금씩 조금씩 짐이 되어 어깨를 누르다, 그 무게가 지나쳐졌을 때 제게 다가온 현실들은 저를 질식시켰다. 그리고 이제 이름도 기억나지 않는 그 여자도 거기에 힘껏 무게를 실었다.

　어느 날 쑥 커 버린 제가 화려한 무대 위에서 어깨를 드러낸 치렁치렁한 드레스를 입은 이름도 모르는 여자들을 보고 느꼈던 그 당혹스러움, 그리고 죄책감. 그것을 잊으려 미친 듯이 연습에 매달려 제 속에 이글거리는 것들을 몰아내고 난 뒤에는…… 이름도 모르는 그 여자 덕에 제겐 이제 그런 사소한 욕망 따위를 초조하게 털어 내려 애쓸 일은 없다고 생각했었다.

　그리고 그 사고 뒤에는 그런 생각조차 할 필요가 없었다.

　제게 붙어 있던 수십 명의 하얀 가운을 걸친 의사들이 하나같이 제게 말했었다. 당신의 잘못이 아니라고, 당신 탓이 아니라고…….

　그러나 그들이 그렇게 말하는 건 제 통장에서 빠져나가는 어마어마한 진료비 때문이란 걸 알고 있었다. 수많은 이들이 지저귀는 것처럼 말하듯 제 잘못이 아닌 게 확실하지만, 그래도 제 마음속에 드리워진 죄책감 따위가 없어지진 않았다.

　그래서 몽롱한 채로 있는 게 나았다. 늘 나른하게 잠에 취해 있는 게 앞으로 남은 제 삶이자 생이라고 단념해 버렸으니까. 그리고 그게 좋았다. 아니 좋다고는 못 해도 나쁘진 않았다. 밤새 발작을 일으키고 억지로 놓은 주사 기운에 잠이 들어도 제 속은, 제 깊이 가라앉은 속은 그걸 자유라고 느끼고 즐기고 있었는지도 몰랐다.

그런데 세상에는 다른 사람도 살고 있었다. 달리는 차창 밖에 배경 화면같이 지나가는 사람들에게는 저를 짓누르는 것 같은 삶 따위가 없는 줄 알았다. 그냥 그 사람들은 저 같은 삶을 살지 않았으니까, 그러니까 저보단 행복할 것이라 생각했다. 사춘기의 기운에 부글거리는 철없는 소년의 망상같이 제가 세상에서 가장 불행하고 가장 힘든 삶을 살고 있는 줄 알았었다.

그러나…… 이 여자는 그런 제 삶 따위 신경도 쓰지 않았다. 제 주변의 모든 사람들이 제 생각을 하고 제 중심으로 세상이 돌아가는 줄 알았던 그는 이 여자에게 그냥 단순한 짐이었다.

거실 한구석을 차지하고, 밥을 줘야 하고, 시간 맞춰 약을 먹여야 하는 귀찮은 짐. 이 집에 살기 위한 담보 물건 같은 거라 버릴 수도 무시할 수도 없는 짐.

언제부터였는지 그 무관심이 제게 조금씩 숨을 돌려주고 있었다.

그러다 어느 날 깊이 들이쉰, 낯선 낙엽 냄새와 무언가가 썩어 들어가는 듯한 흙냄새가 제 폐 속에 깊이 들어와 구석구석 퍼지더니 몽롱하던 머릿속이 제 머리 위에 드리워진 새파란 하늘처럼 명료하고 투명해졌다.

당장 무엇을 해야 할지 따위가 생각난 건 아니었다. 제 맑아진 눈앞에는 모든 것이 나른하게 멈춰 있었지만, 유일하게 움직이는 것이 하나 있었다.

그녀였다.

음식 같은 걸 하는 게 서툴고, 신경질을 잘 내고, 남의 기분 따위 맞춰 주는 건 제 내키는 때만 하는 것 같은 여자. 화장기 없는 얼굴로 옛 남자에게 화를 내고, 전화기 저편의 누군가에게 소리를 지르고, 그러다가 술에 취해 저 혼자 기분 좋아져 버리는 여자. 그는 생전 처음 보는 모습이었다.

그러나 어느 순간, 그 여자는 제 옆을 스쳐 지나가면서 풍기는 제가 질색을 하는 인공 꽃향기의 샴푸 냄새를 아무렇지도 않게 뿌렸고, 긴 머리를 아무 생각 없이 묶어 올려 하얀 목을 드러낸 채 열심히 설거지를 하고 있었다.

제 비루한 속이 그 술이라는 것을 빙자 삼아 도발을 했을 때도 그건 유치하도록 미흡하여 제 오랜 상처를 들쑤셔 내 엉뚱한 소리를 하고 말았다.

그러나 제 입술을 덮고 있는 거죽은 그것을 잊지 못했다. 그래서 그 혼자만의 죄책감으로—그녀는 아무렇지도 않아 보이는 게 더 자존심이 상해서인지도 모르겠지만— 산길을 죽어라 뛰어야 했다.

그러고 나니 그녀의 얼굴을 편하게 볼 수 있게 됐다 생각했는데, 무엇을 하다 그리됐는지 알 수는 없지만, 의자에서 떨어지려는 여자를 받았을 뿐인데 제 정신은 반쯤 나가 버리고 말았다.

이건…… 그냥 단순한 욕정일지도 몰랐다. 사지 멀쩡한 남자의 몸 안에 쌓인 불순물 때문일지도 몰랐다.

그리고 후회할 것이다. 그게 분명했다. 그러나 제 손에 닿는 여자의 매끄러운 얼굴이 주는 감촉이 순간적인 판단을 화르르 태워 날려 버리고 말았다.

저를 빤히 쳐다보는 여자의 눈길을 감당할 수가 없어 저도 모르게 눈을 감았다. 그러나 그 덕에 더욱더 용기를 낸 제 입술은 정확하게 목표물을 찾아냈다. 제가 짓무르도록 기억해 내려 애썼던 그 밤에 잠깐 닿았던 것보다…… 훨씬 더 향기롭고 따뜻했다.

불꽃이 너울거리는 것이 느껴졌다. 저를 보고 있는 남자의 얼굴이 비현실적이었다. 매끈하고 창백한 벗은 윗몸, 그리고 마치 꿈속에 한쪽 발을 담근 듯 몽롱하게 생각에 잠긴 표정. 무슨 생각을 하는 걸까. 불을 끄고, 아니 불도 끄기 전에 옷부터 벗고 허겁지겁 달려들지 않는 게 이상한 건가?

첫 섹스는…… 무서웠다. 로맨스 소설이고, 영화고 드라마에서 나오듯 애틋하고 떨리고 숨 막히게 환상적이지 않았다. 기대를 안한 것만큼, 실망도 그다지 크지 않았다. 다만…… 점점 좋아지겠지, 익숙해지겠지라고 생각했지만 그렇지 않았다는 게 저를 점점 체념하게 했었다. 그리고 그 체념조차 이제는 끝나 버렸다.

남자의 긴 팔이 제게 다가왔다. 매끄럽고 긴 손가락이 제 턱을 감싸 안았다. 이건 현실이 아닐지도 몰랐다. 적당한 취기와 타닥거리는 장작이 타들어 가면서 만들어 내는 나무 향기, 그리고 가물거리는 불빛이 만들어 내는 가상의 세계, 혹은 제 꿈속인지도 몰랐다.

늘 약에 취해 나무 의자에 쪼그리고 잠든 잘생긴 외간 남자를 보고 저 혼자 꾸는 야한 꿈인지도 몰랐다. 그러나 뭔가 생각에 잠겨 있던 남자의 입술이 제게 다가오는 순간, 이게 꿈인지 생시인지 알고 싶지 않았다.

달아서…… 언젠가 맛보았던 다디단 생 초콜릿 디저트의 크림처럼 달아서 저도 모르게 꼴깍하고 제 목줄기로 숨이 넘어가고 있었다. 이래서 엄마는, 저보고 친구 집에 가라고 하고 외간 남자를 끌어들였던 걸까.

갑자기 거기까지 생각하자 그녀는 뜨겁게 달궈진 채 가만히 제게 닿아만 있던 남자의 입술에서 떨어진 채 그를 올려다보았다.

제발, 지금 이 순간에 집중하라고…… 꿈이든 현실이든, 제 욕구불만에 싸인 망상이든! 그녀는 제 스스로에게 소리쳤다. 그러곤 작정을 한 듯 두 손을 내밀어 남자의 매끄러운 얼굴을 감싸 쥐었다. 그리고 마치 저는 이것밖에 할 줄 모른다는 듯한 남자의 다물어진 입술 사이로 파고들었다.

무언가…… 제 입속에서 떠돌고 있었다. 단 한 번도 생각해 보지 못한 것이 제 속을 뒤엎고 있었다. 뒤집고, 엎어 버리고……. 그는 그것을 따라가려 애썼다. 적어도, 이 여자는 절 비웃거나 조롱하지 않을 것이다.

그는 두 손을 내밀어 여자의 가느다란 목을 잡아끌었다. 그리고 마치 활활 타는 것 같은 제 몸을 주체하려 애쓰면서 제 속을 휘젓고 다니는 것을 좇았다. 달콤하고, 매끄럽고, 그리고 강렬한 쾌감을 주는 그것을…….

그것은 본능일지도 몰랐다. 열심히 여자의 입술과 입속을 찾아 헤매던 그는 저도 모르게 그것의 쾌감을 포기한 채 그녀에게서 얼굴을 떼었다. 그러곤 손을 내밀어 여자가 잘 때 입는 헐렁한 반팔 티셔츠에 손을 댔다.

마치 작정이라도 한 듯, 아니면 한참 동안의 입맞춤에 만족이라도 한 듯한 여자는 붉게 타오르는 벽난로의 불빛을 뒤로하고 뭔지 모를 표정으로 저를 바라보고 있었다. 그는 용기를 내서 그녀의 옷

자락을 걷어 올렸다. 순순히 그녀는 팔까지 들어 그의 그런 움직임에 호응해 주었다.

빨갛게 타닥거리는 불빛 때문에 붉게 물든 여자의 하얀 상체는 제 눈을 시리게 만들었다. 그는 천천히 손을 내밀었다. 대체 무슨 생각을 하는지 알 수 없는 여자의 눈빛이 저를 향해 있었지만, 제 눈은 그런 그녀를 살피지 못했다.

방금 전까지만 해도 제 속에 있었던, 저를 숨 막히게 만들었던 젖은 여자의 입술에 제 손끝이 닿았다. 젖은 여자의 입술은 매끄러워서 금방 다시 찾아 물고 싶었지만 그는 꾹 참고 그 손끝의 감촉에 온 신경을 다 쏟았다.

마치 제 손끝을 처음으로 카두로스에 댔을 때처럼, 제 손끝이 파르르 떨리는 기분이었지만, 제 손끝은 멀쩡했다. 그때, 그는 그것이 살아 있다고 느꼈었다. 숨을 쉬고 있다고 생각했었다. 그러나 그건 제 망상이자 착각일 뿐이었다. 그건 오래된 나무 조각일 뿐이었다.

그러나 지금 제 손끝에 닿아 있는 여자의 매끄러운 피부는 정말 살아 있었다. 뽀얀 숨결을 내쉬어 제 손끝을 간질이고 있었고, 제 손끝이 미끄러진 여자의 가느다란 목선에는 파닥거리면서 두꺼운 동맥이 뛰고 있었다.

그리고 따뜻했다. 아니 뜨거웠다. 그래서 그는 용기를 냈다. 천천히 제 손끝은 미끄러져 훤히 드러났지만 하얀색의 브래지어에 가려져 있는 볼록한 그녀의 가슴선에 닿았다.

똑같은 살덩이일 뿐인데, 그는 제 숨이 넘어가는 것 같은 느낌이었다. 제 손끝으로 통탕거리는 것 같은 여자의 심장 고동이 느껴졌다.

무언가 해야 하는데 그는 숨이 막혀서 아무것도 할 수가 없었다. 여자의 매끄러운 가슴선이…… 너무 아름다워서 그는 더 이상 어쩌지 못하고 숨까지 멎어 버렸다.

아름다운 손이었다.

아마, 남자가 늘 장갑을 끼고 다녔던 건 저 손이 너무 예뻤기 때문일지도 모른다는 생각이 들 정도였다. 길고 가늘고 하얀 남자의 손. 남자의 키스는 서툴렀다. 그러나 진심이었다.

다른 이들의 키스란 건 그다음을 원하는 의례적인 순서일 뿐이었다. 바로 제 속옷을 벗겨 버리기엔 좀 무안하니까, 인사를 하듯하는 게 키스였다. 그러나 남자의 입맞춤은 떨리는 남자의 마음속을 그대로 드러내는 듯 뜨거웠다.

그래서 저는 순순히 제 윗옷을 벗을 수 있었다. 남자의 매끄러운 손가락이 제 가슴 위에서 멈춰졌다. 어두웠으면…… 깜깜했으면…… 그렇게 바랐지만, 붉은 장작불은 타닥거리면서 살아서 꿈틀꿈틀 저를 보는 남자의 하얀 상체를 일렁이게 하고 있었다.

혜진은 천천히 제 손을 움직여 등 뒤에 있는 브래지어의 훅을 풀었다.

사랑하는 사람에게 자신을 주는 거…… 따위 의미 없다는 건 이미 알고 있었다. 혹시나 했지만, 사랑 따위의 감정과 섹스가 같이 돌아다니지 않는다는 걸 이미 알고 있었다. 늘 제 스스로에게 말해 줬다. 넌 이제 더 이상 네 몸을 함부로 했다고 야단칠 부모도, 애인도 없다고…….

그런데 이게 함부로라는 곳에 속하나? 이 손끝마저 떨리는 아름다운 남자한테?

아름답다는 말이 낯설었다. 그러나 제 앞에 있는 이 살아 있는 피조물한텐 그 말밖에는, 제 뒤떨어지는 어휘로는 갖다 붙일 단어가 없었다. 속된 말로 남자가 여자를 먹는다지만, 지금 이 순간…… 이 남자를 갖고 싶은 건 나 아닌가?

그녀는 제 가슴 위에 들떠 있는 거추장스런 천 조각을 벗어 던져 버렸다. 남자의 숨이 막힌 듯한 표정에 제 이 당혹스러운 행동에 대한 죄책감을 덜 수 있었다.

잠시 머뭇거리던 남자의 손이 제 드러난 가슴 위에 천천히 다가오더니 갑자기 와락 절 끌어당겼다. 그러고는 맨가슴이 드러난 제 몸을 끌어 자신의 납작한 가슴으로 안아 버렸다.

남자의 뜨거운 윗몸이 제 가슴 위에서 미친 듯이 고동치는 심장의 고동을 그대로 전했다. 그는 여자를 꼭 껴안았다. 한동안 그러고 있던 남자는 곧 그녀의 가느다란 목을 찾아 그러쥐더니 그녀의 입술을 찾아 허겁지겁 입을 맞췄다.

"저기……."

마침 남자의 이마에서 뚝 하고 땀방울이 제 얼굴로 떨어졌다. 그녀는 말을 하려다 말고 당황한 그와 눈이 마주치자 저도 모르게 웃고 말았다. 그러나 남자의 얼굴이 굳어지는 걸 보고 말을 하지 않을 수 없었다.

"거기 아니에요."

여자들은…… 그런 게 있었다. 남자들이 야동을 보고 쓸데없이 그쪽으로 자존심을 세우려고 대단한 척하는 것과는 반대로, 여자들은 모른 척, 아닌 척해야 한다는 그런 모종의 룰이. 아는 척할수록 여자는 싸 보이고 되바라져 보이니까 안 그런 척, 모른 척해야

201

한다는 그런 보이지 않는 룰이.

인터넷으로 몇 번 클릭만 하면 온갖 별천지가 다 드러나 있었다. 어떻게 해야 하는지 뭐가 어떤지. 심지어 미용실에 가서 파마를 하는 지겨운 순간에 제게 쥐어지는 매끄러운 패션 잡지들 뒤쪽에만 가도 그런 정보는 넘쳐났다.

그러나 아는 척하면 제 위에 있는 남자가 절 어떻게 생각할까 싶어 그냥 참고만 있어야 했다. 그리고 그건 혜진도 마찬가지였다. 은근한 가부장적 남성우월주의에 잔뜩 빠진 경훈의 생각을 거스르고 싶은 생각이 없었다.

하지만, 지금은 그렇지 않았다. 혜진은 손을 내밀어 제 손에 잡히는 무언가를 잡았다.

"으윽……."

몇 번이고 제 가슴을 탐하던 남자가 계속 그다음 단계에 이르지 못하자 혜진은 제가 나서야 했다. 제 남성에 여자의 손이 닿자 그가 숨도 쉬지 못하고 움찔거리는 게 느껴졌다. 그러나 여기서 멈출 순 없었다.

그건 이 남자뿐만 아니라 저도 마찬가지였다. 제 손에 넘칠 만큼 미끈거리는 그 남자의 일부를 혜진은 그것이 찾아야 할 곳으로 이끌었다.

"아아."

남자의 입에서 신음 소리가 새 나왔다. 혜진에게는 그것이 더 자극적이었다. 남자의 참을 수 없는 신음 소리가…… 왠지 섹시하고 은밀했다.

별다른 것은 없을 것이다. 책들에서, 그냥 그렇게 대충 끝나 버릴 것들을 세세히 묘사하고 과장하듯 뭔가 특별하고 대단하진 않을 것이었다.

그러나 그게 제게는 그렇지 않더라도 이 남자에게는 그렇게 대단하고 엄청나길 바라면서 그녀는 제 몸속으로 남자의 분신을 이끌었다.

자물쇠의 구멍에 열쇠가 들어가 맞듯, 어딘가 찾아 헤매이던 그의 일부가 딱 맞는 곳에 찾아 들었다. 묵직한 느낌이 제 속을 꽉 채웠다. 혜진은 저도 모르게 남자의 마른 등짝을 꼭 감싸 안았다.

그가 제게 입을 맞춰 주길 바랐다. 제겐 고통만 주는 아래쪽의 느낌 따위는 나중에 알아서 하든지 말든지 상관없으니까, 제가 원하는 남자의 매끄럽고 뜨거운 입술만 잠깐 나눠 주길 원했다.

늘 그랬으니까…….

말하지 않았는데도 제 마음을 읽었는지 남자의 입술이 제게 닿았다. 몸은 잔뜩 굳어 있는 게 느껴지는데 뜨거운 입술은 말하지 않았는데도 마치 너무나 고맙다는 듯한 느낌으로 천천히 제 입술을 물어 오는 게 느껴졌다.

그래서 혜진은 진득하게 땀이 밴 남자의 마른 등짝을 꼭 껴안았다. 그러자 남자는 마치 본능처럼, 제 속에 빈틈없이 꽉 찬 그것을 천천히 움직거렸다.

숨이 막혀 왔다. 남자의 매끄러운 손이 제 젖은 머리카락을 넘기는 게 느껴졌다. 그래서 저도 모르게 몸을 일으켜 저를 내려다보는 남자의 얼굴에 제 입술을 가져다 댔다. 그러자 남자의 움직임이 거세졌다. 제 속을 꽉 채운 것은 저를 버겁게 했다. 제 몸을 열 만큼 저를 배려할 줄도 몰랐다.

그러나 저도 모르게 제 입에서는 뭔지 모를 야릇한 소리가 흩어졌다. 남자의 손이 제 손을 움켜잡았다. 문득 버석거리는 것 같은 남자의 까칠한 손끝이 느껴졌다.

제 오른손을 움켜잡은 건 단 한 번도 본 적 없는 남자의 왼손이었다. 혜진이 고개를 돌려 그것을 보려 한 순간, 남자의 본능적인 움직임이 거칠게 제 속을 파고들었다.

"윽……."

저도 모르게 잇새로 신음 소리가 흩어졌다. 제 깊은 속 어딘가를 무언가가 거칠게 훑어 내리고 있었다. 그게 제 발끝을 저릿하게 만들고 있었다.

남자의 거친 숨소리가 제 귓가에 흩어지더니 절정에 이른 남자의 몸짓이 거칠게 오르락거리다가 쑥 빠져나가 버렸다. 그러곤 진득하게 제 배 위에 뜨거운 것을 쏟아 낸 남자가 제 위에서 무너져내렸다. 어딘가 직전까지 오르락거리다 허무하게 끝난 느낌이었지만, 그녀는 그다지 실망하지 않았다.

몸 위에서 파드닥거리는 것 같은 경련을 일으키는 남자의 무게가 주는 안도감이 나쁘지 않았기 때문이었다.

그녀는 살그머니 손을 내밀어 남자의 젖은 머리카락을 쓸어 올렸다. 그러자 그것에 화답하듯 남자의 잔뜩 젖은 입술이 제 입술을 부드럽게 덮었다.

짠 기가 묻어났지만, 그 속은 다디달았다.

잠시 옷을 입어야 할까 말까를 고민했다. 물론 제 속옷은 저 밖 어딘가에 흩어져 있을 것이었다. 거울 속의 제 벗은 몸은…… 그리 나쁘지 않았다. 얼굴에는 아직도 붉은 기운이 남아 있었다.

남자의 흔적 따위는 이미 다 씻긴 지 오래였다. 하얀 새 수건으로 맨몸의 물기를 닦으면서 혜진은 생각했다. 그다지 나쁘지 않았다. 그렇다고 책 속에서 나오듯 제 정신이 나가 버릴 만큼 대단하지도 않았다.

그러나…… 저 남자에게는 좋았으면, 괜찮았으면…… 하는 생각이 들었다. 그래서 그녀는 커다란 타월로 몸을 감싼 채 욕실을 나왔다. 타닥거리는 벽난로의 가물거리는 불빛 앞에 남자가 맨몸을 웅크리고 누워 있었다.

혜진은 저를 감싼 타월을 바닥에 버려두고는 그런 남자의 곁으로 파고들었다. 잠깐 잠이 든 것 같았던 남자는 차가운 제 맨몸을 그 손을 내밀어 안았다. 그러곤 또다시 제 입술에 입을 맞췄다.

"안 올 줄 알았어."

아니 욕실과 달랑 이 거실밖에 없는 곳에서 달리 어디로 가라고? 기가 막힌 듯 그녀가 웃음을 뿌리자 그의 따뜻한 팔이 으스러져라 그녀의 맨몸을 감싸 안았다.

"고마워."

다시 피가 몰린 것 같은 뜨거운 남자의 아랫부분이 제 아랫배에 닿는 게 느껴졌다. 남자의 뜨거운 숨결이 다시 제 귓가에 떠돌았다.

"고마워."

무슨 뜻인지는 알 필요가 없었다. 남녀 간의 관계란 동등한 거니까. 오히려 제가 고맙다고 해야 하는 거 아닐까. 그러나 그녀는 가만히 있었다. 지쳐 쓰러져 혼자 잠들지 않고, 저를 기다리고 절 안아 주는 남자의 매끈한 맨가슴이 더 고마울 수도 있었다.

그녀는 그래서 그 남자의 매끈한 목줄기에 입을 맞췄다. 그게 서툰 남자의 사그라지는 욕정을 다시 깨우는 경솔한 짓인 줄도 모르고.

"저기요!"

혜진이 신경질을 가장해서 외쳤다. 나쁘진 않았지만…… 성가셨다. 당장 배가 고프고 쌀을 씻어야 했으니까.

"왜?"

그러나 되묻는 사람은 전혀 그녀의 심정 따위를 이해하지 못한 게 틀림없었다. 덩치가 큰 남자가 저를 등 뒤에서 껴안은 채 한 손은 제 흐늘거리는 셔츠 밑으로 넣고 있었다.

파고든 손은 제 맨살을 감싸 안고 있다가 언제든지 틈을 봐서 가슴께로 올라오려 눈치를 보고 있었고, 다른 한 손은 어깨를 감싸 안은 채 제 목에 뜨거운 입술로 쪽쪽거리는 소리를 내면서 딱 붙어 있었다.

"좀 저리 가라고!"

"미안!"

이라고 말하면서 제 가슴으로 스멀스멀 올라오던 손길은 내렸지만 여전히 어깨를 감싼 묵직한 팔이나 목줄기를 더듬는 입술 따위는 거둘 생각이 없는 것 같았다.

"무겁다고요."

"미안."

구체적으로 지적질을 한 덕에 실렸던 무게는 사라졌지만 남자는 여전히 그녀의 등짝에 찰싹 붙은 채였다. 묵직한 무게가 가시자 혜진은 마치 아무렇지도 않은 듯 쌀을 씻기 시작했다. 부담스럽긴 했지만, 그래도 남자의 얼굴이 제게 보이지 않으니까……

쌀을 씻어 전기밥솥에 넣고 취사 버튼을 누른 후에 냉장고에 있는 걸 꺼내려 돌아서려 했지만, 여전히 덩치가 큰 남자가 제 등짝에 찰싹 붙어 있으니 그게 힘들었다.

"왜 이러고 있는 거예요?"

그녀가 고개를 돌려 물었다.

"좋아."

마치 제 존재를 인식해 주는 게 좋은지 그는 더욱더 힘을 주어 그녀를 껴안았다. 혜진은 이 과도한 애정 행각에 피식 웃을 수밖에 없었다.

"반찬 좀 만듭시다. 좀 비켜 볼래요?"

남자가 힘을 빼길래 그녀는 돌아섰다. 그러나 그건 그의 속임수였다. 돌아선 그녀를 다시 안은 그는 그녀의 입술에 입을 맞추더니 혀를 밀어 넣었다.

한동안 그녀의 부드러운 혀를 물고 빠는 사이에 혜진은 또다시 제 다리 사이의 허벅지가 달아오르는 게 느껴져 두 손으로 그의 가슴을 밀쳤다.

"배고프다고요."

"미안."

또다시 미안하다며 히죽거리는 남자는 삐죽거리는 머리카락을 한 채 웃고 있었다.

남자의 애정 행각이 나쁘지만은 않았던 혜진은 화난 척 냉장고를 열었다. 온갖 즉석 식품들이 가득 든 냉장고에서 아무거나 몇 개 꺼내 들었고 싱크대에 든 냄비들을 꺼내 들자 다시 커다란 남자가 제 등에 엉겨 붙었다.

"대체 왜 이러는 거예요?"

냄비에 생수를 붓고 그 즉석 식품들을 넣으면서 그녀가 짐짓 화난 듯 물었다. 그러나 여전히 등 뒤에 붙어 그녀의 어깨를 감싸 안고 있는 남자는 부드러운 목소리로 말했다.

"좋아서……."

거기에 대고 뭐라 할 말은…… 없었다.

닫으려 애써도 닫을 수 없는 문이 된 것 같았다.

14

서툰 가장(假裝)은 헛된 몸짓

남녀가 단순하게 잠을 같이 잤다고 해서 뭔가 달라질 것은 없다.

너무 사랑해서, 이 사람이 없으면 죽을 것 같아서, 머리부터 발끝까지 모두 가지고 싶어서, 그래서 서로 하나가 되는 것 따위…… 고전 문학에서나 가능한 거였다. 현실에서, 21세기 대한민국에서는 그런 말을 하면 다들 비웃을 것이다. 아마 길가에 지나가는 초등학생조차도.

그냥 명확하게 이야기해 보자. 저 사람을 사랑하는가? 아니 사랑이 대체 뭔데? 그게 뭔지도 모르는데, 그리고 알고 싶지도 않은데 그 단어를 붙일 까닭이 없다.

저는 무심한 여자였다. 주변에서 다 그렇게 이야기들을 했다. 왜 그랬는지는 모르겠지만, 살갑지 않고 애교도 없고 쉽게 상처받지도 않았기 때문에 다들 무심하다고, 아니면 무던하다고, 그도 저도 아니라면 존재감도 없다고 저를 지칭해서 이야기했다.

뭐라 하든 간에 제 수입이나 혹은 제 일에 지장이 없다면 험담이 아닌 것들에는 무덤덤했다. 그래서 그게 아무렇지도 않았다. 하도 주변에서 그러다 보니 제 성격이 점점 그렇게 변했는지도 몰랐다.

처음엔, 그를 사랑했었던 거 같았다. 제 심장이 두근거리고 낡은 추리닝에 덥수룩한 머리를 한 채 공부하는 게 힘들지 않냐는 말을 들을 때 왠지 제 가슴 한구석이 덜컹거렸으니까.

그러나 그것에 대해 완전히 제 진실한 감정뿐이냐, 라는 대답에 그렇다, 라고 말할 수 없는 이유는 그런 경훈의 가장 큰 매력이란 게 그 지긋지긋한 노량진을 가장 먼저 탈출할 것 같은 능력이 있어 보여서라는 세속적인 잣대가 가장 크게 작용했기 때문이었기에.

제 그런 두근거림에 있어 그것이 순수했느냐의 추궁에는 100% 제대로 대답할 수 없었다. 그러나 그게 나쁘다고는 생각되지 않았다. 순수가 밥을 먹여 주는 건 아니니까.

소설이나 영화에서 나오는 목숨을 걸고 나라를 팔 만큼의 대단한 감정에 대해선 지금도 알 길이 없으니, 그냥 자다가 갑자기 생각이 나서 혼자 히죽거리는 감정이란 게 제겐 사랑의 강도라면 그랬다.

그러니까 그건 사랑이었을 것이다. 그러나 지나 보니 부질없었다. 어느샌가 시들해지고, 몸이 피곤하고 제가 하는 일이 풀리지 않고, 생리통이 밀려와 예민해지면 그런 타인 따위의 안위가 제게 중요하지 않았다.

생각해 보면…… 애초부터 제겐 사랑이란 단어가 어울리지 않는 그런 사람이었는지도 몰랐다. 그러니까, 그런 단어가 어울리지 않으니까 이 남자의 당혹스러운 변심도 제겐 부담이었다.

"그만해요."

혜진은 차갑게 말했다.

누누이 스스로에게 말하지만, 제 눈앞에 있는 이 남자가 잘났기 때문에, 그리고 그 남자와 관계된 카드의 한도가 높기 때문에 관대해지는 제 감정 따위가 싫었기 때문이었다. 아니 그렇게 생각한다는 것 자체가 이 잘난 남자의 무차별적인 애정 공세에 대한 보답일지도 몰랐다.

이 남자가 좀 더 못났다면, 아니 진짜 그냥 길가에 부딪치는 것 같이 평범했더라면, 그것도 아니라면 뭔가 모자란 장애인이거나 혹은 카드 따위 줄 지인이 없거나 어마무시한 외제차 따위가 없다면…… 절대 제게 이런 호의 따위가 생겨나지 않았을 거라는 생각에 대한 죄책감이 더해졌기 때문이었다. 아니 그런 거 따위 생각하지 않아도 되는 거였다. 그러나…… 그러지 못했다. 그게 왜 그러는지는 모른 채.

"싫어? 내가 귀찮아?"

귀찮은 건 아니었다. 아니 이런 무차별적인 애정 공세에 어찌해야 할지 알 수가 없었기 때문이었다. 그리고 깔려 있는 죄책감에 대해서도……. 그러나 그걸 세세하기 이야기하긴 싫었다.

"네."

저를 안고 있던 남자의 손길이 수그러들었다. 잠시, 매우 미안한 생각이 들었지만 혜진은 아무렇지도 않게 설거지를 했다.

"왜?"

"난, 누가 날 건드리는 거 싫어요."

"……"

제 등 뒤에 선 남자의 손길이 거두어지는 게 약간…… 아쉽기는 했다. 그러나 그 아쉽다는 생각 자체를 털어 버리려 애썼다. 머릿속에는 후회만 앞섰다. 앞으로 얼마나 이 불안정한 동거가 지속될지도 모르는데 이런 채로 어떻게 살아야 하는 건지.

"저기…… 재가 가득 찼네. 저거 버리고 나무 가져다 놓을까?"

싸한 분위기를 보고 시키지도 않은 일을 찾아 하려는 게…… 참 귀여웠다. 커다란 덩치에 어울리지 않게. 제가 너무한 감은 있다고 느꼈지만 혜진은 아무런 대답 없이 설거지만 계속했고 그는 주섬 주섬 벽난로 안에 쌓인 재들을 담아 들고 나갔다.

그가 집 밖으로 나가고 나서야 혜진은 고개를 돌렸다. 두 창으로 가득 해가 쏟아지고 있었다.

어쩌자고…… 어쩌자고 그랬을까.

"그거 그냥 그렇게 들고 들어오면 안 되는데!"

잔뜩 나무토막을 들고 들어온 그를 보고 막 냉장고 정리를 시작하려던 혜진이 말했다.

"왜?"

"너무 커서 속이 안 타요. 도로 가지고 나가요."

주섬주섬 나무토막을 들고 온 그를 향해 말했고 그 말에 그는 도로 나갈 수밖에 없었다.

따라나선 혜진이 나무가 쌓여 있는 곳을 보니 낡은 도끼 한 자루가 있긴 했다. 패 놓은 장작이 얼마 없었던 모양이었다. 그나마 통나무라도 쌓여 있으니 다행이었다. 어디 땔감을 구하러 다닐 생각 따위는 할 여력이 없었으니까. 그러나 장작을 팰 엄두는 나지 않았다. 어떻게 해야 하는 거지?

"이거 가지고 잘라야 해?"

남자의 막연한 질문에 혜진은 버릇처럼 휴대폰을 꺼내 들었다.

"뭐 해?"

"검색요."

그가 다가왔다. 늘 하듯이 포털사이트 검색창에 글자를 치기 시작했다.

[장작 패는 법……]

"그게 뭐야?"

"모르는 거 있음 가르쳐 주는 거요. 여기 나오네. 봐 봐요. 음, 이걸 이렇게 올려놓고 여기 결을 따라서…… 보이죠?"

그가 다가와 작은 휴대폰 화면을 들여다보는 게 보였다. 옅은 바디클렌저 향기 사이로, 밤새 제가 맡았던 젊은 남자의 싸한 살냄새가 풍기는 것 같았다. 애써 그걸 잊어버리려고 잔뜩 떠 있는 글씨를 보면서 뒤적거리던 혜진이 마침 알맞은 내용을 찾아내서는 그에게 내밀었다.

"봐요. 여기 있는 거 잘 보고 그대로 해요. 난 출근 준비 할 테니까."

여전히 그녀의 휴대폰을 쥐고 열심히 내용을 보고 있는 남자의 체온이 멀어지는 게 왠지…… 아쉬운 것 같은 느낌이었다. 그러나 모르는 척 그녀는 제 할 일을 찾아 집 안으로 들어섰다.

"내 전화기 줘요."

"저기……."

한참 그럴듯한 크기로 나무를 쪼개 놓은 걸 보고 출근 준비를 한 그녀는 말했다.

"그쪽 전화기도 있잖아요."

혜진은 제 전화기를 찾아 갈무리하면서 말했다.

"내 건…… 전화만 되던데."

한참 용을 썼는지 하얗게 창백하기만 하던 얼굴에 빨갛게 열이 오른 채 뚝뚝 떨어지는 땀방울을 닦는 남자를 보고 혜진이 말했다.

"따라와요. 가르쳐 줄 테니까."

이런 걸 모르고 살았던 사람인가 싶었다. 왜 그랬어요? 왜 그렇게 살았죠? 어떻게 그렇게 살 수 있는 거죠? 물어보고 싶지만 그녀는 묻지 않았다. 이 남자에 대해서 더 알고 싶은 게 많아진다는 게…… 싫었다.

남자의 휴대폰은 최신형이긴 했지만, 정말 딱 그냥 매장에서 들고 나온 그대로였다. 바탕화면이나 깔린 앱까지.

"자 여기 포털사이트 검색창 올려놨으니까 여기다 물어보면 돼요. 뭐 있나…… 음, 식빵 맛있게 굽는 법. 자, 여기다 쓸게요. 여기다 쓰면…… 밑에 주르륵 나오죠? 이 중에서 아무거나 골라서 보면 되는데, 여기 있는 거 마구 믿으면 안 돼요. 다 자기 나름대로 잘났다고 쓴 거니까. 여러 개 보고 대충 파악하라고요. 알았죠?"

대답 없이 고개를 끄덕이는 남자는 신기하다는 듯 보고 있었다.

"여기 동그라미 모양, 여기로 들어가면 영문 검색도 되니까. 그쪽이 편하면 그렇게 하든지요."

그러나 혜진이 생각해 봤을 때, 저번에 보던 책이나 벽난로를 뜻하는 말 같은 게…… 영어는 아닌 듯 보였다. 그러나 역시 더 묻지는 않았다.

"그럼 나 갈게요. 시간이 돼서."

"잠깐만."

그가 손을 내밀어 그녀를 잡았다. 그 남자답지 않게 거친 느낌에 혜진은 제 손목을 잡은 남자의 손을 내려다보았다. 늘 장갑에 가려 있던 왼손이었다. 그녀의 시선을 느낀 그가 얼른 손을 떼더니제 뒤춤으로 가렸다.

"왜요?"

이상했지만…… 역시 더 묻고 싶지 않았다. 그래서 그녀는 아무렇지도 않은 듯 말했다. 그때였다. 막 혜진이 뭐라 생각하기도 전에 갑작스럽게 다가온 건 남자의 얼굴이었다. 그리고 저도 모르게 눈을 감아 버린 건, 왜였는지 알 수 있었기 때문이었다. 남자의 입술이 제 입술에 닿았다. 혜진은 깜짝 놀라 뒤로 물러섰다.

"잘…… 다녀오라고."

제 격한 반응에 놀란 그가 멍하니 저를 쳐다보자 혜진은 더듬거리면서 대답했다.

"화장품…… 묻잖아요. 갈게요."

그가 뭐라 말을 하기도 전에 급하게 그녀가 돌아섰다.

싫다는 말을 못 한 건, 싫지 않아서였다는 제 맘을 들킬까 봐그녀는 급하게 문밖으로 향했다.

오늘따라 서둘러 나가 버린 게 틀림없었다.

넓지 않은 공간이었지만, 꽉 차 있던 곳이 별안간 텅 비어 버린기분이었다.

또, 뭔가 잘못한 걸까? 잘 맞지도 않고, 옆으로 튕겨 나가 버리기 일쑤인 둥근 나무토막들을 좀 제대로 쪼갤 수 있게 된 게 방금

전이었다.

제게 맡긴 일을 다 해야 할 텐데……. 갑자기 기운이 탁 풀어져 버린 그는 제가 늘 누워 있던 나무 의자에 앉고 말았다.

뭘…… 잘못한 걸까?

"으왕, 선생님!"

"왜……에?"

와야 하는 시간보다 일찍 와서, 은진에게 받았던 열쇠로 잠긴 학원의 문을 여는데 가방을 학원 앞에 두고 놀던 아이들이 달려와 그녀에게 서로 매달렸다. 늘 일찍 와서 앞에 앉는 일 학년 아이들 몇몇이 선생님이 좋다고 과격한 애정표현을 한 것뿐인데 그녀는 당황하고 있었다.

"벌써 왔네? 어머, 선생님도 일찍 오셨네."

은진의 목소리가 들리자 아이들이 자기들에게 별 반응이 없는 혜진 대신 은진에게 다가가 들러붙는 것을 보고 혜진은 얼른 문을 여는 체하며 외면해야 했다. 어느 쪽이든 익숙하지 않았다.

불을 끈 다음에나 제게 엉겨드는 전 남자나, 혹은 서로 닿는 것도 쭈뼛거리던 그 고약스런 룸메이트나, 살뜰하게 안아 주는 것 따위 한 적 없는, 세 명이었던 썰렁한 옛 가족이 제게 남겨 준 버릇일까?

"너희들이 그렇게 갑자기 달려들면 선생님이 놀라시잖아."

제 과민한 반응에 어색해하는 아이들을 보고 은진이 하는 말을 듣고서 혜진은 아무렇지도 않은 듯 기계적인 미소를 지으면서 말했다.

"선생님이 문 열다 다칠까 봐 그랬어. 오늘 일찍들 왔구나."

혜진이 과하게 환한 웃음을 지으면서 말했다. 가장(假裝)은 얼마든지 할 수 있었다. 다만 제게서 뚝 떨어져 있는 사람들에게만……

아이들이 내미는 문제집을 펼쳐 풀어야 할 곳을 체크해 주면서도 그녀는 오늘 집에 들어가서 어찌해야 할지를 고민해야 했다.

오후는 느릿느릿 지나갔지만, 그래도 다행이었다. 제겐 할 일이 많았다. 그리고 더욱더 다행인 것은 제가 알고 싶은 것을 알려 주는 게 있다는 것이었다.

누굴 귀찮게 하거나, 누가 절 귀찮게 하지도 않았다. 그냥 모든 것이 나와 있으니까 수고해서 찾으면 됐다. 이런 세상이 있다는 게 놀라웠다. 제 세상은 늘 한정되어 있었지만, 그 그어진 선 밖을 나서려면 혼자서는 부족했다. 누군가에게 물어야 했지만, 제겐 대답해 줄 누군가가 없었다.

부쩍 짧아진 늦가을 해는 금방 어둠이 내려앉았다. 그는 바쁘게 불도 피웠고, 검색을 해서 전기밥솥에 밥을 하는 방법도 알아내었다.

그녀가 오기 전에 뭔가를 하고 싶었는데 그건 좀 망설여졌다. 냉장고와 문밖을 내다보는 걸 요란한 텔레비전 화면을 보는 척하면서 무한히 반복하고 있었다. 그때 뭔가 낯선 소리가 났다.

낯선 음악소리…… 그는 멍하니 있다가 그가 하루 종일 제게 많은 걸 가르쳐 준 전화기 소리라는 걸 알고 전화기를 들었다. 낯선 번호였지만, 실은 그는 전화를 받을 줄밖에는 몰랐다.

"여보세요?"

〈이진우 씨 되십니까?〉

"네?"

〈목소리가 좋아 보이시는군요. 저 아십니까? 조 박사입니다.〉

"······."

집에는 불이 환히 켜져 있었다. 아마 벽난로에는 따뜻한 불이 피워져 있을 것이고, 텔레비전에서는 요란한 광고 음악이 나오고 있을 것이며, 어정쩡하게 침대 겸 소파인 나무 의자에 앉아 있던 그는 어색한 표정으로 절 반길 것이다.

잠을 설쳐서였는지 피곤했고, 오늘은 고학년 남자아이들이 어이 없는 일로 서로 주먹다짐을 하는 바람에 한바탕 난리가 났었다.

아이들끼리의 소란이야 늘 있는 일이었지만, 오늘은 거기에 더해서 한 아이가 맞아 입술이 터져 버렸고, 그 사실을 유난스러운 학부모가 알게 돼서 일이 커졌다. 다행히 도시 아이들처럼 병원에 가니 경찰서에 가니 마니 난리가 나지는 않았지만 은진은 곤란을 겪어야 했고, 덕분에 그녀가 주변의 아파트 단지까지 낯선 봉고차를 몰고 운행을 해야 했다.

은진이 미안하다며 소주나 한잔하자고 했지만, 혜진은 제가 왜 마다하는지 이유도 모른 채 피곤하다는 이유로 집으로 발길을 돌렸다.

그러나 제 발길은 집 앞에서 멎었다. 그 소란한 와중에서도 잠깐씩 제 어깨며 허리를 떠도는 낯선 감촉의 잔상들이 일 따위에 집중하지 못하게 만들었고, 그게 성가셨다.

오늘 하루쯤은 저 혼자 잠들고 싶었다. 코를 골며 잠버릇이 고약하더라도 제가 옆에서 자는 걸 신경 쓰지 않을 그런 룸메이트가 있던 원룸이라든지 혹은 옆방에서 들리는 이어폰 속의 록 음악이 신경을 긁더라도 눈에는 아무도 보이지 않을 고시원의 두 평짜리 방이 그리워지는 이상한 날이었다.

부쩍 차가워진 늦가을의 밤공기가 저를 떼밀지 않았더라면, 좀 더 그녀는 밖에 서 있었을지도 몰랐다. 그러나 춥고 배가 고픈 그녀는 마치 패잔병같이 집에 들어섰다.

"왔어? 늦었네."

갑자기 왈칵 눈물이 날 것만 같은 제 표정 때문에 남자의 말이 거기서 끊어져 버린 걸 알고 혜진은 급하게 화장실로 뛰듯이 들어갔다.

이유가 뭘까.

왜 거울 속의 여자는 눈가가 빨갛게 되어 버렸을까. 오히려 저 거울 속의 여자에게 이유를 묻고 싶었다. 그러나 멍한 저 여자는 대답하지 못할 것이다.

이런 울컥하는 마음은 대체 언제 느껴 봤을까? 밤새 엄마 아빠의 다툼 소리 속에서 등교한 날이 가장 친한 친구의 생일이었을 때, 그 친구에게 뭘 해 줄 것이 없다는 낭패감에 집에 일이 있다고 돌아서는데 또다시 낯선 공사장으로 떠나야 했던 나이 든 아빠가 절 기다리고 있다가 미안하다며 용돈을 쥐여 줄 때였나?

아니면 갑자기 쏟아진 비가 당혹스러웠던 노량진 학원의 모퉁이에서 비닐우산을 들고 절 기다려 주던 경훈을 보았을 때였나……. 이 기분이 뭔지 알려고 해야 한다는 것 자체가 짜증스러웠다. 혜진은 눈가를 닦고 화장실 문을 나섰다.

막 문을 나서자마자 퍼지는 밥 냄새에 그녀가 아무렇지도 않게 한마디 하려 할 참이었다. 그러나 타이밍을 놓치고 말았다. 화장실 문 앞에서 제가 나서기를 기다리고 있던 남자가 두 팔을 내밀어 그녀를 품에 안았다. 뭐라 짜증난 투로 한마디 했어야 했다. 그러나 그러질 못했다.

"밥은 어떻게 했어요?"

"전화기에서 찾아봤어. 그런데 이거 뭐야?"

"즉석 카레요."

마땅하게 할 반찬이 없어서, 가장 만만한 3분 카레를 데워 밥 위에 얹어 먹어야 했다. 상대가 더 이상 말이 없어 밥만 먹던 그녀가 아무렇지도 않은 듯 말했다.

"이건 맛이 없네."

그녀의 시답지 않은 혼잣말에 잠자코 있던 그가 불쑥 물었다.

"무슨 일 있었어?"

제게 있었던 일을 다른 누구에게 말하는 것이 익숙하지 않았다. 그러나 건너편의 남자는 저를 뻔히 보면서 묻고 있었다.

"그냥 이런저런."

저답지 않은 대답을 한 채 거의 다 비워 가는 제 그릇으로 다시 시선을 옮겼다. 그러나 제 정수리에 쏟아지는 남자의 시선은 그대로 느껴졌다.

"나 때문인가?"

어둠이 내려앉아 있었다. 몸은 피곤하고 하루 종일 정신이 곤두서 있었지만, 그다지 맛없는 저녁일지라도 제 앞에 차려져 빈속을 채웠고, 타닥타닥 소리를 내며 타들어 가는 장작불은 제 시린 손끝과 심장 귀퉁이에 온기를 나눠 주고 있었다.

바싹 곤두세웠던 가시가 제 등에 잔뜩 돋아 있었다면, 그 가시를 세울 만한 적의도 사그라질 만한 어둠이 창밖에 깊이 내려앉아 있었다.

"아니에요."

"난…… 할 일이 없는 사람이니까. 당신 없을 때 그냥 이것저것
하다가…… 시간이 나면 생각해 봤어."

뭘? 고개를 들고 싶었지만 혜진은 그러지 않았다. 남자의 시선
을 감당할 수 없을 것 같았다. 이런…… 도망갈 곳도 없는 장소는
제게 당혹스러웠다.

"내가 많이 잘못한 건가 하고."

이 남자가 뜻하는 건 어젯밤 일일 것이다. 그게 뭐 그리 큰 잘
못인가. 다 큰 성인이고, 강제로 어쩐 것도 아니었다. 그냥 남들은
아무렇지도 않게 하는 '그런 일'일 뿐이었다.

"그렇지 않아요."

"그런데 왜 그래?"

"뭘요? 치워야겠네."

되물었지만, 대답을 듣고 싶지 않은 그녀는 벌떡 일어나 제 빈
그릇을 들고 개수대로 향했다. 그리고 아무렇지도 않은 듯 그에게
말했다.

"다 먹었으면……."

그의 말을 무시하려고 했다. 그러나 그는 그런 그녀에게 말했다.

"난…… 처음이야."

"……."

그래서 뭘. 혜진은 대답 없이 그의 빈 그릇을 집어 들었다.

"난…… 아니 내게 있어서 특별한 경험이었어. 뭐…… 그다지
믿기진 않겠지만, 다른 사람에겐 단순한 일인지는 모르겠지만, 나
에게 있어선…… 그렇지 않아. 내게 어떤 감정을 느끼는지는 모르

겠지만, 난 당신이 굉장히 특별해."

이게 무슨 말일까. 그러나 그녀는 마침 눈에 띄지 않는 주방 세제를 찾을 뿐이었다.

"난…… 내가 다시는 사람 구실을 못 할 줄 알았어. 평생 내가 할 줄 아는 건 단 한 가지밖에 없었는데, 다시는 그걸 못 하게 됐거든. 그러니까 난 쓸모없는 인간이 된 거지. 사실…… 지금도 마찬가지일지도 몰라."

무슨 이야기를 하는 건지 알 수가 없었다. 다만, 긴 말을 하는 남자의 목소리가 저도 모르게 제 속을 가라앉게 만드는 묘한 작용을 하고 있는 듯했다. 남자는 생긴 것에 못지않게 목소리도 근사했다. 그래서 그냥 그 목소리를 듣는 것뿐이었다. 뭐라 하는지가 중요하지 않게.

한구석에 치워 둔 주방 세제를 꺼내 든 그녀는, 거둬들인 그릇을 물에 담가야 불려서 설거지를 할 텐데, 남자의 목소리가 지워질까 봐 수도꼭지를 틀지 못하고 있었다.

"하…… 내가 무슨 말을 하려는 건지……. 내가 하고 싶은 말은, 난…… 당신이 좋아. 당신을 안는 느낌은 더 좋고. 하루 종일 보고 싶었고, 안고 싶었고, 키스하고 싶었고, 또…… 같이 자고 싶고 그렇다고. 그런데 그게 당신은 싫은 건가? 그래서 기분이 안 좋은 거야? 그렇다면……."

그 말이 더 길어지기 전에 잘라야 했다.

"누구나 처음엔 다 그래요. 특히 남자들은. 그러니까 그게 이상한 거 아니에요. 다만 난 좀…… 성가셔요. 됐나요? 그리고 그건 그쪽 잘못 아니니까."

"……."

남자의 대답이 없었다. 혜진은 물을 틀었다. 요란한 물소리가 적막을 지웠다.

"편하게 자. 약 먹을 테니까."

유난히 느릿느릿 화장을 지우고 씻고 나온 그녀에게 그가 말했다.

이미 불도 꺼지고 타닥거리는 난롯불만 빛을 발하는 어두운 거실에는 이불이 잘 깔려 있었다. 그리고 그는 그 말을 증명이라도 하듯 그녀에게 보여 주려고 기다린 것처럼 한동안 손대지 않았던 푸른색의 비닐봉지에서 둘둘 말린 약봉지 하나를 꺼내 들고 있다가 뜯더니 곧 입에 털어 넣었다.

혜진은 그런 그를 마치 못 본 척 스쳐 지나가 제 다락방으로 올라갔다. 뻑뻑해지는 맨얼굴에 대충 로션을 바르고 나니 찬바람이 숭숭 새어 들어 오는 제 다락방에는 이불과 베개가 여전히 제자리에 있지 않았다.

오늘은 꼭 여기서 자야지라고 생각하면서 삐거덕거리는 나무 계단을 내려와 보니 따뜻하게 타고 있는 벽난로 앞에는 푹신하게 이불이 깔린 자리에 제 이불과 베개가 놓여 있었고, 그 옆에는 늘 그렇듯 웅크리고 누운 남자가 그사이에 깊이 잠들어 있었다.

아일랜드 탁자 위에는 빈 약봉지와 물컵이 마치 알리바이라도 증명하듯 남겨져 있었다.

이제야…… 숨이 쉬어지는 것 같았다.

이 죽은 듯이 약에 취해 잠든 남자를 보고서야…… 대체 이 남자는 뭘 잘못했을까? 정말 이 남자의 저 매끄러운 손길이 싫었을까? 그래서 전 그렇게 내내 퉁명스럽게 도망 다녀야 했을까. 뒤돌아 웅크리고 누운 남자의 야윈 등선을 보고 있던 혜진은 담요를 들어 그의 어깨에 덮어 주었다.

집 안은 따뜻했다. 타닥거리는, 남자가 하루 종일 수고해서 쪼개 놓았을 나무들이 타들어 가며 내는 단말마와 창문 밖을 지나는 너른 들판을 할퀴고 지나가는 과장된 바람 소리만이 적막 속을 거닐고 있었다.

혜진은 일어나 냉장고로 향했다. 저번에 먹다 남은 맥주 캔 하나를 들고 푹신한 이불 위에 돌아와 앉았다.

뭔가 생각을 해야 했다. 앞으로 어떻게 살아야 할지, 뭘 하고 살아야 할지.

그 생각 속에 분명히 이 남자는 없었다. 이 남자는 그냥…… 빛깔 고운 단풍잎 같은 존재였다. 예쁘지만, 겨울이 되면 어디론가 사라져 버릴 그런 존재.

늘 기댈 수 있는 소나무 같은 존재라고 생각했지만, 그게 그냥 한낱 제 착각이었던 제 전 남자처럼 현실적이지도 못했다. 그 남자 때문에 상처받지는 않았다. 그러나 그의 변심이 준 제 생활의 변화는 너무 가혹했다.

그러니…… 시작도 하지 말아야 했다. 아니, 잠깐 아무렇지도 않게 일탈 따위 하는 거 쉽다고 생각했다. 그러나 그게 아닐까 봐 제 본능은 어딘가 구덩이를 파고 있는 듯했다.

너무 차가워서 무슨 맛인지도 모를 맥주는 안주 따위 없이도 꼴딱꼴딱 잘도 넘어갔다. 장작을 좀 더 넣고 자야겠다는 생각에 그녀는 몽롱한 머릿속을 정리하려 애쓰면서 점점 쓴맛이 드는 맥주를 삼키다 어느새 바닥이 드러나자 몸을 일으켜 장작 몇 개를 더 집어넣었다.

불금인데……. 그녀는 왠지 미안한 마음에 마치 죽은 듯 미동도 없는 남자를 흘끗 쳐다보았다.

술 같지도 않은 맥주 캔 하나가 제 귀에 속삭이는 걸까.

내일은 좀 더 잘 해 줘야겠다…… 라는 실없는 생각을 하는 게 어이없어서 그녀는 자리에 누웠다.

어두웠으면 좋겠지만 장작불은 꽤나 밝았다. 막 잠이 들까 싶은 경계에 다가선 것 같은데 부스럭거리는 소리가 났다. 웅크리고 있던 남자가 돌아누웠다. 재빨리 눈을 감고 자는 척을 했지만, 잠들려던 제 머릿속은 오히려 잠을 몰아내고 있었다.

남자의 움직임은 단순한 뒤척거림이었다. 여전히 약에 취해 깊이 잠든 남자는 돌아누웠지만 다시 몸을 웅크렸다.

불빛 속에 드러난 남자의 흐트러진 머리카락 밑에 꼭 감긴 눈은…… 여전히 비현실적이었다.

'난…… 당신이 좋아.'

혜진은 저도 모르게 이불을 머리끝까지 뒤집어썼다. 대체 무슨…… 일이란 말인가.

한참을 그러고 있었지만 아무 일도 없었다. 숨이 막힌 혜진은 삐죽이 이불 밖으로 고개를 내밀었다. 여전히 남자는 미동도 없이 죽은 듯 잠들어 있었다.

제 행동이 어이없어진 혜진이 막 뒤돌아 누우려는 순간, 타닥거리는 불빛에 일렁이는 그림자 사이로 남자의 그러쥔 두 손이 드러났다. 매끈한 오른손 밑에 놓인 왼손……. 문득 이상스럽던 손의 질감이 생각난 혜진이 조심스럽게 고개를 들었다.

그림자 때문일까. 남자의 왼손은 좀 이상했다. 혜진은 천천히 손을 내밀어 그 손에 그림자를 만드는 이불 귀퉁이를 젖혔다.

분명히 오른손처럼 하얗게 창백한 손이었는데, 이상하게도 네 손가락 끝이 이상했다. 시커먼 것 같기도 하고 모양도 이상했다. 정상적인 손가락 모양이 아니었다. 마치 무슨 병이라도 든 것처럼. 그래서…… 장갑을 끼고 다닌 건가.

혜진은 다시 손을 내밀어 그 손끝을 쓰다듬었다. 딱딱하고 마른 것 같은 손끝은 상처인지 아니면 무슨 약품 때문인지 하여튼 생전 처음 보는 이상한 모양이었다. 한동안 그것을 보고 있는데 갑자기 부스럭거리는 움직임에 혜진은 깜짝 놀라 뒤로 물러나야 했다.

단순히 몸을 뒤척인 듯 남자의 고개가 옆으로 돌아갔을 뿐이었다. 여전히 깊은 잠에 빠진 남자의 숨소리는 작고 규칙적이었다. 덕분에 남자의 하얀 얼굴은 불타는 불빛에 더욱 드러나게 됐다. 한참이나 숨죽이고 있던 혜진은 몸을 일으켰다.

마치 조각상 같은, 한 치의 이지러짐도 없는 남자의 얼굴은…… 이제 자야겠다 하고 생각한 그녀의 머릿속을 하얗게 만들었다.

'난…… 당신이 좋아.'

'좋은 게…… 나 아닌 남이 좋은 게 어떤 건데? 난…… 내 자신도 싫어.'

헝클어진 머리카락 밑에 반듯한 이마 선은 쭉 뻗은 시원한 콧대로 이어져 있었다.

'어떻게 그렇게 아무렇지도 않게 남이 좋다고 말할 수 있어? 남의 조건이나, 그 사람과의 미래 같은 건 생각도 하지 않고.'

매끄러운 입술은 굳게 닫힌 채 일렁거리는 불꽃의 움직임에 따라 새빨갛게 물들어 그 매끈한 윤곽선이 흔들리고 있었다. 문득 저 매끄러운 입술이 주었던 감촉이 기억났다. 그러자 제 입술 언저리라든지, 혹은 제 목덜미라든지 쇄골 근처 따위가 따끔거리는 것 같은 느낌이 들었다.

'헛소리하지 말고 자. 네까짓 게 가당키나 해?'

누군가가 제게 소리치고 있었다. 그러나 무시하고 싶었다. 네가 뭔데? 날 좋다 하잖아……. 제 몸이 저도 모르게 움직이고 있었다.

결코 따끔거리거나 아프지 않았다. 오히려 매끄럽고 살짝…… 단맛이 나는 것 같은 착각이 들었다.

그리고 남자의 입술은 따뜻했다.

아무리 숨기려 해도 제 서툰 몸짓은 헛되기만 했다.

15

아무렇지도 않은 듯 너의 손을 잡는다

따뜻했다.

이 온기의 정체를 알고 있었다. 그러나 이미 때는 늦었다. 그나마 아직 주변은 밝아 오지 않았고, 벽난로의 불은 사그라들은 듯 머리 위로 냉기가 가라앉아 있었다. 그래서 몸을 움츠리고 가만히 있어도 되는 알리바이가 성립했다.

그때였다. 슬그머니 따끈한 온기를 가진 팔뚝이 이불자락을 제 이마 쪽까지 끌어 올리고 있었다. 그녀는 가만히 있었다. 제가 깨난 걸 들키지 않으려고.

한동안 조용히 있던 상대는 제 숨소리를 세고 있다가 아주 천천히 저를 품 안으로 끌어들였다. 쿵쾅거리는 심장 소리가 제 귓가에 들릴 만큼 바싹. 그러곤 천천히 손을 내밀어 제 어깨를 감싸 안았다.

느릿느릿, 그리고 잘 마른 이불이 버스럭거리는 소리를 낼 때마다 마치 얼음땡 놀이에서 얼음을 외친 듯 멈추고 기다리면서.

한참이나 절 품에 안은 사람은 미동도 없었다. 그녀는 깜빡 다시 잠이 들 것 같았다. 포근한, 체온을 가진 동물만이 만들 수 있는 따뜻한 기운이 정신줄을 놓아 버리라고 속삭이고 있었다. 그래야 제가 이 온기를 나눠 주려 애쓰는 이에게 덜 미안할 테니까.

막 다시 잠이 들려는데 그녀는 완전히 잠이 깨고 말았다. 부드러운 입술이 제 이마에 살금살금 내려앉는 간지러움 때문에…….

유혹에 지고 싶은 마음이 든다는 게 미안스러워졌지만, 달착지근한 살냄새에 젖어 다시 설핏 들었던 잠은 두 창으로 쏟아지는 햇빛 때문에 깨고 말았다. 저를 안고 있던 남자는 다시 잠들었는지 깊은 숨소리만 쌔근거린 채 움직이지 않고 있었다.

다행이었다. 혜진은 분위기도 없이 절 일으켜 세우는 요의를 왜 원망하는지 스스로를 나무라면서 살그머니 일어났다. 볕이 쏟아져 내리는 가운데 두 눈을 감은 남자는 또다시 당혹스러운 외모였다. 혜진은 재빨리 화장실로 뛰듯이 도망쳤다.

"아침은…… 내가 준비할게."

화장실에서 오랜 시간을 있었던 혜진이 문을 나서자 깨난 그가 얼른 욕실에 들어가 씻고 나오면서 말했다.

"이거 청소기만 밀면 되는데……."

흐트러져 있는 이불이 왜 제 얼굴을 붉히게 하는가 싶었다. 급하게 이불들을 개서 안방의 옷장에 넣어 버리고 나서 날리는 먼지 덕에 창문을 열고 있는 그녀를 보고 그가 말했다.

"자신은 없지만…… 해 볼게."

뚝뚝 물방울이 떨어지는 덥수룩한 머리카락을 수건으로 문지르면서 그가 아무렇지도 않게 말했다. 언뜻 왼손의 상처들이 밝은 햇빛에 거무스레하게 보이는 것을 보고 혜진은 모른 척 청소기를 들고 나섰다.

"그래요. 오늘 한번 얻어 먹어 보죠."

어제의 제 행동들이 좀 미안스러워졌다. 그리고 아까 느꼈던 감촉들에 대해…… 그렇게 날을 세우면서 물러설 건 아니지 않은가 하고 스스로에게 반문하는 자아가 당혹스러워진 혜진은 요란한 소리를 내면서 청소를 하기 시작했다.

그것을 보고 그도 냉장고에서 무언가를 꺼내기 시작했다. 기분이 좋아진 듯 콧노래까지 흥얼거리는 그도 암묵적으로 어제의 일은 잊기로 한 것 같다는 실없는 생각이 자꾸 떠오르자 고개를 돌려야 했다. 새파란 하늘에서 쏟아지는 눈이 부실 것 같은 가을 햇살이 온 사방에 내려앉고 있었다.

"괜찮네요."

혜진이 막 두 번째 토스트를 집으면서 말했다.

"그러게. 프로슈토 같은 게 있음 더 괜찮았을 거 같은데."

"네?"

"그…… 얇고 짭짤한 햄."

가끔 남자의 입에서 새어 나오는 당혹스러운 외국어는 이 남자의 고급스러운 외모에 더해 거리감을 주었다. 전에도 벽난로를 뭔가 다른 말로 이야기했었다. 그러나 그것이 무슨 상관이란 말인가.

남자가 만든 건 저도 아는 것이었다. 프렌치토스트란 이름으로 알려진 것. 단순히 달걀 푼 물에 우유를 넣은 뒤에 식빵을 푹 적셔서 프라이팬에 지졌을 뿐이었다. 옆에는 분위기를 내려고 사과를

얇게 저며 놓았을 뿐이고, 설탕을 살살 뿌려 놓고 딸기잼을 한 수
저 퍼 놓은 것밖에 없었다. 그러나 맛은 좋았다. 부드럽고 따뜻하
고 달달하고. 다만 남자의 말이 엇박자를 내고 있었다.

"외국에서 오래 살았나 봐요."

그녀는 극히 평범한 질문을 했을 뿐이었다.

"음…… 여기저기서."

남자의 발랄하고 자랑스러움까지 섞여 있던 분위기는 혜진의 무
심한 한마디에 급속하게 사그라졌다. 그게 피부로 느껴졌다. 갑자
기 어떻게 수습을 해야 할지 난감해질 지경이었다. 외국에 오래 살
았던 게 잘못은 아닐 텐데 이 사람은 왜 그러는 걸까. 그래서 혜진
은 저도 모르게 말했다.

"음…… 오늘 날씨도 좋은데 같이 장 보러 가요. 그리고 그쪽
머리도 좀 자르는 게 어때요? 너무 덥수룩하니까."

알게 모르게 제 맘에 걸렸던 거였다. 남자가 잘난 외모를 지닌
건 확실했다. 그러나 저 밤송이같이 삐죽거리는 머리는 정말 미스
였다. 하지만 내내 목구멍에 걸린 가시 같던 사실이 제 입에서 툭
튀어나오자 제 자신도 당혹스러웠다.

"그……래? 그럼 그러지 뭐."

그러나 더 당혹스럽게도 남자는 순순히 응해 줬다.

날은 화창했다. 나른한 토요일이 시작되고 있었고, 출근을 할
필요가 없는 혜진은 무언가 시간을 때울 일이 필요했다. 이 남자와
이 적막이 가득한 집에 내내 갇혀 있을 수는 없는 거니까.

"그래요. 장도 보고, 머리도 자르고, 저녁도 먹고 오죠, 뭐. 준
비해요."

눈이 시리게 파란 늦가을의 하늘빛이 제 모험에 힘내라고 하는

듯 창밖에서 빛나고 있었다.

"전에 삭발이라도 하셨나 봐요. 그냥 그대로 한 육 개월은 된 거 같은데……."

일부러 큰 헤어숍을 찾아온 게 잘못인가 싶었다.

남자의 잘난 외모를 심히 망치고 있는 삐죽거리는 머리카락을 읍내에 있는 미장원 따위에 맡기고 싶진 않았다. 그래서 일부러 대형 마트 내에 있는 디자이너 선생들이 즐비한 헤어숍으로 데리고 간 거였다.

그러나 칙칙한 비니 모자를 쓰고 있을 때도 큰 키 때문에 힐끗거리는 시선을 받았고, 그것을 피해 들어와 모자를 벗고 헤어숍의 거울 앞에 앉자 그를 담당한 여자는 곧 난리가 났다.

"와 진짜 잘생기셨다. 혹시 모델이나 배우이신가요? 어디서 뵌 것 같기도 하고……. 머리는 무슨 작품 활동 때문에 일부러 이러신 건가요? 뭐 개성이 넘치시긴 하지만, 정리를 좀 해야 할 것 같기는 하네요."

그러나 그는 잔뜩 얼굴이 굳어진 채 아무 말도 없었다. 생각해보니 저 사람은 환자였다. 아무리 신체에는 이상이 없다지만, 의사가 처방한 전문의약품이 봉지 가득 든 약을 어마어마하게 먹어야 하는. 보다 못한 혜진이 일어나 다가갔다.

"저기요……."

"네?"

눈치 없는 헤어 디자이너의 귓가에 혜진이 속삭였다.

"저기, 이분이 몸이 좀 안 좋으세요. 빨리 끝내 주셨으면 해요."

"아니 어디가……."

"그건 아실 거 없고, 환자이시니까 빨리 부탁드려요."

알았다고 하긴 했지만, 그 여자의 과잉 친절은 뒤에 앉아 있는 혜진을 불안하게 만들 정도였다.

"완전히 삭발하셨던 거죠? 그러니까 머리카락이 전부 똑같은 길이로 이렇게……. 무슨 뭐 일이라도 있으셨나? 어머나! 나 좀 봐. 빨리 해 달라고 부탁하시는데. 애인이신가요? 너무 좋겠어요. 저기 고개 좀 들어 보시면 안 될까요? 그렇게 숙이시면……."

아무래도 창백했던 얼굴은 더 굳어 있었다. 늘 아무렇지도 않게 보였지만 그건 조용한 곳에 둘만 있어서였는지도 몰랐다. 밀폐된 공간이나 사람이 많은 곳에서 공황장애 같은 것으로 인해 발작이 일어날지도 모를 일이었다. 보다 못한 혜진이 또 다가가 물었다.

"괜찮아요?"

"아, 괘……괜찮아."

한마디도 없이 굳은 얼굴로 있던 그가 혜진의 목소리를 듣고 더 듬거리면서 대답했다.

"빨리 부탁해요."

"아…… 네. 저기 그런데 가르마는 어느 쪽이었죠?"

"……."

"스타일은 어떻게 해 드릴까요?"

오히려 혜진에게 물었다. 조금 자른 머리카락을 보니 오히려 결이 좋아 보였다.

"되도록 길게 해 주세요. 너무 짧지 않게요."

"와우! 완전히 다른 분 같네요. 저기…… 진짜 배우이신 거 아니에요? 사진이라도 한 장 좀……."

233

"저기요."

짜증난 혜진이 옆에서 팔짱을 끼고 있는데도 불구하고 이 눈치 없는 여자는 지칠 줄 모르는 것 같았다. 오히려 가만히 앉아 있기만 하는 그가 더 지쳐 보였다. 그냥 간단하게 머리나 정리하고 장을 보고 맛있는 것도 먹으려 한 건 너무 무리한 계획이 아니었나 싶을 정도였다.

"진짜 잘생기셨다니까요. 정말 모델 맞죠?"

그건…… 맞는 말 같아 보였다. 덥수룩한 머리가 심히 거슬렸지만 그는 본시 잘난 얼굴이었다. 짧게 정리되고, 됐다는데도 불구하고 스타일링젤로 맵시 있게 마무리한 자연스러운 머리는 마치 완전히 다른 사람처럼 보이게 만들고 있었다.

저도 모르게 저 촐싹거리는 여자와 같은 소리가 입 밖으로 날 뻔했다. 그러나 그러지 않은 건 마치 멍한 듯 거울 속을 쳐다보고 있는 그 때문이었다.

"일어나요. 여기 얼마죠?"

그 헤어디자이너뿐만 아니라 알게 모르게 몰려든 다른 사람들의 시선까지 한 몸에 받게 되자 더욱더 굳어 버린 그를 이끌면서 혜진이 급하게 말했다.

헤어숍을 나오자마자 관광객들이 벅적거리는 토요일의 마트를 목도하게 된 그는 한껏 잘 스타일링된 머리에다 주머니에 있던 모자를 꺼내 눌러쓰고는 어디서 찾았는지 선글라스까지 꼈다.

그걸 보고 머리 망가진다고 하고 싶었지만, 차라리 그게 더 나을 것 같았다. 그는 한껏 구겨지고 어쩌지 못한 검은색 코트와 검은색의 반 목티, 검은 바지에 검은 모자, 선글라스까지 온통 시커먼 색으로 가리고 있었다.

하지만 큰 키와 반듯한 이목구비 때문인지 여전히 낯선 사람들의 시선을 모으고 있는 그와 함께 이 많은 사람들 사이를 헤치고 다녀야 하는 게 당혹스러워졌다.

"차에 가 있을래요?"

"……왜, 나 때문에 불편한가?"

한참 만에 그가 더듬거리면서 말했다. 새까만 선글라스 밑의 시선이 보이지 않았지만 그녀는 재빨리 대답해야 했다.

"아뇨. 그쪽이 불편해 보여서."

"괜찮아. 이렇게 하면."

그가 손을 내밀어 그녀의 손을 잡았다. 남자의 길고 부드러운 손이 제 손을 감싸 쥐었다. 생각해 보니 늘 끼던 장갑도 끼지 않은 채였다. 물론 왼손은 주머니 속에 들어 있었다. 그로서는 정말로 대단한 용기를 낸 게 틀림없었다. 그래서 저를 잡은 손을 뺄 수 없었다.

"괜찮지?"

오히려 그가 되물었다. 나쁘지 않았다. 이런 사람이 많은 곳에서 누군가, 그것도 남자의 손을 잡고 다닌 적은 없었다. 경훈은 결코 그런 남자가 아니었으니까. 그러나 괜찮았다. 아까 본 거울 속의 남자가 너무 근사해서일지도 몰랐지만.

"그래요. 그럼 가 볼까요? 먹고 싶은 거 다 사야죠."

"그래."

두 사람은 벅적거리는 인파가 가득한 마트 입구로 들어갔다.

괜찮다고 생각하긴 했지만, 그에게는 힘든 하루였던 게 틀림없었다. 필요한 것들을 사고, 길가에서 발견한 한정식 집에서 상다리가 휘어지게 차려진 밥상을 받아 간만에 포식을 하고 시내에 들러 그의 옷 몇 벌과 운동복, 그리고 제 옷 몇 개를 사는 데 날이 다 저물 만큼의 시간이 걸렸다.

옷이란 걸 사는데 입어 보지도 않고 대충 걸쳐 보고 사는데도 그는 낯설어했고, 힘들어했다. 그러기에 빨리빨리 넘기고 제 옷을 살 때도 그는 차에 있어야 했다.

저녁도 밖에서 먹으려 했지만, 이미 지쳐 버린 남자 덕에 그녀는 집으로 향해야 했다. 나올 때야 그와 적막한 집에서 단둘이 있는 게 부담스럽다는 단순한 이유였지만, 오늘 무척 많은 일을 한 것 같았다. 몸이 따라 주지 않는데 애를 쓰는 모습을 보니 미안할 정도였다.

멀쩡해 보이지만, 아직도 이 사람은 어디에 묶여 있는 게 틀림 없었다. 무엇 때문일까.

"저기, 다 왔어요."

"아…… 그래. 내가 잠들었었나?"

잔뜩 잠긴 목소리의 그가 겨우 눈을 뜨면서 말했다.

"피곤했으니까요. 들어가요. 가서 좀 쉬어요."

"아니…… 이제 괜찮아. 좀…… 정신이 없었어. 조용한 데 오니까 괜찮아졌어. 그런데 뭘 이렇게 많이 샀지?"

늘 그랬다. 저 한도도 없는 카드 때문에 혜진은 제가 점점 정신 줄을 놓는 것 같은 기분이 들었다. 차의 뒷좌석에, 트렁크에 가득 가득 들어 있는 것들은 절 한 움큼씩 좀먹고 있는 건지도 몰랐다. 정신을 차려야 하는데 이 잘난 남자 때문에 혼미해지고 있었다.

"맨날 이렇게 사도 뭐 늘 필요한 건 없어요."

아무렇지도 않은 듯 그녀는 말했지만 잠깐 뭔가 뒷덜미 근처가 으스스해지는 느낌이었다. 이건 어차피 꿈일 텐데, 꿈은 곧 깨게 돼 있으니까. 그 꿈이 근사하고 행복할수록 깨고 나면 비참해진다는 것을 너무나 잘 알고 있었다.

그러나 잔뜩 사 온 것을 들고 들어가는 키 큰 남자의 뒷모습을 보면서 혜진은 아직까진 꿈속이라는 게 다행스러워졌다.

"저녁 차릴 동안 좀 누워 있어요. 장 본 거 냉장고에 넣고 옷도 좀 정리하고 해야 하니까."

"그래……."

짐들을 들고 왔으나 영 기운이 없어 보여서 혜진은 일부러 할 일이 많다는 듯 말했다. 물론 바리바리 사 들고 온 게 많긴 했지만 그다지 시간이 걸릴 일은 아니었다.

하지만 점심을 과하고도 늦게 먹기도 했고, 해는 졌지만 짧은 가을 해이기에 시간은 이른 시간이었다. 어차피 내일은 일요일이니까 일찍 자야 할 필요도 없었다.

냉장고에 사 온 것들을 넣고 또 미처 사다 놓고 먹지 못한 것들을 치우고 잔뜩 나온 포장지니 하는 쓰레기들을 밖에 내놓고 나니 나무 의자에 길게 누운 그가 보였다. 혜진은 안방에 들어가 자신이 잘 개어 넣었던 담요를 꺼내 그에게 덮어 주었다.

그러곤 그 사실조차 애써 무시하면서 새로 산 그의 옷가지들의 택을 뜯고 펴서 옷걸이에 걸고 잠옷 삼아 입을 반팔 티셔츠 같은 것들을 개어서 서랍에 넣은 뒤에 제가 산 옷들을 입어 보기도 하고 시간을 보냈다.

싸해지는 공기를 느끼곤 밖에 나가 이 남자가 열심히 쪼개 놓은 장작을 가져와 난롯불도 피우고 법석을 떨었더니 시간이 한참 지나 허기가 밀려왔다. 곧 가득 찬 냉장고에서 이것저것 꺼내 드는데 여전히 잠든 남자의 실루엣이 타닥거리는 장작불에 비쳤다.

차에서 내내 잠들었었는데 약도 먹지 않고 또 잠에 빠져 있었다. 어지간히 피곤했던 모양일까.

아니 아직도 모자를 쓰고 있네. 아까 헤어숍에서 정말 근사하게 스타일링해 줬던 머리 모양이 떠올랐다. 거기에 푹 하고 비니를 눌러쓰기엔 아까워 보였지만 그건 사람이 많아서였다. 지금은 아무도 없는데 지금까지 그렇게 모자를 눌러쓰고 있을 필요가 없었다. 혜진은 조용히 다가갔다.

타닥거리는 나무 타는 소리가 적막 속에서 흔들거리고 있었다. 제 그림자 또한 남자의 머리맡에서 일렁거렸다. 모자를 쓰고 있으면 답답할 테니까. 그러니까 벗겨 주는 게 그리 나쁜 일은 아닐 거라 생각이 들었다.

깨나면 어쩌지? 하지만 이미 시간이 꽤 지났다. 일어나서 뭘 좀 먹어야 할 것 같으니 깨나는 게 나을 것이다. 그러나 그녀의 손은 조심스러웠다.

과하게 눌러써 눈썹까지 가린 모자를 잠든 남자의 머리에서 벗겨 내는 건…… 그리 쉬운 일이 아니었다. 천천히 당기자 모자 밑에선 아무렇게나 눌려 버린 머리카락이 드러났다. 그러나 아무리 눌려 엉망이 되었더라도 삐죽거리는 커다란 밤송이 같던 엉망이 된 머리카락보다야 나았다.

매끈한 귀 옆으로 가지런하게 정리된 짧은 머리 밑에는 하얀 목선이 드러났다. 마치 제가 이 주 넘게 알고 있던 그 남자가 아닌 것 같은 착각이 들 정도였다. 그러나 옆으로 누워 자는 사람에게서 모자를 벗겨 내는 건 머리를 들지 않고는 불가능했다. 막 그녀가 깊이 잠든 것 같은 남자를 흘끗거리면서 모자를 마저 벗기려 애쓰는데 그 모자의 주인이 움찔거렸다.

"어…… 어?"

남자의 나른한 눈이 아직도 피곤에 잠긴 채 가늘게 떠 자신을 쳐다보는 게 느껴졌다.

"모자가 불편해 보여서…… 더 잘래요? 아니면…….

그러나 그녀는 채 말을 잇지 못했다. 그가 손을 내밀어 그녀를 끌어당겼다. 그것엔 결코 강한 힘 따위가 들어 있지는 않았다. 나른한 눈꺼풀만큼 물 먹은 솜같이 기운이라곤 하나도 남아 있지 않았다. 그러나 혜진은 저도 모르게 끌려가고 있었다.

잠에서 깬 남자에게서 나른하게 피어오르는 것 같은 꽃향기 같은 건, 아마 새로운 스타일링젤의 향기일지도 몰랐다. 그러나 그건 그의 머리에서 나는 게 아니라 담요를 덮고 있어서 따뜻하게 데워진 남자의 품속에 갇혀 있던 온기에서 흘러나오는 것 같은 착각이 들었다.

저도 모르게 남자의 몸 위에 기울어진 혜진을 그는 담요를 끌어 덮어 안았다.

"오늘…….

그녀는 몸을 일으켜야 하는데 제 귓가에서 따뜻한 입김을 뿜어 내는 남자의 작은 목소리가 뚝 잘려진 것 때문에 멈춰져 있었다.

"힘들었어."

목소리가 그 힘든 것의 강도를 말해 주는 것 같았다.

"미안해요. 괜히 나가자고 해서."

생각해 보면 강요를 한 것도 아닌 듯했는데 왠지 정말로 미안해졌다. 말을 하고 나니 몸을 일으켜도 될 것 같아서 움찔거리는데 어디서 났는지 하나도 힘 따위 없던 남자의 두 팔이 그녀를 꼭 껴안았다.

"아니…… 괜찮아. 그러니까……."

그러니까, 뭐? 뒷말을 듣기 위해서지 결코 이 남자의 나른한 품 안이 따뜻하고 좋아서 그대로 있는 건 아니었다. 그러나 남자의 말은 이어지지 않았다.

"그러니까…… 뭐요?"

참다못한 혜진이 작은 목소리로 물었다. 그러나 그녀를 안은 남자의 팔에는 힘이 더 들어갔다.

"그러니까…… 날 조금만 싫어해. 아니 조금만 더 좋아해 주면 안 될까."

저도 모르게 잡은 그의 손끝의 까끌한 느낌을 모른 척하고 있었다.

16
허공에 쏟아지는 눈빛

싫어한 적이 없다.

삶이 행복하냐고 물었을 때도 당황했을 뿐이었다. 우습냐고 따졌을 때도 역시 당황했을 뿐이었다.

제 돈을 들고 도망가거나, 월급을 주는 오너에게 제 험담을 했다거나 혹은 비 오는 날 제게 흙탕물을 튀기고 사라져 버리는 난폭운전을 일삼는 운전자 따위들 빼고는 딱히 누구를 싫어해 본 적이 없었다.

투철한 반일 감정이 있는 것도 아니었고, 피해 의식이 있는 것도 아니었다. 아빠를 구박하고 집까지 몰래 판 엄마도 제 눈앞에 나타나 벌이가 얼마나 되냐고 집요하게 캐묻지만 않는다면, 그냥 눈앞에 없고 전화기 저편에 없다면 아무렇지도 않았다. 그런데 싫어하지 말라니.

이렇게 다디단 입술을 가진 이를, 이렇게 잠깐 눈을 떠 쳐다보기만 해도 눈이 멀 것 같이 잘난 사람을…… 기를 쓰고 싫어할 만큼의 용기조차도 가져 본 적이 없다.

조금만 더 좋아해 달라니.

그건…… 책임질 수 없다. 좋아한다는 건 사물에 국한된 표현이었다. 내피와 외피가 따로 겉돌지 않는 적당히 따뜻한 차렵이불을 좋아한다든지, 여러 가지 커피믹스 중에서 노란 봉지의 것이 입맛에 맞다든지 점퍼보다는 구김이 가지만 제 왜소한 어깨를 가려 주는 재킷에 더 손이 간다는 거…… 그런 것에 붙이는 말이었다.

늘 제 인생에 딱 한 명뿐이어서 언제나 이럴 때 들먹여야 하는 경훈에게도 죄책감이 느껴지지 않는 것은 제가 좋아했던 이유가 세속적인 이유였고, 제가 차인 것도 그 세속적인 이유였기 때문이었다.

좋아하지 않을 수 없지 않은가.

눈이 부시게 잘난 외모, 부드러운 손길, 얼굴색의 변화도 없이 대체 어디가 맘에 드는지 알 수 없는 저를 좋다 하는 말, 단 한 번도 집었던 물건을 잔고를 생각하면서 다시 놓아야 할까 하는 망설임도 없게 만드는 남자의 카드…….

일 원 한 푼 제게 쓴 적 없는 남자한테도 차였는데, 이런 잘난 남자한테 한 번쯤 더 차인다고 상처받지는 않을 거야.

혜진은 두 손을 내밀어 그의 목을 감았다. 까칠거리던 버석한 머리카락이 없는 매끈한 뒷목이 잡혔다.

남자의 혀가 제 속으로 파고들었다. 혀가 얽혀 들었다. 제 속 어딘가가 찌릿찌릿하게 울리는 것 같은 느낌이었다.

남자의 뜨거운 입술이 성마르게 제 목덜미를 타고 내려갔다. 지금 눈을 뜨면 모든 게 펑 하고 사라질 것만 같아 그녀는 눈을 꼭 감았다.

　여전히 서툰 손길이 제 옷가지들을 떨궈 내느라 싸한 공기가 제
드러난 가슴에 소름이 돋게 만드는 순간은 아주 짧았다. 달아오른
것같이 뜨거운 입술과 더 뜨거운 혀가 그것을 막았기 때문이었다.

　허겁지겁 제 민감한 가슴 위를 빨아들이는 숨결 때문에 그녀는
저도 모르게 몸을 비틀며 남자의 젖은 머리카락을 헤집었다. 짧아
진 머리카락은 부드럽게 제 손끝에 잡혔지만, 까끌거리는 것이 걸
리적거리자 그녀는 손을 내밀어 그의 어깨를 잡았다.

　그러자 갑자기 남자가 움직임을 멈췄다. 그러고는 입술을 떼며
당혹스러운 눈길로 그녀를 쳐다보았다. 그 시선을 느낀 혜진은 눈
을 뜰 수밖에 없었다.

　일렁거리는 불빛에 제 가슴이 훤하게 드러나 있었지만 그녀는
아랑곳하지 않고 굳어진 얼굴의 그에게 손을 내밀어 그의 티셔츠
를 당겼다. 그 순간이었다. 남자의 굳은 얼굴이 순식간에 붉은 미
소로 번지는 것을 본 게.

　그는 서둘러 제 셔츠를 벗어 버리고 하얀 맨몸이 되더니 그녀에
게 고개를 숙여 마치 고맙다는 듯 입술을 찾아들었다. 따뜻한 남자
의 맨가슴이 제 드러난 속살에 닿자 그녀는 손을 내밀어 그의 마
른 등을 껴안았다.

　그는 서툴렀다. 어찌할 바를 모르고 있었다. 우위에 있다고 느
끼는 남자들이 그렇듯 제 맘대로 상대의 상태 따위에 신경을 쓰지
않고 제 욕심만 채우는 것 따위는 할 줄 모르는 것 같았다. 어떻게
든 상대를 살피고 싶은데 제 몸에서 일어나는 일을 컨트롤하지 못
하고 있었다.

　준비가 덜 된 섹스는…… 여자에게는 고통만 줄 뿐이었다. 서로

가 처음인 상대끼리는 서로 적나라하게 대화하지 않고는 수많은 시행착오를 거쳐야 서로 만족을 하게 된다.

그러나 경훈과는 그런 이야기를 할 수 없었다. 아마 대부분의 여자들이 그렇듯. 그러니까 얼른 끝나길, 그래서 제 불편함이 없어지길…… 제 나름대로 해소하려 애쓰면서 그냥 넘겨야 했다.

그러나 이 잘난 남자 앞에서 혜진은 이상한, 정말이지 밑도 끝도 없는 쓸데없는 감정이 솟구쳤다. 아무렇게나…… 제가 원하는 걸 요구해도 이 남자는 기꺼이 해 줄 것 같다는 그런, 정말이지 요상한 생각에 사로잡혀 버렸다.

그녀는 제 아래쪽으로 남자의 길고 가느다란 손을 이끌었다. 상대가 어찌해야 할 줄 모르는 게 느껴졌지만, 그의 하얗고 긴 손가락이 제 민감한 속살에 닿는 순간 저도 모르게 찌릿거리는 느낌이 느껴졌다.

그 김에 그녀는 손을 내밀어 그의 아래옷을 벗겨 내려갔다. 허겁지겁 자신의 옷을 벗어 버린 그가 용기를 내 그녀의 하의도 마저 벗겨 버리자 제 맨살에 닿는 남자의 단단한 허벅지의 느낌에 그녀는 왠지 모를 안도감을 느꼈다. 잔뜩 긴장한 남자의 팽팽한 근육들이 알게 모르게 쾌감마저 주고 있었다.

적어도…… 이 순간 이 남자는 내 것이었다.

어찌할 줄 모르는 남자의 부푼 일부가 저돌적으로 제 속으로 파고들었다. 그녀는 뻐근한 고통이 미미하게 느껴졌지만, 그것마저 즐기려 했다. 남자의 잘록한 허리를 감싸 안고는 천천히 그가 움직이는 움직임에 맞추려 애썼다. 제 앞머리를 쓸어 올리며 입을 맞추는 남자의 뜨거운 입술에 한 번도 느껴 보지 못했던 이상한 감정이 울컥 쏟아져 내리는 것 같았다.

몸을 씻고 나서 잠시 고민했다. 그러나 혜진은 그냥 욕실의 문을 열었다. 얼른 욕실의 불을 끄니 장작이 타들어 가는 붉은색의 불빛만 가득했다. 수건으로 제 알몸을 가린 채 멍하니 서 있는데 그가 말했다.

"추워. 이리 와."

소리가 들리는 쪽으로 다가가 제 몸을 가리던 수건을 던져 버리고 남자가 벌린 이불 속으로 들어섰다. 제가 그 따뜻한 품으로 들어가자마자 그의 따뜻한 입술이 제 차가운 얼굴에 닿았다. 그러곤 따뜻한 손이 무차별적으로 제 차가운 몸을 감싸 안았다.

"추웠겠네."

"괜찮아요."

실오라기 하나 걸치지 않은 남자와 역시 맨몸인 저와 같이 누운 이 집이…… 푼돈을 내고 잠시 빌린 남의 것이 아닌 게 좋았다. 해가 중천에 떠올라도 퇴실을 하기 위해서 허겁지겁 나가지 않아도 될 테니까.

저를 껴안는 남자의 두 팔이 미안해져서, 그녀는 저도 모르게 손을 내밀어 남자의 매끈한 등을 껴안았다.

"고마워."

뭐가……. 굳이 그렇게 이야기할 건 없는 거 같은데. 남자가 귓가에 마치 노랫소리처럼 나지막한 목소리로 속삭였다.

"내 말을 들어 줘서. 항상 이야기를 하라고 했어. 그런데 그러질 못했어. 이렇게 아무것도 아닌데 말이야. 고마워. 내 곁에 있어 줘서. 그리고 내…… 행동을 받아 줘서."

누가 이 남자에게 그런 이야기를 했었을까.

딱히…… 제가 그런 적이 없었다. 이 남자가 제 몸을 원했듯, 저도 그랬을 뿐이었다. 이런 공치사 따위 들을 만큼의 한 일은 없었다. 이 남자와…… 하고 싶었다. 그래서 마다하지 않았을 뿐이었다.

미안해진 혜진은 아무 대답도 없이 남자의 목줄기에 입을 맞췄다. 단순한 입맞춤이 아닌, 혀를 내민 끈적끈적한 정도의……. 그의 입에서 신음 소리가 흘러나왔다. 그러면 됐다.

다른 여자들이, 아니 그걸 쓴 사람이 여자인지 아닌지는 알 수 없다. 글이나 영화 속에 나오듯 숨이 넘어가고 자궁이 찌릿거리고, 아래에서 뭔가 다른 액체가 줄줄 흘러나올 만큼 대단한 오르가즘은 아니었어도, 저는 괜찮았다.

이 남자가 저를 소중하고 남다르게 느낄 만큼 조심조심 쓰다듬는 손길만 있었어도 충분히…… 충분히 제 두 손은 이 남자의 마른 등짝을 꼭 껴안을 수 있었다.

"졸려요."

"그래……."

남자의 두 팔이 저를 꼭 껴안았다. 누군가에게 안겨 자는 것 따위 생각해 본 적이 없었다. 그러나…… 지금은 이 남자의 두 팔이 저를 외면하면 화가 나서 잠이 들 수 없을 거라 생각했다. 저를 꼭 껴안고 있으니까. 그러니까 깊이 잠들 수 있었다.

"맛이 있을까?"

"글쎄요."

제 손 앞에 있는 프라이팬보다 제 허리를 감싸고 있는 남자의 손길이 더 신경 쓰였다. 그러나 그녀는 내색하지 않으려 했다. 날은 여전히 화창했다. 두 면의 창으로는 햇살이 쏟아져 내렸고, 창 밖은 충분히 아름다운 파란 하늘이 펼쳐져 있었다. 그러나…… 결코 두 사람은 저 밖으로 나가지 않을 것이 분명했다.

"배고파."

"다 됐어요."

배가 고플 만도 했다. 아침 햇살이 쏟아지는데도 두 사람은 벌거벗은 채 시시덕거리고 있었다.

남자의 하얀 맨몸은 매끄러웠다. 제 속을 꽉 채우는 남자의 분신은 버거웠지만, 그래도 참을 만했다. 밝은 햇살 아래 미소 짓는 남자는 낯선 머리스타일 덕에 다른 사람 같았지만, 여전히 제 눈치를 보고, 조금만 제가 불편해도 놀라 몸짓을 멈추는 것이 익숙해졌다.

허기가 져서 쓰러질 것 같지 않았다면 둘 다 옷을 챙겨 입지 못했을 것이었다.

"시식할 땐 맛있었는데……."

"괜찮아. 맛있을 거야."

그가 하얀 이를 드러내고 웃었다. 헤어디자이너가 맵시 있게 올려 준 스타일을 해 주려고 그 바쁜 와중에도 헤어 왁스까지 카트 속에 챙겼지만, 머리를 감고 그대로 말린 남자의 머리는 굳이 어쩌지 않아도 자연스러웠다.

마치 텔레비전에 나오는 배우나 모델인 양 당혹스러울 만큼 완벽해서 화장도 하지 않고 머리도 대충 빗기만 한 제 자신이 초라해졌다. 그러나 그 대단한 남자는 잠시만 틈이 나면 저를 껴안고 제 목과 입술에 입을 맞춘 후에 말했다.

"당신이 좋아. 예뻐."

저도 모르게 착각에 빠질 만큼 그의 목소리는 진지했다.

"날도 좋은데 산책이나…… 아……."

날씨가 좋았다. 커다란 두 창으로 새파란 하늘이 구름 한 점 없이 펼쳐져 있었다. 마침 남자의 운동복도 새로 샀다. 그러나 혜진의 목소리는 채 이어지지 않았다. 제 허리를 감고 있던 남자의 두 팔 중 하나가 제 속옷 사이로 파고들어 젖가슴을 움켜잡았기 때문이었다.

"안 돼……."

놀란 그녀가 그의 손을 빼내려 했지만 맨가슴을 움켜쥔 남자는 다시 목줄기로 입술을 묻었다.

"아…… 지금은 대낮이라고요."

겨우 그녀가 말을 이었지만, 그의 손길은 민감해진 그녀의 유두를 움켜쥐었다.

"산책 따윈…… 나 혼자 있을 때 할 거야. 어차피 내일 또 일하러 갈 거잖아. 오늘은 그냥 나랑 여기 있어."

그의 입술이 다시 그녀의 목덜미를 지나 입술로 파고들었다.

여전히…… 달았다. 이런 일은 처음이었다. 격한 주말을 지내고 오후가 되면 혼자 있고 싶어졌다. 영숙이 피식거리면서 취업준비생인 애인과 보낸 지난밤을 유추하는 눈초리 따위도 다 필요 없이 일요일 오후면 늘어져 혼자 잠이나 자고 싶었었다.

그러나 하얗고 긴 손가락들이 제 몸 위를 떠돌았다. 나무 벤치 위가 딱딱해서 불편한데도 별로 신경이 쓰이지 않았다.

남자의 입술에서는 방금 마신 달착지근한 커피믹스의 맛이 느껴졌다. 저도 모르게 그의 혓바닥을 빨고 있는 게 느껴졌다. 싫다고,

그만하자고 말해야 하는데…… 싫지 않았다. 남자의 손이 제 팬티 속으로 파고드는 게 느껴졌다. 그제야 그녀는 간신히 정신을 차리고 말했다.

"아직 너무 밝아요."

"꼭…… 어두워져야 하는 거야?"

"그래요."

그의 손이 슬그머니 빠져나갔다. 조금 아쉽긴 했지만 그녀는 그의 그런 손을 찾아 잡았다.

"빨리 어두워졌으면 좋겠다."

진지한 남자의 말에 그녀는 까르르 웃고 말았다.

이래도 되는 건가? 이래도 되는 건가…….

제 몸을 안은 남자의 움직임이 격해졌다. 이건…… 분명히 고통이 아니었다. 제 속 어딘가가 근질거리고 있었다. 한 번도 느껴 보지 못한 이상한 느낌이었다. 격한 남자의 숨결이 제 목덜미에 쏟아져 내릴 때마다 제 온몸이 오그라들 것만 같은 느낌이었다.

그가 그 긴 손으로 제 허벅지를 들어 올려 움켜쥐었다. 낯선 남의 몸과 제 몸이 부딪치는 마찰음이 타닥거리는 나무토막이 타들어 가는 소리보다 커졌다.

"으……."

남자의 입에서 신음 소리가 터져 나왔다. 혜진은 그것을 막으려고 그의 어깨를 움켜쥐었다. 조금만 더……. 그걸 알았는지 남자의 움직임이 더 거세졌다.

"아……."

저도 모르게 제 입에서 알 수 없는 소리가 터져 나왔다. 제 몸

속에 있는 뭔가가 잔뜩 수축하고 있었다. 왈칵왈칵 가득 차 있던 물 같은 게 쏟아져 넘치고 있는 그런 느낌이 제 속에서 울컥거리고 있었다.

남자의 허벅지가 후드득 떨리는 느낌이 제게도 느껴졌다. 몸을 멈춘 그가 재빨리 제 속을 빼냈다. 왈칵거리면서 뜨거운 것이 제 배 위에 쏟아져 내렸다.

"하……."

남자의 뜨거운 신음 소리가 제 목덜미에 쏟아져 내렸지만, 아직도 부들거리는 제 배 속 때문에 그녀는 그걸 느끼지 못했다. 그의 어깨를 움켜쥔 손에 잔뜩 힘이 들어갔다. 제 속에 것을 쏟아 낸 남자가 어깨에 느껴지는 통증 때문에 고개를 들고 그녀를 내려다보았다.

"자……잠깐만……."

말을 뱉고 나자 제 속에 떨리던 것이 멈췄다. 그제야 제 손아귀의 힘이 풀어졌다. 그러나 그게 아쉬웠다. 숨이 턱까지 차오르는데 그녀는 겨우 생각을 헤집었다. 이게…… 그건가.

그의 젖은 손이 그녀의 땀에 젖은 가슴을 움켜쥐었다. 딱딱한 손끝의 굳은살이 느껴졌다. 그러나 그게 더 야릇했다. 곧 그의 젖은 얼굴이 다가와 입을 맞췄다. 뜨거운 한숨이 그녀의 얼굴에 쏟아지면서 그가 속삭였다.

"고마워."

한 번쯤, 나도 그래요……라고 말을 해야 했지만 거친 숨을 쉬면서 제 아랫배에서 사그라지는 짜릿함을 되새기느라 그녀는 차마 대답을 하지 못했다.

"가지 마."

열심히 좁은 다락방에서 비비크림을 바르는 그녀를 물끄러미 보고 있던 그가 말했다. 그러나 일고의 대꾸할 가치도 없다고 느낀 혜진은 거울을 보고 있다가 파우더를 찾아 발랐다.

"가지 마. 얼마나 받는데? 내가 그 돈만큼 줄게."

"돈 많아요?"

그녀는 파우치 안에서 립글로스를 찾으면서 아무렇지도 않게 말했다.

"아마…… 있을 거야. 잘은 모르지만. 지석이한테 물어볼게. 그러니까 가지 마."

립글로스를 찾아낸 그녀는 피식 웃고 말았다.

"안 가면 뭐 할 건데요?"

뻔했다. 거울의 제 어깨 옆으로 슬쩍 비춰지는 남자의 겸연쩍은 얼굴이 보이자 그녀는 다시 거울을 돌려 제 입술이 보이게 했다.

"음…… 산책도 가고, 또……."

이어질 말이 뭔지는 진즉에 알고 있었다.

"돈이 문제가 아니라. 내가 안 가면 아이들이 공부를 못 해요. 동네가 좁아서 선생님도 구하기 힘들어요."

그녀는 입술에 립글로스를 바르면서 열심히 이유를 댔다. 그건 사실이었다. 이 동네에서 선생님을 구하긴 힘들었으니까. 솔직히 그녀도 가고 싶진 않았다. 그러나 이 남자와 이 집에서 이 긴 오후 내내 뭘 하겠는가.

"그래도 가지 마."

"운동복 샀으니까, 산에도 갔다 와요. 장작도 패고, 음…… 뭐 또 검색해서 찾아봐요. 할 일이 뭐 있나. 아, 빨래 돌리고 있으니까 그거 널어 줄래요? 밖에 빨랫줄 있으니까 거기에 쫙쫙 펴서. 알았어요?"

"……."

혜진은 돌아보지 않으려 애썼다. 남자의 외모는…… 치명적이었다. 밤송이 같은 머리카락 밑에도 그랬지만, 그 헤어디자이너라는 여자는 괜히 말만 많은 게 아닌 모양이었다. 자다 눌렸어도, 머리를 감고 그냥 물기만 털어도, 굳이 스타일링젤을 쓰지 않아도 남자의 외모를 완벽하게 만들었다. 그만큼 이 남자는 믿기지 않을 만큼 완벽한 외모를 지닌 게 맞았다.

"저기, 내려가게 비켜요."

그제야 그는 먼저 좁은 계단을 내려섰다. 혜진은 새로 산 재킷을 걸치면서 내려섰다. 그러나 막 마지막 계단을 내려서기도 전에 그의 품에 안겨야 했다.

"일찍 와."

"알았어요."

막 제게 입을 맞추려는 남자의 얼굴을 잡으면서 말했다.

"화장했다고요."

"젠장."

그가 낮게 외치더니 그녀의 목덜미에 입을 맞췄다. 남자의 뜨거운 혓바닥이 제 목에 닿자 그녀는 움찔하며 그를 밀쳐 냈다.

"그만 좀……."

"빨리 와."

"알았다고요."

할 일이 있다는 건 다행이기도 했고, 불행이기도 했다. 화창한 소로로 나서는 제 발길은 가벼웠다. 그러나 제 뒤꼭지는 뒤를 돌아보고 싶어 했다. 하지만, 서로 몸을 탐하느라 쉴 새가 없는 날은 일요일 오후 하루 정도로 족했다.

앞으로 그게 얼마나 지속될지, 그 시간이 지나고 나면 내려앉을 권태 따위를 알고 있는 혜진으로서는 이렇게 길을 나서는 게 나았다.

내가 왜 이랬을까, 대체 어쩌려고…… 그런 따위의 생각을 하지 않으려 애썼다. 어떻게든 되겠지, 설마…… 더 나빠지기야 하겠어, 같은 생각을 할 수 있는 제 머릿속이 오히려 다행이었다.

"어머, 교재사 아저씨가 책을 안 가져왔네. 큰일이네. 영진이 책이 없어서……. 혜진아, 4학년 책 남는 거 없지?"

아직 아이들이 오기 전이었다. 막 일찍 온 초등학교 1학년 아이들만 열심히 더하기 문제를 풀고 있었다.

"그러게. 교재사 아저씨가 가져온 게 샘플 책뿐이야. 어제 전화한 거 같은데."

은진이 열심히 책꽂이를 뒤져 봤지만, 답이 다 나온 교사용 책들만 수두룩했다.

"복사를 해야 하나?"

"저기 밑에 서점 있는데 거기 없을까? 내가 가 볼게."

혜진이 저번 주 금요일에 새로 등록한 아이의 교재를 신청했지만, 깜빡 잊고 교재사에서 가져오지 않은 걸 보고 곤란해하는 은진에게 말했다. 바로 조금만 내려가면 서점이 있는 걸 봤기 때문이었다.

"글쎄. 거기 있을까? 있어도 거긴 제값 다 받을 텐데."

교재사에서 가져다주는 책은 20% 정도 쌌다. 그리고 한 권이라도 직접 가져다주기 때문에 늘 전날에 전화를 해도 수업하기 전에 책을 가져다주곤 했다.

그러나 주말이라 뭔가 착오가 있었던 모양이었다. 고학년 아이가 금요일에 와서 등록을 했는데 오늘 수업을 하지 않으면 안 되는 거였다.

"내가 가 볼게. 뭐 비싸더라도 책이 있어야지."

읍내에 딸랑 하나 있는 서점은, 가끔 앞을 지나가도 책을 파는지 마는지 궁금해질 지경으로 들르는 사람도 없었고, 바깥에 붙여 놓은 포스터 따위도 다 빛이 바래 장사를 하는지 안 하는지 의심스러울 지경이었다.

그래도 어쩔 수 없었다. 당장 책이 없으니까. 책은 30분도 더 떨어진 시내에서 오는 것이었다. 책이 없으면 교사용 뒷부분에 있는 걸 복사해서 하루 때워야 하겠지만 우선은 있나 봐야 했다.

"알았어. 갔다 와 봐. 나도 좀 찾아볼 테니까."

은진이 별 기대하지 않는 투로 말했다.

잠깐 나온 오후는 화창했다. 그 잠깐 사이에도 그는 무얼 할까 생각하는 제 자신이 참…… 이상스러웠다. 혜진은 발걸음을 빨리해서 서점으로 향했다.

딸랑거리는 종소리가 났지만, 인기척은 없었다.

"계세요?"

그녀가 큰 소리로 불렀지만, 인기척은 한참 뒤에나 났다.

"왜요?"

서점에 책을 사러 왔을 텐데도 왜냐고 묻는 게 어이없었지만 혜진은 사람이 나와 준 게 다행이다 싶어 밝은 소리로 물었다.

"저기 올백 기출문제 4학년 거 요번 달 호 있어요? 수학은 해법 수학요. 학기 교재 말고 월 교재요. 있어요?"

느릿느릿 뭘 하다 나왔는지 걷어붙인 소매를 내리는 뚱뚱한 아줌마가 몸을 내밀더니 말했다.

"몇 학년?"

"4학년요."

제가 찾아본 바로는 매대에는 없어 보였다.

"잠깐만요. 찾아볼 테니 기다리우."

고개만 내밀었던 아줌마가 사라졌다. 한 네댓 평 되는 서점은 색이 바래 가는 책들이 잔뜩 쌓인 채 그 위에 적막도 쌓여 있었다. 과연 장사가 되는 건지 의심스러웠다.

한쪽 벽에는 빛바랜 포스터들이 붙어 있었다. 책을 찾겠다고 안쪽으로 들어간 사람이 소식이 없자 혜진은 저도 모르게 뭔지 모를 소리를 흥얼거리면서 벽에 붙어 있는 포스터들을 보고 있었다.

새로 나온 게임에 관한 만화책들, 포스터나 몇 십 권씩 되는 판타지 소설 포스터 같은 것들이었다. 그걸 무심코 보고 있던 혜진의 표정이 갑자기 굳어졌다. 몇몇의 포스터 옆에 붙어 있던 포스터 하나에 시선이 박혔다.

"잘생겼지?"

어느새 나타났는지 주인아줌마가 책을 내밀면서 말했다.

"아…… 네. 그런데 누구죠?"

제 목소리가 떨리고 있는 게 느껴졌다.

"글쎄, 모르지. 좀 오래되긴 했는데……. 하도 잘생겨서 무슨 만화에 나오는 주인공 같잖아? 아마 뭐 사진은 손질했겠지만 말이야. 음…… 벌써 3년이 다 돼 가네. 하여튼 하도 잘생겨서 그냥 붙여 놨는데 우리나라에서 하나 나올까 말까 한 천재라나 뭐라나. 뭐 잘생겼으니까 붙여 놨지. 근데 색이 많이 바랬어."

주인아줌마가 마치 잘 아는 사람인 양 이야기하고 있는 건, 덕지덕지 붙은 포스터의 제일 안쪽에 있는 이 절 크기의 빛바랜 포스터 속의 남자였다.

한국이 낳은 천재 바이올리니스트 카일 리.
예술의 전당 런던심포니 교향악단과 협연

검은색의, 이제는 색이 바래 커피색이 되어 가는 바탕 위에 남자가, 콧대가 마치 베일 듯 날카로운 남자가 싸늘한 눈빛으로 고색창연한 바이올린을 안은 채 정면을 쳐다보고 있었다.

남자의 반듯한 이마는 한 올도 남김없이 뒤로 묶은 듯 넘겨진 머리카락에 의해 하얗게 드러나 있었다. 마치 짐승을 노리는 야수 같은 날카로운 눈빛은 색이 바래 낡았지만, 이 좁은 시골 바닥의 아무것도 모르는 서점 주인여자도 차마 떼어 내지 못할 만큼 인상적이었다.

포스터 배경은 평범하게 오케스트라의 모습이었다. 그리고 밑에 나온 날짜는 벌써 3년 전의 날짜였다. 그리고 밑에는 유명해 보이는 외국인 협연자들의 사진과 읽지도 못할 것 같은 어려운 이름이 잔뜩 나와 있었다.

"하도 잘생겨서 말이야. 저런 사람이 실제 있겠어? 다 사진 조작이겠지만 그래도 하도 잘나서 떼질 못하겠더라구. 이젠 바래서 떼긴 떼야지. 그런데 아까워."

혜진의 멍한 표정이 포스터에 못 박혀 있기 때문에 쓸데없는 주
인 여자의 말이 길어졌다.

"근데 수학은 없네. 다 나갔어. 이거라도 가지고 갈 거야?"

멍한 혜진이 귀찮아진 주인여자가 다시 닦달하듯 물었다.

"아…… 네. 그거라도 주세요."

라고 말하고 있었지만, 그녀의 시선은 여전히 포스터에 꽂혀 있
었다.

마치 저를 쏘아보고 있는 듯한 매끈한 콧대에 깊은 음영이 있는
남자는 분명히 몇 시간 전에 제게 일찍 오라고 투덜거리던 남자와
닮아 있었다.

희뿌연 서점의 창밖으로 넘어가는 가을 햇살이 나른하게 쏟아지
고 있었다.

17

그렇게 말하고 나면,
난 돌아서지 못할 것 같아서

제 심장이 왜 파닥거리는지 이해할 수 없었다. 기계적으로 도착한 아이들에게 오늘 풀 문제를 표시해 주고, 또 저학년 아이들의 문제집을 채점해 주었다. 쉴 새 없이 드나드는 은진도 혜진이 뭔가 다르다는 걸 눈치채지 못했다. 그러나 그녀의 정신은 멍하니 떠 있는 느낌이었다.

막 아이들이 전부 다 문제집에 집중한 사이에 그녀는 재빨리 휴대폰을 꺼내 들었다. 형편없이 싼 기본료 때문에 그녀는 웬만하면 밖에서 전화 용도 외에는 휴대폰을 쓰지 않았었다. 그러나 그녀는 떨리는 손으로 검색창에 아까 보았던 이름을 써 넣었다.

잠깐 몇 초 사이, 검색창의 푸른색 막대기가 길어지는 순간에도 혜진은 뭔가 잘못된 게 아닌가 싶었다. 그러나 검색창에는 후루룩 수많은 웹페이지가 떴다.

그리고 맨 앞에 떠 있는 사진은, 아까 그 허름한 서점에서 본 낡은 포스터보다 훨씬 어려 보이지만 여전히 머리카락 한 올 흩어지지 않게 뒤로 묶은 게 분명해 보이는 날카로운 그의 사진이 맞았다.

[카일 리 (이진우)
바이올리니스트]

그 밑에는 끝도 없어 보이는 수상 내역과 경력이 즐비했고, 밑에는 무수한 앨범들과 각종 블로그니 카페에 난 그의 기사가 잔뜩 떠 있었다. 그러나 혜진은 황급히 그것을 꺼 버렸다. 제가 왜 그러는지도 모른 채.

요란한 소리가 울렸다. 나른한 오후였다.

전 같으면 이 오후를 견디기 위해서 그는 끝이 없는 저 길을 제 숨이 닿는 데까지 뛰어갔다 돌아왔을 것이다. 그러나 그는 제 나무 의자 위에 나른하게 누워 있었다.

그녀가 사라지자 저를 버티고 있던 뭔가가 쑥 빠져나간 느낌이었다.

약도 먹지 않았는데 눈꺼풀이 무거워졌다. 아마 제대로 자지 못해서일 게 분명했다. 제게 이렇게 피곤이 몰려오는 거 보면, 분명히 절 상대해 줬던 그녀도 그럴 것이다.

그녀는 괜찮은 건가. 이 나른한 오후에 뭔가를…… 아, 아이들을 가르친다고 했지. 그녀는 어떻게 아이들을 가르칠까? 어떤 아이들을 가르치는 걸까.

제 기억을 헤집어 저를 가르치던, 창백한 그녀를 닮은 누군가를 생각해 내려 했지만 어느 구석에서도 찾을 수가 없었다.

'카일 정신 차려!'

'카일 이게 뭐니, 겨우 오늘 이걸 한 거야?'

'그렇게 흐리멍덩하게 있다가 대체 어떻게 이걸 다 소화하려는 거야?'

'카일! 버섯이 몸에 좋다고 했잖아. 남기지 말라고……'

그는 저도 모르게 눈을 떴다. 그 목소리의 주인공이 마치 제 앞에 있는 것만 같아서.

그러나 제 눈앞에는 아무도 없었다. 이제는 익숙해진, 작은 목조 주택의 커다란 두 창으로 나른한 오후의 햇살이 내려앉고 있을 뿐이었다.

냉장고가 돌아가는 웅웅거리는 소리와 아주 가끔 간헐적으로 뚝뚝거리는 소리 외에는 아무것도 들리지 않았다.

저 혼자여서 다행이다…… 라는 생각을 하는 것조차 제 속 깊이 가라앉았던 죄책감이란 걸 휘젓고 있는 느낌이었다.

'그럴 필요 없습니다. 전혀 그렇지 않습니다.'

그들은…… 돈을 받았으니까 그렇게 이야기해 주는 것이었다. 그 어떤 것으로도 용서될 수는 없을 것이다. 그러나 신기하게도 그럴 때마다 제 숨통을 쥐어 비트는 것 같았던 고통은 없었다. 사방에서 빛이 쏟아지는, 나무로 만든 이 작은 집이 절…… 그 어떤 것으로부터 지켜 주는 것 같은 느낌이었다.

그는 천천히 제 왼손을 허공에 내밀었다. 선명하게 네 손끝에 있는 줄이 이제는 희미해지고 있었다. 게다가 시커멓던 손마디도 전보다 색이 옅어진 것 같았다.

이렇게 제 손을 똑바로 바라보게 된 게…… 몇 년 만인 걸까.

그전엔 씻을 때조차 외면하려고 애썼었는데.

잘라 버리면 다시는 그런 일이 없겠지……라고 생각했지만 그러질 못했다.

'으악! 카일 이게 무슨 짓이야!'

저는 차마 그러질 못하리란 걸 알고 있었다. 대체 할 수 있는 일이 뭐가 있었을까.

지금은 희미해진 두 손목에 남은 선을 보고 그는 그때 더 힘을 주지 않은 게 다행이라고 생각했다. 제 두 손이 있어서 그래도 아름다운 그녀의 온몸을 만질 수 있으니까.

또다시 전자음의 소리가 시작되었다. 그는 느릿느릿 몸을 일으켰다. 쏟아지는 가을 햇살 사이로 먼지 알갱이가 춤을 추는 게 보였다.

텔레비전 옆에 놓인 전화기에는 익숙한 번호가 떠 있었다. 한번 본 숫자를 정확히 기억하는 건, 무수한 악보에 쓰인 숫자들을 기억하는 데서 온 버릇이었다. 누구의 전화인지 알고 있었다. 받지 않으면 저 전화는 줄기차게 다시 울릴 게 뻔했다. 그는 손을 내밀어 전화를 들었다.

"여보세요……."

"어디 몸이 안 좋아요? 유 선생님?"

"아……아뇨."

은진이 제게 물었다. 아이들이 열심히 제게 주어진 문제를 푸느라 까만 정수리를 모은 채 사각거리는 연필 소리만 내고 있었다. 혜진은 아무렇지도 않게 말했지만 아무렇지도 않진 않았다. 아니, 아무렇지도 않으면 어쩐데?

그가…… 그 잘난 남자가 뭔가 그냥 평범한 사람이 아니란 건 처음 그 나무 소파에서 선글라스를 쓴 채 누워 있을 때부터 알았던 일이었다.

며칠 뒤에 나타난, 제가 추정하기도 힘든 대단한 차도 그랬고 아무렇지도 않게 한도가 얼만지 알 길이 없는 카드를 내주는 그 한 사장이란 사람도 그랬다. 결코 평범한 사람은 아닌 게 틀림없었다.

제가…… 놀라는 게 더 우습지 않은가.

"여기 와이파이 돼요?"

"교실은 잘 안 될걸. 원장실은 되는데……."

그 와중에도 저는 이걸 묻고 있었다. 전…… 이런 여자였다. 그녀는 휴대폰의 그물 모양을 확인하고 또다시 검색창을 눌렀다. 제 오너인 은진이 첫 번째 운행을 나간 사이였다.

그는 4살 때 바이올린을 시작했고, 5살 때에는 막심 유고르스키에게 사사했다.

그해에 파가니니, 차이코프스키 그리고 슈베르트 곡으로 처음 연주회를 열었으며, 6세에는 처음으로 협주곡을 연주한 천재 연주자의 이력을 지니고 있다.

10세의 어린 나이에 폴란드에서 열린 비에냐프스키 주니어 콩쿠르에서 우승하여 세계무대에서 이미 주목을 받게 된 카일 리는 16세의 나이에 카를 플레쉬 국제 바이올린 대회에서 우승하면서 동시에 언론협회상, 오디오상, 관객상 등 모든 상을 휩쓸며 다시 한 번 국제무대에서 엄청난 주목을 받게 되었다.

특히 이즈음부터 그는 세계 정상급 오케스트라들과 협연을 갖기 시작했는데, 클라우디오 아바도 지휘의 베를린 필하모닉을 비롯하여 거의 모든 세계적인 지휘자와 유명 오케스트라와 함께 무대에 서게 되었다.

10대 후반의 나이에, 그리고 칼 프레쉬 국제 바이올린 대회 우승 이후 불과 몇 년 만에, 카일 리는 세계 바이올린계의 총아로 각광받게 된 것이다.

그의 음반은 곧 세계적으로 많은 판매량을 기록했는데, 그가 녹음한 멘델스존과 부르흐의 '바이올린 협주곡'을 담은 음반은 많은 음반상을 석권하였다.

또한 이 음반에서의 뛰어난 연주가 계기가 되어 약관 20세의 나이에 그라모폰상의 올해의 젊은 연주자상을 수상하게 되었다.

더욱 놀라운 사실은 젊은 연주자상을 받은 바로 이듬해 올해의 음반상을 수상함으로써 최고의 인정을 받았다는 점이다.

말하자면 신인상을 받고 바로 다음 해 기존의 모든 연주자와 경합해서 최고의 성취를 인정받았다고 정리할 수 있다.

그라모폰상의 올해의 음반상은 그해에 발매된 모든 분야의 음반을 통틀어 최고의 성과를 보여 준 연주에게 주는 것으로, 한창 물오른 카일 리의 연주가 이미 세계 정상급의 수준에 도달했음을 공식적으로 인정하는 의미를 지니고 있는 것이다.

무슨 이야기인지…… 알 수가 없었다.

그러나 단순하게 알 수 있는 건, 그냥 그가 대단한 사람이란 거였다. 리사이틀이나 연주회 사진에선 그 카일 리라는 사람은 머리카락 하나 남기지 않고 뒤로 넘겨 묶은 스타일이었다. 남자가 저런 스타일을 하긴 힘들 텐데…….

짬짬이 그녀는 블로그에 뜬 글들도 보기 시작했다. 하나같이 그의 외모에 대한 찬사가 넘쳐 났다.

그리고 떠 있는 사진들은…… 그게 괜한 짓이 아님을 알게 해 주었다. 허리께까지 올 만큼 긴 머리카락을 올백으로 넘겨 하나로 묶은 채 새카만 연미복이나 예복을 입은 늘씬한 남자가 바이올린을 들고 있는 모습이라니.

그제야 혜진은 급하게 제 휴대폰에 들어 있던 음악을 헤집어 보았다.

[Tzigane Ravel — By Kyie Lee]

그가 질색을 하며 구토를 하던 제 휴대폰에 있던 음원은…… 그가 연주한 것이었다.

젠장, 아버지의 집에 있던 그 정신병자는…… 한마디로 대단한 사람이었다.

그래서…… 그래서 어쩔 건데.

은진이 돌아왔고, 집에 가고 싶어 하는 아이들이 줄을 지어 교실을 나갔다.

혜진은 텅 빈 교실에서 느릿느릿 책상의 줄을 맞추었다. 설명하느라 직육면체며 원기둥을 그렸던 칠판을 지웠다. 아이들이 두고 간 연필 따위를 치우고 교실의 문을 잠갔다. 그리고 은진이 오길 기다렸다. 제 휴대폰에 떠 있는 그물망의 표시를 뒤로한 채 제가 늘 듣던 그 음원 파일을 켰다.

저 아래에서 시작하는 제 속을 끊는 바이올린의 음이 빈 공간에 가득 찼다.

아, 이런, 젠장…… 당혹스러워라. 세상엔 이런 일도 있구나.

세상엔…… 이런 일도 있구나.

그는 멍하니 전화기를 들고 있었다.

창밖으로 이제 짧아진 해가 넘어가고 있었다. 울타리 옆에 있는 새파란 차체 위로 반짝거리는 석양이 반사되어 빛나고 있었다. 그 안에 있는 카두로스를 생각하고는 그는 몇 번이나 망설였지만, 끝내 움직이지 못했다. 고민하는 사이에 해는 산 귀퉁이로 빠르게 사라졌다.

다시 제 머릿속으로 사고라는 것을 하는 날이 올 거라고 결코 생각해 본 적이 없었다. 그냥 그렇게 병원 구석에서 약에 취해 사는 게 제 짧은 삶의 끝이어도 무방하다고 생각했다.

가끔은 차창 밖의 아이들이 학교를 가거나, 리사이틀을 하기 위해 유럽의 대학교 홀로 이동하는 사이에 보이는 그 밝고 자유로운 학생들의 삶이란 게 정말 사실일까 싶을 때도 있었다. 그냥 그림 속에 있는 사람들이 아닐까.

제게 닥친 건 늘 완벽하지 못한 곡의 해석, 제게 쏟아지는 온 세상 사람들의 기대와 그에 부흥하기 위한 혹독한 연습뿐이었다. 그래야 기대되어진 것을 소화할 수 있었다. 그 외에…… 달리 뭐가 있었을까.

'카일, 넌 최고야. 그러니까 넌 이제 너 스스로를 이겨 내야 하는 거야.'

항상 2, 3년 후의 스케줄까지 짜여져 있었고, 저는 그 사이에 촘촘하게 나눠진 시간을 한 칸도 빠짐없이 곤죽이 되도록 사용해야만 했다. 제게 그 의미는 모호했다. 그게 뭔데? 내 스스로를 이기는 게 뭔데……

그냥 손끝이 짓무르도록 연습에 연습을 하는 거…… 그거 외에
는 그 어느 누구도 대답을 해 주지도 않았다. 사랑하지만, 그만큼
증오하는 과르넬리 델 제수 카두로스……

'너만을 위한 거야. 넌 이걸 다룰 만해.'

그건, 그냥 오래된, 고전적인 음역에 잘 맞게 정성껏 만들어진
악기일 뿐이었다. 다시는…… 만질 수도 없는.

〈미스터 한에게 전해 들었습니다. 상태 많이 호전되셨다고요.
게다가 이렇게 전화를 받을 수 있는 거 보니 저도 놀랍군요. 그쪽
이 괜찮았나 봅니다. 미스터 한은 제가 한번 방문하길 바라고 있는
데요. 제가 시간을 내려면 스케줄을 정리해야 해서, 우선 연락을
드려 본 겁니다. 괜찮으시다면 이곳에 들러 주셔도 괜찮습니다만.
약도 그렇고…… 정밀 검사를 한번 해 봐야겠습니다. 아 그리고
아시는지…….〉

그는 돌아섰다. 제가 해야 할 일은 그녀를 위해 저녁을 준비하
는 것이었다.

집에는 환하게 불이 켜져 있었다. 아마 이제 제법 검색이란 걸
하게 된 그가 뭔가 저녁거리를 만들었을지도 모를 일이었다.

뭐…… 달라질게 있나? 시골구석의 서점 벽에 3년 전 포스터가
붙어 있을 만큼 대단한 사람이란 게…… 당연한 거 아니었나? 오
히려 세계적인 모델이거나 혹은 영화배우라고 해도 믿을 만했다.
그도 아니라면 시시한 드라마나 소설에 나오듯 재벌 2세의 숨겨진
정신병이 있는 아들이 아니라면 저 멀끔한 얼굴로 대단한 사모님
의 숨겨 놓은 내연남일 수도 있었다.

266

그냥 그럴 거라 생각한 데 비해서 조금 더 스케일이 커졌을 뿐이었다. 바이올리니스트라니. 참…… 괴리감 있는 직업이었다.

이건 우연일까, 내내 록 음악만 듣다 이러다 난청이 될까 봐 피아노 음으로 바꿨고, 어쩌다 듣게 된 바이올린 독주곡을 다운받았을 뿐인데 그걸…… 직접 연주한 사람을 '알게' 되다니. 아니 알기만 하는 건 아니지 않은가.

추웠다. 그리고 내내 떠들어 허기도 졌다.

그래서 그녀는 아무렇지도 않은 듯 종종거리면서 문을 열었다. 그건 그거고 이건…… 이거니까.

"왔어? 일찍 온다며! 바람이 차네."

조금 당혹스럽고, 낯설었던 건 그의 변한 헤어스타일 때문이라고 생각했다. 결코 제 휴대폰 화면 가득히 떠 있던 이 남자의 낯선 과거 때문이 아니라.

"좀 들어가요."

신발도 못 벗은 절 안고 있는 그에게 혜진이 말했다.

"아, 그러게. 들어와. 배고프지? 나도 배고파. 오늘 빨리 온다면서."

그냥 색깔이 예뻐서 골라 들었던 푸른빛의 니트 스웨터를 입은 남자가 저를 이끌었다. 저도 모르게 손이 멈칫한 건…… 왜일까.

"무슨 일 있어?"

"아니…… 그냥 머리 스타일도 그렇고, 옷도 그렇고 좀 낯설어서 말이에요."

최대한 아무렇지도 않은 듯 그녀가 말했다.

"그렇지? 그건 나도 그래. 화장실에서 거울 보면 깜짝 놀라. 평생 이런 스타일을 해 본 적이 없어서. 저기 찌개 말이야, 설명서대로 했는데 좀 짠 거 같아. 물을 더 부어야 하나?"

전 같으면 그냥 넘겼을 텐데, 포스터나 아니면 그 블로그, 카페에 떠 있던 저 매끈한 이마를 드러내며 뒤로 넘긴 긴 장발 머리가 떠올랐다.

'완전히 삭발하셨던 거죠?'

문득 그 헤어숍의 수다스럽던 여자의 말이 떠올랐다.

"나 좀 씻고 올게요. 반찬도 좀 꺼내 봐요."

혜진은 화장실로 향했다.

제 손에, 제 어깨에…… 저를 반겨 주는 남자의 따뜻한 체온이 사그라들지 않고 남아 있었다. 영원하리라 생각한 적은 추호도 없었다. 그냥 될 대로 되라…… 차라리 그거 아니었나? 혜진은 손을 씻었다. 자그마한 세면대에 금방 온수가 흘러나왔다. 이거면 된 거지, 뭘 더 바랄까.

조금 꾸물거리면서 나온 혜진은 식탁에 열심히 상을 차리는 그를 보고는 아무렇지도 않은 듯 자리에 앉았다.

"이상하네요."

"뭐가? 뭐…… 없나?"

그가 두리번거렸다.

"아니, 여기…… 여기가 그쪽 자리잖아요. 거기가 내 자리고."

식탁은 아일랜드식 식탁이었다. 바깥쪽에 늘 그가 앉았고, 주방에서 상을 차리던 그녀가 안쪽에 앉았었다.

"그러게. 이쪽도 괜찮네. 내가 음식도 잘하고 그러면 참 좋을 텐데. 오늘 너무 피곤해서 그냥 잤나 봐. 당신은 괜찮았어?"

젓가락을 들었다가 잠시 멈칫했다.

뭣 때문에 제 속이 울컥하는지 생각을 해 봐야 했다. 뭐 때문일까. 아, 그 말 때문이구나. 당신…….

혜진은 대답하지 않고, 밥을 떴다. 제 입에 뭔가 차 있어야 말을 하지 않을 것 같았다.

그렇게 말하고 나면, 돌아서지 못할 것 같았다…….

18

내 안에 쌓인 어둠이 불이 되어 타올라

사람들은 왜 많은 돈과 시간을 할애하여 음악 홀을 찾는가?

그 대답은 간단하다. 잡음 하나 없는 깨끗하고 정제된 시디플레이어 안의 황홀한 음원보다는 제 눈앞에서 살아 있는 음들을 만들어 내는 예술가의 땀과 체취, 그리고 그들의 순간순간의 표정과 느낌을 알고 싶어서이다.

그것은 또한 수십 대의 훌륭한 카메라가 잡아내는 완벽한 영상으로도 채울 수 없는 그 무엇이 있기 때문이다.

음과 음이 쉬는 사이에 토해지는 연주자의 숨결, 튀는 땀방울, 손이 미끄러지면서 끊어지는 활대에서 느껴지는 다 채우지 못한 격정들······.

그래서 우리들은 잘 녹음된 시디나 화질 좋은 영상을 보고 감탄하는 사람은 있어도 눈물짓는 사람이 드물다는 걸 잘 알고 있다.

그러나 세상에는 예외도 있는 법. 아무리 어렵고 힘든 곡을 완벽하게 연주한다 하더라도 깨끗하게 잡음 하나 없이 녹음된 음악을 감상하는 게 더 나은 연주자도 있다.

그 대표적인 예가 바로 카일 리일 것이다. 일설에는 그의 너무나 완벽한 외모가 연주의 몰입을 방해한다는 말도 있다. 헌칠한 키와 마치 멋들어진 모델 같은 완벽한 외모를 보면 그런 말이 나올 만도 하다.

그러나 문제는 뛰어난 외모가 아니라 격정적이고, 때로는 사람의 애간장을 끊을 듯한 애절한 선율을 연주할 때도, 우리는 그에게서 격정이나 애절함을 찾아볼 수 없다는 데 있다. 마치 도자기 가면같이 무표정한 연주자의 애절한 연주는 오히려 그 연주가 주는 감동을 덜어 내고 있다.

그의 너무나 완벽해서 뭐라 더 할 바가 없는 연주를 보고 나면 손바닥에 불이 나도록 박수를 치고 나서도 돌아서면서 뭔가 중요한 게 빠진 것 같은 꺼림칙함을 느끼게 되는 것이다.

그럼 그것의 문제는 무엇일까?

그 가장 큰 문제점으로 바로 한국이 가지고 있는 영재 교육의 폐해를 들 수 있다. 예술가나 아티스트가 아니라 음악 영재를 만들어 내는 부모의 치맛바람이…….

"카일! 뭐 해?"

그는 화들짝 놀라 손에 들고 있던 잡지를 놓치고 말았다.

"5분밖에 안 남았는데 그런 쓰레기는 왜 읽는 거야? 정신 차려. 옷이나 입으라고."

그는 시계를 보았다. 정말 시간이 그렇게 된 것이었다. 옆에 걸려 있던 매끄러운 턱시도 재킷을 걸쳤다. 그러곤 팔이 자유자재로 움직이는지 확인하려 여러 번 휘휘 돌려야 했다.

"쓰레기 같은 새끼. 몇 년 만에 한국에 처음 들어와서 겨우 연주해 주는 걸 보고 딴지 걸기는……."

바닥에 떨어진 잡지를 흘끗 보고는 지석이 외쳤다.

"비평가네 뭐네 하면서 이런 개소리하는 것들은 싹 다 바다에 처넣어야 해. 앉아서 공짜표나 받아먹는 새끼들이 뭘 안다고……."

제 편을 들어 주고 있다는 걸 알고 있지만, 기분이 나아질 리 없었다.

"너답지 않게 이런 걸 왜 보고 있어? 일어나."

그는 지석의 말을 듣고 기계적으로 대기실의 푹신한 의자에서 일어났다. 수십, 아니 수백 번의 무대에 올라갔지만, 크건 작건 늘 그 순간에는 긴장하지 않을 수 없었다.

"어깨는? 괜찮아?"

"……."

그는 말없이 고개를 끄덕였다.

"손은?"

힐끗 제 왼손을 쳐다본 그가 대답했다.

"괜찮아."

"홀은 다 찼고, 끝난 다음에 반대편으로 나가면 돼. 꼭 신경 쓰고. 사람이 너무 많아서 사인회 같은 건 적당히 취소될 거 같으니까. 간단한 기자회견이 있고, 방송사에서 나온 인터뷰는 KBS 하나만 하기로 했어. 어차피 내일 방송국 두 군데는 다 들러야 하는 거니까."

지석의 끝도 없는 말이 이어졌지만 그는 제 손에 들린 활에 열심히 송진만 입히는 중이였다.

"가자."

그 말에 악기를 든 그가 마치 잊어버렸다가 생각났다는 듯 말했다.

"아직…… 안 오셨어?

오셨다면, 바로 여기로 직행했을 것이 분명하니까.

"그러게. 늦으시나? 시작되면 못 들어오실 텐데. 서울도 장난 아니야. 길이 어마어마하게 막히거든. 오시겠지."

그의 얼굴이 슬쩍 풀어졌다.

차라리, 안·왔·으·면·좋·겠·다…….

공연이 시작되기 직전이었다. 아마 맨 앞 좌석일 텐데, 이제 늦게 입장은 하더라도 그 자리에 앉기는 힘들 것이다. 그는 괜히 기분이 나아진 것 같았다.

"알리사도 같이 온다고 했는데…… 같이 늦나 보네."

지석이 덧붙이는 말에 그는 가뿐한 마음으로 제 카두로스를 들었다.

"가자. 시간 됐다."

그는 무대 옆으로 난 통로로 갔다. 통로 사이로 악기들을 마지막으로 조율하는 오케스트라 단원들의 부산스러운 움직임이 보였다.

곧 무대 감독이 사인을 내렸고, 그는 당당한 걸음걸이로 무대로 나섰다. 항상 그렇듯 우레와 같은 박수 소리가 제 속을 찌릿하게 만들었다.

"기자분들이 기다리고 있습니다만……."

"잠시만요. 지금 그게 문제가 아닙니다. 카일!"

목뼈가 으스러지는 기분이었다. 서 있지도 못하고 축축하게 젖은 셔츠를 꼭 여민 넥타이 사이로 후들거리는 오른손을 넣어 땀을 닦고 있었다. 바로 인터뷰를 해야 하니까 옷차림새가 흐트러지지 않게 애써야 했다. 그러나 지석이 하얗게 굳은 표정으로 나서서 말했다.

"조금만, 한 오 분만 있다가……."

양쪽 의자 위에 쌓여 있는 장미 꽃다발들이 뿜어내는 향기가 그의 신경을 자극했다. 빨리 이곳에서 벗어나고 싶었다.

"난, 괜찮아. 기자회견실 어디라고 했지?"

그는 수건을 놓고, 어마어마한 가격의 제 악기를 총알도 뚫을 수 없는 대단한 케이스에 정성껏 분해해서 넣고 있었다.

늘 먼저 알아서 챙기던 지석이었다. 그가 오늘따라 왜 그러는 걸까. 저보다 대여섯 살 많다는 걸 알고 있었지만 그는 솔직히 개의치 않았다. 어차피 지석의 페이 따윈 어머니가 알아서 지불하는 거니까.

"그게…… 카일, 우선…… 병원부터 가야겠다."

"난 괜찮아. 뭐 살짝 마비된 것도 같지만. 그냥 좀 찜질하면 나을 거 같은데. 병원까지는……."

디스크 증상이 심각하게 오고 있는 목과 어깨 때문이라면, 아직까진 견딜 만했다. 한 시간 반 동안의 격렬한 연주를 하다 보면 늘 이렇게 진이 다 빠지고 어깨가 남아나지 않았지만 그건 늘 있는 일이었다.

게다가 이번에는 체류기간이 제법 되니까 아마 제 치료 스케줄도 그 사이에 다 있을 것이 분명했다.

그런데 지금 병원이라니. 어깨를 돌리고 있는데 왠지 낯선 기분이었다. 왜일까.

"사고가 났대. 카일, 정신 차리고 들어. 어머니랑 알리사가 탄 차가……."

"……."

그는 아무 말도 하지 않았다. 그냥…… 그냥 작은 사고라고 생각했으니까.

"들어가지 마. 안 보는 게 나아."

제 팔을 잡아당기는 지석을 쳐다보았다. 제 눈빛을 감당하기 힘들었는지 그는 슬그머니 손을 놓았다.

"넌…… 봤어?"

제 물음에 지석이 고개를 끄덕였다.

문이 조금 열렸는데도 불구하고 그 문틈 사이로 피 냄새가 스며들었다.

바람이 불세라, 뭐가 어떻게 될까 봐 온실의 화초보다 더 가리는 게 많았던 그는 무척이나 예민했고, 그 조금의 역한 피 냄새만으로도 구토감을 느낄 만했지만, 그는 참았다.

"보지 마. 즉사하셨는데…… 차체 사이에 끼이셔서…… 많이 상하셨어."

끔찍한 소리였지만 그는 손을 내밀어 문을 열었다. 하얀 형광등 불빛이 가득한 공간 저쪽으로 이제는 싸늘한 시신이 되어 있는 사람들이 몇이나 들어 있을지 상상이 가지 않는 스테인리스 냉장고가 칸칸이 있었다. 그리고 그 앞에 천으로 덮인…… 누군가가 있었다.

'차라리 안 왔으면 좋겠다.'

발을 내디디려는데 누군가 제 귓가에서 속삭였다. 그는 저도 모르게 멈칫하고 말았다.

"카일…… 그냥, 네 기억 속에 있는 좋은 모습이 나을 거야. 보지 마."

지석이 굳은 목소리로 말했다. 그리고 그걸 뒷받침하듯, 그 하얀 천은 가운데가 이제는 갈색으로 변해 가는 붉은색 얼룩으로 가득했고, 울퉁불퉁한 모습을 하고 있었다.

갑자기 뒤에서 발소리가 났다.

이곳을 책임지는 사람인 듯 하얀 옷을 입은, 그리고 들어서는 것만으로도 머리가 핑 돌 만큼 독한 소독약 냄새 같은 걸 풍기는 무표정한 남자는 아직도 땀에 젖은 화려한 턱시도의 드레스 셔츠를 입은 그를 힐끗 보더니 말했다.

"보호자분 되십니까? 시신 확인하시겠습니까?"

그는 다가가고 싶었지만, 마치 제 발이 바닥에 딱 붙은 것처럼 움직이지 않았다. 그러나 그 하얀 옷을 입은 사람은 아무렇지도 않다는 듯 그 피 묻은 천으로 다가가더니 이쪽에서 보이지 않도록 기술적으로 흘끗 들어 안쪽을 살폈다.

그러곤 그에게 말했다.

"안 보시는 게 나을 것 같군요. 소지품은 밖에 있으니까 그것으로 확인하시는 게 나을 것 같습니다. 그래도 확인하시겠습니까?"

단 하나도…… 한 조각도 실감 따위가 없었다. 저는 그냥 일주일 전 칠 년 만에 처음으로 한국 땅에 발을 디뎠고, 호텔방과 연주

홀 옆에 있는 연습실에서 저 '어머니'가 시키는 대로 연습을 하고, 리허설을 했을 뿐이었다. 물론 그 일주일은 전에 제가 십수 년 동안 전 세계를 다녔던 일정과는 좀 달랐지만.

늘 몇 년 전부터 정해진 스케줄대로 어디에서든 호텔에서 여장을 풀고 리허설을 하고 무대에 섰었다. 그 중간에 스케줄이 비었을 때는 리스의 해변이나, 혹은 캐러비안에서 일광욕을 즐길 때도 있었지만 그건 손에 꼽았다.

늘 연습을 했고, 대가들의 스케줄에 맞춰 사사를 받으러 다녔고, 새 곡을 연습하는 것으로 대부분의 시간을 보냈었다.

그러나 이 일주일은 좀 달랐다. 앞으로 체류 예정인 한 달이란 시간은 그의 인생에 있어서 특별한 시간이 될 거라는 걸 어머니는 누누이 이야기했었다.

그래서 그 오케스트라 팀과 협연 연습에 매달려야 했을 그 귀중한 일주일에 그는 다른 일을 했다.

여느 다른 나라의 대도시들과 마찬가지로 매연과 사람들로 북적이는 도시에 생긴 그의 '집'을 구경했고, 난생처음 개인적으로 '차'를 가지게 됐다. 그리고 앞으로 일주일 후면 '아내'도 갖게 될 예정이었다.

슬럼프다, 천재적인 소년의 천재성은 더 이상 자라지 않는다, 뭐다 하는 제 주변의 소음들을 잠재우는 방법은, 반려자를 만나 가정을 꾸리는 것이라는 어머니의 말씀에 그는 버릇처럼 단 한 조각의 의사 표현도 하지 않았다.

제 반려자로 정해진 알리사 지는 촉망받는 한국 출신의 피아니스트였고, 그다지 유명하지는 않았지만 역시 피아니스트였던 어머니의 마음에 꼭 맞는 외모와 능력을 가지고 있었다.

오스트리아에서부터 꾸준히 마음에 둔 그녀를 그와 만나게 했었고, 집안에서는 두 사람의 축복받을 결혼식을 화려하게 준비하고 있었다.

두 사람의 신접살림은 어마어마하게 비싼 최신형 주상복합 아파트의 펜트하우스에 꾸며졌고, 순순히 그 어머니의 결정을 잘 따른 아들에겐 몇 년 동안 가지고 싶어 했지만 허락되지 않았던 슈퍼카가 허락되었다. 어차피 스케줄상 앞으로 2년 동안은 그 신접살림이 차려진 신혼집에 머물 날이 얼마 없었다. 아마 그새 '아내'와 세계를 누비게 될 것이 뻔했었다.

아마…… 좀 전에도 딸과 엄마 같은 예비 며느리와 시어머니는 결혼식 준비를 하면서 즐거운 시간을 보내다 연주회로 오는 도중이었을 것이었다.

"아. 알리사는."

그는 여전히 두 발을 움직이지 못한 채 이제야 생각난 듯 더듬거리면서 물었다.

"중환자실에 있는데 상태가 안 좋다고……."

'키스가 처음인가 봐요? 아이 신기해라.'

갑자기 강한 억양의 목소리만 생각날 뿐 어떻게 생겼는지 기억이 나지 않았다. 그가 멍하니 있는 사이에 시체 보관소 직원이 다소 짜증스럽게 물었다.

"어쩌실 겁니까? 확인하실 겁니까?"

"네……."

그는 반사적으로 대답했다. 누군가 늘 절 채근하면 그렇게 대답해 왔다.

"이리 오시죠."

아무렇지도 않다는 듯 하얀 옷을 입은 사람은 피에 물든 천을 들었다.

"우욱……."

저도 모르게 소리친 그가 바닥에 주저앉고 말았다.

그가 눈을 떴을 땐…… 어딘가에 누워 있었다.

"괜찮아? 저기…… 카일, 이런 이야기를 하긴 그런데……."

어깨가 욱신거리는 통증이 갑자기 엄습하는 듯했다. 간이 커튼이 쳐져 있었고, 제 팔에 이물스러운 관이 꽂혀 있었다. 주변으로는 수런거리는 사람들의 움직임이 느껴지는 것으로 보아 병원의 응급실 같았다. 막 몸을 일으키려는데 누군가 제 귀에 속삭였다.

'차라리 안 왔으면 좋겠다.'

놀란 그는 벌떡 일어났다. 그때였다. 누군가 낯선 여자가 다가왔다. 잘 차려입은 옷차림과 외모는 어디서 본 것 같은데 누군지는 알 수 없었다. 그러나 이미 얼굴에 화장 같은 건 지워진 채 눈이 새빨갛게 변해 있었다.

"깨났군요. 우리…… 우리 혜정이는……."

그제야 그 옆에 있던 낯선 중년인의 어깨에 기대어 소리 죽여 우는 사람이 어렴풋이 누군지 알 수 있을 것 같았다. 제 반려자가 되기로 한 알리사의 한국 이름이 생각났기 때문이었다. 그는 두리번거리면서 지석을 찾았다. 마침 저쪽에서 지석이 오더니 제 옆에 있는 중년 부부에게 말했다.

"죄송합니다. 무슨 말씀을 드려야 할지."

"무슨…… 일이야."

"알리사도 수술 도중에……."

갑자기 피 냄새가 확 쏟아지는 느낌이었다. 그리고 눈앞에 그 피에 젖은 천 밑에서 보았던 모습이 떠올랐다.

"으……으악!"

그의 비명 소리가 응급실을 울렸다.

"오늘도 상태는 호전이 없습니까?"

"네. 보시겠습니까?"

하얀 복도가 꺼림칙했다. 하얀 복도, 하얀색의 쇠창살을 한 겹 덧댄 창문에는 밝은 햇살이 쏟아져 내리고 있었지만 그 나른한 햇살이 오히려 무서워질 것 같은 느낌이었다. 이러니…… 사람들이 좋아지지 않지.

그러나 지석은 입을 다문 채 간호사와 의사의 뒤를 따라갈 뿐이었다.

"상처는 어떻습니까."

"상처 때문에 더더욱 구속복을 벗을 수가 없습니다. 가만히 두질 않아요. 진정제를 투여한 다음에나 소독을 하고 있는 실정입니다. 링거도 조금만 정신이 들면 다 빼 버리는 통에……."

지석의 얼굴이 굳어졌다.

전자 카드로 된 잠금장치가 열리자 쥐 죽은 듯한 긴 복도가 다시 나타났다.

그리고 간간이 있는 문 안에는 누군가 다 임자가 있는 것 같았지만 지석은 일부러 의사의 뒷모습만 볼 뿐이었다. 의사가 어느 문 앞에 서자 그도 덩달아 발걸음을 멈췄다.

"그냥 밖에서만 보십시오."

의사가 시키는 대로 했다. 얼굴만 간신히 보일 만한 유리창 안에 낯선 사람이 있었다. 하얀색 옷에 주황색의 구속복으로 움직일 수 없게 된 누군가가 바닥에 깔린 두꺼운 매트리스 위에 옆으로 누워 눈을 감고 있었다.

머리카락이 어지럽게 흐트러져 있었고 고정된 두 손목에는 두꺼운 붕대가 칭칭 감긴 채, 연결된 링거에서는 수액이 뚝뚝 떨어져 내리고 있었다.

"처음엔 침대에 있었는데 침대 모서리 같은 곳에 자해를 해서…… 그래서 방도 옮겼습니다."

그것을 보고 있던 지석이 한참 동안 침묵을 하고 있다 물었다.

"손…… 괜찮습니까."

제가 이런 말을 하는 건 이 상태에서 잔인한 거라는 걸 잘 알고 있었다. 그러나 제가 챙겨야 할 것은 그것이니까.

"상처가 깊진 않았습니다. 신경에는 손상이 없는 것 같은데 그거야 검사를 해 봐야 알겠지요. 그러나 지금 상태로는 검사하기도 힘들어서 말입니다. 우선은 발작이 줄어들어야 치료에 들어갈 텐데 도무지 줄어들지 않아서 말입니다."

"지금 투약하고 있는 약들…… 괜찮은 겁니까?"

"어떤 쪽으로 말씀하시는 건지……."

의사의 물음이 묘한 억양으로 다가섰다.

"뇌신경에 영향을 준다거나 하는 거 말입니다. 카일이 어떤 사람인지는 알고 계시지 않습니까? 지금 당장은 재기하기 힘들다 해도 그는 그냥 저런 환자로 남아 있을 사람이 아닙니다. 절대 그의 손이나 혹은 그의 능력에 영향을 주는 투약 같은 거…… 하시면 안 됩니다. 약을 바꾸실 일이 있거나 하는 경우에도 꼭 메일로 변호사에게 연락 주십시오. 아시겠습니까?"

"……."

노련한 의사의 얼굴에 불쾌한 감정이 드러났지만, 지석은 아랑 곳하지 않았다.

19

아무것도 남지 않았다
완벽한 진공이 되어 버렸다

한지석은 최고의 성악가가 되겠다는 꿈을 안고 십 대에 줄리어드에 입성한 성악도였다. 한국에서 십 대에 줄리어드에 들어서는 아이들은 대부분 천재라는 수식어를 달고 사는 경우가 많았다.

그건 그도 마찬가지였다. 그러나 넓은 세상에 진짜 천재는 많았고, 경쟁은 치열했다. 결국 3년의 험난한 유학생활을 접게 된 건 그다지 대단하지 못했던 그의 집안에서 그를 포기했기 때문이었고, 대신 이래저래 그쪽 생활에 대해 잘 알고 이재(理財)에 밝았던 그는 남들이 잘 모르는 대단한 아티스트나 연주가의 매니지먼트를 하는 쪽에 발을 디디게 되었다.

처음에는 아르바이트로 시작했었다. 콘서트 스케줄을 잡고, 그에 제반한 소소한 일들을 처리하는 매니저들 밑에서 일을 시작하다가 싹싹하고 발 빠른 일 처리로 인정을 받게 되면서 그는 아예 이것을 본업으로 삼기 시작했다.

이래저래 능력을 인정받아 승승장구하다 잘나가는 세계적인 아티스트 매니지먼트의 대표적인 인물인 마이클 베이의 밑으로 들어가게 되었다. 그러다 맡게 된 게 바로 세계적인 천재 바이올리니스트 카일 리의 스케줄 매니저 일이었다.

겉으로는 같은 한국계이니까 일 처리를 잘할 수 있을 거라 생각돼서였다지만, 그래도 거의 초짜나 다름없는 그가 세상에 한 번 나올까 말까 한 천재라는 수식어를 주렁주렁 단 어마어마한 바이올리니스트를 맡게 된 건…… 그의 대단한 어머니 때문이었다.

"카일! 너 왜 그 바지를 입은 거야?"

맨 처음 그를 만나러 오스트리아 빈에 있던 그의 연습실로 갔을 때 받았던 충격을…… 그는 아직도 잊을 수 없었다.

"……."

카일을 처음 보았을 때 그는 갓 스무 살을 넘겼을 때였다. 한국 나이로 22살이면 군대에도 갔을 나이였다.

제가 그다지 작은 키는 아니지만 저보다 족히 십 센티는 더 큰 그는 장시간 무대에 서서 연주를 하는 데 기본이 되는 체력을 위해서 따로 시간을 내서 매일 체력 단련을 하고 있었기에 다부진 어깨와 건장한 몸을 지녀 체격이 좋은 서구 유럽인들 사이에 섞여 있어도 전혀 모자람이 없을 만큼 건장했다.

그런데 그 앞에 선 겨우 키가 160을 넘긴 것 같은 자그마한 중년 여인의 목소리가 고풍스러운 홀에 쩌렁쩌렁 울리고 있었다.

"옷 챙겨 놨잖아. 왜 그걸 입은 거니?"

"아 그건…… 좀 불편해서요. 허리 부분이 닿아서……."

"아니, 안 돼. 갈아입고 오너라."

"······네."

긴 머리를 하나로 묶은 덩치 큰 청년은 꼬리를 내린 커다란 사냥개처럼, 곧바로 그 중년 여인의 앞에서 사라졌다.

매니지먼트 일을 맡기 위해서 한지석은 며칠 동안 이 대단한 천재 바이올리니스트의 프로필을 다 외우다시피 했고, 그의 무대, 그의 연주, 그의 음악들을 듣고 보아 왔었다.

어린 나이에도 어마어마한 무대에서 눈 하나 깜짝 안 하고 굳은 얼굴로 그 대단한 곡을 아무렇지도 않게 연주하는 대단한 꼬마 천재, 커서는 무대를 압도하는 무시무시한 에너지를 뿜어내는 대가라는 말이 적합할 만큼 대단한 바이올린 마스터의 오라를 뿜어내던 아티스트라 칭할 만한 사람이었다.

그러나 현실은 전혀 그렇지 못했다. 어머니의 한마디에 옷을 갈아입으러 가야 하는······ 그런 말 잘 듣는 덩치 큰 아이일 뿐이었다.

"오늘 연습해야 할 곳은 여기 디 마이너 부분부터 끝까지 트릴을 완벽하게 하는 거야. B에서 F로 넘어가는 데서 너무 걸리적거린다고 저번에 선생님이 말씀하셨잖아. 게리프 홀에서도 거기가 딱 걸리는 게 느껴지더라. 거기 넘기고 나서 보자. 아, 그쪽은 미스터 한?"

한눈에 봐도 미인이라는 말이 어울리는 여인은 나이를 가늠할 수가 없었다. 저도 한국 사람이지만, 워낙에 오랜 유학생활을 하다 보니 동양 여인들의 나이를 가늠할 수 없는 얼굴에 대해서는 익숙하지 않았다.

"네, 미스터 베이의 소개로 왔습니다."

"생각보다 어리네요. 뭐 크게 할 일은 없을 거예요. 내가 다 알아서 해 왔으니까. 미스터 한이 할 일은 외부적인 것에 국한될 거예요."

소문이 자자하긴 했었다. 그 엄청난 카일 리의 매니저 역할을 맡고 있는 대단한 여인에 대해서는.

"우리 카일은 세계 최고예요. 알고 있죠? 이번에 그쪽에 일을 의뢰한 건, 내가 이제는 연주회 일정 같은 것보다는 카일의 연습이나 체력적인 퍼스널한 것에 몰두해야겠다는 생각이 들어서 그래요. 전에 일을 맡았던 프레디하고는 사사건건 의견 충돌이 있었거든요. 마에스터의 경지에 이르려면, 아직도 카일이 가야 할 길이 멀어요. 개인적인 소소한 자유 시간이나 생활 따위…… 누구에게나 필요하긴 해요. 하지만 세상이 주목하는 마에스터라는 자리…… 누구나 할 수 있는 거 아니잖아요?"

우아한 그녀는 전혀 감정이 담기지 않은 미소를 지으며 말을 이었다.

"놀 거 다 놀고, 할 거 다 하고, 방황할 거 다 하고…… 그래서는 될 수 없어요. 희생이 필요한 거죠. 우리 카일은 무엇보다도 그걸 잘해 왔어요. 아마 수도사들도 그렇게 못할 거예요. 지금까지 해 왔으니까 몇 년만 더 버티면 되는 거죠. 프레디는 그걸 이해하지 못했어요. 미스터 한은 그걸 이해해 줬으면 해요."

프레디가 질려서 떠들던 이야기를 익히 들은 그였다.

'물 한 잔 마시는 것도 어머니의 명령이 떨어져야 한다고. 난 내 눈을 의심했어. 사람이 그렇게 살아서 아티스트가 되면 뭘 해? 한국인들은 다 그렇게 사는 건가?'

지석은 웃어 넘겼다. 그도 그런 어머니의 치맛바람을 익히 잘 경험했기 때문이었다. 다만, 그래도 사춘기를 넘기고 나서는 제 의

사 결정은 제가 했다는 게 다르지만.

카일 리의 축복받은 외모는 이 대단한 여인에게 물려받은 것이 틀림없었다. 프로필상 그의 모친인 장은주는 피아니스트였지만 그다지 세계적으로는 인정을 받지 못했던 모양이었다.

모교에서 전공 교수가 되기 위해 박사 과정을 밟던 중에 지인의 소개로 의사인 남편을 만나 아들인 카일을 낳았지만, 아들의 천재성에 올인한 그녀 때문에 그가 어렸을 때 이혼을 한 것으로 알려져 있었다.

그의 능력을 알자마자 자신의 못다 이룬 꿈을 펼치기 위해서 바로 폴란드로 날아가 막심 유고르스키에게 그를 선보였고, 그때부터 치열한 천재의 뒷바라지를 시작한 것으로 알려져 있었다.

이미 세계적인 잡지며 기사에도 누누이 나왔듯 천재를 만들어낸 어머니로 유명한 그녀는 주변 사람들이 다 혀를 내두를 만큼 철저하게 아들을 관리하는 것으로 유명했다.

그걸 바로 눈앞에서 보게 되다니.

첫인상부터 측은해지긴 했지만, 그건…… 부모를 잘못 둔 천재의 비참함일 뿐이었다. 그리고 그 덕분에 그는 저 어린 나이에 대단한 부와 명성을 거머쥐게 된 것이다. 그게 바로 양날의 검인 거니까.

무엇이든 그에 걸맞은 희생이 필요한 법이었다. 게다가 그건 제 일도 아니었다. 지석은 웃으면서 대답했다.

"십분 이해합니다."

지석에게는 이 대단한 일자리가 더욱 소중했다.

그녀는…… 대단한 여자였다.

지석은 일을 하면 할수록 그것을 실감하게 되었다.

"우리 카일에겐 과르넬리가 어울려요."

"프라우(독일어로 여성, 여사님) 장. 과르넬리가 희소성 있다는 건 알고 있습니다만, 대한문화재단에서 대여하겠다는 스트라디바디 프랄리도 명품 악기임에 틀림없습니다. 이번에 보험금까지 모두 부담하겠다고 했고 한국이 낳은 최고의 연주가를 적극 후원하겠다는 의미에서……."

"카일은 거지가 아니에요. 그런 동정 필요 없어요."

장은주, 카일 리의 모친인 프라우 장이 쌀쌀맞게 외쳤다.

"아니 어떻게 그걸 동정이라고 생각하십니까? 프랄리에 '베인 앤드 후쉬(Bein & Fushi—시카고의 희귀 명품 악기 전문상)'가 200만 달러라는 가치를 책정했습니다. 물론 과르넬리가 수량적으로 훨씬 적어서 스트라디바디보다 희소성이 있다고 알려져 있긴 하지만, 이건 대한민국이라는 나라에서 그를 국가적인 예술가로 인정한다는 의미입니다. 이미 크게 보도도 되었고……."

"미스터 한."

정색을 하고 그에게 묻는 그녀는 천천히 앞에 놓인 화려한 금박으로 장식된 값비싼 헤렌드 찻잔에 담긴 홍차에 밀크를 넣으면서 말했다.

"내가 너무 미스터 한을 과대평가한 것 같군요."

"무슨 말씀이신지."

말은 그렇게 했지만 무슨 말을 할지 알 것 같았다.

"올 한 해. 카일은 조금 한가했었죠. 음반 녹음도 쉬었고."

한가하다는 말은 어폐가 있었다. 겨우 6월 달이었지만, 그가 전 세계를 돈 비행기의 마일리지를 따지자면 아마 누구든 놀라 입을 다물지 못할 것이 분명할 정도였다. 하지만 지석이 알고 있는 그전의 스케줄에 비하면 많이 줄어든 건 확실했다.

"카일은 이제 한 단계 더 자신을 극복해야 해요. 대가의 반열에 올라야죠. 그렇다면 그에 어울리는 악기가 필요한 거 아니겠어요?"

아마…… 그에 대해 돌고 있는 소문들 때문일지도 몰랐다. 너무 어린 나이에 대단한 성과를 거둔 그에 대해 기대하는 것은 더욱더 원숙하고 기교 넘치는 연주일 것이었다. 그러나 그의 연주는 너무나 깔끔하고 군더더기가 없었다. 이미 경지에 이르렀기에 더 이상의 발전이나 변화가 없다는 의미였다.

새로운 천재들이 쉴 새 없이 양산되는 음악계에 그에 대한 정체된 평가가 좋은 소리가 되어 돌아올 수는 없는 법이었다. 그러니 뭔가 다른 돌파구가 필요한 건 사실이었다.

"프랄리도 대가를 위한 악기 맞습니다. 그동안 프랄리를 거쳐 간 아이델 호프나……."

"미스터 한은 성악 전공이라고 했죠? 과르넬리 소리 들어 봤어요?"

소문에 밝고, 그쪽으로 공부를 하고 있는 중이라 어떤 대가가 어떤 악기를 가지고 있는 것쯤은 대충 알고 있긴 했다. 물론 카일의 스승 격인 막심 유고르스키도 과르넬리를 고집하고 있다고는 들었다. 그러나 그 차이를 알 경지까지는 못 되었다. 하지만 역시 바이올린의 명기는 스트라디바디 아닌가?

"그 이야기 알아요? '스트라디바리우스는 아무리 슬퍼도 너무 고고해서 차마 눈물을 보이지 못하는 귀족이라면, 과르넬리는 울고 싶을 때 땅바닥에 탁 퍼져 앉아서 통곡할 수 있는 솔직하고 겸

손한 농부라고 할 수 있다.' 라고."

"그건…… 정경화 씨가 말씀하신 것이죠. 하지만 개인적일 수도 있습니다. 굳이……."

"굳이가 아니에요. 카일에게 딱 어울리는 음색이라는 거죠. 힘 있고 깊은 소리를 이끌어 내려는, 이번에 베인의 경매에 나올 과르넬리 델 제수 카두로스야말로 카일에게 가장 이상적인 명기라고 할 수 있죠. 미스터 한이 할 일은 그걸 낙찰받는 거예요."

"프라우 장!"

그는 저도 모르게 소리쳤다. 카두로스라니. 전 세계에 몇 개 남지 않은 과르넬리 중에서도 상급에 속하는 시가 900만 달러를 호가한다는 그 전설의 명기를, 그것도 대여도 아닌 직접 구매를 하겠다는 건…….

"설마 그 정도 가지고 우리 카일을 평가하겠다는 건가요?"

그녀는 싸늘하게 미소 지었다.

"머리 다시 묶어야겠다. 턱받침은 잘 맞췄니? 활대에 송진 입힐 때 방향 반대로 하지 말라고 했잖니. 그리고 전에 마에스터 베르게가 당부했던 곳이 어디였지? 3악장 D마이너 알레그로?"

"D마이너 아다지오요."

그는 머리를 다시 묶겠다는 모친을 위해 바닥에 무릎을 꿇고 앉았다. 긴 머리카락을 빗어 하나로 묶으면서 그녀가 말했다.

"거기서 들어갈 때 격정적이어야 한다고 했어. 느리지만 감정이 벅차오르게. 알겠니?"

"네."

"그리고 끝나고 인사할 때 너무 고개 숙이지 마라. 넌 그럴 필요 없거든. 적당히. 알았지?"

"네."

24살이면, 가정을 꾸리고 한 가정의 가장이 될 수도 있는 나이였다. 그러나 지석이 보기엔, 저 커다란 덩치의 청년은 여전히 대여섯 살 먹은 꼬마일 뿐이었다. 마치 태엽을 잘 감아 놓은 아름다운 소리를 내는 값비싼 오르골처럼.

「미스터 한, 저번에 뉴욕에서 왜 마르퀴스로 숙소를 잡았지? 늘 힐튼이었는데.」

그의 입에서 싸늘한 독일어가 튀어나왔다. 물론 짤즈부르크에서는 독일어를 쓰는 게 흔한 일이었다. 그러나 분명히 그의 모친과는 한국어로 대화하는 걸 들었고, 저도 프라우 장하고는 늘 한국어로 대화했었다.

그러나 카일은 고집스럽게 지석에게는 딱딱한 독일어로 이야기했다. 그는 웬만해서 제게 직접 말을 거는 편이 아니었다. 모든 건 다 그의 어머니를 통해서였으니까. 그러니까 숙소가 크게 불만이었던 모양이었다.

「연주 장소인 필라스 홀하고 가깝기도 하고 타임스 스퀘어도 있으니까 잠시 관광 삼아 거닐 수도 있잖아. 모든 젊은이들이 한 번쯤 걷고 싶어 하는 거리가 타임스 스퀘어 아닌가? 연주나 연습 외에는 밖으로 다니지 않는 거 같아서 일부러 배려한 것인데?」

상대가 그렇게 나온다면 그도 어쩔 수 없었다. 지석도 똑같이 그에게 독일어로 대답했다. 그가 말 잘 듣는 커다란 아이인 건 오로지 그의 어머니인 장 여사의 앞뿐이었다. 지나치게 날카로운 눈매와 커다란 키, 싸늘한 분위기는 늘 같이 다니는 지석조차 긴장하게 만들 만했다.

"……"

그는 대답 없이 돌아섰다. 누구보다도 잘 알고 있었다. 이 대단한 천재가 어떤 생활을 하는지, 그리고 전임자인 프레디가 왜 강 여사의 눈 밖에 났는지. 그러나 같은 실수를 하고프게 만드는 건, 저 청년의 어두운 얼굴 때문이었다.

「잠깐 드라이브 나갈까? 아직 운전할 줄 모르지?」

단지 그 싸늘한 분위기를 모면하기 위한 말이었을 뿐이었다.

그가 운전을 배운 건 그때였다. 겨우 외곽 도로를 시속 50킬로로 다니면서도 그 청년은 저도 모르게 환호성을 질렀다. 자신이 무언가를 조종한다는 게 그에게 큰 기쁨을 준 것 같았다.

지석은…… 그때 연민이란 걸 느꼈다. 물론 장 여사의 호된 질책과 안정된 직업을 잃을 뻔했지만, 그래도 그 도자기 같은 청년의 은밀한 미소에 만족했었다.

그런…… 그였다.

"카일!"

그녀의 목소리를 듣고 지석은 제가 누린 20일의 휴가 사이에 뭔가 일이 일어났다는 것을 알 수 있었다.

"무슨 일이십니까?"

"상관할 바 없어요. 돌아왔군요. 스케줄 확인 부탁해요. 줄리아가 말해 줄 거예요."

그녀의 비서를 호출하더니 그녀는 문을 닫았다. 그러나 지석은 자신도 모르게 그 자리에 서 귀를 기울이고 있었다.

"카일. 나의 사랑하는……"

"그만두십시오."

싸늘한 그의 목소리가 낯설었다.

"카일!"

"그건……."

"왜 알리사가 어때서?"

"……."

"카일. 결혼이란 건…… 인생의 새로운 기회가 되는 거야. 너도 알게 될 거야."

"……."

아까부터 운전대를 잡은 그는 아무런 말이 없었다. 유난히 손등에 힘줄이 도드라져 보였다.

"결혼이 맘에 들지 않아?"

"……."

이제는 능숙해진 운전을 하던 그가 액셀러레이터를 밟았다. 차는 금방 속도가 붙었다.

"새로운 기회가 될 수도 있어."

그 둘의 대화가 독일어에서 한국어로 바뀐 건, 아마 차 때문이었을 것이다. 지석이 강력하게 주장해서 그가 운전면허를 딸 수 있었기 때문이었다. 그거에 대한 고마움인지 그때부터 카일은 그에게 한국말로 대화를 하기 시작했다.

지석은 장 여사가 했던 말을 옮겼다. 그가 알기로…… 연애는커녕 여자들과 개인적으로 만날 일도 없었을 거라는 걸 잘 알고 있었다.

한창 그 나이에 찐한 데이트를 즐기며 방만하게 지낸 지석으로

서는 대체 어떻게 이렇게 수도사같이 사는지 의심스러웠기에 몇 번 본 적 있는 대단한 미모의 피앙세는 그에게 그리 나쁠 것 같지 않다는 게 제 생각이었다. 그러나 당사자는 그렇지 않은 모양이었다.

"카일……."

"페라리 F12 베를리네타는 어떤 색이 가장 어울리겠습니까?"

"무슨?"

그가 고개를 들었다. 그가 운전하는 지석의 차는 컨버터블이었고, 화창한 날씨 덕에 천으로 된 캐노피를 연 상태였다. 그의 검은색 머리카락이 부드럽게 휘날리고 있었다.

"블루 어떻습니까? 저 하늘색 같은 반짝거리는 블루. 과연 한국에 그걸 타고 달릴 만한 길이 있을까요?"

그가 어떤 거래를 했는지 그때는 몰랐다.

"이게 어떻게 된 겁니까?"

그가 화가 나 소리쳤다.

"환자분이 원하셔서요. 저희도 관리하기 힘듭니다. 그래도 그 뒤로 좀 상태가 안정되셨습니다."

지석은 이를 악물어야 했다. 바빠도 너무 바빴었다. 늘 그랬던 것처럼 이 대단한 천재의 스케줄은 3년 치가 이미 짜여진 상태였다. 거의 호텔까지 미리 예약되어 있을 정도였으니까.

물론 호텔 취소하는 것쯤이야 일도 아니었다. 문제는 이미 다 예정된 연주회 일정을 취소하거나 다른 연주자를 섭외해서 일정을 맞춰 주는 일이 너무나 까다로웠다.

위약금 따위는 둘째 치고라도 대체 연주자를 찾는 일은 힘들었다. 다른 연주자들의 매니저들을 직접 만나기 위해 오스트리아, 영국, 러시아를 헤매고 다녀야만 했다. 금전적인 손해가 문제가 아니었다. 그걸 정리하다 돌아와 보니 그 당사자는 엉망이 되어 있다.

"카일······."

"안 됩니다."

의사가 다급하게 지석의 팔을 당겼다.

"네?"

"환자가 그 이름만 들으면 발작을 합니다. 그냥 본명으로, 이진우 씨로 부르세요."

"그건 또 무슨 말입니까?"

"강한 자기부정(self-negation) 상태입니다. 본인이 카일 리라는 걸 부정하고 있어요. 극도의 죄책감과 불안이 팽배해 있습니다."

"죄책감이라뇨? 어머님과 약혼녀의 사고가 자기 자신 때문이라고 생각하는 거······ 아직도 그러고 있는 겁니까?"

"그게 엄청나게 강해서 말입니다. 그러니까 그렇게 해 주십시오."

"벌써 일 년입니다. 사고가 난 지 일 년이나 지났단 말입니다."

화가 난 한지석의 외침에 아무렇지도 않다는 듯 의사의 얼굴은 변함이 없었다.

"그거야 정상인에게 지난 시간이죠. 환자에게 시간은 한동안 멎어 있었습니다. 이진우 씨의 시계는 이제 막 움직이기 시작했습니다. 그리고 머리카락 또한 자신의 과거와 단절을 상징하는 것입니다. 내내 머리를 길렀었더군요. 머리카락을 자른 단순한 사건만으

295

로도 그는 거울 속의 자신이 카일이라는 사람이 아니라고 생각하고 있습니다."

지석의 얼굴이 굳어졌다.

"이제 주사약은 사용하지 않아도 될 것 같습니다. 면회를 하시려면 꼭 기억해 주십시오. 그의 과거를 떠올리는 말 같은 거 조심하시고요. 아, 그리고 환자의 손 말입니다. 처음에는 상처인 줄 알았더니 전에……."

"아, 손 말입니까? 그 왼손은 아주 어렸을 때부터 너무 오랫동안 연습하면서 생긴 굳은살 같은 겁니다. 물론 좀 심하긴 하지만……."

"하여튼 그 손을 보는 것도 옛 기억을 떠올리게 하는 모양이어서 궁여지책으로 장갑을 끼게 했습니다. 웬만하면 벗지 않게 해 주십시오. 그게 많은 효과를 보고 있거든요. 하여튼 더 치료가 진행될 때까지 과거에 대해서 연상되는 모든 것을 다 막아야 합니다."

과거를 떠올리지 말게 하라니…….

카일은 이동하는 시간을 빼고는 하루에 10시간 이상을 바이올린 연주만 하던 사람이었다. 그런 그가 벌써 일 년째 아무것도 하지 않고 있었다.

아니 솔직히 살아 있는 것만으로도 감사해야 할 수도 있었다. 정신을 차리면 제 손목을 침대 모서리에 찧고 뭉개 버리려고 애썼으니까. 이상이 없는 것만으로도 다행으로 생각해야 했다.

하지만…… 평생을 연주를 하며 살았고, 그렇게 아무것도 아닌 채로 살아가기엔 그의 천재적인 재능이 너무나 아까웠다. 그렇게 악평에 시달렸던 이유도 어린 나이에 너무 대단한 성취를 한 뒤라 그 이상으로 넘어가는 게 벅찼기 때문이었다. 그는 이미 그렇게 어린 나이에 너무 완벽했었다.

적어도 자신처럼 그저 한국에서 줄리어드로 갈 정도의 실력이었다면 그냥 마음 편하게 반평생 억눌렸던 삶을 새로 사는 것도 나을 거라 생각할 수 있었다. 그러나…… 그러기엔 너무 아까웠다.

그리고 저는 이 사람에게 고용된 사람이었다. 평소에 모든 것에 대해 철저했던 장 여사는 혹시나 자신이 어찌 될까 봐 그 후에 대비해서도 철저하게 계획을 세워 놓았다. 무서울 정도로…….

그러나 그 계산속에는 멀쩡한 카일 리가 있을 뿐, 저런 이진우는 없었다. 그는 여기서 고민해야 했다. 이 천재를 버리고 새 일을 찾아야 할 것인지, 아니면 이 천재를 다시 세상으로 끌고 나와야 할지를.

그러나 그는 그 뒤처리를 하면서 새로운 것을 알게 되었다. 그 천재 바이올리니스트와 함께 돌고 있던 어마어마한 금액의 돈들을.

그는 이미 걸어 다니는 기업이었던 것이다. 제가 과한 페이를 받고 있다고 느꼈지만, 그건 새 발의 피였다. 그러니…… 그가 이런 상태로 있는 건 무지막지한 손실이었다.

"이진우……?"

마치 가위로 뚝뚝 자른 것같이 삐죽거리는 짧은 머리를 한 그가 낯설었다. 게다가 일 년 사이에 완전히 다른 사람같이 야윈 채 멍한 눈동자로 저를 쳐다보는 그는 갑자기 히죽 웃었다.

"너…… 어디 갔다 왔어?"

"왜 좋아졌었는데 약이 더 늘어난 겁니까?"

"좋아지긴 했는데……. 환자 자신이 생각을 하고 싶지 않다고 합니다. 그냥 잠들고 싶다고."

벌써 2년 반이 지났다. 그러나 그사이에 정신이 조금 맑아져 경치 좋은 요양원으로 옮겼던 그는 다시 발작과 자해를 했고, 그 때문에 다시 병원으로 돌아와야만 했다. 그리고 또다시 머리를 삭발했고, 수면제에 취해 살았다.

지석은 결단을 내려야 했다. 이대로 이 대단한 가치를 지닌 천재를 버려야 할 것인가, 아니면 모험을 해야 할 것인가.

"너…… 나가고 싶지 않아? 이 병원 지긋지긋하잖아."

고개를 숙이고 마치 공벌레처럼 몸을 동그랗게 말고 있던 그가 고개도 들지 않은 채 대답했다.

"날…… 나가게 해…… 줄…… 수 있어?"

"그럼. 내 말만 잘 듣는다면."

"어……떻게 하면 되는데?"

저를 쳐다보는 그의 눈빛은 텅 비어 있었다. 그에겐 아무것도 남지 않은 것처럼 보였다.

20

소리 없이 열린 문틈으로 네가 스며든다

"저기……."

그의 말꼬리가 사그라졌다. 제 앞에 있는 밥공기를 비운 혜진이 그를 건너다보았다. 뭔가 말을 하고 싶은데 하지 못하는 남자의 이마에 드리워진 부드러운 머리카락이 매끈하게 보였다.

"하고 싶어서 그래요?"

"뭐……?"

순식간에 그의 얼굴이 새빨갛게 물들더니 캑캑거리면서 기침을 하기 시작했다. 그 덕에 혜진은 저도 모르게 웃을 수 있었다. 전혀…… 웃을 기분이 아닌데도 불구하고.

사레가 심하게 들린 듯 요란하게 기침을 하는 것을 보고 혜진은 냉장고에서 생수병을 꺼내 물을 따라 주었고 그걸 마신 그는 겨우 기침을 멈출 수 있었다.

"농담이…… 심하네."

"얼굴에 그렇게 쓰여진 게 아니고?"

클래식 연주 따위…… 고등학교 내신 점수를 위한 음악시험을 잘 보기 위해서나 들었을 뿐이었다. 그리고 고등학교를 졸업하면서 그런 건 잊혀졌다. 학교 내에 있는 홀에서도 클래식 공연 같은 게 종종 열렸지만, 그런 것을 보러 갈 시간 따위는 없었다.

제가 피아노 연주곡을 다운받은 건, 두들기고 부수는 록 음악을 듣다 난청이 될까 걱정돼서였다. 오로지 제 인생에 믿을 거라곤 튼튼한 제 몸뚱이밖에 없다는 걸 너무 일찍 깨달았으니까. 그게 질려서 바이올린곡을 들었을 뿐이었다.

제가 유일하게 리듬을 외울 만큼 들은 곡을 연주한 사람이 제 앞에서 사례에 들린 이 남자라는 게…… 우연인가? 아니, 죄인가. 그게 잘못인가? 아니 제가 잘못한 거라곤…… 욱하는 성격에 잘 다니던 직장을 때려치운 것밖에 없지 않은가? 그전에는 끝도 안 보이는 터널 같은 취준 생활을 때려치운 거뿐인데. 억울해라…….

운명이란 게 있어서 잠깐이나마 제게 숨통을 틔워 주려 했다면, 그냥 좀 적당한 누군가가 제 앞에 있어야 하는 게 아닌가. 아무 이유도 없이 저를 좋다 하는 사람이 왜 평생 장난으로라도 생각해 본 적 없을 만큼 '대단한' 사람인 거지?

"나…… 괜찮아. 왜 그래?"

제 눈치를 보는 이 남자 따위…… 어차피 제 인생에는 잠깐 출몰했다 사라질 해프닝 아닌가.

"아니에요. 마저 먹어요."

제 걱정이 과하게 보였나 보다. 혜진은 눈앞에 있는 이 잘난 남자에게 겹쳐 보이는, 매끈한 연미복을 입은 채 머리를 뒤로 묶은 날카로운 남자의 모습에 이 사람을 이리 함부로 대해도 될까 하는 생각이 들었을 뿐이었다.

제자리로 가려 했다. 허기를 면하고 나니 갑자기 무언가 더 먹을 생각이 뚝 떨어져 버렸지만, 아직 제 밥공기는 비지 않았다. 그녀가 돌아서려는데 무언가 저를 막았다. 따뜻하고 긴 손이 제 손을 잡았다. 긴 손가락에 익숙해지다니……. 그녀는 저도 모르게 멈춰 섰다.

"무슨…… 일 있었어?"

당신의 정체를 알았어요. 그게 좀 놀랄 노 자라…….

그러나 남자의 깊은 눈은 저를 걱정스레 보고 있었다.

"일하는 사람에겐 늘 일이 있는 거죠. 오늘 학원생 아이들이 치고받고 하다가 학부모가 몰려오고 그랬거든요."

"아…… 그랬구나. 그럼 일찍 좀 쉬어야겠네. 뒷정리는 내가 할 테니까 씻고 쉬어."

그냥 둘러댄 것뿐이었다. 오늘 일어난 일도 아니었고 그까짓 거 일도 아니었다. 경찰이 출동한 것도 아니고 진상인 애 엄마가 와서 난리를 친 것도 아니었다. 그런데 저를 걱정하는 남이 하는 말은 별달랐다. 저게…… 배려라는 걸까?

낯선 느낌이었다.

그녀는 그의 말에 멍하니 서 있을 뻔했다. 아무렇지도 않은 듯 아직 밥이 남은 그릇을 들고 개수대로 옮겨 놓으면서도 제 속은…… 불편했다. 그때였다. 무게가 느껴지지 않도록 살그머니 제 어깨를 감싸는 긴 팔이 스르륵 제게 스며들었다.

"내가 해 줄 수 있는 건 설거지랑 성가시게 구는 것뿐인데, 또 뭐가 있을까?"

뭐가 있을까. 그러나 잠깐, 아주 잠깐…… 아무 생각이 나지 않았다. 제 어깨를 감싼 남자의 낯선 따뜻함을 내치지 않는 자신이 이상스러워서.

"그러니까 설거지나 해 줘요."

키스해 줘요, 라고 말하지 않았다는 게 다행이었다.

제 얼굴에 묻어 있던 화장품의 찌꺼기와 함께 폼클렌저의 거품이 오른쪽으로 돌면서 세면대의 구멍으로 빠져 들어가고 있었다. 뜨거운 물이 나올 때 얼른 헹궈야 하는데 멍하니 그것을 보고 있었다.

전에 에코의 소설에서인가…… 전향력 때문에 그렇다는 걸 본 적이 있다. 그래서 남반구에서는 반대 방향으로 물이 빠져나간다고 했다. 그러자 적도나 극지방에서는 돌지 않고 쑥 빠져나가거나 그냥 멈춰 있는 게 아니냐고 반문했던가?

왜 그들의 아무렇지도 않은 논쟁이 떠올랐을까. 아마 그 남자 주인공이 북반구의 이탈리아에 있다가 남반구의 브라질로 갔었고, 그 이야기를 하던 여자 친구가 달랑 캔버스 가방 하나를 메고 자신을 떠났다고 했던 뒤꽁무니에 붙은 이야기 때문이었다.

혜진은 멍하니 있다가 쳇 하고 혀를 차면서 다시 뜨거운 물을 틀었다. 왜 늘 보는 세면대를 보고 이런 생각까지 하는 건가.

제 머릿속 잔뜩 얽히고설킨 뉴런 끝에서 연상된 건, 결국 이 세면대의 구멍으로 물이 빠져나가듯, 남자 주인공의 정신적인 쌍둥이 같았던 여자 친구가 아무렇지도 않게 손을 흔들며 자아를 찾아 떠난 것처럼 나무 문 밖에서 요란한 물소리를 내면서 서툰 설거지를 하는 남자도 어느 때가 되면 이렇게 버려야 하는 물같이 제 인생에서 빠져나갈 거라는 것 때문인가.

"앗, 뜨거!"

저도 모르게 소리를 친 건, 제 머릿속에 이 바보 같은 것아, 하고 욕을 하고 싶었기 때문이었을지도 몰랐다. 그건 당연한 거 아닌가. 그녀는 정신을 차리고 과하게 뜨거운 물로 얼굴을 헹궜다.

"어? 벌써 나왔어? 좀 더 있다 나오지. 오늘 날이 눅눅한지 불이 잘 안 피워져서……."

마치 할 일을 다 못해 변명을 하는 듯 그는 그의 말대로 연기만 피어나고 있는 벽난로 안에 다시 불씨를 집어넣고 있는 중이었다. 그랬나? 생각해 보니 오늘 비가 온다고 한 것도 같았다. 비가 오고 있나? 연기가 찬 거 같아서 그녀는 창문을 열었다.

"추울 텐데."

힐끗 고개를 돌리며 그가 말했다. 차양 따위가 없는 창에서는 후드득거리는 굵은 빗줄기가 막 떨어져 내리고 있었다. 이제야 창에 무늬를 그리고 있는 것으로 보아 막 시작된 모양이었다. 그녀는 창문을 닫아야 했다.

다행히 피워진 모양이었다. 익숙한 타닥거리는 소리가 났다. 단지 예쁘다는 이유만으로 샀던 시계의 바늘은 새까만 바깥의 배경과는 달리 무척이나 이른 시간을 가리키고 있었다.

"피곤할 텐데 누워. 금방 자리 펼 테니까."

그가 안방 침대 위에 차곡차곡 쌓아 놓은 이불들을 꺼내 왔다. 그리고 두 개의 베개를 나란히 놓고 푹신한 이불을 폈다.

한땐 참 저렇게 이불을 깔았다 갰다 하는 게 지겨워서 침대가 있었으면 좋겠다고 생각한 적이 있었다. 그러나 고시원의 누가 누웠는지도 모를 꺼림칙한 침대를 보고는 쓸고 닦을 수 있는 바닥이 그리웠었다.

그러곤…… 그 뒤에는 그런 생각조차 할 여유가 없었다. 남자는 이불을 가져다 놓고 위에 다시 제가 늘 덮던 담요까지 펼쳐 놓았다.

"누워."

누워 자기엔 이른 시간이었다. 창밖에서는 빗줄기가 쏟아지는 소리가 났다. 가을 가뭄이라더니 소리가 제법 요란했다. 아마 저비가 그치고 나면 온도계 눈금은 더 뚝 떨어질 게 분명했다.

"왜. 어디 아파?"

아직도 욕실 문 앞에 멍하니 서 있는 제게 그가 다가왔다. 그러고는 손을 내밀어 그녀의 이마를 짚었다. 따뜻한 손길보다, 낯선 남자의 과하게 잘난 얼굴이 또다시 인터넷 화면 속에 있는 '그 남자'에게 겹쳐졌다.

"왜, 나 때문에?"

그의 얼굴이 다시 심각해졌다. 평소 같으면 웃음이 났겠지만…… 그녀는 웃지 않았다.

"그런 거 같아요."

"그래?"

서로 다른 의미였을 것이다. 혜진의 맘에 체기처럼 걸린 인터넷에 뜬 그 사진 속의 남자는 다시 죄를 지은 것 같은 표정이 되어 있었다.

"거기 약 좀 줄래요?"

"무슨 약?"

"잠 좀 자게요."

"내가 먹으면 되잖아."

그가 급하게 말했다.

"아니, 내가 머리가 아파서 좀 자고 싶어요. 그때 서울 갔다 왔을 때…… 나한테 약 줬잖아요. 그때 잘 잤던 거 같아서."

그가 어두운 표정으로 별로 줄어들지 않은 약봉지 뭉치를 집어 들었다. 그러고는 하나를 뜯어서 주르륵 쏟아지는 알약들을 아일랜드 식탁 위에 늘어놓았다.

전부터 묻고 싶긴 했었다. 그는 긴 손가락으로 알약 세 개를 골라냈다.

"깊이 자려면 이걸 먹어야 하는데. 이건 과해. 그러니까 이걸."

노란 알약을 밀어 내더니 하얀 알약을 집어 들었다.

"그거 세 개 다 수면제예요?"

그가 고개를 끄덕이더니 그녀에게 내밀고는 곧 냉장고에서 물을 꺼내 들었다.

"왜…… 수면제를 세 개나 먹었어요? 그러면 정말 너무 과한 거 아닌가?"

처음에 제가 몰래 이 알약들을 검색했을 때부터 느꼈던 거였다. 하룻밤에 수면제가 세 개씩 든 약을 먹다니.

"내성이 생겨서. 오래전부터 먹었는데 어느 순간부터 잘 안 들었거든. 그래도 새로 나온 저 프로…… 노란 약은 잘 들어."

마치 아무렇지도 않다는 듯 그가 말했다.

"오래전부터 먹다뇨?"

그녀의 물음에 그는 잠시 머뭇거리는 듯하다 또다시 아무렇지도 않다는 듯 말했다.

"내가 좀 예민해서. 이리저리 많이 돌아다니다 보면 시간이 뒤집혀서…… 처음엔 시차 적응 때문에 먹었었는데 먹다 보니까 그냥 잠을 잘 못 자서. 그리고 사고 뒤에는……."

갑자기 그가 말문을 닫았다.

사고? 무슨 사고가 있었나? 아니 무슨 일이 있긴 있었을 것이었다. 그런 대단한 사람이 이렇게 변했으니까.

그리고 그 포스터 속의 날짜도, 그리고 그녀가 후루룩 검색했던 이 남자의 기사도 3년 전의 시간에 멈춰 있었다. 아마 무슨 일이 있었던 게 틀림없었다. 그러나 남자의 얼굴은 굳어 있었다. 그래서 그녀는 더 물을 수가 없었다.

이 남자에 대해 더 안다는 게 두려웠는지도.

그는 그녀에게 준 알약 말고 나머지 두 개를 집어 들었다.

"나도 오늘 일찍 자야겠어."

말간 여자의 시선이 느껴졌다. 오늘 낮에 온 전화가 그의 머릿속을 복잡하게 만들고 있었다.

말을 해야 하는데 입이 떨어지지 않았다. 화장기가 없는 여자의 말간 얼굴과, 하얀 목덜미, 봉긋하게 솟아 저를 설레게 하는 그녀의 얇은 면 티셔츠 밑의 매끄러운 가슴살 같은 게 또다시 제 어딘가에 피가 고이게 하는 것도 문제였다.

그러니까 그냥 자는 게 나을 것이다. 내일 일은 내일 생각하는 게 나을 것이다. 그는 먼저 제가 약을 입안에 털어 넣었다.

"아직 이른 시간인데……."

약이 목구멍에 넘어가는데 그녀가 힐끗 저를 보면서 말했다. 등 뒤로 빗줄기가 만들어 내는 소리가 후드득거리며 흘러내렸다.

그는 그녀의 옆을 스치고 지나가 나란히 놓인 베개가 있는 이부자리로 들어갔다. 따뜻하고 익숙했다. 아직 냉장고 앞에 서 있는 여자의 기척에 제 모든 신경이 가 있었다. 그 쭈뼛거리는 정신이 망각의 강 저편으로 넘어가기 전에 여자가 제 곁에 와 줬으면 싶었다.

저는…… 조종하는 사람이 없어진, 엉킨 실타래에 사지를 맡긴 마리오네트였다.

지난 세월 하얀 방 안에 구겨져 갇혀 있었지만, 제 힘으로는 일어날 수가 없었다. 누군가 제 손끝, 발끝, 명치와 정수리에 걸린 실들을 당겨 주어야만 일어날 수 있었다.

그녀가, 어디서 나타났는지 어쩌다 이렇게 되었는지는 모르겠지만, 말간 얼굴을 한 저 여자가 제 실들을 당겨 주었다. 그러니 다시 내팽개쳐지고 싶지 않았다. 늘 하듯 말 잘 듣는 제가 되어야만 했다.

가물거리는 정신 사이로 그녀가 제 곁에 눕는 게 느껴졌다. 그는 서서히 마비되어 가는 듯한 손을 겨우 들어 그녀의 따뜻한 어딘가를 잡은 채 망각 속으로 빠져들었다.

겨우 제 어깨에 손을 올린 채 남자는 깊게 잠이 들어 있었다. 혜진은 채 한 뼘도 떨어지지 않은 곳에서 잠든 남자의 얼굴을 물끄러미 보고 있었다.

약은 아직도 식탁 위에 놓여 있었다. 잠을 자지 못할 것 같아서 그녀는 약을 먹어야겠다고 생각했었다. 그러나 정말 너무 이른 시간이었다. 이 남자를 약을 먹여 재울 생각은 없었다.

그의 성적 욕구 때문에 제가 잠을 자지 못한다는 생각은 자신이 주입한 착각일 뿐이었다. 이 남자의 손길이 나빴던 적은 한 번도 없었다. 제가 예전에 느꼈듯이 성가시거나 귀찮았던 적도 없었다.

서툴렀지만 그는 저를 배려했고, 늘 따뜻한 물이 잘 나오는 욕실이 가까이 있었다. 허겁지겁 옷을 입고 나서야 하는 남의 침실도 아니었다. 남자의 입술은 따뜻하고, 때론 뜨거웠고 조심스러운 손짓은 저를 안심하게 했었다. 그리고 심지어 이상한 기분을 느낀 적도 있었으니까.

그의 왼손이 가슴께에 놓여 있었다. 다섯 손가락 끝에 뭐가 묻은 듯 짙은 색인 손가락 끝은 딱딱하고 갈라져 있었다.

언뜻 본 적이 있었다. 천재 바이올리니스트의 손이라는 제목으로 나와 있던 그의 손. 유명한 발레리나의 엉망이 된 발이나, 스케이트 선수의 형편없이 상처투성이인 발과 같이 나와 있던 시커먼 멍이 든 손가락들은…… 이 남자의 것이었다. 인터넷의 화면 속에 있던 타인의 손이 제 눈앞에 있다니…….

혜진은 깊이 잠든 그에게 이불을 덮어 주었다. 그러곤 냉장고에 가서 맥주 캔 하나를 꺼내 들고 그가 앉아 있던 나무 의자에 앉았다.

빗소리가 가득 차 늘 타닥거리는 나무 타는 소리를 뒤덮었다. 그녀는 손에 집히는 리모컨을 들어 텔레비전을 틀었다. 큰 소리에 놀라 소리를 죽이자 현란한 화면만 가득 찼다.

늘 제가 도착하면 저 남자가 보는 텔레비전에서는 광고만 흘러나오고 있었다. 그녀는 멍하니 번쩍거리는 광고를 쳐다보면서 차가운 맥주 캔을 홀짝거렸다.

굵어진 빗소리가 귓가에 파고든 게 먼저였는지, 아니면 따뜻한 손길이 제 속옷 사이로 스며든 게 먼저였는지는 알 수 없었다. 하여튼 몽롱한 잠결 끝에 빗소리가 들리고 조심스러운 손길은 잔뜩 욕정을 품은 채 제 가슴을 만지작거리고 있었다. 뜨거운 입술이 목줄기를 더듬었다.

"깨났어?"

잔뜩 가라앉은 목소리가 낮게 내려앉았다. 몇 신지는 모르겠지만 아직 어두웠다. 불길이 사그라졌는지 코끝에 공기가 시렸다. 그러나 열기가 가득 뿜어지는 남자의 뜨거운 체온은 냉기를 느끼지 못하게 만들었다. 부스럭거리던 움직임은 곧 제 옷을 걷어 올리고 있었고, 뜨거운 입김이 가득한 남자의 입술이 제 가슴을 빨아들이고 있었다.

"아……."

저도 모르게 새어 나온 신음 소리가 멈칫했던 남자의 움직임을 돋우었다. 남자의 입술이 그녀의 목덜미에 부드럽고 뜨거운 궤적을 남기며 머뭇거렸다. 반쯤 잠에 취한 그녀에게 싸한 공기 밑의 뜨거운 체온을 지닌 남자의 부드럽고 은밀한 움직임은 마치 아릿하고 환상적인 꿈속에 있는 느낌이었다.

잔뜩 열기에 들뜬 남자의 손이 제 아랫배를 쓰다듬더니 속옷 안으로 파고들었다. 하얗고 긴 남자의 손가락이 눈에 보이는 것 같았다. 제 안에서 꿈틀거리는 긴 손가락들이 저도 모르게 저를 흠뻑 젖어 들게 하는 것 같았다. 빗소리가 귓가에 흩어졌다.

남자의 뜨겁고 은밀한 숨결이 귓가에 뿜어졌다. 터질 것 같은 열기를 뿜은 남자의 일부가 제 속으로 파고들었다. 그녀는 저도 모르게 달아올라 있는 남자의 어깨를 감싸 안았다.

땀으로 젖어 든 제 목을 감싸 안은 남자의 거친 손끝을 잡아챘다. 거칠고 딱딱한 남자의 왼손을 당겨 그녀는 입을 맞췄다. 그 컴퓨터 화면 속에 있는, 수만의 조회 수를 자랑하며 수백 명이 찬탄

하면서 댓글을 달았던 예술가의 손끝은 달착지근한 맛이 나는 것 같았다.

남자의 신음 소리가 목구멍 깊숙이 배어 나오는 게 귓가에 느껴졌다. 다른 한 손으로 그녀는 매끈한 남자의 등을 할퀴듯 긁었다. 영화에 나오듯 붉은 핏자국이라도 만들고 싶었지만 뭉툭한 제 손톱은 남자를 더욱 자극할 뿐 생채기조차 내지 못했다. 여자의 손짓을 느낀 남자의 허리 짓은 더욱더 강해졌다.

늘 느껴지던 것보다 더 꽉 차 벅찬 것 같은 남자의 일부는 제 속에서 급하게 움직거렸다. 숨이 찼다. 제 속 어딘가가 미처 알지 못했던 그 무엇을 찾아가는 듯 아득해졌다.

숨이 차올라 저도 모르게 밭은 숨을 내쉬며 소리치려는데 남자의 불타는 것같이 뜨거운 입술이 제 입을 막았다. 뜨거운 혀가 제 속을 휘저었다. 그리고 동시에 제 속, 다른 어딘가도 급하게 움직거리고 있었다.

마침내 참지 못한 듯 그는 열기가 가득한 이불을 걷어 올렸고, 찬 냉기가 드러난 제 몸 위에 쏟아져 내렸지만, 혜진은 그것을 느낄 새가 없었다. 미친 듯이 제 속을 훑어 내리는 남자의 불타는 듯한 분신이 제 정신을 아득하게 만들고 있었다.

어때…… 이 남자가 그렇게 대단한 사람인 게, 뭐가 어때.

내가…… 한 숟갈쯤, 이 남자를 떠먹으면…… 뭐가 달라져…….

제 속이 오그라들고 있었다. 한없이 작아져 한 점으로 수축하고 있었다. 숨이 찼다. 남자의 숨이 넘어가는 듯 격한 소리가 잇새로 스며드는 게 들렸지만, 그게 사실이 아닌 것 같았다.

그가 제 속을 쑥 빠져나가 뜨거운 숨을 제 배 위에 울컥울컥 쏟아 냈다. 제 골반 뼈 위에 올라탄 남자의 뼈대가 후들거리면서 떨리는 게 좋았다. 남자가 제 몸 위에 무너져 뜨거운 숨을 헐떡거렸으면 좋으련만, 제 위에 쏟아 놓은 게 미안스러운지 후들거리는 팔로 몸을 지탱하면서 뜨거운 숨을 토해 내고 있었다.

땀에 진득하게 젖은 얼굴이 다가오는 게 후각으로 느껴졌다. 젖은 입술이 제 입술을 살그머니 덮었다. 그러곤 제 귓가에 꿈인 듯 몽롱한 소리가 들렸다.

"고마워."

갑자기. 사랑해, 라는 단어가 떠올랐지만…… 당혹스러운 제 어리석은 뇌가 두꺼운 문학전집 속에 있던 대사를 왜 떠올렸나 하는 질책을 하는 동안 남자는 몸을 일으켜 욕실로 급하게 뛰듯이 사라졌다.

드러난 제 몸 위에는 싸한 새벽 공기가 내려앉았으며, 제 몸 위에 있던 뜨거운 액체는 금방 싸늘하게 식어 갔다. 그러나 제 몸은 손끝 하나 움직일 만한 힘이 남아 있지 않았다.

잠깐 잠이 들었던 걸까. 갑자기 뜨끈한 느낌에 눈을 떴을 때 한층 밝아진 배경 속에 그의 얼굴이 저를 내려다보고 있었다.

"더 자. 이따 씻어."

뜨끈뜨끈 김이 날 것 같은 수건이 제 배 위를 닦아 내고 있었다.

"더 자."

마치 주문 같은 목소리가 귓가에 이어졌다. 제 몸을 닦아 내는 것보다, 몽롱한 제 의식은 그 목소리를 내는 남자의 매끄럽고 따뜻한 입술을 바라고 있었는지도 몰랐다. 그러나 야속하게도 그 입술의 주인은 제 배 위를 닦아 내고 이불을 덮어 주는 데만 급급하고 있었다.

내 곁에 누우라는 말을 내뱉지도 못하고, 다시 어디론가 가는 남자의 벗은 뒷모습만을 몽롱하게 보고 있던 그녀는 다시 눈을 감았다.

"오늘은 몇 시쯤 끝나?"

막 젖은 머리카락을 말리고 옷을 입고 내려온 그녀를 보고 그가 물었다.

이건 주객이 전도된 것임에 분명했다. 저는 이 남자의 끼니와 약을 책임지라는 임무를 부여받고 이 집에 더부살이를 하는 중이었다. 그러나 제가 보살펴야 하는 남자는 이미 저를 위한 상을 차려 놓고 부지런히 냉장고를 채우고 있던 반조리 식품들을 상 위에 올려놓으면서 제 눈치를 보고 있었다.

싸한 집 안의 공기에는 좀 과한 하얀색 반팔 티셔츠 밑으로 하얗고 가느다란 팔이 드러나 있었다.

"이거 다 한 거예요?"

그다지 넓지는 않았지만 식탁 위에 한가득 차려진 것을 보고 그녀가 물었다.

"음…… 겉에 다 쓰여 있는 것들 보고 한 거야. 썩 맛이 있어 보이지는 않아. 그런데 오늘 몇 시쯤 끝나?"

그가 다시 물었다. 오늘은 수요일이었다. 어처구니없이 일찍 일이 끝나는. 그래서 시간을 때우느라 애쓰던 그런 날이었다. 오늘은 굳이 그럴 필요가 없는 듯했다.

"일찍 끝날 거예요. 왜요?"

"……아니. 그냥."

분명히 뭔가 할 말이 있는 것 같았다. 그러나 혜진은 알고 싶지 않았다. 아니 그게 두려웠다. 한편으로 그냥…… 체념했음에도 불구하고.

"왜요? 무슨 일 있어요?"

"아니……."

"혜진아."

"왜?"

아이들이 있을 땐, 늘 선생님을 붙여 부르던 은진이었다. 1학년 아이들 몇이 열심히 문제를 풀고 있는 중이었다.

"너……."

그녀의 작아진 목소리가 귓가에 들렸다.

"왜?"

그냥 은진이 뭘 물으려는지 알 것만 같았다. 동네는 좁은 시골이었다. 누구 집에 숟가락이 몇 개인지는 몰라도 어느 누가 뭘 어쨌다 하면 다 알 만한 정말 작은 동네였다.

"너 엄청 멋있는 남자랑…… 같이 다닌다던데. 누구야?"

누가 보더라도…… 그는 이 동네에 어울릴 만한 사람이 아니었다. 아니 강남 한복판을 거닌다 해도 한 번쯤 흘끗 뒤돌아볼 만한 남자였다. 누군가…… 보았을 것이다.

"누가 그래?"

그래도 한 번쯤은 되묻고 싶었다.

"애들이 너 마트에서 봤다던데?"

그랬을 것이다. 다들 이 갑갑한 동네에서 주말을 멀쩡하게 지낼 사람은 없을 테니까. 다들 인접한 시의 마트를 돌아다녔을 것이다.

"집주인."

혜진은 문제집들을 펼치면서 아무렇지도 않게 말했다. 실제론 아무렇지도 않은 게 아니면서도.

"영지가 그러는데 엄청 멋진 남자랑 같이 가더라는데, 집주인이 남자였어? 그럼 그 남자랑 같이 산 거야? 한집에서?"

눈이 동그래진 은진의 물음에 혜진은 무덤덤하게 대답했다.

"응."

뭐라 더 묻고 싶은 눈치였는데 아이들이 쏟아져 들어왔다. 다행이었다. 그 남자랑 잤냐고 묻지 않아서. 물론 그렇다고 대답할 셈이었지만.

오후는 늘 그렇듯 느릿느릿 지나갔다. 그러나 그 속도는 전 같지 않았다. 아마…… 제 머릿속이 오랜만에 생각이란 걸 했기 때문일 것이다.

그는 텔레비전 옆에 있던 키 뭉치를 들었다. 많은 것과 바꿨던…… 열쇠였다. 그러나 실제로 이걸 사용했던 적은 몇 번이나 되었을까.

좁은 마당에 있던 나무와 풀들은 이제 곧 닥칠 계절을 준비하느라 바싹 말라 있었다.

밤새 계속되던 비가 그친 공기는 싸했다. 좀 더 따뜻하게 입고 나가라고 할 걸 그랬나. 아니 어딘지 모르지만 걸어가던데 차를 타고 가라고 할 걸 그랬나.

그는 시내에 갈 때 탔던 그녀의 빛바랜 작은 승용차를 보고 있다가 그 뒤에 어울리지 않게 생뚱맞은 새파란 광택을 지닌, 그러나 먼지와 빗물 덕에 그 후안무치한 번쩍거림이 잦아든 차를 쳐다보았다.

"차가 갖고 싶어요."

"뭐? 호텔에서 다 렌트하는데 무슨 차?"

"제 차요."

"미스터 한 때문이야? 너 그게 얼마나 위험한지 알아? 내가 그냥 눈감아 줬더니⋯⋯."

"결혼⋯⋯해요. 할 겁니다. 어차피 운전하고 다닐 시간이 있는 것도 아니잖아요. 그냥 갖고 싶어요. 저도 이제 한 사람의 남편이고 한 가정의 가장이 될 테니까. 제 차 하나 정도 갖는 거 이상한 거 아니잖아요."

무슨 생각으로 그런 말을 했는지 지금도 이해가 가질 않았다. 그냥⋯⋯ 간절하게 너무 갖고 싶었다.

무엇이든 제 것을 가지고 싶었던 그가 그나마 생각해 낸 것이 그것이었다. 새파란 짤즈부르크의 하늘처럼 빛나는 색을 가진 차.

"카일⋯⋯."

"갖고 싶어요."

막상 노란 바탕에 날뛰는 야생마가 그려진 커다란 트레일러에서 새파란 광택이 나는 저 괴물 같은 차가 눈앞에 나타났을 때 느낀 건⋯⋯ 누군가 제 목을 죄어 질식시키는 것 같은 느낌이었다.

왜 그랬을까, 돈이 아무리 많아도 아무에게나 팔지도 않는다는, 이 대단한 차가 아마 제가 스스로 만들어 낸 족쇄일 거라 느껴졌기 때문이었을까.

겨우 지상의 트레일러 옆에서 지하 주차장의 노란선 안까지만 저 차를 몰아 봤었다. 밤에 자유로로 나가면 된다고 했던 지석의 말을 듣고 그걸 기다렸지만, 곧 연주회가 있었고, 그 뒤에 사고가 있었다.

지석이 무엇 때문에 이 차를 여기에 가져왔는지는 알 수 없었다. 그러나 새까만 선팅이 된 차 안에 있는 익숙한 커다란 상자는…… 그가 왜 이 차를 여기에 가져다 놓았는지 짐작할 수 있게 해 주었다.

다시 돌아갈 수 있을까. 평생 헐떡거리면서 차 안에 있는 또 하나의 괴물을 쫓아다녔었다. 아니 어마어마한 값을 치르고 저 괴물이 제 것이 되었지만, 그건 제 소유가 아니라 제 두 손이 저놈의 소유가 되었다는 게 더 맞는 말이었다.

제 축 늘어진 실들을 잡아당겨 줄 사람이 생겼으니까, 다시 일어나야 하는 거 아닐까. 아니, 그건 그때 가서 생각해야 할 것 같았다. 우선은 그분을 만나야 하는 거니까.

키를 들고 나왔지만 그는 차 문을 열어 보지도 못하고 다시 집 안으로 향했다. 그러곤 그 열쇠가 있던 자리에 다시 내려놓았다. 전혀 만진 흔적이 안 보이도록.

그사이 오후가 한 뼘쯤 기울어졌다.

보아하니 은진이 저를 붙잡을 것 같아서 그녀가 운행을 나간 사이에 학원 문단속을 하고 얼른 나섰다.

수요일인지라 아이들이 한꺼번에 몰려와서 은진의 질문이나 제 머릿속의 혼란을 미처 신경 쓸 시간이 없어 좋았다. 해가 부쩍 짧아졌기에 이른 시간이었지만 이미 날은 어두워져 있었다.

오늘 저녁은 뭘 먹지. 냉장고 안의 음식도 지겨운데 밖에서 뭔가 맛있는 걸 먹을까, 아니면 치킨을 시킬까. 그런 생각에 골똘한 채 집으로 향했다.

생뚱맞게 외딴 작은 집에는 환하게 불이 켜져 있었다. 비가 내리고 나서는 훨씬 더 싸해진 늦가을 공기가 코끝을 시리게 했다. 주말에는 진짜 겨울옷을 사야 하나 싶어 종종거리면서 그녀는 좁은 마당을 가로질러 문을 열었다.

뭐가 어떻든 간에 누군가 자기를 기다리는 사람이 있는 집으로 오는 시간은 좋을 수밖에 없었다. 맛있는 저녁과 괜찮은…… 저를 바라보는 누군가와 따뜻한 집, 평온한 휴식 그리고 은밀한 황홀감까지.

자격지심을 가질 필요는 없었다.

이 대단한 사람과 이렇게 우연히 만나 살고 있는 게 어이없지만 이건 현실이었다. 끝이 어떻게 날지는 알 수 없었다. 그러나 끝이 어떻게 나든 간에 제 기분에 따라 그 사람을 대하는 건…… 옳은 게 아니었다.

좀 더 다정한 말, 다정한 행동…… 그리 어려운 것도 아닌데 제 몸에 맞지 않는 옷처럼 어색했을 뿐이었다. 그러나 이제는 좀 해봐야 할 것 같았다. 제가 할 수 있는 거라곤 그런 거밖엔 없으니까.

"아 추워……."

그녀가 문을 열고 부산스럽게 들어서면서 말했다. 그러곤 문 앞에서 생각했듯 뭔가를 더 덧붙이려 했지만 잠시 뒷말을 잊어버리고 말았다.

낮에 문을 나설 땐, 그가 반팔 티셔츠에 후드 집업 점퍼를 입고 있었다. 운동을 다녀왔다 해도 여벌의 옷을 많이 샀으니까 그런 차림일 거라 생각했었다. 그런데 늘 그렇듯 요란한 광고 음악이 가득한 집 한쪽에 있는 커다란 나무 소파 위에서 부스스 일어난 남자

317

는 낯설었다.

주말에 산 게 분명한, 보기에도 그럴듯한 바지와 스웨터, 그리고 옆에는 그가 처음에 이곳에 올 때 입고 왔던 검은색의 코트가 가지런히 접힌 채 놓여 있었다.

"어디…… 가요?"

한참 만에 제 입에서 나온 말이 왜 제 속을 아릿하게 만드는지 알 수 없었다. 당연한 거 아니야? 저 대단한 사람이 여기서 평생 이러고 살 건 아니잖아.

그런데 왜 하필 오늘 밤이지…….

제 머릿속에서 격렬하게 떠돌고 있는 말들과는 달리 그의 표정은 평온했다.

21

어느새 네가 내 안에 가득 차 버린 줄 알았다
그러나 그건 나의 착각일 뿐

"이 밤중에 어딜 가요?"

"밥부터 먹어."

"아니 어딜 가려는 거냐구요."

실은 중요하지 않았다. 밥 따위……. 일 끝나고 나서 가장 괴로운 건 허기였지만, 허기가 싹 가실 만큼 제 속은 당혹스러워하고 있었다. 아니 당혹스러워한다는 것 자체가 더 당혹스러웠다.

늘 각오하고 있던 일 아니었나? 그런데 겨우…… 저 문 앞에서 제 맘을 돌렸는데. 오히려 그것에 대한 배신감에 저도 모르게 언성이 높아진 것 같았다.

"꼭 만나야 될 사람이 있어. 그런데 당신이 지금 끝났으니까. 차 있으니까 저녁 먹고 가도 될 거 같아서. 검색해 보니까 두 시간 반밖에 안 걸린다는데?"

"뭐라고요?"

"나 돌봐 줘야 하는 거 아니야? 그러니까 당연히 당신도 같이 가야지. 밥 먹자. 나도 기다렸어. 배고프네."

더 어이없는 건, 당연하게 같이 가야 한다는 그의 말에 너무 큰 안심을 했다는 사실이었다. 그러나 식탁에 앉아서 밥숟갈을 뜨려 하니 또다시 머리가 복잡해졌다. 대체 이 남자를 따라가서 어쩌자는 건가.

"내가 왜……."

"나 길 잘 몰라. 그리고 대중교통 같은 거……. 비행기 외에는 타 본 적 없어. 게다가 멀쩡하게 차도 있는데 뭐. 저번에도 한밤중에 서울 갔다 온 거 아니었어? 그렇게 휘리릭 갔다 올 수 있는데 나 좀 데려다주는 게 어때서 그래."

남자의 말은 틀린 게 하나도 없었다.

"어딜 가는데요?"

"……."

그는 잠시 생각을 했다. 내일 가도 되는 건데…… 왜 이 밤중에 길을 나서려는 걸까.

내일 이 여자의 출근 시간에 맞춰 올 수 있을 거라 생각해서였을까. 아니 모르겠다. 그냥 가야 한다고 생각했으니까 밤이든 낮이든 시간은 상관없는 거라 여길 뿐이었다.

늘 그래 왔었다. 스케줄에 맞춰서 새벽 두 시건 네 시건 맞춰진 시간에 길을 떠나는 것 따위 일상적이었다. 그 시간에 맞춰 살기 위해서 늘 약을 달고 살았었고, 그게 정상적인 생활이라고 생각되었다. 그 때문에 약 없는 그의 수면 패턴은 엉망이 되어 버린 거였지만.

생각이 났으니, 준비를 했으니 가야 했다.

"가. 가면 알아."

어디로 가는지는 알고 있었다. 그러나 입에 담기 싫었다.

"음…… 조금 페달이 무거워. 그렇지만 정체 있을 때나 그렇지 그냥 차 없는 길에서는 괜찮을 거야. 그냥 주행 모드로 하면 세단이나 똑같다고 했거든."

실은 저도 이 차를 제대로 몰아 본 적이 없었다. 비슷한 기종을 렌트해서 다녀 보긴 했지만, 문제는 핸들이 반대쪽에 있었었다. 동네 길을 잘 모르는 그가 핸들을 그녀에게 양보하긴 했지만 받은 사람도 당혹스럽긴 마찬가지였다.

분명히 어마어마하게 비싼 차가 맞을 것이다. 그르렁거리는 배기음도 그렇고, 어마어마하게 무거운 핸들도 그렇고. 아니 미끈하게 빠진 외관만 봐도 당연했다. 강남 어딘가에서 요란한 소리를 내면서 돌아다니고 주위 사람의 탄성을 자아내게 하던 그런 괴상망측한 차들 중의 하나일 것이 분명했다.

고등학교를 졸업하자마자 겨울이라 좀 일이 한가해진 아빠가 덜컥 운전면허 학원을 등록해 주었기에 배운 운전은, 더러 아빠가 오고 제가 시간이 나면 한적한 시골길을 드라이브하는 것으로 손에 익혔었다.

다만 차선 건너편으로 차가 오는 게 반가울 정도인 한적한 시골길이기에 그저 밟으면 가고 또 밟으면 서는 것 외에는 운전이란 게 별것 없었다. 그러다 덜컥 아빠가 돌아가시고 차마저 어쩌려는 엄마를 보곤 재빨리 수속을 마쳐 제가 차를 끌고 와 버렸다.

처음엔 애물단지였다. 다행히 저 혼자 벽이니 기둥에 긁어 대긴 했지만 다른 차에 부딪친 적은 없었고, 아무래도 도시 생활에 차가 있다는 것은 많은 도움이 되었었다. 그렇게 차를 끌고 다닌 게 겨우 두 달 남짓.

저번에야 오기였다지만, 푹 꺼져 앞이 제대로 보이지도 않고, 과속방지턱이 어마어마한 충격으로 다가오는 이 엄청난 차를 끌고 대체 어디로 가야 한단 말인가.

"휴대폰 내비게이션대로 내가 이야기해 줄게. 우선 서울 강남 쪽으로 가자고."

무언가에 홀린 게 분명했다. 왜 저는 이 낯선 차에 이 남자를 대신해 운전석에 앉아 어디론가 가고 있는 걸까. 어디인지는…… 대충 알게 됐다.

강남이라, 이 남자가 전에 살던 곳……. 아마 그런 곳이겠지. 그럼 이제 어떻게 되는 거지?

뭔가를 물어봐야 하는데 제 손에 익숙지 못한 무거운 핸들과 살짝 밟아도 굉음을 내는 무시무시한 차 때문에 그녀는 제대로 말을 하지 못하고 있었다. 그리고 옆에 있는 남자 또한 아무 말이 없었다.

우선은…… 우선은 그분을 만나야 하니까.

뭐라 이야기를 해야 하는 걸까. 그는 새까만 바깥 풍경을 보다 고개를 돌렸다. 잔뜩 긴장한 여자의 옆모습이 보였다. 그리고 다시 고개를 돌리자 무시무시한 괴물이 갇혀 있는 육중한 상자가 보였다.

그러나 이상하게도 그게 무섭지 않았다. 2년 반 만인가……. 저게 그 자리에 그냥 있을 거라 생각한 적이 없었는데. 아니, 떠올리기만 해도 숨이 막혀 오고 제 속에 있는 모든 것을 쇠갈퀴로 긁어

대는 듯한 고통이 느껴졌었다.

새 악기를 손에 익히는 데는 많은 시간이 걸렸다. 그래서 몸집이 커짐에 따라 악기를 바꿔야 하는 기간이 되면 그는 독한 감기 몸살을 앓곤 했었다. 그리고 마지막에 제 손에 들어온 카두로스.

무서웠다. 그게 얼마나 대단한 물건인지, 아니면 얼마나 비싼 건지는 둘째 치고 바이올린을 하는 사람들이라면 다들 알 만한 그의 퍼스트 네임이 주는 무게가 얼마나 육중한지 그는 처절하게 느꼈었고, 그 악기에 걸맞은 음을 만들어 내느라 족히 일 년은, 그전 십여 년보다 더 혹독하게 연습에 매달려야 했다.

하루에도 몇 번씩 활대가 끊어졌고, 이제는 딱딱하게 굳어져 벽돌 같을 거라 여겼던 손가락은 또다시 터지고 곪았다. 결국 그것을 정복했지만, 아니 주변에서 그렇게 찬사를 보냈지만, 그는 마음속으로 승복할 수 없었다. 과연 내가 지금 내는 소리가 맞는 건지…… 그냥 기계적으로 연습하고 또 연습해서 무대에 오르고 녹음실에 들어갈 뿐이었다.

저를 하나부터 열까지 관리하던 어머니가 점차 바빠지고, 제가 세상을 볼 수 있는 길들이 점점 더 많아짐에 따라 귀에 들어오는 저를 향한 이야기들은 하나같이 칭찬과 찬사였지만 꼭 한마디씩 덧붙이고 있었다.

영혼이 없다…….

진심이 깃들어 있지 않다…….

대체 진심은 무엇이고 영혼은 무엇인데? 그게 무엇인데…….

그게 뭔 줄도 모르면서 그는 점점 숨이 막혀 왔다. 비행기에 있어도, 무대 위에 있어도, 녹음실에 있어도…….

제가 숨을 쉴 수 있을 땐 그냥 짤즈부르크의 외곽 도로를 아무 생각 없이 달릴 때뿐이었다.

결혼이든 뭐든 잠시 짬을 내어 혼자, 옆에 누구도 없이 혼자 달 릴 수만 있다면 견딜 수 있을 거라 생각했었다. 그러나 그런 제 생 각이 그 모든 사건들을 불러들였다고 생각했다.

"욱……."

그의 헛구역질 소리에 혜진이 놀라 물었다.

"왜 그래요?"

이제 막 어둑한 길가에 차들이 늘어난 참이었다. 혜진이 놀라 소리쳤지만, 핸들에서 손을 떼거나 할 수는 없었다.

"아…… 아니, 괜찮아."

괜한 제 상념이 겨우 운전을 하고 있는 그녀를 놀라게 했을까 봐 그는 간신히 아무렇지도 않은 듯 대답했다.

"내가 운전을 제대로 못 해서 멀미가 나나 봐요. 나 이런 차는 처음이라구요."

거의 두 시간을 아무런 말도 없이 있었다. 그래서 그의 머릿속 이 지독한 상념으로 가득 찼었는지도 몰랐다. 겨우 그녀가 대답하 는 것도 그나마 차에 익숙해졌기 때문이었을 것이었다.

"아니…… 그냥 좀 머릿속이 복잡해서."

왜 복잡한데…… 이제 전에 살던 삶으로 돌아가야 하니까?

혜진은 묵묵히 운전을 하면서 부글부글 제 속에서 쏟아져 내리 는 것들을 내뱉어야 하나 말아야 하나를 고민하고 있었다.

이 남자는 제 곁에서 절 걱정하고, 저를 위해 밥을 하고, 같이 밤을 보내면서도 단 한 마디도 자기 자신에 대한 이야기를 하지 않았다.

아마 그 포스터를 보지 않았더라면 지금도 이 남자에 대해서 아무엇도 몰랐을 것이다. 그냥 약간 머리가 이상한 잘난 외모를 지닌 남자라 생각했을 것이었다. 지금 가는 곳이 어디인지, 왜 가야 하는지조차 말이 없었다.

그냥…… 이렇게 아무것도 모른 채 보내는 게 나은 걸까.

"어디로 가는 거예요? 병원요?"

전에 병원에 있었다고 하지 않나. 무언가 묻고 싶은데 뭐라 말을 해야 할지 알 수가 없었다. 제 손에 버거운 차 때문에 더한지도 모르겠다 싶었다.

"아니……."

그는 작게 대답했다. 아니라고 말하긴 했지만, 병원에도 가야 했다. 그들이 거기까지 찾아오는 건 싫었으니까.

"잠깐 사람 좀 만나고 갈 거야."

"누구요?"

"……."

생각해 보니 못 만날 수도 있었다. 갑자기 길을 나선 게 후회되기도 했다. 다시 돌아가야 하나. 그러나 슬슬 주변의 차들이 늘어나고 있었다. 그리고 주변도 슬슬 변해 가고 있었다. 이왕 온 것이니까.

"강남으로 가……."

그가 휴대폰을 들여다보면서 말했다.

"길 알아?"

"알아요. 거기 어디요."

"음, 큰 아파트인데……."

"타워팰리스?"

혜진은 그냥 말해 본 것에 지나지 않았다. 큰 아파트가 한둘인가.

"아, 그거 비슷한 거 같아."

"……."

혜진은 입을 다물었다.

지나가다 저기가 거기구나 했을 뿐이었다. 물론 요즘은 더 어마어마한 주상복합 아파트들이 널렸지만, 그래도 몇 년 전에는 저 우뚝 선 건물이 최고였다. 아마 지금도 다들 이 이름은 알고 있을 것이었다.

그곳의 지하 주차장으로 들어가는 길은 어마어마했다. 그러나 그의 차에 달린 조그마한 카드키가 모든 것을 대신해 주고 있었다.

"몇 층이에요?"

어마어마한 엘리베이터 앞에서 당혹스러운 혜진이 말했다. 그가 자동차 키 옆에 붙은 카드키를 보더니 말했다.

"65층. 아마 꼭대기일 거야."

"……."

유명한 사람이니까. 그럴 거라 생각했지만, 막상 맨 위에 있는 버튼을 누르고 나니 혜진은 조금 멍해지는 느낌이었다. 그리고 그건 실제로도 그랬다. 고속으로 올라가는 엘리베이터 덕에 귀가 멍해지고 있었으니까.

숫자는 무섭게 올라가고 있었다. 옆에 서 있는 사람을 돌아보고 싶었지만, 그녀는 묵묵히 숫자만 바라볼 뿐이었다.

"여기가 집이에요?"

아직도 숫자는 계속 올라가고 있었다.

"……."

그도 딱 한 번 와 봤었다. 그냥 꽤 올라가야겠구나 싶었을 뿐이지 그 외에는 아무 생각이 없었다. 과연 집이란 데에 며칠이나 살까 싶었기 때문이었다.

페트로나스 타워니 버즈 알 아랍이니 하는 높은 건물의 펜트하우스의 광활한 호텔도 그에게는 별다른 생각을 불러일으키지 못했다. 그리고 그때도 화려한 인테리어와 두 사람이 살기엔 광활한 넓이만 생각났었지 뾰족하게 다른 기억 따위는 남아 있지 않았었다.

그분을 만나긴 해야 하는데 이 밤중엔 그러지 못할 테니 어디론가 와야 했을 뿐이었다. 지석에게 이야기를 했었어야 하나? 아니, 그건 아니었다. 그건 분명히 제 소유의 집이었으니까.

다른 건 몰라도 그건 알고 있었다. 그래서 온 것이었다. 시골의 그 작은 집이 그녀의 아버지의 집이었던 것처럼, 지금 가는 그 광활한 곳은 제 이름으로 된 집이었으니까.

그가 슬그머니 손을 내밀어 그녀의 손을 잡았다. 따뜻했다. 그럼 된 거 아닌가.

굳은 표정으로 숫자가 바뀌고 있는 것을 보는데 긴 손가락이 제 손을 휘어잡았다. 혜진은 모른 척했다. 이걸 어떻게 받아들여야 할까 고민 중이어서일까. 제 무표정을 살피던 눈은 더욱더 힘을 주어 제 손을 잡는 걸로 대신했다.

그때 경쾌한 소리와 함께 먹먹함을 주는 엘리베이터가 멎었다. 정말 빨리도 올라오는구나. 65층씩이나 된다는데…….

넓고 화려한 복도에는 환하게 불이 켜져 있었고 문은 딱 두 개밖에 없었다. 복도가 마치 호텔 로비라도 되는 듯 어마어마한 넓이였는데도 불구하고.

그는 잠시 머뭇거리다가 카드키에 쓰인 숫자가 있는 쪽으로 가더니 문에 키를 댔다. 삐리릭 소리가 나고 문은 열렸다.

솔직히 그도 그때로부터 몇 년이나 지났다는 생각에 혹 이 집이 아닐지도, 혹은 이 집을 처분했을지도 모른다는 생각이 잠시 들긴 했었다.

그러나 문이 열리는 것을 보고 어쨌든 키가 맞으니 이 집은 그대로라는 생각에 다행이다 싶어 문 안으로 들어갔다. 뒤에 서 있던 혜진도 호기심 반, 당혹스러움 반으로 그를 따라 들어갔다.

불이 켜진, 대리석 바닥으로 된 호텔의 복도 같은 복도가 나타났다. 현관 복도 넓이만 해도 제집의 거실 넓이만큼이나 될 듯해 보였다.

쌀쌀한 날씨였지만, 마치 누군가 사는 집처럼 따뜻한 온기가 있었다. 그리고 실제로 누가 사는지 한참 걸어간 대리석으로 된 넓은 현관의 끝에는 남자의 신발과 보기에도 아찔해 보이는 화려한 빛깔의 스틸레토 힐이 나란히 놓여 있었다.

"어?"

그의 입에서 의구심에 섞인 소리가 튀어나왔다. 여전히 그녀의 손을 잡고 있던 그가 신발을 벗고 들어서자 혜진도 따라갈 수밖에 없었다.

벽에 걸린 추상화 그림들이 있는 대리석 바닥의 모퉁이를 돌자 눈이 의심스러우리만큼 어마어마하게 넓은 공간이 나타났다.

마치 금색 모래를 뿌려 놓은 것 같은 화려한 야경을 배경으로 휘황찬란한 클래식 풍의, 드라마에나 나올 법한 응접실 가구 세트가 있었고 아파트답지 않은 높다란 천장에는 화려하고 커다란 샹들리에가 있었다. 그러나 혜진의 눈에 들어온 건 그게 아니었다.

한쪽의 벽을, 거의 절반 정도 채운 것 같은…… 사진이었다. 뿌옇게 처리를 한 것이 분명했지만 실제 사람보다 훨씬 큰……

예복을 입고 바이올린을 든, 그리고 머리를 뒤로 넘겨 묶은, 실제로 있을까 싶을 만큼 드라마틱한 이목구비를 가진 남자의 사진. 그리고 나머지 벽면을 채운 유리관 안에 든 크고 작은 바이올린들이 시선을 묶고 있었다.

제 손을 잡고 있던 손에 과하게 힘이 들어가지 않았다면, 그녀는 멍하니 그것들을 계속 보고 있었을 것이었다. 그때였다.

"누가 이 시간에…… 어……? 카……. 진우야!"

누군진 알 것 같았다. 다만, 약간 헷갈리는 이유는 전에 보았을 때처럼 단정한 차림새가 아니라 막 자다 일어난 듯 머리카락이 흐트러져 있었다. 그리고 곧 시선을 돌려야 할 만큼 급하게 입은 하의 외에는 매끈한 맨몸을 드러내고 있었다.

"왜…… 여기 있는 거야? 네가?"

싸한 그의 목소리가 제 앞에서 났다. 혜진은 그의 뒤에 서 있었지만, 그의 표정을 알 것만 같았다. 처음 보았을 때, 제게 비아냥거리면서 사는 게 행복해? 라고 했던 그 표정이 생각났다.

"그……그게."

"지석 씨? 뭐예요……."

불이 켜진 저쪽의 방에서 여자의 목소리가 났다. 여자의 목소리는 작았고, 집은 광활하게 넓었지만, 너무나 조용했기에 누구든 그 소리를 들을 수 있었다.

"진우야."

"하…… 이런 거였어?"

"그게 아니라…… 네가 오해하고 있는 거야. 잠깐 지나다가…… 어차피 이 집 비어 있는 거잖아. 꼬박꼬박 관리비도 들어가고 있고, 정리하는 사람도 있고……. 술을 좀 먹어서……."

당혹스러워하는 지석의 어깨를 스치고 지나가 기척이 들리는 방으로 성큼성큼 걸어가는 그를 말려야만 할 것 같았다. 지석의 차림새를 보아서 안쪽이 어떤 상황인지는 잘 알 것 같았으니까.

"진우 씨!"

다급한 혜진의 입에서 처음으로 그의 이름이 튀어나왔다. 그것도 겨우 지석 때문에 그의 이름이 진우라는 것을 인식할 수 있었다.

그러나 그녀의 목소리도 그의 행동을 막을 수 없었다.

"진우야, 잠깐만……."

급한 한지석을 막은 건 차가운 목소리였다.

"왜? 그 멍청한 이름은 뭔데? 늘 부르던 대로 하지 그래."

싸늘한 목소리의 그가 불이 켜진 방 안으로 들어섰고, 여자의 비명 소리가 들렸다. 그리고 다급하게 쫓아가는 지석의 뒷모습도 보였다.

이제 저는 어찌해야 하지? 혜진은 멍하니 서 있다가 안쪽의 소란 대신 작정하고 만들어진 고급호텔이나 백화점의 화려한 크리스마스트리 장식같이 현란한 야경을 무색하게 만드는, 그에 못지않게 화려하고 아름다운 남자의 사진을 쳐다보았다.

마치 빨려 들어갈 것같이 아름다운 두 눈이 저를 똑바로 응시하고 있었다.

매끈한 이마, 손이 베일 것 같은 콧대, 그린 것같이 아름다운 한 치의 오차도 없는 입술, 그리고 드라마틱하게 바이올린을 쥔 하얗고 긴 손……. 이 사진만 봤다면, 포샵을 엄청나게 해 댔구나, 이건 만화인가, 라고 혀를 찼을 것이다. 그러나 세상에는 불공평하게도 이런 외모의 사람이 진짜로 존재했었다.

"오해라고!"

그 소리밖에는 알아들을 수가 없었다. 고개를 돌렸다. 저쪽 어딘가에서 울리는 소리를 그녀는 알아들을 수가 없었다. 분노와 격한 감정이 쏟아지는 소리는 대체 어느 나라 말인지 알 수가 없었지만, 그의 목소리라는 것만 알 수 있었다.

그 순간 혜진은 아득해졌다. 분명히 실체라고 느꼈던, 저를 안고 좋아하니까, 라고 말하던 멍한 남자는…… 누구였을까.

그는 이제 존재하지 않는 건가.

소동이 가라앉을 동안 혜진은 아무것도 모르는 척 제 시선을 끄는 것들에 시선을 두었을 뿐이었다. 고색창연한 바이올린들, 그리고 그 옆에 있던 각종 상패와 트로피 같은 것들.

신경절적이고 날카로운 목소리가 뒤쪽에서 울렸다. 단지 알아들을 수 없는 말들이었기에 그녀는 고개를 돌리지 않았다. 급하게 옷을 입은 듯한 웬 여자가 나왔고 그 여자와 엇비슷한 차림의 제가 아는 남자가 소리를 치다 문밖으로 사라졌다.

이 광활한 공간은…… 벽에 있는 커다란 사진 속의 남자, 그러니까 저를 여기까지 끌고 온 남자의 것임에 틀림없었다. 그리고 지금 문밖으로 쫓겨난 사람은 이 공간을 불법점유하고 있던 불청객이었음에 틀림없었다.

혜진은…… 그러니까 이 사태에 대해 전혀 상관없는 그녀는 모른 척하고 있었을 뿐이었다. 그러나 그것도 잠시였다. 씩씩거리는 숨소리가 커다랗고 조용한 공간을 채워 가고 있었다.

"저기…… 괜찮아요?"

저쪽 구석에 서서 가만히 있는 그는 거친 숨소리만 내고 있었다. 그 소리가 너무 과해서 저절로 제 입에서 나온 소리였다. 이제 어쩌지? 대체 몇 시나 됐을까. 저를 여기까지 데려왔으면 뭔가 알아서 해야 할 텐데, 그녀가 알고 있는 그는…… 그럴 만한 능력이 없어 보였다.

"지…… 진우 씨?"

그를 지칭하는 대명사는 그것이었다. 아니 고유명사라고 해야 할까? 물론 인터넷상에 떠도는 이름은 다른 것이었다. 그러나 그 걸 차마 내뱉을 수는 없었다. 그냥…… 이 남자가 저 벽에 붙어 있는 대단한 사람이 아니라, 제 곁에 있던, 제가 돌봐 줘야 하는 이진우라는 환자이길 바라는 제 속마음일지도 몰랐다.

제 목소리를 듣고 그가 고개를 돌렸다. 등 뒤에 있는 벽에 붙어 있는 커다란 화보에 나온 것과 같은 이목구비를 가진, 짧은 머리를 한 남자가 거친 숨을 내쉬면서 저를 쳐다보았다. 똑같은 날카로운 눈, 매끈한 콧대, 그린 것 같은 입술을 가졌지만, 전혀 다른 사람이었다.

"괜……찮아요?"

그렇지 않아 보였기에……. 그래서 다시 물었다. 이를 어째야 할까. 그러나 그의 흐린 시선은 제게 꽂혀 있는 게 아니라 제 등 뒤를 향하고 있는 게 분명했다.

제 등 뒤에 있는 건 그 날카로운 남자의 커다란 화보와 바이올린들이었다. 그가 갑자기 폭주 기관차처럼 달려오더니 무엇인가가 혜진의 바로 옆으로 휙 바람을 일으키며 날아갔고, 그 순간 와장창 소리를 내면서 유리가 깨지는 소리가 났다.

"헉! 왜 그래요?"

바이올린들이 들어 있던 유리장 일부분이 깨져 유리가 튀었지만 멀리 있어서 다행히 그녀가 있는 곳까지는 날아오지 않았다. 다시 뭔가를 찾는 그에게 다가가 혜진이 그의 팔을 잡았다.

"왜 그래요? 진정해요!"

눈에 새빨갛게 핏발이 돌고 있는 게 보였다. 하얀 얼굴은 새빨갛게 열이 오르고 있었다. 이럴 땐 어찌해야 하는 걸까. 혜진은 당혹스러웠다. 그러나 이 공간에는 단둘밖에 없었다.

이 눈앞에 보이는 것들이, 약 뭉치를 달고 살아야 하는 이 남자를 다시 자극한 걸까? 대체 왜 이런 걸까. 잔뜩 힘이 들어갔던 그의 팔을 잡고 있던 혜진이 다시 물었다.

"괜찮아요?"

"괜……찮은 게 뭔데?"

거친 숨소리와는 달리 그의 목소리는 싸늘했다. 그래서 더 낯설었다.

"진우…… 씨?"

"뭐?"

분명히 지금 거의 쫓겨나다시피 한 저 한 사장이라는 남자가 제게 분명히 이 남자의 이름이 진우라고 했었다. 이진우. 불러 본 적은 없었지만. 그리고 방금 그렇게 불렀었다. 아니 그 인터넷에 떠돌듯이, 아니면 이 상패들에 적혀 있듯이 카일 리라고 불렀어야 했나? 그러나 절대 그럴 수 없었다. 왜 그런지 모르겠지만.

그가 시선을 돌렸다. 그리고 다시 어디론가 가려는 듯 몸을 돌렸다.

"그러지 마요!"

"뭘?"

무얼 하려는지는 모르겠지만 이 남자의 상태가 좋지 않다는 것 정도는 느낄 수 있었다.

"하지 말라고요!"

그녀는 저도 모르게 그를 잡아당겨 뒤에서 안았다. 무섭기도 했고, 이 남자가 제발 전의 그 상태로 돌아오길 바랐다. 그러나 그러질 못했다.

돌아선 그는 갑자기 그녀의 두 팔을 우악스럽게 잡았다. 아무리 제가 힘을 주어도, 남자의 힘을 당해 낼 수는 없었다.

저를 잡은 남자는 씩씩거리는 거친 숨소리를 내고 있었다. 그리고 남자의 거친 입술이 제게 다가왔고 저도 모르게 뒷걸음질 치던 혜진은 제 뒤에 있던 화려한 소파에 무너지듯 쓰러져 버렸다. 남자의 무게에 이기지 못해서.

다가온 그의 거친 입술이 제 입술을 물어뜯듯이 달려들어 제 속을 헤집었다. 왜냐고 물어야 하는데 그러질 못했다. 아니 숨을 쉴 수가 없었다.

남자의 하얗고 긴 손이 제 셔츠를 파고들더니 속옷을 헤집었다. 이건…… 분명히 폭력이었다. 앞에 낯 뜨거운 접두사가 붙어야 하는.

그러나 당혹스럽게도 상대가 제정신이 아니라는 게 분명했지만 혜진은 제정신이었고, 도망갈 수 있었고 피할 수 있다고 느꼈지만 그러지 않았다. 성급하고 거센 남자의 입술이 제 속을 헤집었지만 혜진은 저도 모르게 그것을 따라가려고 헐떡이며 애쓰고 있었다. 제 여린 가슴살을 헤집는 남자의 긴 손가락이 고통스럽긴 했지만 그 사이에 뭔지 모를 폭력적인 쾌감이 뒤따르고 있었다. 당혹스럽게도.

남자의 손이 제 옷을 헤집어 속살을 드러나게 했는지 거친 입술이 제 젖가슴 위로 옮겨졌다. 물어뜯을 듯 빨아들이는 입술의 감촉이 제게 고통을 줬지만 그녀는 저도 모르게 그의 매끄러운 머리카락을 잡아 뜯으면서 신음 소리를 내고 말았다.

쏟아지는 강렬하고 화려한 샹들리에의 불빛, 그리고 저를 물어뜯는 남자의 입술이 주는 고통. 그리고 다시 제 아래를 파고드는 남자의 손이 주는 찢어지는 통증이 뭔가 제 머릿속을 헝클어뜨리고 있었다.

미처 준비할 사이도 없이 남자의 성난 분신이 제 속으로 파고들었다. 그러나 그 와중에 제 여린 목을 물어뜯는 남자의 고통이 느껴진다는 건 아마 제 착각이었을지도 몰랐다.

이건 통증이었다. 그동안 느꼈던 쾌락이나 야릇하고 자잘한 아픔 사이에 스며들었던 황홀감 따위가 전혀 아니었다. 거칠게 저를 몰아붙이는 남자의 골반 뼈가 적막 속에 숨소리와 함께 거친 마찰음을 내고 있었다.

"으윽……."

아무 준비도 없이 말라 있던 제 속이 쓰라렸다. 그러나 화르륵 불붙어 다 타 버릴 것같이 열이 오른 남자는 제 속 따위를 아랑곳하지 않고 제 몸을 부딪쳤고, 그 불꽃은 금방 확 타올라 폭발해 버렸다.

"윽……."

남자의 잇새에서 쾌락인지 아니면 고통인지 모를 소리가 새어나오더니 제 몸 위에서 쓰러져 내려 거친 숨소리를 냈다. 거친 손길로 드러난 맨가슴에 쓰러진 남자의 얼굴이 닿았다. 급하게 오르내리는 제 심장 고동 소리가 남자의 뜨거운 귓가에 울컥거리는 게 스스로도 느껴질 정도였다.

"미……미안."

거친 숨결 속에 남자의 소리가 들렸다.

"알면…… 그러지 말아야죠."

아직도 화끈거리는 아래쪽의 뭉긋한 통증을 알리려는 듯 퉁명스럽게 혜진이 말했다. 그러자 그가 몸을 일으켰다. 저를 내려다보는 남자의 젖은 얼굴로 머리카락이 미끄러져 내렸다. 식은땀마저 흘리는 남자의 표정이 당혹스러웠다.

"미……안해. 내가……."

그는 아무것이나 손에 닿는 것을 집더니 그녀의 몸에 묻은 것을 닦아 내곤 흩어진 그녀의 옷을 당겨 드러난 몸을 가려 주려 애썼다.

"좀…… 비켜요. 씻고 올 테니까."

담담한 척하려 했다. 격하게 오르락거리는 제 가슴의 움직임을 가리려 했을 뿐이었다. 그가 미안한 듯 옷을 추스르며 그녀를 일으켜 주었다.

"나 씻고 오는 동안 사고 치지 말아요. 저기 가까이 가지 말라고요. 알았어요?"

그 잠깐 사이에 잔뜩 품고 있던 독을 쏟아 낸 듯 그는 다시 멍한 표정이었다. 그래서 혜진은 그의 손을 잡고 말했다.

"내 말대로 할 거죠?"

"그래…… 미안해."

"절대로…… 아까처럼 하면 안 돼요. 알았어요?"

이건 도박일지도 몰랐다. 아까 그렇게 싸늘하게 내뱉던 남자는 이런 말 따위 들을 리가 없었다.

"알……았어."

그러나 제 판단은 맞았던 거 같았다.

"이 집…… 크니까 욕실이 두 개는 되겠죠. 가서 씻어요."

아직도 온몸이 욱신거리고 화끈거렸지만 그녀는 애써 태연한 척 말했다. 그러곤 돌아서서 화려한 집의 욕실을 찾아갔다.

"미안해. 정말로."

제 등 뒤에서 그의 목소리가 들렸다.

제발…….

제가 뭘 바라는지 모르겠지만 스스로 그렇게 외치고 있었다.

22

네가 없는 곳에도 너는 있고
내가 있는 곳에도 너는 있다

한쪽 벽이 전부 유리인 커다란 욕실 밖으로 펼쳐진 아득한 야경
이 주는 느낌은…… 서글픔이었다.

대체 이 상황에서 왜 이걸 느껴야 하는지는 모르겠지만, 밀려드
는 싸한 느낌을 지울 수가 없었다. 제집 넓이만큼 넓고 욕실임에도
정말이지 환상 속에나 나올 것같이 온갖 것이 다 있는 이 화려한
공간에서 상대적인 박탈감 따윌 느낄 필요가 없는데도 불구하고
꾸역꾸역 밀려 나오고 있었다.

차라리 아무것도 모르는 것이 나았을까.

"쳇."

그녀는 재빨리 옷을 챙겨 입고 너무 넓어서 숨이 막히는 공간을
벗어났다. 그러나 문을 열고 나오는 순간 또 다른 진공의 공간이
밀려오고 있었다.

불이 켜진 넓은 복도, 대체 어디서 제가 들어왔는지도 모를 것

같은 공간에서 잠시 멈칫하다 재빨리 움직였다. 아까 분명히 완전히 박살 난 건 아니지만 깨진 유리 조각들이 튄 곳이 있었다. 좀 전의 그 정신 상태로는 무슨 사고가 다시 일어날지 모를 일이었다.

그 약봉지 안에 들어 있던 수많은 항우울제와 진정제, 안정제들이 떠올랐다. 그녀는 불빛이 있는 곳으로 발걸음을 옮겼다. 중간중간에 있는 수많은 문들은 잊어버린 채.

그러나 모퉁이를 도는 순간 그녀는 발걸음을 멈춰야 했다. 길을 잘못 들었다. 전혀 다른 공간이었기에 돌아서야 했지만, 제 발걸음은 멈춰 있었다.

아마 이 광활한 펜트하우스의 다른 거실인 모양이었다. 한쪽 벽이 전부 유리로 된, 아까 들어올 때 있었던 거실보다는 작지만 여느 작은 아파트 평수만 한 널찍한 곳에는 부드러운 질감을 주는 핑크빛의 푹신해 뵈는 카우치가 놓여 있었다.

벽에는 핑크빛 그림들, 크리스털로 된 작고 아름다운 샹들리에, 은색의 촛대, 레이스로 된 깔개, 금속의 오디오, 한쪽에 있는 와인 바……. 대체 뭔지는 모르겠지만, 그냥 딱 한눈에도 연인이나 신혼부부를 위한 아늑한 공간으로 설정된 인테리어라는 걸 알 수 있을 만큼 핑크빛 무드가 물씬한 곳이었다.

마치 무슨 호텔이나, 아니면 잡지책에 작정하고 나올 법한 낯간지러운 그런 공간이 눈앞에 펼쳐져 있었다.

이건…… 그를 위한 공간이었을까? 아니 그러기보다는 그와 미지의 그녀의 공간이었을 것이다.

왜 자신의 얼굴이 화끈거리는지 영문도 모른 채 그녀는 급하게 돌아서서 반대편으로 뛰듯이 걸어갔다. 마치 남의 진한 애정 행각을 우연히 목격이라도 한 것처럼.

다시 돌아온 거실에 다다라 또 그녀의 걸음이 멈춰졌다. 그러곤 앞으로 나가야 할지 말아야 할지 고민해야 했다.

여전히 유리장은 깨진 채였고, 자신과 그가 낯 뜨거운 일을 벌였던 화이트의 화려한 소파 저쪽 편에 그가 앉아 있었다. 다만 고개를 푹 숙인 채 두 손으로 머리를 흐트러뜨려 잡은 채 미동이 없었다.

그리고…… 그 앞에는 아까 분명히 제대로 옷도 못 입고 허겁지겁 쫓겨나듯 나갔던 그 한 사장이라는 사람이 서서 뭔가 이야기하고 있었다.

이럴 때 어찌해야 하는 걸까. 왜 저 사람은 쫓겨나듯 나가더니 다시 온 것일까.

"……카일 이건 빈집일 뿐이야. 변명으로 들리겠지만, 이 집은 2년 반째 비어 있었고, 이 집의 처분이라든지 혹은 하다못해 관리하는 비용조차도 네가 직접 어쩌지 않으면 단돈 백 원이라도 인위적으로 빼거나 더할 수 없게 되어 있어. 이제 너도 알아야 해."

그러나 그는 대답이 없었다. 그러자 슬며시 지석이 덧붙였다.

"내 본가가 여기서 멀어. 그래서 이 빈집을 가끔 이용했을 뿐이야."

구차한 변명이긴 했지만, 그건 사실이었다. 물론 가끔이라는 말은 어폐가 있었다.

그 집요하고 대단한 장 여사님은 자신의 사후까지도 말끔하게 정리해 놓은 상태였다. 고정적인 지출과 음반 수입은 모조리 장 여사 본인이나 아니면 자신의 하나뿐인 아들의 손에 의해서만 움직일 수 있도록 해 놓았고, 그 통장들은 엄청난 수임료를 지불하면서 세 명의 변호사에게 각각 따로따로 관리하도록 해 놓은 상태였다.

단 한 명도 혼자서 그것들에 개인적으로 손을 댈 수 없도록 만들어 놓은 것이었다.

지석은 그 전체적인 흐름은 알 수 있었지만, 그 어마어마한 재산에 손을 댈 수는 없었다. 기껏 그가 할 수 있는 것이라곤 정신을 차리지 못하는 환자인 채로 있는 그를 위해 쓰이는 경비 정도를 부풀리는 것뿐이었다.

그러니 이 천재적인 음악가의 뒤에 돌고 있는 자산에 손을 대기 위해서는 본인을 깨우는 수밖에는 없었다. 카일은 2년여가 더 지났지만 아직 장 여사의 유언장도 본 적이 없었다. 그러니 자신이 발을 빼고 다른 일을 할 수가 없었다. 그러기에 지난 2년 동안 다른 일을 하지 않고 계속 그의 주변에 맴돌고 있었던 것이었다.

그를 병원에 두지 않고 외딴 빈집에 두는 거, 그건 하나의 방법에 지나지 않았다. 과연 그런 방법이 통할까 반신반의했었다. 근래 들어 그의 상태가 호전되긴 했지만 혼자 두기에는 무리였다.

그냥 저도 너무 지쳐 버렸고, 새 사업을 구상 중이었던 데다 우연히 저를 대신할 만한 여자를 만나서 잠깐 제가 돌봐야 하는 이를 내팽개친 것뿐이었다.

그러나 차차 깨 있는 시간이 많아진 그는 전화를 받았고, 똑바른 소리를 했다. 그의 변화는 놀라웠다. 실은 오늘 아침에 그를 데리러 가려 하던 참이었다. 병원도 병원이지만 그분을 만나야 하니까. 이런 모습은 완전히 의외였다.

"잘 왔어. 이제부터 시작하면 돼."

"못 본 사이에 기세등등해졌네."

싸늘한 목소리로 대답하면서 그가 고개를 들며 흘러내린 머리카락을 쓸어 올렸다.

이 집은…… 제 이름으로 된 제 소유였다. 물론 그가 대부분 생활했던 곳은 짤즈부르크였다. 워낙에 음악의 도시이기도 했고, 유럽의 여러 나라로 다니기 편하다는 이점도 있었다.

그러나 그곳을 제집이라 여겨 본 적은 별로 없었다. 아마 연습실이라는 개념이 더 강했을 것이었다. 집이라는 것이 가진 추억 따위는 한 조각도 없었으니까.

어차피 결혼이란 걸 한다 해도 한국에 오래 머무를 시간 같은 게 없다는 걸 알고 있었다. 그래도 적어도 이 집에서만큼은 어머니와 같이 있지 않을 거란 생각에 다른 누군가와 지내게 되든 상관하지 않았다.

제 모든 인생을 누르고 있던 어머니와 그리고 또 남은 인생을 누를 예정이었던 얼굴도 기억 안 나는 '그녀'가 없어진 지금, 혜진과 같이 있으면 좋겠다는 아주 단순한 생각을 했을 뿐이었다.

제집을 불법점유해 희희낙락했을 게 뻔한 지석이 다시 문을 두드리고 들어왔을 때 내치지 못한 것은, 적어도 지석이 아직까진 필요했기 때문이었다.

제 주변에서 무엇이 어떻게 돌아가는지 어렴풋이 알고는 있었지만, 지난 몇 년간 그는 과도하게 약에 의존했고, 다시 제가 무엇을 해야 할지는 모르겠지만 적어도 제 주변을 정리라도 할라치면 모든 것을 알고 있는 지석이 필요했다.

"아침에 내려가려고 했어. 오후에 리허설하기 직전에 시간 만들었어. 아트홀 대기실에서 말이야."

"……."

그의 고개가 다시 떨어졌다. 지석이 그것을 보고 말했다.

"카일, 너 때문에 오신 거야. 다시 연주 시작하신 거 알아?"

"뭐?"

그가 고개를 들었다.

"일 년쯤 되셨어. 여기 연주하러 오신 거야. 너 때문에 스케줄을 조정하신 거라고. 거기에 딱 맞춰서 네가 정신을 차려 다행이다. 너 많이 걱정하셨다."

그는 멍하니 지석을 쳐다볼 뿐이었다.

문득 피곤이 몰려왔다. 몇 시나 됐을까. 제 가방이 저 바닥 어딘가에 떨어져 있을 게 분명했다. 그리고 내일 출근도 해야 했다. 무작정 그를 데리고 오긴 했지만, 이곳은 제가 있을 곳이 아니었다.

다들 어떻게 돌아가는 상황인지는 모르겠지만, 이곳에 제가 있어야 할 곳이 아니란 거 하나만큼은 명백했다. 혜진은 어색하게 기척을 냈다.

"혜진 씨?"

"어……."

명확하게 제 이름을 부르는 지석과는 달리 그는 멍하니 저를 쳐다보았다.

"이거 어떻게 된 거죠?"

"카일이 이야기 안 하던가요?"

지석이 오히려 혜진에게 물었다. 낯선 이름이 실제로 불려지는 건 처음이었다.

"뭘요?"

혜진은 진우를 쳐다보았다. 마치 당신이 이야기해야 하는 거 아니냐는 듯. 그러나 그는 다시 흐트러진 머리카락을 쓸어 올릴 뿐이었다.

"음, 카…… 아니 진우가 환자인 건 알지요? 여긴 진우의 집이에요. 실은……."

지석이 마저 이야기를 하려다 입을 다물었다.

"좀 아픈지 오래되어 집이 비어 있었고, 보시다시피 제가 좀 머무르긴 했죠. 하여튼 혜진 씨 덕에 진우가 이렇게 좋아졌어요. 내로라하는 정신과 의사들보다 훨씬 낫습니다. 아, 그리고 진우…… 보시다시피 전엔 유명한 바이올리니스트였습니다. 혹시 카일 리라고 들어 보셨습니까?"

그제야…… 진짜 그의 이름을 직접 듣게 되었다. 두 사람의 대화를 듣고 있던 그가 고개를 들었다. 그러곤 뭔지 모를 눈빛으로 혜진을 쳐다보았다. 뭔가 공허하기도 하고, 흐릿하게 떨리는 것도 같은 저 눈빛은…… 대체 뭐란 말인가.

"얼핏 들은 것도 같아요. 하지만 전 워낙에 사는 데 바빠서……."

실은 전혀 모르고 있었다.

"아, 그러실 수도 있어요. 국내에서 보단 해외에서 더 유명했으니까. 하여튼……."

뭔가 더 이야기를 할 것 같았다. 그러나 이상하게 이 남자의 말이 듣기 싫어졌다.

"전 이만 피곤해서 가야겠네요."

"왜?"

진우가 갑자기 소리치다시피 말했다.

"난 여기 있을 필요 없잖아요. 나 내일 수업도 해야 하고…… 피곤해요. 그리고 여기 데려다 달라고 했잖아요? 한 사장님이 있어서 더 이상 기사는 필요 없을 거 같으니까 난 가야겠어요."

그제야 혜진은 제 가방을 집어 들었다. 그가 자리에서 일어서면서 말했다.

"가지 마. 여기……."

그러나 지석이 말을 가로막았다.

"차는 가져오셨습니까?"

그 무시무시한 차? 혜진은 아무렇지도 않은 듯 제 휴대폰을 꺼내 훨씬 늦은 시간이 된 시계를 흘끗 보고서 말했다.

"강남 터미널 가서 심야 버스 타면 돼요. 차가 있어도 운전은 도저히 못 하겠네요. 그냥 버스 타려고요. 피곤해서…… 버스에서 자면 돼요. 그럼 갈게요."

"아니, 가지 마. 여기 있어. 내가……."

"카일, 선생님은 어쩌고?"

지석이 싸늘하게 말했다. 당황한 표정의 멍한 진우의 뒤로 여전히 차가운 표정으로 저를 응시하는 바이올린을 든 남자의 커다란 얼굴이 혜진을 보고 있었다.

"볼일 봐요. 나 신경 쓰지 말고. 갈게요."

"그러세요. 전 아무래도 마중 나가지 못할 것 같습니다."

"괜찮아요."

지석과 혜진 두 사람은 마치 옆에 있는 그가 존재하지 않는 것처럼 이야기했다. 그리고 돌아보지 않으려고 일부러 그녀는 급한 걸음걸이로 현관으로 향했다.

"아니, 같이 가."

그가 몸을 일으켰다. 저는 얼른 여기서 사라져야 하는데 그의 목소리가 제 발목을 붙잡았다. 그러나 그 옆에서 딱딱한 목소리가 들렸다.

"카일?"

그녀는 급하게 뛰듯이 걸어 현관을 열고 복도로 나갔다.

"일 보고 곧 돌아갈게!"

그의 목소리가 뒤통수에서 울렸지만 모른 척했다.

그녀를 잡아야 했다. 그러나…… 스승님이 주는 무게를 그는 감당하기 힘들었다. 무엇이 중요하고 무엇이 덜 중요한지, 그는 가늠하기 어려웠다. 스승님의 일정이 얼마나 빡빡할지 같은 건 제가 더 잘 알고 있었다. 혜진이야…… 늘 거기 있을 테니까.

"피곤할 테니 쉬어. 그리고 내일 스승님을 뵙자."

익숙한 목소리였다. 이 장소가 익숙할 리 없었지만 익숙한 목소리와 늘 딱 쾌적하게 맞춰져 있는 공기는 늘 그가 다니던 낯선 곳들을 연상하게 만들었다.

"자. 들어가자."

그건…… 저를 움직이는 주문이었다.

심야 버스를 타는 건 오랜만이었다. 운전과 과도한 충격으로 지친 몸은 금방 잠에 곯아떨어질 줄 알았는데 그러지 못했다.

머릿속이 복잡했다. 그런데 그 복잡함이 당혹스러웠다. 그는…… 그냥 제 인생의 해프닝에 지나지 않는 이였다. 경훈처럼 제 인생의 목표 따위가 아니었다. 그냥 우연하게 부딪친…… 그래서 부딪치고 나면 제자리로 돌아가 버릴 그냥 그런 사람이었다.

그런데 왜 제 마음 한구석이 쎄한 건가. 아마…… 그 남자와 잤기 때문일 것이다.

낯선 이와 손만 잡아도 감정의 교류를 했다고 할 수 있는 거였다. 그런데 남한테 보일 수 없는 제일 은밀한 곳을 내주고 공유한 자들끼리의 유대감은…… 남다른 게 틀림없었다. 클럽 따위에 가서 원나잇 같은 걸 흔하게 하는 사람들의 심리 따윈, 생각해 본 적이 없어서 이해할 수 없었다.

'좋아. 좋아하니까.'

좋은 게 뭔데……. 그냥 제 몸 안에서 사정 따위를 해서 좋은 거?

혜진은 눈을 감았다. 그 말들, 그 행동들 사이에서 스멀스멀 기어 나오는 다른 감정 같은 것들을 인식하고 싶지 않았다. 그걸 되새김질하면 저는, 더…… 나빠질 것만 같아서.

눈을 떴다.

혼자 눈뜨는 시간이 낯설었다. 약을 먹었든 아니든 간에 제 품에는 그녀가 있었다. 아니 그녀가 없더라도 제 근처에서 들리는 욕실에서건 혹은 주방에서건 가까이 들리는 그녀의 기척에 저는 안심하고 다시 눈을 감을 수 있었다.

기척은 있었다. 그러나 그는 금방 알 수 있었다. 그녀가 아니란 걸.

화려하고 푹신한 질감을 지닌 커다란 사이즈의 침대에서 일어난 그는 잠시 멍하니 주변을 살폈다. 마치 예전으로 돌아간 느낌이었다. 늘 그렇게 눈을 뜨면 낯선 침실이었다. 그게 아무렇지도 않았다.

눈을 뜨고 일어났을 때 익숙한 풍경이든, 낯선 풍경이든 늘 그게 그거라는 건 오랜 그의 학습에서 이루어진 버릇 같은 것이었다. 그러니 이곳이라고 달라질 리 없었다. 다만 제 기억에 남아 있는 건 온몸을 욱신거리게 하는 딱딱한 나무 의자에서 깨어나는 아침 따위였다.

"일어난 거야? 몸은 괜찮고? 아침 식사 하고 병원부터 가자. 조 박사님께 예약은 다 해 놨어."

익숙하지만, 또 한편 낯선 목소리였다. 제 머리맡에는 새카만 휴대폰이 놓여 있었다. 그녀는 그 작은 집에 도착했을까. 지금 뭘 하고 있을까. 그러나 불행하게도 그녀의 전화번호조차 모르고 있었다.

싸한 새벽 공기를 가르고 터미널에 도착한 뒤에 택시를 타고 그 먼 거리를 호기롭게 왔다. 다 제 지갑에 든 낯선 카드 덕이었다. 제가 그 카드를 가지고 새 차 한 대를 뽑는다 해도 그들은 별생각 이 없을 게 분명했다.

다행이지 않은가? 그냥 그렇게 생각해야만 했다. 카드의 한도 따위에 대해 걱정하지 않아도 된다는 거…… 그게 얼마나 큰 축복 인지 저는 잘 알고 있었다. 제 생각은 오로지 그곳에 집중해 있어 야만 했다. 그 누구도 제 생각 같은 것에 관심이 없다는 걸 잘 알 고 있으면서도.

그는…… 그 화려한 집의 사진 속에 있는 그 잘난 남자는 거기 있어야 했다. 그녀는 지극히 현실적인 여자였다. 남들이 다들 원대 하고 얼토당토않은 꿈을 가진 사춘기 시절에도 지극히 현실적이었 던 저는 지금 그 현실성이 훨씬 더 구체적이고 사실적이 되었다.

그 현실적이고 사실적인 삶에 끼어든 남자는 존재 자체가 비현 실이었다. 멀쩡하던 제집이 넘어가고 그 집의 주인인 미친 남자라 는 설정은…… 드라마나 소설에서만 나오는 어처구니없는 비현실이었다. 그리고 그 비현실 속의 남자는 더욱더 괴리감이 넘쳤다.

그러나…… 제게 닥친 것들이 얼마나 비현실적이든 간에 제 스스로 정신을 차리면 그만이지 않은가? 그러면 끝 아닌가.

그런 쓰디쓴 고찰을 하는 가운데 제 눈앞에는 푸르스름한 아침 공기를 뒤로한 낯익은 집이 나타났다. 그러나 불이 꺼진 집은 그다지 낯익게 보이지 않았다. 싸늘한 집 안은 더욱더 그럴 것 같았다.

그러나 혜진은 익숙한 듯 남의 카드를 내밀어 계산을 하고 그 싸늘한 '집'으로 들어섰다. 집이 있다는 게, 이 시간에 남을 신경 쓰지 않고 들어설 집이 있다는 사실 자체가 얼마나 대단한 일인지 알기에 그녀는 아무렇지도 않을 수 있었다.

정말 오랜만이었다. 높은 천장이 있는, 반질거리는 대리석 바닥이 있는 넓은 복도. 물론 고풍스러운 건물들도 있었지만 대부분의 현대식 홀의 로비는 다 비슷비슷했다.

아직 공연은 대여섯 시간 이상이 남아 있었다. 최종 리허설도 시간이 남은 상태. 주 연주자나 지휘자들은 도착도 하기 전의 시간이었다.

커다란 패널에 있는 사진을 보고 그는 뭔가 아득함이 느껴졌다. 진저리 치도록 끔찍했던 기억만 있을 거라 생각했는데 왠지 그동안 뻐끔거리면서 과한 산소 속에 숨을 헐떡이다 물속으로 돌아가 꼬리 치며 제가 살아 있는 게 신기해 움쩍거리는 물고기 같은 느낌이었다.

아직 공연 시간이 멀어 난방도 되기 전의 썰렁한 공간이었음에도 불구하고 그는 텅 빈 로비에 서서 숨을 깊게 들이쉬었다. 제가 평생을 알고 있던…… 그 공기가 폐부로 스며들었다.

"괜찮아? 어디 불편해?"

제 발길이 멈춘 것을 보고 걱정스러운 지석이 물었다.

"……."

그는 대답하지 않았다. 굳이 대답할 필요성을 느끼지 못했다. 불편하다…… 오히려 그 반대였으니까.

"Мой любимый ученик(모이 류비띠 우체니크—나의 사랑하는 제자) Kyle!"

막 잡지책 같은 것을 들고 커피를 마시던 풍채 좋은 러시아인은 책은 던져 버리고, 커피 잔도 거의 쏟아질 듯 급하게 내려놓고 쿵쿵거리는 걸음걸이로 달려와 덥석 그를 안았다.

부드러운 러시아말이 그에게 쏟아졌다. 영어를 쓰고 있었지만, 그의 스승인 유고르스키는 그에게 늘 애칭으로 사랑하는 제자라고 불렀었다. 그에게 사사를 받은 수많은 바이올리니스트가 있었지만, 아주 어렸을 적부터 그에게 자주 가르침을 받던 이 동양의 신동을 그는 무척이나 아끼고 사랑했었다.

『소식은 들었네. 너무 큰 손실이었어.』

러시아 억양이 강한 영어가 흘러나왔다.

『걱정해 주셔서 감사합니다.』

그는 겨우 대답했다.

『다시…… 연주하시는 겁니까?』

『그럼. 한 이 년 됐지.』

바이올리니스트들의 고질병이라고 할 수 있는 어깨와 목의 통증 때문에 한 세기에 나올까 말까 한 거장이었던 그의 스승은 결국 바이올린을 그만두어야 했었다. 그러나 음악을 떼 놓고 생활할 수 없었던 그는 지휘자로 변신해서 한창 왕성한 활동을 하고 있었다.

그의 기억이 끊기기 전까지는 그랬다. 그러나 역시 바이올린을 놓을 수는 없었던 모양이었다.

『괜찮으십니까?』

평생을 바이올린을 한 사람이 악기를 내려놓을 정도였다면 그 고통이 얼마나 대단했을지 같은 바이올리니스트로서 너무나 잘 알고 있는 그가 물었다.

『많이 노력을 했지. 그러나 나보다 자네는 어떤가?』

다시는…… 다시는 그 괴물 같은 악기를 볼 거라 생각하지 않았었다. 그냥 그대로 아무것도 하지 않고 숨만 쉬다가 결국엔 세상을 떠난다 해도 미련 따위 없을 거라 생각했었다.

그러다 알게 된 외딴 집에서의 낯선 삶……. 아마 그가 제 세상에 있었더라면 제 상념과 죄책감을 떨치지 못하고 더욱더 망가져 버렸을 것이었다. 그러나 그 낯선 작은 집에는…… 아무것도 없었다. 그가 알고 있던 세상과는 하등의 관계가 없었다.

먼지가 날리는 커다란 창으로 쏟아지는 오후의 나른한 햇살과 그렇지 않다고 이야기했지만 내내 기다리던, 그러나 상대는 전혀 그렇지 아니한 무심한 여자. 낯선 음식, 낯선 길, 낯선 향기들, 오로지 삐꺽거리는 나무 소리와 요란한 텔레비전 광고 소리만 가득한 그 작은 집에서 그는 다시 태어난 것 같았다.

그러나…… 다시 태어났어도 제가 할 수 있는 건 어차피 단 한 가지뿐이지 않았을까 싶었다. 그는 제 손을 잡고 있는, 역시 저처럼 굳은살을 가진 스승의 손에서 따뜻한 체온을 느끼면서 깨닫기 싫은 현실이 제게 와 닿는 것을 알게 되었다.

잠깐 잠이 들었었나?

알람을 맞춰 놓은 시계 덕에 정신을 차렸다. 몸을 뒤척이다가 제 뒤에 쌓여 있는 이불 더미를 보고 잠시 멈칫했다.

딱딱한 마룻바닥 위에 겹겹이 깔았던 이불들은 미처 옷장에 넣지 못하고 차곡차곡 개어서 안방의 침대 위에 올려놓았었고, 혜진은 싸늘한 바닥이나 외풍이 숭숭 들어오는 다락방 대신 안방 침대의 이불 더미 옆에서 쪼그리고 잠들었었다.

눈을 뜨자마자 제게 엄습하는 것은…… 침묵이었다.

숨이 막힐 듯한 고요 사이로 쏟아지는 햇살 덕에 춤추는 먼지들이 제 눈앞을 휘저으며 나풀거리고 있었다.

'일어났어?'

그녀는 대답하지 않았다. 아니…… 들을 사람이 없으니까.

그 덕에 침대 위에서 뭉그적거리지 않고 벌떡 일어날 수 있었다. 원래 사람 든 자리는 티 안 나고 나간 자리는 티 나는 법이라고 했었다. 비쩍 말랐어도 키가 커서 이 작은 집을 꽉 차 보이게 했던 사람이었다.

혜진은 눈을 뜨자마자 여기저기 출몰하는 남자를 떨쳐 내려고 급하게 화장실로 갔다. 그러나 그것도 역시 좋은 방법은 아니었다. 두 개의 칫솔, 얌전히 놓여 있는 면도기, 심지어 돌리지 못한 세탁기 안에 든 남자의 옷들…….

화장실을 나와도 그 상황은 별로 호전되지 않았다. 두 개의 컵, 밥그릇, 이제는 유통기한을 슬슬 넘겨 가는 음식들…….

목구멍이 포도청이라고, 산 사람은 살아야 했다. 물론 이 집에 있던 누군가가 세상을 달리한 것은 아니지만.

'일 보고 곧 돌아갈게!'

저도 모르게 피식 웃고 말았다. 그냥 제 자신이 한심해서.

돌아가다니, 어딜?

그는 제 세상으로 돌아간 것이다. 그가 돌아올 곳은 이곳이 아니라 바로 돌아간 그곳이었다.

즉석밥 하나를 렌지에 돌리고, 김치를 꺼내고 밑반찬 몇 개를 더 꺼냈다. 막 싱크대 선반 위에 있는 즉석 김을 꺼내려다가 멈칫했다. 김 봉지 옆에는 새하얀 장갑 뭉치가 있었다. 그녀는 멍하니 그것을 보고 있다가 그냥 젓가락을 꺼내 들었다.

오늘은 아이들이 일찍 몰려오는 날이었다. 급하게 밥을 떠먹었다.

'천천히 먹어. 물 갖다 줄까?'

기어이 혜진은 숟가락을 놓고 말았다.

그는 없는데…… 그가 없는 곳에도 그가 있었다. 제가 있는 곳에도 그가 있었다.

23

너는 나를 가득 채워 놓고 돌아섰다

가슴 한구석이 덜컥거렸다.

"괜찮겠어?"

지석이 또다시 물었다. 그러나 그는 대답하지 않았다. 제가 발작을 일으킬까 노심초사하고 있는 지석과는 달리, 그는 마치 숨도 쉬지 않는 듯 서 있었다.

오전에 병원에서 병세의 호전에 대해서 잘 듣긴 했지만, 워낙에 정신질환이란 것이 복잡한 양상을 보이기 때문에 늘 조심해야 한다고 했었다.

카일의 주치의가 지난 2년 내내 말한 것이 과거를 떠올리지 말라는 것이었지만, 정신적인 지주나 마찬가지인 스승님을 뵈었기 때문일까, 그는 다행히 발작의 기미를 보이지는 않았다.

그러나 숨소리도 없이, 조금의 미동도 없이 서 있는 그가 불안한 건 어쩔 수 없었다. 혹시 몰라 언제든지 먹일 수 있게 약봉지를 주머니에 넣은 채였다.

『연주회까지 보고 가는 게 좋겠네. 끝난 뒤에 할 말이 있으니까. 같이 호텔로 가서 이야기를 좀 했으면 하네.』

지석에게 그간의 사정을 들은 그의 스승이 청한 것이었다. 그분도 카일의 재능에 대해서는 지극히 감탄하고 또 이런 상태에 대해 아쉬워하고 있었기에 그에게 다시 음악을 할 수 있도록 해 주고 싶었을 것이다.

"관객석은 좀 그러니까 그냥 무대 뒤쪽이 나을 거 같은데."

혹시나 그를 알아볼까 봐 하는 소리였을 것이다. 보통 이런 클래식 음악을 하는 연주자들이 일반 대중에게 널리 알려지기에는 좀 거리감이 있었다. 그러나 카일은 뛰어난 외모 덕분에 클래식 연주자로서 드물게 일반인들까지 팬덤 문화를 형성할 정도로 대단한 인기를 얻었었다.

그러다 그 사고로 홀연히 자취를 감췄으니 대중의 시선에 이런 모습을 보이는 게 좋을 일이 없을 거고, 그에게도 나쁜 영향을 끼칠 수 있었다.

리허설은 늘 그렇듯 화기애애한 분위기에서 이루어졌다. 오늘 협연할 팀은 러시아인인 스승에게 익숙한 모스코바 필하모니 교향악단이었다.

"혹시 아는 사람이 있지 않을까?"

지석의 물음에 그는 고개를 저었다. 모스코바 필하모니와 협연한 적이 없는 것은 아니었지만, 그건 그가 10대 중반이었을 때였다. 그때의 단원들이 별로 남아 있지도 않을뿐더러 남아 있더라도 지금 그를 알아볼 사람은 없을 것 같아 보였다.

하지만 미리 그 상황을 취재하러 온 기자들도 있었고, 무대 관계자들도 어수선하게 무대 체크를 위해서 돌아다니는 것이 그리 좋아 보이지는 않았다.

상황이 어수선한 듯 보였다. 그러나 지휘자의 손끝은 공중에 멈춰졌다. 그와 동시에 그것을 보고 있던 카일의 숨결도 멎었다.

익숙한 베토벤 바이올린 콘체르토 D minor.

지휘자의 손끝이 올라가자 부드러운 클라리넷의 선율이 울렸다. 그 순간 소란스럽던 곳이 고요해졌다. 제1, 2 바이올린 주자들이 부드럽게 선율을 이끌고 관악기들이 합세하면서 주요 리듬을 만들어 갔다.

수십, 수백 번을 더 들었던 리듬이 마치 말라붙은 호수에 빗물이 들어차듯 제 속으로 흘러들어 오는 게 느껴졌다. 바이올린들의 격한 음이 점점 거세지더니 80여 명의 연주자들이 만들어 내는 장대한 화음이 펼쳐지고 앞에서 그 음에 취해 있듯 눈을 감고 있던 스승의 손이 올라갔다.

스승의 과르넬리가 익숙하지만 전혀 다른 소리를 내기 시작했다.

이 시대가 낳은 최고의 거장, 비루투오소(virtuoso: '덕이 있는', '고결한'을 뜻하는 이탈리아어. 17세기에 예술이나 도덕에 대해서 특별한 지식을 갖춘 탁월한 예술가나 학자에게 붙여진 말인데, 점차 표현 기술이 탁월한 음악가, 그중에서도 피아니스트를 위시한 기악 연주자를 대상으로 사용하게 되었다)라는 수식어가 가장 완벽하게 어울리는, 그 어떤 비평가나 평론가도 그의 연주에 대해서는 단 한 마디도 흠잡을 것이 없다는 대가의 연주는…… 그의 모든 것을 잊을 만하게 만들었다.

그런데 그게 아니었던 모양이다.

이십여 년 동안 바이올린밖에 몰랐던 그가 단순히 스승의 감동적인 연주를 무대 뒤에 숨어 보고 싶다는 작은 바람은 지극히 평범한 것이었다.

그가 수백, 수천 번 무대에 올라 연주를 했었지만 사고가 일어났던 건 지극히 드물었다. 그러나…… 이건 우연이 아니었을까.

공연이 시작되기까지 30분도 안 남은 시간이었다. 지석이 다른 사람에게 안 보이는 관객석으로 가자는 것을 완곡하게 거절했을 뿐이었다. 리허설부터 본 공연까지 적어도 다섯 시간 이상의 시간이 경과되고 있었지만 그는 같은 자리에 서서 그것을 보고만 있었다.

"다리도 아플 텐데, 내가 뒷자리지만 좌석 확보했으니까 가자."

어림도 없는 소리였다. 옆에 서 있는 사람들은 그 시간 내내 서 있는 게 곤혹스러울 수도 있었다. 그러나 그는 달랐다. 하루에도 열 시간 이상 연습을 했었다. 앉아서 연주를 하는 것 따위는 용납되지 않았다.

그런 배려 따위는 필요 없다고 이야기하려고 했을 때였다.

"갑자기 호흡 곤란이 왔습니다. 혈압이……."

"앰뷸런스를 불렀습니다!"

그건 작은 소동이었다. 공연 중에는 별의별 일들이 다 일어났다. 무대에 불이 날 수도 있었고, 무대 밖에서 총격전이 벌어질 수도 있었다. 납치 사건이나, 무대의 붕괴 같은 일도 있을 수 있었다. 백여 명이 넘는 오케스트라의 단원 중 하나가 복통에 앰뷸런스로 실려 가는 일도…… 일어날 수 있었다.

"제2 바이올린 주자 미카엘 하보노프 씨가……."

옷까지 다 갈아입은 직후였다. 막 요란한 앰뷸런스에 실려 간 사람 이름이었던 모양이었다.

"제2 바이올린 15번 주자여서…… 그냥 자리 치우면 될 것 같습니다."

이미 무대에는 인원수에 맞춰 자리와 보면대가 세팅되어 있었다. 관객들도 상당히 입장을 한 직후였다.

모스코바 필하모니 인원이 다 온 건 아니었지만. 그래도 제1 바이올린 20명과 제2 바이올린 16명인 규모였다. 앞에 있는 수석 연주자가 아닌 연주자는 솔직히 한 명 정도는 비어도 티가 나지는 않았다.

그때였다. 무슨 일인가 보러 온 유고르스키가 관계자와 지휘자와 뭔가 이야기를 하더니 구석에 못 박힌 듯 서 있던 카일을 쳐다보았다.

『저기, 바이올린 연주자가 있습니다. 자리만 채우면 되니까요. 이리 오게.』

그의 이름을 부르지는 않았다. 긴 머리카락이 트레이드마크였던 그는 머리를 짧게 자른 채였고, 눈에 띄게 수척해졌기에 검은색 코트를 걸치고 있는 그를 알아보는 사람은 그의 스승밖에 없었다.

『네? 그냥 자리를 치우면 되는데…….』

무대 담당자가 그를 위아래로 쳐다보면서 말했다. 이런 경우에는 지휘자의 권한이 막대했지만, 유고르스키는 모스코바 필하모니의 지휘도 맡았던 터라 그만한 영향력을 가지고 있는 사람이었다. 그가 이렇게 이야기를 하는데 누구든 뭐라 할 수는 없었다.

『괜찮습니다. 제가 아는 사람입니다. 그 정도는 할 수 있을 겁니다. 그렇지? 리?』

당황한 카일이 멈칫했다. 그 옆에 있던 지석도 얼굴이 굳어졌다. 그의 스승이 다가오더니 그의 어깨를 두드리면서 말했다.

　『그냥…… 소리 내지 않아도 되니까. 옷 갈아입고 무대에 앉아 있으면 되는 거야. 할 수 있겠지?』

　"……."

　그에게 내밀어진, 누구 것인지도 모르는 바이올린을 멍하니 내려다보기만 했다.

　태어나서 단 한 번도 남의 악기를 연주해 본 기억이 없었다. 제일 처음 바이올린을 손에 댔을 때도 그의 어머니가 직접 그에게 맞는 어린이용 소형 바이올린을 사 가지고 왔었다. 모든 건 그, 단 한 사람을 위해 만들어진 것들뿐이었다. 활대도 최상의 소리와 그의 버릇에 맞춰서 길이나 질감을 미묘하게 조정한 것들이었다.

　그러나 누군지도 모르는 남의 바이올린이 제 손에 있었다. 게다가 바이올린의 현조차 그가 즐겨 쓰는 현이 아니었다. 무대 담당자가 급조해서 가져온 의상도 그에게 잘 맞지 않아 어색했다.

　"괜찮겠어? 불편하면 내가 가서 이야기할게."

　5분도 남지 않은 시간이었다. 지석은 그가 또다시 발작을 일으키지 않을까 불안해졌다.

　단 한 번도 그는 바이올린을 손에 잡지 않았던 게 분명했다. 실은 차 안에 있던 건 카두로스가 아니라 그냥 케이스뿐이었다. 그 차가 고가라지만 제정신으로 그 차의 몇 십 배나 되는 그런 어마어마한 물건을 그냥 차에 실어 놓을 수는 없었다.

　아니 가격이 문제가 아니라 카두로스는 그냥 들고 다닐 수 있는 물건 따위가 아니었다. 그건 은행의 개인 금고에 보관 중이었고, 3

개월마다 한 번씩 전문가들을 동원해서 관리를 하는 중이었다. 아마 카일이 그 케이스를 열었다면 분명히 제게 뭐라 했을 테지만 아무 이상이 없는 것으로 보아서 건들지도 않았던 게 분명했다.

막 연주자들이 무대 위로 향하는 길에 줄을 섰다. 그도 어색한 모습으로 바이올린을 든 채 줄에 합류했다. 그 바이올린의 주인 옆에 있었던 다른 주자가 어색한 영어로 그에게 말을 걸었다.

『편하게 하세요.』

아마 교향악단을 동경하는 동양인 학생쯤으로 본 모양이었다.

음악을 하는 사람들의 최종 목표가 그의 스승 같은 비르투오소급의 협연자가 아니라면 이런 유명한 심포니 오케스트라의 정식 단원일 것이니 그것을 동경하는 학생들은 수없이 많았다.

나이를 구분하기 힘든 동양의 청년을 보고 그렇게 느꼈을 수도 있었다. 무대 관리자가 와서 잘 모를 수도 있으니 대충 티 나지 않게만 할 수 있게 부탁한다는 말을 들어서 한마디 했을 뿐이었다.

"카…… 진우야."

여전히 하얗게 굳어 있는 그를 보고 지석이 마른 입술을 축이면서 내뱉었다.

"……."

그는 대답이 없었다.

이건…… 꿈일지도 몰랐다. 아니 현실이 아닌 게 분명했다. 무대를 향한 박수 소리가 마치 유리벽 너머에서 들리는 소리 같았다. 한 번도 이렇게 많은 사람들 사이에 섞여 존재감 없이 무대에 오른 적이 없었다. 다들 저를 기다리는 곳에 박수와 찬사를 받으면서 혼자 걸어 나가지 않았던가.

『여기예요.』

그의 자리를 알려 주는 낯선 이의 말을 듣고 그는 머뭇거리면서 의자에 앉았다. 단 한 번도 의자에 앉아서 연주를 해 본 적이 없는 그는 어색했다. 두리번거리면서 다른 사람들을 살펴야만 했다.

『악보는 여기 있고…… 잘 못 하겠으면 그냥 시늉만 해요. 곡은 다 아는 거죠?』

그는 굳은 얼굴로 고개를 끄덕였다. 알다마다…… 이 곡은 아마 무대 위에서 여섯 번쯤 연주했을 것이다. 그러기까지 수천수만 번의 연습을 했었고, 각각의 지휘자들마다 미묘하게 다른 손버릇까지 다 세세하게 기억하고 있었다.

박수 소리가 그칠 때쯤 다시 우레와 같은 박수 소리가 들렸다. 저 무대 앞으로 지휘자와 그의 스승이 걸어 나오고 있었다. 갑자기 제 속의 피가 부글부글 끓고 있는 게 느껴졌다.

저는 그동안…… 살아 있지 않았었다는 걸, 다시금 느끼게 되었다.

"피곤해 보인다?"

"잠을 좀 설쳐서."

제 무심한 대답을 은진은 다르게 듣고 있다는 것도 깨닫지 못했다.

아무렇지도 않았다. 반어법이 아니었다. 자야 할 시간에 심야 버스에서 시달렸을 뿐이었다. 은진이 묻고 싶어 하는 게 많아 보이는 눈치였다. 그러나 제 표정이 어쩐지 모르겠지만, 왠지 제 모양이 은진을 망설이게 하고 있다는 느낌이었다.

다행이었다. 별게 다……. 아까부터 6학년 남자아이가 직육면체의 넓이 구하는 방법을 헤매고 있었다. 가로세로 높이가 있으면 멀쩡하게 부피를 구하면서 밑넓이와 높이가 있으면 헤매고 있었다.

"밑넓이가 가로 곱하기 세로잖니. 세 개를 곱해야 하는 걸 미리 앞에 두 개가 곱해져 있으니까 높이만 곱하면 되잖아."

"아니 그게 아니라. 이건 이상해요."

"뭐가!"

대체 왜 이걸 모르는지 이해가 되질 않았다. 이해할 수 없는 정신 상태를 이해하려고 애써야 했다. 대체 이걸 어찌해야 할까.

다행이었다. 그 고민으로 인해 다른 생각을 할 수 없었으니까.

"이따 한잔할래?"

은진이 막 마지막 운행을 나가려고 하면서 말했다. 무엇을 물을지 뻔했다. 그러나 빈집에 혼자 들어가고 싶진 않았다. 왠지⋯⋯ 빈집일 것 같았다.

"아니, 내일 봐."

은진의 질문이 더 싫었던 걸까. 혜진은 텅 빈 교실에 불을 끄고 문을 닫으면서 살짝 후회했다.

절대⋯⋯ 그 작은 집에 불이 켜져 있지 않을 거라 생각하고 있었지만, 제 마음 한구석 저 밑바닥은 불이 켜진 채 벽난로에서 타닥거리면서 타고 있을 나무들이 내는 온기를 기대하고 있었는지도 몰랐다.

일부러 천천히 걸었다.

아니 그걸 인정하기는 싫었다. 그래도 제 보폭은 평소보다 줄어 있었다. 마침 버스 정거장 앞에 부산하게 순대와 국물이 다 졸아가는 남은 떡볶이가 연기를 무럭무럭 내고 있었다.

"순대 좀 주세요."

집에 불이 꺼져 있는 건 당연하지 않은가. 혜진은 코트를 벗으면서 순대와 떡볶이, 오뎅 등을 터무니없이 많이 샀다는 걸 깨달았다.

"아, 배고파."

공허한 집에 울리도록 혼자 소리치곤 텔레비전을 켰다. 볼륨을 몇 칸 더 키워 소란스럽게 만들었다 생각했지만 그다지 맘에 차진 않았다.

혜진은 아직도 김이 서린 것들을 풀어 놓고 허겁지겁 먹기 시작했다. 이대로 오지 않는다고 해도 이상할 게 없었다. 아니 한 번쯤은 다시 온다 해도 그게 의미 없다는 것도 알고 있었다.

마치 뭔가를 잊어버렸다는 듯 벌떡 일어나서 냉장고에 가 몇 개 안 남은 맥주 캔을 꺼내 들었다. 술을 좀 줄여야지……. 늘 생각하고 있듯이 이제 믿을 거라곤 제 튼튼한 몸뚱이밖에 없다는 걸 잘 알고 있었지만, 오늘따라 졸아 붙어 너무 매운 떡볶이 덕에 과하게 차가워서 맛도 느끼지 못할 맥주를 벌컥벌컥 마셔 댔다.

다 못 먹은 것들은 치워 버렸고, 냉장고에서 상태가 안 좋은 것들도 꺼내 다 치웠다.

오랜만에 청소기도 열심히 돌렸고, 창틀이나 텔레비전 위에 쌓인 먼지도 싹싹 닦았다. 빨래도 열심히 돌렸고 토스트기 속에 쌓여 있던 빵가루조차 다 치웠건만…… 시계는 어처구니없이 이른 시간을 가리키고 있었다.

젠장……. 나가서 장작이라도 패야 하는 건가. 집 안이 써늘했지만, 굳이 벽난로에 장작을 넣고 불을 때고 싶은 맘은 없었다. 이 차가운 바닥에서 잘 생각은 없었으니까.

할 일이 없었다. 텔레비전의 저 영혼 없는 앵무새 같은 뉴스나 정신 나간 드라마, 혹은 죽어라 먹을거리만 찾아다니는 교양 프로 따위에 관심을 끊은 지 오래됐으니까 이제 와서 갑자기 텔레비전 시청을 한다는 것도 우스웠다.

혜진은 노트북을 가져왔다. 달리 블로그니 카페니 하는 것들도 깊이 있게 해 본 적 없었다. 그저 컴퓨터는 문제를 뽑는다든지 옷 등을 사기 위해 인터넷 쇼핑을 하는 도구일 뿐이었다.

영화라도 봐야 하나? 그런 것에도 도무지 관심이 없었던 제 자신이 한심해졌다. 한창 예쁘게 꾸미고 가꾸고 지나가는 모든 게 재미있을 그런 나이 아닌가, 20대 중반은…….

그런 그녀가 관심 있었던 건 취업사이트, 공무원 시험 대비 카페, 스펙 쌓기, 그리고 모든 걸 포기하고 나서는 학원용 문제를 뽑는 사이트들뿐이었으니……. 그냥 멍하니 손 가는 대로 키보드를 두드렸을 뿐이었다. 한참 뒤에야 제가 무슨 짓을 하고 있는지 깨달았다.

마치 근사한 조각상 같은, 앳된 표정을 한 잘난 남자가 귀를 의심하리만치 화려한 기교를 뽐내며 현란하게 악기를 연주하고 있었다.

더 어린, 마치 깜찍한 인형처럼 생겼지만, 앙다문 입술을 한 채 심각한 표정을 지은 아이가 그 작은 손으로 조그마한 악기에서 화려한 음색을 뽑아내고 있는 동영상도 있었다. 그리고 수많은 관현악단을 거느리고 적진의 앞에 선 장군처럼 화려한 손놀림으로 기가 죽을 만큼 장엄한 곡들을 연주하고도 있었다.

이 아릿함의 정체는…… 미련이 틀림없었다.

단 한 번도 이렇게 유명한 사람을 직접 본 적이 없었다. 텔레비전이며 스크린에 득시글대는 그 수많은 스타들이 사는 서울 바닥에 살면서도 그런 사람들을 멀리서도 본 적이 없었다. 가끔 길을 막고 차량을 통제하고 버글거리는 사람들 사이에서 촬영이니 뭐니를 해도 혜진은 짜증을 내면서 다른 길을 찾았을 뿐이었다.

아마, 신기해서.

이렇게 유튜브 동영상에나 나오는 사람을 실제로 봤기 때문에 신기해서…… 그래서 그런 것뿐일 것이다. 그래서 명치끝 어딘가가 싸하게 아려 오는 것일 뿐이었다.

늘 늦게 나가고 늦게 들어 왔기에 시간에 헐떡거리면서 제 할일을 하지 못해 바둥거렸던 거 같은데, 이 적막한 시골의 한 귀퉁이에 있는 집 안에는 지나가는 차 소리 따위도 없는 완벽한 적막만 가득한 채 느릿느릿 시간이 가고 있었다.

그 어떤 것도 할 일이 없었다. 얼른 잠이 들어 버려야 할 것 같은데 혜진은 노트북 옆에 쌓여만 가는 빈 캔들을 인식하지 못하고, 화면 가득히 떠 있는 무수한 동영상들을 멍한 표정으로 클릭하고 있었다.

이런 기분일까?

아니 이런 기분은 대체 어떤 기분인 걸까.

막연한 흥분감에 저도 모르게 옆에서 하는 것처럼 바이올린을 세운 채 활대로 두드리고 있었다. 그것은 단원들이 박수를 대신하는 방법이었다.

주선율이 아닌 반주를 해 본 것은 처음이었다. 굳이 악보를 보지 않아도 그는 다 알 수 있었다. 아니 뇌가 생각하지 않아도 손은 저절로 들려야 하는 음들을 내고 있었다. 옆에서 반신반의하던 다른 단원들도 이내 그의 연주를 보고 안심한 듯 자신들의 연주에 빠져 있었다.

손은 제멋대로 움직이고 있었지만, 그의 귀는 스승의 연주에 고정되어 있었다.

일정이 잘 맞지 않아 보기 힘들었던 라이브 연주였다. 특히 그 사고 즈음에는 어깨 디스크가 악화되어 거의 현역으로서 연주를 그만두었었기에 그는 스승의 연주를 이렇게 눈앞에서 볼 기회가 없었다.

아…… 과르넬리가 가진 소리는 저런 것이었다. 제가 아무리 죽어라 연습을 해도, 더 빠르고 더 정확하게 현을 집고 연주를 해도 가질 수 없는 그 무엇이 저 소리들 안에는 있었다.

관중들의 격렬한 박수 소리가 한참이나 이어지고 앙코르 소리가 드높아졌다.

스승은 웃으면서 다시 바이올린을 들었다. 곧 눈길을 보내던 피아니스트가 격렬한 소리를 냈고, 스승의 바이올린이 울렸다. 스케르초 타란텔라(scherzo tarantelle op 16.)의 경쾌한 음이 이어졌다. 그는 눈에 보이는 모든 것을 머릿속에 조각하듯 새겨 넣으려고 애썼다.

"괜찮아?"

그는 지석의 요란한 물음에 고개를 끄덕였다. 그렇게라도 하지 않으면 난리가 날 듯한 표정이었다.

"아니…… 이거……."

지석의 목소리를 뒤로하고 그는 남의 바이올린을 그에게 내밀었다.

"이거나 돌려 줘."

홍건하게 땀이 묻은 바이올린을 내려다보던 지석이 이제야 굳은 얼굴을 풀면서 물었다.

"어때?"

그러나 그는 대답하지 않고 어딘가로 향했다.

24

그래도 나는 행복하다

행복하다.

이건 절대 반어법이나 역설법이 아니었다. 라흐마니노프가 가득한, 다닥다닥 붙어 있는 원룸의 단칸방이 아니라 늦가을의 노란 햇살이 가득 쏟아지는 조용하고 깨끗한 집. 예쁜 텔레비전과 냉장고, 조그마한 싱크대…….

그 누구도 제게 뭐라 할 사람이 없었다. 얇은 벽 너머로 들리는 누군지 모를 이의 코골이 소리나, 신경질적으로 책 넘기는 소리도 없었고, 아무렇게나 속옷이나 생리대 따위를 늘어놓는 룸메이트도 없었다.

머리를 감거나 샤워를 하기 위해서 주구장창 기다릴 필요도 없고, 심지어 샤워 후에 홀딱 벗고 나온다 해도 그 누구도 신경 쓸 필요가 없었다.

이게 행복 아닌가? 신경 써서 밥을 차려야 할 필요도 없었다.

내가 먹고 싶을 때 먹고, 내가 하고 싶을 때 하면 되는 거, 이것이 야말로 진정한 행복 아닌가?

솔직히 말하면…… 이렇게 누구 눈치 볼 필요가 없는 집이 있고 차가 있다면, 큰 욕심 없고 사심 없는 제게 먹고살 만큼의 여유가 있는 직장만 있다면 누군가를 만나 지지고 볶으며 살 필요도 없는 거 아닐까 싶었다. 결혼이 하고 싶었던 건 지긋지긋한 고시원이나 맘에 안 드는 룸메이트와 살아야 하는 원룸이 싫어서였으니까.

좋다…….

그러니까 좋다. 혜진은 침대에 누워 있었다. 저 딱딱한 나무 소 파는 허리가 아프니까. 누군가 늘 누워 있던 게 생각나 걸려서 그 러는 건 절대 아니었다.

당장 월급을 받는다면 푹신하게 눕기 좋은 싸구려 소파라도 하 나 사야겠다고 생각했다. 그냥…… 그것뿐이었다.

물론 거기엔 하나의 단서가 붙었다. 이 잘난 집의 소유자인 대 단한 남자—아마 그의 것일 것이다— 그 한 사장이라는 사람은 그 냥 무슨 대리인이나 보호자쯤 돼 보이니까. 그에게 그동안의 정리 로 이 집 정도는 줄 수 있는 거 아니냐고 이야기해 봐야 한다는 것.

그 정도 뻔뻔함은 있었다. 아니 없어도 있어야 했다. 그래야 앞 으로 뭘 해서 벌어먹고 살아도 살 수 있는 거니까. 적어도 그가 이 집에서 나가라고 하지는 않을 것이다.

그 외에는…… 바라는 것이 없었다. 절대 그 사람과 저는 인연 따위나 접점 따위가 있을 리 없으니까. 그 외에는 아무것도 바라지 않는다…….

『짤즈부르크에서 보길 바라네.』

『네.』

『잘 해낼 수 있을 걸세. 나도 했잖은가.』

스승이 제 어깨를 가리켰다. 옷에 가려 있긴 했지만, 여러 번의 수술 자국이 남아 있을 것이 분명했다.

『네.』

『그럼 여기서 헤어지지.』

호텔의 로비에서 맞잡은 스승의 손은 따뜻했다. 익숙한 스승의 러시아어 억양이 든 영어가 제 귓가에 스며들었다.

제가 두려웠던 건 혼자가 되는 거였을까. 간절하게 벗어나고 싶었지만, 막상 제 주변에 아무도 없다고 생각하니 무서웠던 걸까. 아마 그랬을 것이다. 당장 이 호텔의 광활한 로비에서조차 어디로 가야 할지 알 수 없으니까.

그러나 그는 웃으면서 떠나는 스승을 배웅하고 돌아섰다. 이제는 스스로 해야 했다. 뭘 어찌해야 할지 당장은 아무런 생각이 없었지만, 그래도 할 수 있을 것 같았다.

"우선 뭘 좀 먹고, 장 변호사님한테 가야겠다. 할 일이 많아."

그러나 진우는 멍하니 서 있을 뿐이었다. 지석은 휴대폰을 뒤적거리면서 그를 잡아끌었다.

"괜히 여기 있으면 안 돼. 누가 알아볼까 봐 겁난다. 주차장으로 가자."

그때였다. 그가 말했다.

"오백만 원."

"뭐?"

"오백만 원 있어?"

"웬 오백만 원?"

"혜원이 왔니?"

"아니."

"전화 좀 해 봐. 얘가 왜 안 왔지."

걱정스런 은진의 대답에 혜진은 출석부를 펼쳤다. 늘 말없이 맨 앞자리에 앉던 조용한 아이였다. 올 시간이 되었는데도 오질 않았다.

요즘은 초등학교 1학년 아이들도 다 휴대폰이 있어서 전화번호가 빼곡하게 적혀 있었다. 전화번호를 찾아 누르자 한참 뒤에 저편에서 전화를 받았다.

〈선생님 죄송해요. 학교 선생님이 일이 있어 남으라고 했는데 연락 못 했어요.〉

"그래. 오늘은 못 오니?"

〈늦게라도 갈게요.〉

그냥 안 왔으면 좋으련만. 혜진은 전화를 끊으면서 문득 그의 최신형 휴대폰이 떠올랐다. 앱도 열심히 깔아 주고 했건만…… 정작 그 전화기의 번호도 모르고 있었다.

물론 그도 제 번호를 모를 것이다. 아니, 그 한 사장이란 사람은 제 번호를 알고 있을 텐데, 번호를 알고자 한다면 알 수도 있을 텐데…….

"쯧!"

어느새 혼자 혀를 차는 버릇이 생겨 버린 듯했다. 별로 좋은 버릇은 아닌 게 분명했다. 모든 게 그로 통한다는 건…… 그냥 후유증임이 분명했다. 짧고 독한 감기를 앓고 난 뒤처럼.

"유언장도 확인해야 하고, 짤즈부르크로 가려면 준비해야 할 게 태산 같다고. 너 미쳤어?"

"나 그동안 늘 미쳐 있던 거 아니었나?"

그가 아무렇지도 않게 지석이 찾아온 수표를 봉투에 넣으면서 말했다.

"뭐, 진짜 그 여자랑 어떤 사이라도 된 거야?"

지석의 신경질적인 물음에 역시 평온하게 진우가 말했다.

"내가 운전해? 아니면 해 줄 거야? 나 운전석이 왼쪽에 있는 건 지하 주차장에 들어가는 거 딱 한 번 해 봐서 말이지."

"내가 잘못했다고. 세상에 여자는 널렸어."

지석이 항복이라도 하듯 두 손을 올리면서 말했다.

"뭘?"

그런 지석을 아무렇지도 않은 표정으로 보는 그였다.

금요일은…… 유독 아이들에게 인기 있는 방과 후 수업 과목이 많은 날이었다. 물론 전에 서울에서 일을 할 때에 비하면 이건 일 하는 건지, 아니면 그냥 월급만 축내는 건지 알 수 없을 정도였다.

대체 얼마나 줄려는지 모르겠지만, 얼마를 주든 간에 뭐라 할 수 없을 정도였다.

하여튼, 후딱 가 버릴 수 있는 수요일에 비해 금요일은 아이들 이 거의 무료나 다름없는 방과 후 수업을 즐기느라 늦게 학원 문 을 들어섰고, 늦가을의 해는 금방 기울어 버렸다.

아예 늦은 시간에 수업을 시작하는 도시 아이들이 바깥 풍경과 는 상관없는 생활을 했던 것에 비해 시골 아이들은 어둑한 창밖에 민감했다.

마지막 아이들이 허겁지겁 검사를 받고 차에 올라탄 시간은 그리 늦은 시간이 아니었다. 그럼에도 불구하고 새까맣게 변해 버린 바깥 풍경 덕에 휴대폰의 바탕화면에 찍힌 숫자가 의심스러워질 만했다.

"어때, 이따 한잔할래?"

저는 그다지 기운이 없어 보이지 않았었는데……. 은진이 술을 먹고 싶었는지도 모르겠다 싶었다.

"그래."

"정리하고 막창 일번지에 가 있어. 미리 시켜!"

빈집에 혼자 들어가는 게 결코 청승맞아서는 아니었다. 집에 달리 먹을 것이 없으니까, 혼자 라면이나 끓여 먹고 싶지는 않았을 뿐이었다. 마침 독한 알코올 기운도 당겼고 맛있는 곱창도 먹고 싶었다.

다만 이따 은진이 저를 집요하게 취조할 것을 생각하면 골 아프긴 했지만.

"그래서…… 그 남자랑…… 한집에 살았다는 거지?"

혜진이 소주잔을 입에 막 대려고 하는데 은진이 자리에 앉자마자 급하게 말했다. 혜진은 대답 없이 소주잔을 입안에 털어 넣었다. 그리고는 제 잔을 내려놓고 은진의 잔에 소주를 따랐다.

"숨넘어가겠다. 우선 좀 먹어."

"지금 먹는 게 중요해? 언제부터야? 그렇게 잘생겼다면서? 그럼 뭐 썸씽이라도 있는 거야? 그 남자가 집을 사 버렸던 거냐고."

"하나씩 하자. 하나씩."

혜진이 입안에 도는 쓴맛을 없애려고, 익었는지 의심스러운 곱창을 집어 쌈장에 찍었다.

"그러니까, 잘난 거야? 뭐 하는 사람인데?"

"잘났어. 그런데 뭐 아픈 사람이랬어. 그냥 나보고 그 사람 간호 겸해서 살라고 해 준 거야."

"그런데? 그런데 어쩌다 다정하게 다니게 된 거야?"

"맨날 보니까 그랬지. 그런데 그 사람 이제 없어. 갔어."

"뭐?"

은진이 쓴 소주를 입에 털어 넣다 말고 눈을 동그랗게 뜨면서 말했다.

"서울에 집도 있고 그래. 몸 좋아지니까 돌아갔어."

"그럼 집은?"

"모르지."

그냥 더 이상 묻지 말았으면 좋겠다 싶었지만, 술값을 은진이 계산할 게 분명하므로 그래도 성심성의껏 대답해야 했다.

간단했다. 제 입에서 나온 말처럼. 그냥 그렇게 아픈 사람이었고, 아픈 게 얼추 나은 듯했더니 돌아갔다는 거. 그거 외에 뭐가 더 있단 말인가.

"서울에 집도 있어? 그럼 잘사는 사람인가 보네. 어떻게 좀 해 봐."

"뭘 어떻게?"

혜진은 저도 모르게 피식 웃으면서 제 빈 잔을 채웠다. 싸한 소주 기운이 오늘따라 달게 느껴졌다.

"뭐…… 이왕이면 다홍치마라고, 잘났다면서. 꽤 오래 있었던 거 아니야? 남녀가 한집에서 있다 보면 뭐 정도 들고, 그럼 뭐 눈도 맞고 그러는 거지. 그런데 어디가 아픈데? 뭐 심각한 병이야?"

누구나…… 저렇게 생각할 수 있는 거였다. 제가 이런 이야기를 전해 들었다고 해도 그럴 것이다.

"글쎄, 그런데 뭐 이미 다 끝났는데? 갔다니까."

"진짜? 아쉽다. 그럼 집은 어떻게 되는 건데?"

"모르지. 그건 내가 알아서 할 일이고. 참, 지원이네 엄마…… 한국 사람이 아닌가 봐?"

슬쩍 혜진은 말머리를 돌렸다.

"아, 맞다. 지원이네 엄마 베트남 여자래. 새엄마야. 저번에 시장에서 봤는데 갓 스무 살 넘었나 봐. 완전 애기야. 게다가 임신도 했어."

"뭐? 그 집 아빠 나이 엄청 많던데……."

"그러게 말이지. 그래서 말이 안 통해. 전화하니까 지원이가 받더라."

역시 술안주로는 남의 이야기가 최고였다. 골 아픈 제 이야기가 아니라.

끝까지 함구하려고 했었다. 그러나 딱히 기다리는 사람도 없는 불금이었다. 내일은 일찍 일어날 필요도, 일찍 일어나서 할 일도 없는 지겨운 오후만 잔뜩 내려앉을 것이 분명했다.

회식이란 게 고기로 알딸딸하게 취한 뒤에 호프집, 노래방, 소줏집을 경유하여 포장마차에서 뜨는 해를 맞이하는 게 정석이라지만, 불행하게도 이 좁아터진 동네는 그럴 만한 공간이 없었다.

물론 노래방이니 따위가 있었지만 여자 둘이 갈 만한 건전한 곳이 못 되었다.

그러다 보니 맥주도 팔고 소주도 파는 꼬치 체인점에 들어섰고, 두둑한 배를 채운 덕에 간에 기별도 안 가는 안주들을 놓고도 술술 술을 넘기게 되었다.

"그래서, 잤어?"

"뭐…… 어쩌다 보니까."

"진짜? 좋았어? 어땠어?"

은진의 얼굴이 새빨갛게 물든 건 배가 불러 치워 버린 맥주잔 대신 들어선 푸르딩딩한 소주병 두 병 탓일 터였다.

"넌 남자랑 잘 때 좋았던 적 있었어? 그냥 다 그렇지."

아직까진 정신이 쬐끔 남아 있었다. 혜진은 이제 쓴맛도 모를 듯한 소주를 입안에 털어 넣으면서 말했다.

"하긴 뭐, 그놈이 그놈이지."

그건 아니었다. 그러나 거기에 이의를 제기할 만큼 취하지는 않은 게 다행이었다.

"왜, 잘해 보지. 서울에 집 있는 사람이라며, 생긴 것도 괜찮다던데……."

"그런 남자가 눈이 삐었어?"

"남녀 사이란 게 부모가 개입해서 주선하는 거 아니면, 뭐 다 눈이 삐어서 사고 치는 거 아니야? 전에 그놈보다 나으면 잡아. 뭐 임신이라도 확 해 버리든지!"

"너도 참 생긴 거 안 맞게 고전적이다."

혜진은 요란하게 웃었다. 임신이라니…….

문득 생각했다. 그런 날이 제게 있을까? 한 아이의 엄마가 되는 그런 삶이 제게도 주어질까.

"술이나 먹자. 2차는 내가 내지 뭐."

그 와중에도 제가 결제를 하지 않아도 되는 카드가 제 지갑에 들어 있는 걸 인식하고 있는 자신이 징그러워서 빈 잔에 소주를 들이부어야 했다.

차가워서 늦가을인지, 아니면 초겨울인지 구별이 모호할 만한 바람 덕에 그녀는 속에서 기어 올라오는 것들을 꾹 참고 걷고 있었다.

모퉁이를 돌자마자 인적 끊긴 어두운 밭이며 빈 논이었기에 어디에 구토를 한다 해도 별로 남에게 욕을 먹을 일은 없었지만, 그녀는 꾹 참고 제집을 향해 걸어가고 있었다.

노랫소리가 절로 나올 듯 아름답고 사랑스러운 집, 그 누구도 저를 탓할 사람이 없는 나 혼자만의 집, 다른 사람의 소유지만 주눅 들지 않는 집…….

그 좋은 집으로 그녀는 허공을 딛는 것 같은 제 발걸음을 빨리해서 가려 했지만 그게 제대로 되지 않았다. 오랜만에 너무 과음을 해서인지 그녀는 외딴 벌판에 서 있는 그 작은 집에 불이 켜진 걸 인지하지 못하고 있었다.

외로움이란 건 치열하게 살아 보지 못한 나약한 인간들의 전유물이었다.

외롭다니…… 아니 그런 걸 느낄 새가 어디 있단 말인가? 의도되지 못한 타인들에 치여 시달리는 게 얼마나 괴롭고 짜증나는 일인지, 그리고 그걸 벗어날 힘이 없다는 게 얼마나 힘든 일인지 모르는 인간들이나 그딴 개소리를 하는 것이었다.

불을 켜 놓고 갔던가? 혜진은 제 오락가락하는 기억을 더듬으면서 문의 비밀번호를 눌렀다. 띠리릭 하고 한 번에 열리는 것을 감사하게 생각하면서 몸을 디밀었다.

불이 켜진 집이 싸늘하지 않다는 걸 느낄 만큼의 정신은 없었다.

"왜 이제 와?"

제가 해야 할 것은 단 한 가지밖에 없었다. 아니, 할 줄 아는 게 그것밖에 없었다.

그리고 아직도 그걸 할 수 있었다. 그럼 적어도 된 것이다. 아직 카두로스를 만질 만큼은 안 되겠지만, 아마 그것은 금방 될 것이다.

처음으로 그 수많은 사람들이 만들어 내는 화음 속에 들어갔었다. 늘 언제나 제일 앞쪽, 자그마한 저를 위해 단을 세워 놓은 무대부터 시작해서 그는 스포트라이트를 받으면서 열광하는 박수 속에 서 있었다. 제 뒤에 선 수많은 사람들은 생각해 본 적도 없이.

그러나 그 많은 사람들 속에 이름도 없이 섞여 있으면서 그가 느낀 건…… 제가 살아 있다는 것이었다.

하얀 침대, 아니 하얀 매트리스 위에 웅크린 채 몽롱한 시간을 보낼 땐 당연하게 살아 있는 게 아니라고 느꼈었다. 나른하게 쏟아지는 가을의 노란 햇빛 속에 있을 때 이게 살아 있는 게 아닐까 생각하기도 했었다.

그러나 그건 아니었다. 아니 죽은 것은 아니었지만 살아 있는 것도 아니었다. 무대 위에서 열광적인 박수 속이 아니라, 그냥 제 손길에 의해서 살아 숨을 쉬고 소리를 내는 그 작은 나무 조각을 들고서 그 나무 조각에 생명을 불어넣을 때, 그때가…… 제가 살아 있는 순간이었다.

살아야 했다. 그리고 그렇게 살게 해 준 이와 함께해야 했다. 그래서 그는 무슨 소리인지 귓가에 들리지도 않는 지석의 수많은 이야기를 귓등으로 흘린 채 이 작은 집으로 찾아와야 했다.

"내가 잘못했어."

"……."

문을 열자마자 싸한 공기가 흩어졌다. 차를 주차하고 쫓아온 지석이 급하게 말을 이었다.

"설마 저 여자와 뭐 어쩌겠다는 건 아니지?"

"……."

질문 자체가 기분 나쁜 그는 아무 대답을 하지 않았다.

"카일, 해야 할 일이 산더미 같다고. 미스터 유고르스키께 말씀 드린 대로 할 거잖아. 그러니까 우선은……."

"고용인 아닌가?"

"뭐라고?"

그가 고개를 돌렸다. 당황한 지석의 표정이 보였다.

"미안하지만, 스티브는 내 말을 들어야 하는 처지가 아닌가 싶어서. 짤즈부르크에 갈 거야. 그러나 내가 가고 싶을 때 갈 거야."

"카일!"

지석이 소리쳤다.

"차는…… 지하 차고에 넣어 둬. 그리고 휴대폰에 장 변호사님 번호 입력시켜 주고. 금방 올라갈 거야. 오래 안 걸릴 테니까 먼저 올라가."

"카일……."

지석의 표정이 일그러졌다.

"아직까진 스티브의 도움이 필요한 거 잘 알고 있어. 그러나 그럼에도 불구하고 내가 다른 사람을 쓸 수도 있는 거니까. 그러니까 그냥 이제 좀 내 의견을 존중해 줘. 내게 도움 준 거 잘 알고 있으니까 배신하고 싶지 않아. 그러니 그냥 올라가. 그리고 여기에 날 방치해 준 거 정말 고맙게 생각하고 있어."

"카일⋯⋯."

그러나 지석은 더 이상 이을 말이 생각나지 않았다.

이건, 당연한 것이었다. 이런 걸 가지고 우쭐하거나 뭔가 달라졌다고 생각하면 안 되는 게 맞았다. 그러나 제 새파란 페라리가 으르렁거리면서 마당을 벗어날 땐, 뭔지 모르게 뿌듯한 감마저 들었다.

저는 멀쩡한 생각과 판단을 할 수 있는 '성인'이었다. 그리고 그렇게 해야만 했다. 그게 앞으로 100% 옳은 일이 될지는 모르겠지만, 그렇지 않더라도 제가 책임을 져야 하는 것이 맞았다.

이제 제 앞에 놓인 선택을 제 스스로 하고 그 결과를 받아들이는 걸 해야 했다. 물론 누구나 그렇게 할 테지만.

막 황금색으로 반짝거리더니 싸한 공기를 흩어 놓은 석양이 산 저쪽으로 숨어들고 있었다. 아직은 좀 더 시간이 있어야 이 집에 어울리는 사람이 나타날 거란 걸 알고 있었다. 다행이었다. 그녀가 이 집에 오기 전에 제가 먼저 도착했다는 게. 기다림에는 익숙했다.

익숙한 기다림이었지만, 그건 어느 정도의 시간까지였나 보다.

불이 타오르고 온기가 가득 찬 지 한참이나 지났다.

끼니때가 지났기에 냉장고를 열었던 그는 잠시 멈칫하고 말았다.

늘 가득 차 있던 냉장고는 거의 텅 비다시피 해 있었다. 항상 쟁여 있던 식빵이나 우유 따위도 없었다. 전기밥솥조차 텅 비어 있었다.

그는 마치 익숙한 듯 쌀을 씻어 넣었지만, 그 쌀이 뜨거운 밥이 되었을 때도 이 집의 주인은 나타나지 않았다. 싱크대 위쪽에 저를 실소 짓게 하는 하얀 장갑 뭉치 옆에 있는 김을 꺼내 밥을 먹은 뒤에도 그녀는 나타나지 않았다.

그제야 또 지석에게 전화번호를 물어보지 않았다는 걸 깨달았다. 전화를 해서 번호를 물어볼까 하다가 조금만 기다리면 오겠지, 하는 생각이 제 꼬리를 문 뱀처럼 계속 그의 머릿속을 빙글거리며 돌고 있었다.

그 맴이 현기증을 느낄 만큼 간절해졌을 때, 드디어 삐리릭 하고 문이 열리는 소리가 났다.

"왜 이제 와?"

간절히 기다린 그녀를 다그칠 마음은 없었지만 저도 모르게 제 입에서 곱지 않은 소리가 나와 버렸다. 그러나 이미 나온 말을 주워 담을 수도 없는 노릇이었다.

하지만 그런 걱정을 하지 않아도 되었다. 채 신발도 벗지 못한 그녀는 곧장 화장실로 뛰어 들어갔고 커다란 소리를 내며 문이 닫히고 나서 화장실에서는 요란한 소리가 났다.

"이봐 괜찮아?"

두 여자가 먹은 것치고는 꽤 과하게 나온 계산서를 보면서 어이없었는데, 한가득 쏟아 내고 나니 허무해 웃음이 날 지경이었다.

혜진은 몽롱한 정신으로 입을 헹구고는 내친김에 세수를 하기 시작했다. 대충 클렌징 폼을 묻혀서 비누칠을 하고 화장기를 다 씻어 냈다 싶어 안심을 하고는 비틀거리면서 문을 나섰다.

누군가 저를 받아 드는 게 느껴졌지만 제 생각이 허우적거리고 있었다.

그 누군가가…… 누구일까 생각했지만 머릿속은 쉬이 밝아지지 않았다.

"무슨 술을 이렇게 마셨어?"

내심 그가 생각했던 것과는 전혀 다른 상황이 펼쳐졌다.

평소에도 술을 잘 먹던 여자였는데, 지독한 술 냄새에 기가 막힐 지경이었다.

휘청거리는 그녀를 받아 딱딱한 나무 의자에 앉히자마자 여자는 휘릭 기운 없이 옆으로 누워 버렸다.

그는 재빨리 이불들을 쌓아 놓았던 곳으로 갔다. 그곳엔 여자 혼자 잤던 흔적이 고스란히 드러나 있었다. 그는 모른 척하고 늘 깔고 덮던 이불들을 꺼내 와 바닥에 깔기 시작했다. 그러곤 여자를 안아다 눕혔다.

두꺼운 재킷과 스웨터, 몸에 잘 붙는 빡빡한 청바지까지 벗겨 냈다. 마치 죽은 듯한 여자를 눕히고 이불을 덮어 주고 베개를 베어 주고 난 뒤에야 그는 저도 모르게 한숨을 내쉬었다.

지독한 숙취였다. 오랜만에 느껴 보는…….

깨질 듯한 머리를 움켜쥐고 그녀는 다시 화장실로 갔다.

또다시 속에 있는 것을 비우다 보니 노란 신물이 넘어와서야 멈췄다.

혜진은 입을 헹구고 시뻘겋게 열이 오른 얼굴을 찬물로 씻고 나서 멍하니 거울 속을 쳐다보았다. 하루 사이에 울긋불긋, 시커먼 다크서클까지 내려앉은 제 몰골이 참 한심해졌다. 왜 그렇게 죽도록 소주를 퍼부었던 걸까.

경훈의 비아냥거림에는 자존심이 상했었다. 그 상한 자존심이 너무 커서 근 일 년이 넘도록 제 속에서 치밀어 오르는 걸 참으며 옆에 있었던 것이 한심해졌었다. 속상하고 한심하고 시간이 아깝고 들인 돈이 아까웠다. 좀 더 참았어야 했나를 다시 가늠하면서 더 우울했었다.

그런데…… 어제는 뭐였을까?

은진한테 이야기한 대로였다. 아프니까 이 집에 있었고, 과년한 남녀가 한집에 있다 보니 이래저래 일이 생겼고, 다 나으니까 제자리로 가 버렸다는 거.

아마 그건 미련일 것이다. 제가 남자라는 상대에 대해 상상해 볼 수 있는 최대의 잣대보다 열 배 스무 배, 아니 백 배, 천 배 더 대단한 세상에 사는 그런 사람이었다는 데서 오는 찌릿한 쇼크 끝에 오는 환상 같은 것일 뿐이었다. 새빨갛게 부풀어 오르고 결국에는 노란 고름이 찬 물집이 잡히듯.

송충이는 솔잎을 먹고 누에는 뽕잎을 먹어야 한다.

바이올리니스트라니…… 참 내 원. 머리털 나고 단 한 번도 생각조차 해 본 적 없는 그런 단어였다.

혜진은 아예 물을 틀고 샤워를 했다. 보일러가 돌아가 데워지기까지 쏟아지는 찬물이 제 정신을 번쩍 나게 해 주는 것 같았다.

요란한 소리와 함께 돌아간 보일러가 살이 데일 듯 뜨거운 물을 쏟아 내도 혜진은 한참 동안이나 그 물속에 있다가 살이 익어 가는 느낌이 나자 겨우 샤워기를 끄고 몸을 닦았다.

수건이 두어 개밖에 없는 것을 보고 세탁기를 돌려야겠구나 싶은 혜진은 대충 수건으로 몸을 가린 채 나섰다. 어차피 혼자 사는 집이니까. 제 속옷 같은 건 옷장에 있으니까 당연한 것이었다.

25

나비에겐 수많은 꽃 중의 하나이듯
네겐 내가 아무것도 아니지만
나에겐 네가 전부였다

어디가 불편한 건지 계속 뒤치락거리는 여자 때문에, 아무래도
약 없이 깊이 잠들지 못하는 버릇이 있는 그는 제대로 잠을 이루
지 못했다.

할 말이…… 많았다. 그냥 그렇게 여자를 보낸 게 내내 마음에
걸렸었다. 그러나 가장 결정적인 순간에는 이 여자를 잊고 있었다.
그래서 그것도 미안했다.

아무래도 좁았던 제 세상이 더욱더 좁아졌을 때, 이 여자는 제
세상의 거의 다를 차지하고 있었다. 스승으로 인해 제 세상이 다시
조금 넓어졌다 하더라도, 가장 많은 부분을 차지하고 있는 것은 이
여자였다.

어떤 이야기를 어떻게 시작해야 할지 알 수 없었기에, 여기까지
오는 그 길에 지석의 쉴 새 없는 이야기를 한편으로 던져 버리고
는 내내 그녀에게 할 말들을 생각해 내야 했다.

오랫동안 다른 나라 말들만 써서인지 적당한 어휘조차 잘 생각나지 않을 때도 있었지만, 그래도 그는 그녀의 얼굴을 보면 무엇이든 할 수 있을 거라 생각했다. 그래서 기다리는, 저물어 가는 오후 햇살과 어스름한 저녁 기운 속에 평생 살아온 순간보다 더 많은 생각을 했었다. 그런데 밤늦게 들어선 여자는 저를 알아보지도 못하고 인사불성이 돼 잠들어 버렸다.

새빨갛게 열이 오른 듯한 여자는 지독한 알코올 냄새를 뿜어내면서 뒤척거렸다. 가끔 그는 손을 내밀어 여자의 흐트러진 머리카락을 넘겨 주었지만, 그녀는 그것조차 모르는 모양이었다.

설핏 잠이 든 거 같은데 옆에서 기척이 있었다. 그가 눈을 떴을 때 여자는 또다시 화장실로 뛰어가고 있었다. 요란한 구토 소리 덕에 그는 일어나 엉거주춤하게 앉아 있었다.

가 봐야 하는 건가? 그러나 한참 뒤에 물소리가 나기에, 그는 이미 싹 달아나 버린 잠기운을 털어 버리고 부쩍 찬 공기가 가득한 공간을 데우기 위해 조용히 불씨를 살렸다.

한참 동안 따뜻한 공기가 가득 찼음에도 불구하고 요란한 물소리만 날 뿐 여자는 나올 생각이 없는 듯했다. 기다리다 못해 걱정이 앞선 그가 막 일어나 화장실 문 앞까지 갔을 때 물소리가 멈췄고, 뜨거운 김이 무럭무럭 나는 문 사이로 그녀가 나왔다.

"어맛!"

새빨간 얼굴을 한 그녀가 옷가지 하나 없이 달랑, 그것도 그다지 크지도 않은 수건으로 몸을 가린 채 나온 것을 보고 당장 그가 한 걱정은 추위였다. 제가 아무리 불을 열심히 피웠다 해도 불가나 따뜻하지 다른 곳은 썰렁했기 때문이었다.

그러나 놀라 휘청거리는 여자를 잡아 주려고 안은 순간, 후끈거리는 열기가 가득한 물기 젖은 여자의 매끄러운 맨몸이 주는 감촉은 그의 머릿속을 가득 채우고 있던 생각이나 말들을 순식간에 돌돌 뭉쳐 휙 하고 어디론가 던져 버리고 말았다.

"괜찮아?"

간신히 그가 말을 내뱉었을 때, 아직 어두운 공간에서 새빨간 장작불의 불빛에 반짝거리는 여자의 눈을 본 그는 그녀의 대답 따위를 들을 수가 없었다.

후끈거리는 그녀의 맨몸과는 달리 찬물로 한참이나 이를 닦고 헹군 입술은 차가웠다. 그는 차가운 그녀의 입술을 물면서 정신이 아득해졌다. 허겁지겁 그의 뜨거운 혀가 그녀의 안으로 파고들었다.

이건 꿈인가? 분명히 속을 비우고 찬물 더운물 번갈아 가며 쏟아부었기에 정신을 차렸다고 생각했는데…… 문 앞에는 왜 이 사람이 있는 건가.

가만히 앉아 있다 일어서면 주변이 노랗게 변하면서 돌아가듯, 그런 현기증 같은 현상일지도 몰랐다. 그도 아니라면, 아니라고 시치미 뚝 떼고 돌아섰지만 제 속이 바라는 허무맹랑한 욕망이 만들어 낸 환상이었을 것이다. 그런데…… 그런데 왜 그 환상은 이렇게 생생한 감촉을 가지고 있는가.

술이 덜 깨서일 것이다. 저를 안은 남자의 따뜻한 손길이, 제 속을 휘젓는 남자의 뜨거운 혀가 잠시 정신을 차렸다 여겼던 자신을 또다시 세상의 저편으로 몰아세우고 있었다.

괜찮아, 이건 실체가 아니니까, 이건 현실도 아니니까, 그냥 간절한 망상이 만들어 낸 지나치게 리얼한 상상이니까…….

그녀는 저도 모르게 남자의 목을 휘어 감았다. 그가 저를 번쩍 들어 안는 게 느껴졌다. 제 몸을 가리고 있던 허술하기 짝이 없던 수건은 어디로 떨어졌는지 알 수가 없었다.

익숙한 체취가 묻어 있었지만 딱딱한 마룻바닥이 느껴지는 이불 위에 그가 저를 살그머니 내려놓았다. 그러나 그 와중에도 뜨거운 입술은 계속 속을 휘젓고 있었다. 자유로워진 상대의 손은 저도 모르게 팽팽하게 부푼 것 같은 제 젖가슴을 끈적이는 욕망에 차 움켜쥐고 있었다.

제 목을 감싸 쥐는 여자의 손길에서 그는 이성의 끈을 놓아 버리고 말았다. 아직 채 물기가 가시지도 않은 매끄러운 살결을 모조리 마셔 버리겠다는 듯, 그는 뜨거운 입맞춤을 퍼부었다.

무엇이 중요한지, 지금 무엇이 필요한지 따질 필요가 없었다. 단지 필요한 것은 말랑말랑하고 물에 젖은 매끄러운 몸을 가진 이 여자뿐이지 않은가.

그는 급하게 몸을 일으켰다. 제가 입고 있던 니트 스웨터와 티셔츠를 한꺼번에 벗어 던졌다. 희미한 눈빛으로 저를 올려다보는 여자를 힐끗 보고는 그는 손을 놀려서 다른 옷들도 벗어 던졌다.

제 타는 듯한 맨몸에 느껴지는 여자의 매끈한 곡선이 그나마 제게 안심을 주었다. 그러나 그 안심도 잠깐, 또 제 속은 후루룩 부풀어 올라 터질듯이 팽팽한 열기를 뿜어냈다.

미안함, 그리움, 기다림 끝에 나타난 기대, 그도 저도 아니라면 수컷이 가진 이유도 없는 열정……. 모든 게 뒤범벅이 되어 그는 매끈한 여자의 몸을 탐했다.

붉게 타고 있는 장작불 덕에 속을 휘저을 듯 매혹적인 색이 돼 버린 여자의 매끈하고 팽팽한 젖가슴을 사정없이 빨아들였다. 제 입속에 느껴지는 달큰한 여자의 거죽이 주는 아찔한 향미와 그 때문에 제 귓가에 떠도는 그녀의 숨 막히는 듯한 낮은 신음 소리가 그의 머릿속을 사정없이 휘저었다.

'넌 남자랑 잘 때 좋았던 적 있었어? 그냥 다 그렇지.'

분명히 제가 한 말이었다. 주말이면 늘 어디 변두리의 칙칙한 모텔을 대실해서 찝찝한 침대에 벌거벗은 채 누워 있던 적도 있었다. 은진도 학교 다닐 때에는 결혼할 게 분명하다는 공식적인 애인이 있었다.

현실은 그냥 그랬다. 언젠가부턴 그냥 기다려지지도 않았고, 주말이면 차라리 생리 중이였으면 좋겠다는 생각이 들 정도였다. 그러니…… 지금은 꿈속일 것이다.

이 존재감부터 비현실적인 남자와 함께하는 기억은, 단 하나도 현실적인 것이 없었다. 그 남자의 존재 자체가 비현실이거나 혹은 여자들이 막연하게 꿈꾸던 그 어떤 소설이나 만화 속의 등장인물 같은 남자는 손길마저도 다른 느낌이었다. 서툰 입술이나 혹은 제 속에서 몸부림치는 남자의 일부까지도…….

현실적인 저로서는 남자가 있어야 할 자리로 돌아간 것이 매우 당연하고 타당했으며 아무렇지도 않은 일이었다. 그러나 저는 아직도 지독한 숙취에 시달리고 있었고, 제 속 어느 한구석, 그러니까 그 어느 누구도 왜 그런 생각을 하느냐고 따질 사람이 없는 제 마음속 심연은 이상형으로조차 그려 본 적도 없으리만큼 비현실적인 남자를 찾아 헤매고 있었는지도 몰랐다.

아니 그랬던 거 같다. 그러니까 이런…… 적나라한 꿈을 꾸는 거지.

이건 꿈이 아니라 제가 바라는 상상일지도 몰랐다. 아마 제가 남자라면 이제 눈을 뜨면 흥건한 몽정의 흔적을 보며 난감해할 게 분명했다. 그러나…… 지금 이 순간만큼은 이 적나라한 꿈에 젖어야겠다…….

뜨거운 남자의 숨결이 제 구석구석을 훑고 다녔다. 침묵을 지키고 있으면 오히려 이상하니까, 러브신이 난무하는 영화를 몇 번이고 본 기억이 있는 저는 조용한 침묵이 어색해서 생각나는 대로 추임새를 넣듯 신음 소리를 내는 데 익숙했다.

그러나 지금 제 입에서 나는 소리들은 제가 통제할 만한 여력이 없었다. 그냥 제 입속에서 새어 나오고 있었다.

분명 여자를 다루는 데 익숙한 손길은 아니었다. 그러나 조심스럽고, 그에 맞지 않게 끈적끈적한 욕망과 욕구가 스며 있는 뜨거운 손길은 평소에는 아무 느낌도 없었던 제 거죽을 살짝 스치기만 해도 제 온몸을 꿈틀대게 할 만큼 자극적이었다.

남자의 크지만 가는 손가락이 제 가슴을 움켜쥐었고, 뜨거운 입술 속에 든 더 뜨겁고 젖은 혀가 제 가슴을 머금었다.

그녀는 저도 모르게 손을 내밀어 가는 결의 머리카락 속을 헤집었다. 그 뜨거운 혀와 매끄러운 입술은 점점 더 뜨거운 열기를 가지고 아래를 향했다. 아무리 제 머릿속이 만들어 내는 상상이라 할지라도 참을 수가 없어 다리를 오므리려 했지만, 커다란 손은 그것을 막았다. 그러곤 활짝 벌어진 제 다리 사이로 스며들었다.

"아윽."

저도 모르게 몸을 들썩일 수밖에 없었다. 매끄러운 제 속을 훑어 내리는 뜨거운 기운을 이길 수가 없었다.

"그만……."

겨우 소리를 친 것 같은데 상대는 들을 생각이 없는 듯 자꾸만 제 속을 건드려서 머릿속을 하얗게 만들었다. 그러나 그것도 잠시, 상대도 더 이상 참기 힘든지 매끄러운 입술과 혀를 거두어 제 입을 막아 버리고는 곧 다른 것이 제 속을 차지하고 말았다.

숨이 넘어가는 것 같은 느낌에 그녀는 남자의 어깨를 움켜쥐었다. 남자의 손이 제 머리카락을 헤집는 게 느껴졌다. 꽉 찬 제 속을 훑어 내리는 남자의 격한 움직임에 저도 모르게 같이 헐떡거리면서 쫓아야 했다.

꿈이 아니었으면…….

왜 격한 남자의 목소리를 들으면서 제가 그렇게 외쳤는지 이해할 수 없었다.

갑자기 당황한 이유는, 꿈은 이런 리얼리티가 없기 때문이었다. 사라졌던 남자가 다시 나타나 늘 그렇듯 뜨끈뜨끈한 수건으로 제 몸 위를 닦고 있었으니까.

"괜찮아?"

그제야 혜진은 제 얼굴이 새빨갛게 물드는 게 느껴졌다. 까맣던 시야도 어느덧 푸르스름해지고 있었다.

"무슨 술을 그렇게 마셨어? 좀 더 자든지."

당황한 혜진은 이불을 얼굴까지 끌어 올리고 옆으로 돌아누웠다.

물기를 채 닦아 내지 않은 남자의 매끈한 긴 다리가 이불 속의 제 다리를 휘어 감는 게 느껴졌다. 자기가 덮은 이불 사이로 들어온 그가 제 목덜미에 입을 맞추고 있었다. 분명히 꿈이 아니길 바라지 않았나? 그런데 이 당혹스러움의 정체는 뭘까…….

"잠이 안 와서 혼났는데…… 졸리네. 조금만 자고 일어나자. 괜찮지?"

물기가 묻어나는 팔이 제 허리를 감는 게 느껴졌다.

꿈인가?

갑자기 이게 꿈이 아니었으면 좋겠다는 생각에 혜진은 제 허리를 감는 팔뚝을 가만히 감싸 쥐었다. 어디로 사라져 버릴까 조바심에 차서.

머리가 깨지는 듯한 느낌이었다. 두통약이라도 먹어야 할 것 같아 눈을 떴는데 혜진은 제 온몸에 느껴지는 감촉 때문에 당황하고 말았다. 이건 절대 꿈이 아니었다. 새벽녘의 그 일도 꿈이 아니었다. 깊이 잠들어 있는 남자의 숨결이 제 목덜미에 떨어지고 있었다.

햇살이 쏟아져 내리고 있었지만, 싸한 공기가 코끝에 느껴지고 있었다. 그러나 따뜻하고 매끄러운, 그리고 아무것도 느껴지지 않는 남자의 맨몸이 저를 부드럽게 덮고 있었다.

젠장…….

혜진은 그가 깨지 않게 조심하면서 몸을 일으키려 했지만, 약도 먹지 않은 그는 금방 그녀의 기척을 느꼈다.

"일어났어?"

탁하게 가라앉은 남자의 목소리가 귓가에 울렸다. 그러나 대답도 하지 못한 채 혜진은 바닥에 널브러져 있는 수건을 잡아 들고는 안방으로 도망가듯 사라져야 했다. 옷을 챙겨서 씻고 나오니 몸을 일으킨 그가 티셔츠를 입고 있었다.

분명히 이건 현실이었다. 제가 제멋대로 꿈이라고 단정하고 혼자 피식거리고 말 일이 아니었다.

"언제 왔어요?"

제 목소리가 갈라지는 게 느껴졌다. 그건 갈증 탓일 것이다.

"어제저녁에. 사람이 멀쩡하게 있는데도 못 알아보다니. 위험하게. 내가 아니라 다른 사람이었으면 어쩔 뻔했어?"

그가 저를 탓하는 소리가 잘 들리지 않았다. 혜진은 고개를 돌려 냉장고를 열었지만, 생수병 따위가 보이질 않았다. 그를 보고 있으면 너무 간절하게 저 남자를 바랐다는 사실을 들킬 것만 같았다.

혜진은 컵을 꺼내 수돗물을 틀었다. 한참이나 틀었다가 마신 물은 차가웠다.

"괜찮은 거야? 아까도 심하게 토하고 하더니……. 병원은 안 가 봐도 되겠어?"

그 끔찍스러운 소리를 밖에서 다 들은 건가. 아니 뛰어 들어와 등을 두드려 주지 않은 게 다행일지도 몰랐다.

"왜 왔어요?"

언제 왔는지는 알았으니까, 왜 왔는지를 물어야 했다. 올 필요도 없는 사람인데……. 그녀는 여전히 등을 돌린 채였다.

"왜냐니, 당연한 걸 왜 물어?"

그는 조금 서운한 듯 이불에서 벗어나더니 아무렇지도 않게 그녀에게 다가왔다.

"그땐 일이 있어서…… 마스터께서 한국에 오셨어. 그분…… 만나기 힘든 분이라."

말소리가 점점 가까워지더니 결국에는 등 뒤에서 울리고 썰늘한 제 어깨를 따뜻한 팔이 감싸 안아 바로 귓가에서 끝나고 있었다. 남자의 부드러운 입술이 다시 제 뺨에 닿았다.

"늦게 와서 미안하다고 빌려고 했더니 그렇게 만취해서 늦게 와도 되는 거야?"

어떻게…… 뭐라 해야 할지 그녀는 알 수가 없었다. 아니 제 맘 깊은 그곳에서 바라던 일이 실제로 일어나서…… 그게 더 당황스러울 뿐이었다.

"이제…… 다 괜찮아진 거 아니에요? 그럼 올라가야죠."

혜진은 그의 품에서 벗어나 돌아서면서 말했다. 하얀 티셔츠 바람의, 막 잠에서 깨나 흐트러진 머리카락을 하고 있었지만, 여전히 당혹스럽게 완벽한 남자가 피시식 웃었다.

"가야지."

가면 되잖아. 왜 여기서 이러고 있는 건데…….

미련 따위 남는 건…… 그냥 저 잘난 얼굴 때문이었다.

"짤즈부르크 좋아해? 뭐 비가 좀 많이 오긴 하지만, 그래도 예쁜 도시거든."

물론 그건 그도 잘 알 수 없는 노릇이었다. 기껏해야 집 밖의 산책로를 뛰거나 했고, 외곽 도로를 달릴 때도 표지판만 살피기에 급급했으니까. 그러나 이제 이 여자와 함께 알아 가면 될 것이다.

혜진은 도통 이해할 수 없는 말을 하는 그를 외면한 채 싱크대를 열었다. 어제 사다 놓은 다섯 개들이 라면 봉지를 꺼내 들었다. 해장에는 라면만 한 게 없었다. 남자의 입에서 나오는 낯선 도시 같은 건 제가 알 바가 아니었다.

"라면밖에 없는데…… 괜찮겠어요?"

아직까진 제게 맡겨진 임무가 저 남자를 먹이는 것이었고, 그러고 나서 염치도 없고 안면도 없게 이 집에 대해서 이야기를 해야 할 것만 같았다.

참…… 낯짝도 두껍게 여겨졌지만, 그래도 이 남자가 완전히 어
디론가 떠나기 전에 이야기해야 할 것만 같았다. 아까 전에 있었던
일처럼, 적어도 이 남자가 저를 어떻게든 조금이나마 생각하고 있
을 때.

"뭐 맛있겠지. 난 뭘 할까?"

제 품에서 저와 함께 숨결을 같이했었고, 저 매끄러운 온몸은
온통 제 것이었지만, 여자는 제 곁에서 떨어지면 이상하게 멀어지
려 하는 것처럼 보였다. 더 멀어지기 전에 잡아야지.

"좀…… 맵지만 괜찮네."

사실 입에 잘 맞지는 않았다. 하얀 쌀밥에 김이 더 그리웠는지
도 몰랐다. 그러나 저도 모르게 흐르는 콧잔등의 땀을 닦으면서 그
가 말했다. 그녀의 굳은 얼굴을 풀고 싶어서. 면은 별로 먹지 않고
국물만 마시던 혜진이 그를 쳐다보았다.

"입맛에 안 맞았나 봐요?"

국민 간식 겸 주식인 라면이 안 맞는 남자라……. 혜진은 지금
이라도 다시 밥을 해야 했나 싶었다. '집주인'에게 잘 보여야 했
으니까. 배를 잘 채운 다음에 이야기를 꺼냈어야 했나? 부대끼는
제 속만 생각한 게 잘못인 듯 혜진은 그의 눈치를 보아야 했다.

아까 전에 있었던 일 같은 건 잊으려 애썼다. 애초에 아무도 없
는 줄 알고 다 벗고 나온 제 잘못이니까. 그다음에 감촉이 어땠는
지나 제 머리와 제 온몸이 느꼈던 감촉 따위는 다 무시하려 애썼
다. 그거야 뭐…… 인간이 가진 욕망 중의 하나일 뿐이니까. 없어
도 살고 있어도 사는 그런 거니까.

"할 말이 있어요."

"할 말이 있어."

잠시 어색한 침묵이 흘렀다.

"해 봐."

"하세요."

기름이 둥둥 뜬 라면 국물이 식어 가고 있었다. 싸한 가을 햇살이 저쪽, 나무 소파 위를 비껴갔다. 그만큼 달력 속의 계절은 겨울을 향해 가고 있는 듯했다.

"내가 먼저 할까?"

그가 말했다. 그의 귓가로 춤추는 먼지 알갱이들이 보였다. 청소를 해야 하는 건데……. 제 멍한 눈동자 탓일까. 그는 약간 머뭇거리고 있었다.

무슨 말이든…… 저 남자가 하지 말았으면 좋겠다는 생각이 드는 건 뭘까. 혜진은 머릿속으로 어떻게 말을 꺼내야 하나를 고민하고 있었다. 이 집 나 주면 안 되나요, 라고 해야 하는 건가.

"같이 가."

한참이나 머뭇거리던 그가 내뱉었다. 혜진은 그가 하는 말을 이해하지 못하고 있었다. 혜진의 생각에 잠긴 표정을 살피던 그가 말했다.

"내가…… 할 줄 아는 게 바이올린밖에 없어."

그제야 혜진의 시선이 그에게로 갔다. 아…… 그렇구나. 이 남자는 그 신기한 작은 악기로 믿어지지 않는 소리를 만들어 내는 예술가였지.

"실은…… 2년 전에, 사고를 당했어."

그가 제 얼굴을 쓰다듬으며 마른세수를 했다. 제 입으로 그런 사실을 말할 수 있으리라고 생각해 본 적은 없었다. 그러나 아무런 표정도 없는 여자에게는 무언가 설명을 해야 할 것만 같았다. 그 시체 안치소가 떠오르려는 걸 그는 간신히 참아야 했다.

"물론 내가 당한 건 아니고…… 그 사고로 어머니와 약혼녀를 동시에 잃었어."

그때 잠깐 그녀의 얼굴에 묘한 표정이 흐르는 것이 보였다. 무엇 때문일까.

"난…… 당시에 조금 심한…… 슬럼프를 겪고 있었던 거 같아. 쭉 20여 년간 하던 바이올린 연주가 정체기를 겪고 있었거든. 그게 좀, 설명하기가 그래. 하여튼 그런 상태였는데 내 모든 것이나 다름없던 어머니의 사고가…… 많은 충격을 줬어."

그의 얼굴이 창백해지는 게 보이는 것 같았다. 그만하라고 해야 하는 건가. 한참이나 말을 잇지 못하고 굳은 얼굴로 있던 그가 다시 얼굴을 쓸어 올리면서 겨우 입을 다시 열었다.

"그 뒤로…… 보다시피 난 상태가 좋지 않았고…… 다시 내가…… 정상적인 사고나 생활을 하리라고는 생각하지 않았어. 아니 그냥……."

그는 다시 말을 하지 못했다.

어머니를 잃은 게 그렇게 충격이었나? 아님 전에 봤던 그 아파트의 작은 거실에 듬뿍 묻어나는…… 신혼의 아기자기한 인테리어의 주인공이었을 약혼녀, 즉 사랑하는 사람을 잃은 게 그렇게 충격이었을까.

멀쩡하게 살아 있지만 연락도 할 필요성을 못 느끼는 엄마나, 잃은 지 이제 겨우 두 달 되어 가지만 제가 사는 데 아무 지장이 없는 아빠, 그리고 너무 어이없이 헤어진 경훈이 사고로 어찌 되었다 해도 이 남자처럼 될 리는 없을 거였다.

오히려 부러워해야 하는 건가? 그렇게 충격으로 모든 것을 잃을 만큼 대단한 가족이나 연인이 있다는 게…….

"말하기 힘들면 그만해도 돼요. 내가 그걸 굳이 알 필요는 없으니까. 지금 괜찮아졌으면 된 거잖아요. 어머니와 약혼녀를 한꺼번에 잃었다는 건…… 정말 유감이에요. 매정하게 느껴질지는 모르겠지만, 이미 없는 사람들은 없는 사람이에요. 그쪽…… 진우 씨가 그걸 다 잊는다는 건 불가능해도 그래도 많이 좋아졌으니까 다시 예전의 생활로 돌아갈 수 있을 거예요."

제가 생각해도, 참…… 입바른 소리였다. 사실 누굴 위로해 본 적도 별로 없었다. 물론 동료나 학교 동기들의 상갓집에도 가 봤지만, 거기서도 늘 상황에 맞는 위로를 형식적으로 해 보았을 뿐이었다.

내 아빠가 갑자기 살아 있지 않은 사람이 되었을 때도 오랜 아빠의 부재가 영원이 되어 버렸다는 것밖에는 느끼지 못하고 말았다.

난…… 왜 그렇게만 살았을까.

"아니, 이제 괜찮아."

한참 만에 그가 말했다.

"다, 당신 때문이야."

뭐라 답하려고 했는데 그가 덧붙인 말 때문에 혜진은 말문이 막혔다. 왜, 뭣 때문에? 내가 뭘 했다고. 그냥…… 여자 경험이 없는 남자에게 성적인 상대가 되어 준 것 때문인가? 도통…… 제가 뭘 했는지 알 수가 없는 혜진은 뭐라 말해야 할지 알 수가 없었다.

"난, 영영 그런 상태로 있어도 괜찮다고 생각했어. 그런데 이제는 그렇지 않아. 지금이 좋아. 그리고 뭐든 할 수 있을 것 같은 생각이 들어."

창백하게 굳어 있던 그의 얼굴이 조금 풀어지는 것 같았다. 늦가을 햇살 속에 저를 보는 남자의 얼굴은 울컥하리만큼 드라마틱했다.

뭐라 말하든, 그건 저와 상관없었다. 제가 꺼내야 할 말은 그냥 이 집 나 주면 안 돼요……라는 것뿐이었다. 그러나 그 말은 제 혓바닥에서 뱅뱅 맴돌고 있을 뿐이었다. 너무…… 파렴치하지 않은가. 아니, 이 남자의 대단한 그 집에 비하면 하찮은 것인데……. 혜진은 용기를 내서 말하려 입을 뗐다. 그러나 그가 먼저였다.

"나랑 같이 가. 이제부터 나랑 같이해, 모든 걸. 난 당신 때문에 다시 산 거야. 그러니까 당신이랑 같이 갔으면 해. 짤즈부르크에 같이 가."

이건…… 또 뭐지. 이 남자는 왜 이런 말을 하는 걸까.

뭐라 대답을 해야 했다. 아마 그건 당신의 착각이니 제발 정신을 차리고 내 말을 들어 주세요, 비슷한. 그러나 혜진은 말을 할 수 없었다. 감정에 북받친 남자가 저를 껴안아 버렸기 때문이었다.

26

넌 잊었을 떨궈 놓은 네 한 조각이
나를 사무치게 한다

"영국에…… 로얄 알버트 홀이라고 있어. 둥근 건물이라 주변에
서 보면 금방 알 수 있지. 음…… 9월인가? 하여튼 가을에 프롬스
라는 클래식 페스티벌이 있는데 거긴 좀 자유롭게 연주할 수가 있
어."

그가 무슨 소리를 하는지는 잘 알 수 없었다. 아니 알고 싶지
않았다. 싸한 늦가을의 공기는 귀 끝을 빨갛게 만들고 쉴 새 없이
하얀 입김을 뿜어내게 하고 있었다. 그러나 춥지는 않았다.

분명히 얼마 전에는 콘크리트로 된 바닥이 보였었는데, 지금은
바스락거리는 낙엽들이 잔뜩 쌓여서 푹신한 융단을 깐 것만 같았
다. 그때보다 앙상해진 나무들 사이로 들리는 물 흐르는 소리는 더
욱더 차갑게 들렸다.

"그다지 격식이 있진 않아. 홀이 굉장히 크지만 자유로운 분위
기거든. 아마 프롬스 페스티벌 때만 그럴 거야. 평소엔 늘 하듯 딱

딱한 공연이 이루어지는 대형 홀이라서."

왜, 오늘따라 이 사람은 이렇게 말이 많은가.

햇살이 쏟아지는 차가운 가을날 오후를 집 안에서 보낼 수 없었다. 그러나 혜진은 북적이는 마트 같은 곳에 저 대단한 남자와 같이 나설 용기가 없었다. 그래서 그냥 산책로로 나왔을 뿐이었다.

그는 주섬주섬 겉옷을 입고 따라나섰고, 익숙지 않게 제 손까지 꼭 붙잡고 저와 보폭을 맞추어 걸으면서 딴 세상 이야기를 하고 있었다.

영국, 프랑스, 오스트리아…… 뭐 세계사에 나오는 세계2차 대전 때문에나 외웠던 나라들이 아닌가? 대학 때는 방학만 되면 과 동기들이 배낭여행을 가니 가족여행을 가니 하며 들먹이던 지명들이었다. 굳이 그런 곳에 가고 싶었던 적도 없었다.

제게 한정된 세상을 살기도 바빴으니까. 아니 그 좁은 고시원의 단칸방에서 죽어라 공부를 할 땐, 이 대단하고 거창한 시험에 합격해서 번듯한 공무원이 되면 마흔이나 그보다 많은 나이를 먹을 때쯤 한 번은 그런 이름만 아는 곳에 가 볼 수 있을지도 모른다는 생각을, 가끔 졸리면 잠을 깨우려 하던 망상 속에서 했는지도 모른다.

"비엔나엔 안데르 빈하고 부르크 씨어터가 있는데……."

바싹 말라 버린, 이미 초겨울이라는 말이 어울릴 만한 싸늘한 수풀, 숲 속이라고 하기엔 뭔가 모자란 산길에는 물소리마저 줄어 있었다.

간간이 알아들을 수 있는, 하드코어 록 밴드의 싱어가 팬 서비스를 위해 앨범 한 귀퉁이쯤에 끼어 넣어 주는 록 발라드…… 딱 그랬다. 남자의 목소리는 제게 그런 의미밖에 없었다. 무슨 말인지는 알지만, 속뜻을 다 이해할 수 없는 그런 팝송의 가사 같은 느낌이었다.

"……그렇지만 개인적으로 가장 인상 깊었던 곳은, 밀라노 대성당이었어. 소리가 울리는 것이 달랐거든. 천장이 높아서 소리가 퍼지는 정도가……."

"그 이야기를 왜 하는 거죠? 내가 무슨 이야기인지 알아들을 거라 여기는 건가요?"

제 날 선 목소리가 이해되지 않았다. 갑자기 서서 뒤를 돌아본 제 목 뒤로 휘익 늦가을의 꼬리가 스쳐 지나가고 있었다. 오롯이 돋아나는 소름 따윈, 아마 그 탓일 터였다. 끊임없이 말을 하던 그가 멈춰 섰다. 그리고 그의 목소리도…….

적막 속에 바싹 마른 나뭇잎 몇 개가 파드닥거리면서 어디론가 굴러가고 있었다.

"난……."

"됐어요."

이건, 괜한 심술이었다. 이 남자의 잘못은 아무것도 없다. 저 혼자 설레고, 저 혼자 놀라고, 저 혼자 체념한 것뿐이다. 그 이유가 너무 명확하고 너무 당연해서 반박할 여지가 없을 뿐이다.

"그래."

왜, 뭐가. 혜진은 더 묻지 않고 돌아섰다. 이 산책을 끝내야 하는 걸까 고민하면서. 그러나 제 손을 다시 잡는 남자의 따뜻한 손길에 그녀의 걸음은 멈춰졌다.

"나도…… 실은 잘 몰라. 그런 곳들에서 평생을 살았는데도 솔직히 문밖에 뭐가 있는지 몰라. 늘 연습실 아니면 비행기, 차 안에서 누군가 가르쳐 주는 곳에만 갔으니까."

그런데 그런 이야기를 왜 하는데요……. 혜진은 아까 그가 한 말을 애써 잊어버리려고 했다.

"그렇지만 이제 알아 가고 싶어. 여기 이 작은…… 동네에도 이렇게 길이 있고, 산이 있고, 나무가 있다는 것처럼. 아마 그런 곳에도 뭔가 좋은 것이 있을 거야. 작은 숲도 있고, 산책로도 있고, 가게들도 있을 거야. 이제는 그런 것들도 알아 가면서 살고 싶어. 그리고 그걸 당신하고 같이 알아 가고 싶어."

혜진은 애써 외면하려 했다.

"당신 안에 있으면…… 맨몸으로 당신을 안고 있으면 세상 모든 것 중에 당신이 내 것인 것만 같은데, 이렇게 해가 밝고 당신이 내 곁에서 떨어지면 왜 당신은 한없이 멀기만 한지 모르겠어. 어머닌…… 그래 돌아가신 어머닌, 내게 늘 그렇게 말했지. 넌 왜 징징거리기만 하느냐고. 이게 그런 건지 모르겠지만, 난 지금 당신 손을 놓으면 안 될 거 같아. 그러니까 그렇게 자꾸 멀어지려 하지 말고 내 곁에 있어 줘. 나랑 같이 가."

그는 제 속에 있는 걸 모두 꺼내려 애썼다. 그렇게 곤죽이 되도록 열심히 생각해 낸 단어들을 나열하려 했다. 그러나 그게 잘 되지 않는 듯했다.

꽤 괜찮은 조건이 아닌가?

아니 괜찮다니…… 이건 로또에 당첨된 거나 마찬가지였다. 그냥, 다른 건 다 필요 없이 이 남자 하나만으로도 괜찮다. 외모는 더 말할 나위도 없고, 그 외에 모든 것도.

게다가 제가 그렇게 목을 매던 탄탄한 직업 같은 건 어디 견줄 바도 되지 않는…… 대단한 사람이었다. 그런 남자가 제게 애원을 하고 있다. 제가 유혹을 해서 친구의 말대로 임신이라도 해서 붙잡아야 할 조건이었다.

제 삶에 있어 단 한 번이라도 선택의 여지 따위가 있었나? 삶이란 제게, 아무런 준비도 없는 제게 소나기처럼 닥쳐왔다. 그냥 닥치면…… 해야 했다. 뭐라도.

경훈도 처음에 잠시 잠깐 설레었던 것 빼고는 그냥 제 든든한 삶의 배경이 될 거라 여겼기 때문이 아닌가.

"아마, 비행기에 있었던 시간이 몇 년은 됐었던 거 같아. 만약에…… 뭐 잘 된다면, 공연 같은 건…… 조금만 다닐 거야. 그 대신 여행도 가고, 맛있는 것도 먹고, 음…… 또 뭘 해야 하지? 하여튼 그렇게 살 거야. 사실 나 하나도 몰라. 그러니까 당신이 가르쳐 줘야 해."

"……."

뭐라 대답할 말이 없었다.

"아, 이거 뭐라고 했지? 돼지 다리? 아마 독일에도 이런 거 비슷한 음식이 있었던 거 같아. 돼지 다리로 만드는 거. 기억이 잘 안 나는데…… 그땐 무슨 맛이었는지 잘 몰랐어. 아마 이게 더 맛있을 거야."

단지 밥을 하기 싫었을 뿐이었다. 푸짐하게 시킨 족발과 소주. 그리고 여전히 건너편에는 적응 안 되는 미지의 남자.

여자는 아무런 말이 없었다. 혹시나 거절을 당할까 봐 그도 더 이상 말을 하지 않으려 했다. 아까도 말했듯. 여자는 자꾸 제게서 도망가려 하고 있었다. 그러나 이제는 놓치고 싶지 않았다.

자꾸만 전화기가 울리고 있는 걸 알고 있었지만, 오늘 밤은 그냥 온전히 혜진과 보내고 싶었다. 제가 이 여자와 떨어질 수 없는 것처럼, 그녀도 그렇게 느끼게 하고 싶었다. 저를 믿지 못하는 건지도 몰랐다. 그러니까 믿을 수 있게 하고 싶었다.

그러나 뭘로 그렇게 해야 할까. 제가 아는 게 너무나 없어서 이 의심 많은 여자를 푹 믿게 할 만한 게 없었다.

그냥 막연하게 이곳에 있는 모든 것을 다 놔두고 제 욕심을 위해 떠나자고 하는 건 정말 무리한 부탁 아닌가. 그래서 그도 일부러 더 이상 이야기를 꺼내지 않으려 애썼다. 자신의 간절함을 그냥 행동으로 보여 주고 싶었다. 제 모든 것이 이 여자인 것처럼, 그녀도 그랬으면 하는 바람에.

이 이야기는 단순한 거였다. 그냥…… 좋으면 좋은 대로 서로가 좋은 대로…… 그대로 하면 되는 거였다. 그런데 왜, 뭐가 그리 걸리는 걸까.

타닥거리면서 여전히 벽난로에 장작들이 타오르고 있었다. 평소와 다른 거라곤 좀 더 거세져 마치 드라마나 영화에 나오는 과장스러운 음향효과같이 요란해진 가을바람 소리가 창밖에 뒹굴고 있다는 점뿐이었다. 아니 그것 외에 다른 것이 더 있다면, 제 몸 위에 있는 남자가 정신을 차리고 있다는 거?

족발에 어울리는 소주, 인상을 찡그리면서도 받아 든 그도 두 잔 정도 마신 상태였다. 그러나 술이 문제가 아니었다. 그는 남녀 관계에 있어 항상 조급해져, 제 자신을 조절하려 애쓰지만 그것이 잘 안 되는, 경험이 없는 열정만 가진 서툰 풋내기였다.

하지만, 뜨겁게 열기가 오른 남자의 몸은 벌써 무언가를 알아 버린 듯했다. 부글부글 끓어오르려는 스스로를 꾹 눌러 담고 있었다. 여전히 뜨거운 입술은 오로지 그녀를 위해서 존재하는 듯, 천천히 여자 목에서 새어 나오는 것들을 들으면서 마치 어디를 더 눌러야 더 나은 소리가 날까를 생각하고 있는…… 연주자 같은 느낌이었다.

그의 입술이 귓가에 뜨겁게 서성거렸다. 무언가 말을 하려 하지만 차마 내뱉지 못하고 있었다.

제 몸은 제 속을 만지작거리는 긴 손가락 때문에 마치 제어할 수 없는 다른 생물이 된 것처럼 파드닥거리고 있었지만, 정신은 그렇지 못했다.

따박따박 칸이 그어진 가계부에 영수증과 계산기를 놓고 열심히 숫자를 두드리다 발견한 오류를 찾아 열심히 장부를 뒤지는 그런 느낌이었다. 끊임없이 제 머릿속은 계산에 계산을 반복하면서 영원히 플러스가 될 리 없는 마이너스 장부에 한숨을 쉬고 있었다. 그리고 잠시 그것이 끊어진 건, 저를 탐하던 남자의 자제력이 끊어져 제 속에서 몸부림칠 때뿐이었다.

깊이 잠든, 막 샤워를 해서 물기에 젖은 남자의 얼굴을 혜진은 물끄러미 바라보았다.

타닥거리는 장작 불빛의 붉은빛이 서리지 않더라도 깊이 잠든 남자의 얼굴은 충분히 숨이 막히도록 아름다웠다. 늘 그렇지만 실제 하지 않는 듯한 드라마틱한 모양새였다.

제…… 이 마음의 정체를, 이제는 알 것 같았다. 그건 두려움이었다. 지금 이 남자가 제가 전부라고 말하고 있지만, 어차피 그 꿈은 깰 것이 분명할 테니까.

이 남자도, 자신도 꿈을 꾸고 있는 것이었다. 그냥…… 저기 제가 장을 보러 가는 소도시의 잘난 공무원이나 혹은 작은 건물이라도 있는 남자가 제게 그런 말을 했다면, 저는 그 꿈을 깨지 않게 할 자신이 있을 텐데…….

혜진은 드러난 어깨에 이불을 덮어 주고는 돌아누웠다.

"이거 좀 사 가지고 가야 하는 거 아닐까? 난 이게 젤 맛있네."

제법 능숙하게 젓가락으로 밥에 김을 돌돌 말아 입에 넣으면서 그가 말했다. 장갑 때문이지 결코 그는 젓가락질을 못하는 게 아니었다. 수십, 수백 번 본 남자의 연주 동영상에서도 저 긴 손가락은 믿기 힘들 만큼 정교한 움직임으로 귀가 의심스러운 소리를 내도록 하고 있었었다. 그러니 저런 젓가락질쯤이야.

그러나 혜진은 그 밥맛이 별로 느껴지지 않아 잠자코 밥을 먹을 뿐이었다.

"아침에 불이 꺼져서 추웠어. 장작이 없더라고. 내가 가서 좀 마련하고 올게."

말 없는 혜진을 보고 일부러 그가 큰 소리를 내면서 밖으로 나가자 혜진은 그제야 숨을 쉴 수 있었다.

저는 분명히 결론을 내렸는데, 제 속에서는 자꾸 누군가 속삭이고 있었다.

뭐 어때? 좋다잖아. 누구나 꿈속에서나 상상하는 삶을 살 수 있는 거잖아. 왜 나쁜 생각만 해? 좋은 쪽으로도 얼마든지 생각할 수 있잖아. 왜 그가 널 버릴 거라고만 생각해? 더욱더 열렬히 사랑하면서 살 수 있는 거잖아…….

"앗, 뜨거."

혜진은 저도 모르게 과하게 틀어 버려 뜨거운 물이 쏟아져 나오는 것을 보고, 소리치며 수도 레버를 닫았다. 펄펄 김이 날 정도였다. 그러나 그걸 몰랐던 건 제 속에서 튀어나온 낯선 단어 때문이었다.

사랑……이라니.

그때였다. 갑자기 혜진의 전화기가 요란하게 울리기 시작했다. 느지막한 일요일 오전이었다. 그런데 어디서 전화가 오는 걸까? 혜진은 얼른 손을 닦고 전화기를 들었다. 전화기에 쓰인 글자는 어색했다.

한 사장?

〈혜진 씨. 하도 전화를 안 받아서 말입니다. 카일 괜찮은 거죠? 거기 있죠?〉

"네."

낯선 이름이 아무렇지도 않게 흘러나왔다. 그렇다 그게 지금 문 밖에서 열심히 도끼를 휘두르고 있는 남자의 이름이었다.

카일…….

〈지금 내려가는 길입니다. 두어 시간 후면 도착할 겁니다.〉

왜 오는지 알 것 같았다. 그런데 왜 일부러 전화를 한 걸까? 어디 갔을까 봐?

잠자코 있는 혜진의 침묵에 그가 말을 이었다.

〈덕분에 좋아진 거 감사드립니다.〉

"아…… 네."

공치사를 받아야 할지 알 수 없었지만 우선 머뭇거리면서 대답했다. 그녀의 머쓱한 대답에 잠시 잠자코 있던 상대가 불쑥 물었다.

〈카일이 무슨 소리 하던가요?〉

"네?"

당혹스러운 말이었다. 무슨 소리라니…… 이 사람은 뭘 알고 있는 거지.

〈대단한 사람이란 거 알죠?〉

참 밑도 끝도 없는 말이었다. 그러나 거기에 대고 이의를 제기할 수는 없었다. 그건 사실이니까.

〈카일은 돌아갈 겁니다. 원래 있던 자리로. 그렇게 되게 도움 준 거 정말 감사하게 생각하고 있습니다. 저번에 올라온 건 그의 정신적인 스승인 미스터 유고르스키를 만나기 위해서였고, 곧 오스트리아로 돌아갈 겁니다.〉

"그래서요? 제게 무슨 이야기를 하고 싶으신 거죠?"

혜진은 이 전화기 속의 남자가 원하는 대답을 왠지 알 것 같았다.

〈그가 돌아갈 수 있도록 해 주십시오.〉

그냥, 밑도 끝도 없이 상대는 대답했다. 친근해 보이는 인상과는 달리 그의 목소리는 사무적이고 명료했다.

"그게 무슨 소리예요? 제가 무슨 상관이 있는 거죠?"

그 대답은 이 남자에게 듣고 싶지 않았을 것이다. 그냥 누가 보아도 당연한 거니까. 그러니까 저쪽에서 그렇게 묻고 제가 그렇게 대답해야 하는 거였다.

〈카일이 어머니가 돌아가신 것에 충격을 받고 거의 재기 불능 상태로 이 년이나 병원을 전전하면서 그의 삶은 완전히 망가져 버렸습니다. 그 누구도 그가 전처럼 천재 바이올리니스트로의 재기나, 아니 정상적인 생활이라도 할 수 있을지조차도 장담하지 못했습니다. 그런데 그 짧은 시간에 카일이 스스로 삶을 살고 싶어 하고 하던 음악을 다시 해야겠다고 생각하게 된 건 누가 봐도 거의 기적 같은 일입니다. 그건 분명히 혜진 씨 도움이 컸기 때문

입니다.〉

그게 그렇게 대단한 일이었을까. 혜진은 여전히 침묵을 지킨 채 전화기 저편의 목소리를 듣고 있을 뿐이었다. 상대가 대답이 없자 지석은 말을 이었다.

〈그는…… 제가 보기에 혜진 씨와 함께 있고 싶어 하는 것 같습니다. 그러나 제가 보기에 그게 적절하지 않은 것 같습니다.〉

"왜죠?"

혜진은 저도 모르게 뾰족한 목소리로 되물었다. 제 스스로 그렇게 생각하고 있었지만, 남이 그렇게 이야기하니…… 왠지 억울했다.

〈글쎄요. 우선 그는…… 평생 혼자 무엇을 해 본 적이 없어요. 천재이긴 했지만, 그의 어머니가 모든 것을 통재하고 그를 움직이고 있었죠. 연습을 하는 것도, 생활하는 것도, 하다못해 무얼 먹을지조차 그는 스스로 결정해 본 적이 없습니다. 그 사고 전까지 쭉 그렇게 살아왔습니다. 그러니 그런 어머니를 잃은 그는 무엇을 해야 할지 모르는 상태가 돼 버린 겁니다. 지금 그는 누군가를 필요로 하고 있습니다. 자기 자신을 조종해 줄 누군가를요. 그걸 혜진 씨로 정해 버린 것 같습니다. 그를 치료한 정신과 전문의도 비슷한 의견입니다. 그런데…… 그게 그에게 좋은 영향을 줄까요?〉

전화기 저편의 목소리는 계속 이어졌다. 혜진은 잠자코 그것을 듣기만 했다. 창문 저 너머로 열심히 장작 패기에 몰두한 남자를 건너다보면서.

"원하는 게 뭐예요? 제게 어떤 대답을 듣고 싶은 거죠?"

이건 덫이었다. 혜진도 원하는 게 있지 않은가? 그걸 굳이 저 창밖의 남자에게 말할 필요가 없다는 게…… 덜 비참할 것임이 분명했다.

"저 정도면 며칠 잘 버티겠지."

그가 옷을 털면서 들어왔다. 전에 같이 샀던 옷들이었다. 문득 그 옷을 사던 때가 생각나서 그녀는 또다시 말문이 막히고 말았다. 대체 뭐라 말을 꺼내야 할까. 당신 매니저와 이미 딜이 다 끝났다고?

"저기…… 나랑 같이 가려면, 그…… 일하는 거 정리해야 하잖아. 며칠이나 걸릴까?"

그가 손을 씻으러 화장실로 가면서 말했다. 그런 거까지 생각하고 있었나. 혜진은 말없이 커피 물을 끓이면서 제 얼굴이 굳어 가는 걸 느껴야 했다.

명확히 이야기를 해야 하는데 자꾸만 제가 머뭇거리니까 상대는 그걸 긍정의 침묵이라고 믿고 있는 게 분명했다. 막 손을 씻고 나온 그에게 늘 하듯 머그컵에 탄 달착지근한 커피믹스를 내밀었다. 아마…… 전에는 이런 것은 먹지도 않았을 것이다.

"할 말이 있어요."

"음, 그래."

그의 표정이 부드러웠다. 동영상이나 혹은 그의 인터뷰 기사들에 난 표정은 저렇지 않았다. 그의 휘황찬란한 아파트 한쪽 벽면을 장식한 마치 조각상처럼 날카롭고 무표정한 모습이 전부였다. 아마, 저 사람은 그런 표정이 어울리는 그런 사람이었을 것이다.

"아무쪼록 하는 일 잘 되길 바라고 있어요. 건강을 되찾고, 연주……도 다시 잘할 수 있을 거예요."

제 표정이 아무렇지도 않았으면 싶었다. 그러나 커피를 받아 든 그는 뭔가 느껴진 모양이었다.

"왜 그런 소릴 해?"

"그걸 바라니까요."

그가 피식 웃었다.

"잘할 수 있을 거야. 당신과 함께니까."

창밖으로 시선을 돌리고 말았다. 늘 창밖에는 나른한 늦가을의 오후가 쏟아져 내렸던 거 같은데, 이제는 그렇게 말하기 어려워 보였다. 겨울이 오는구나. 늘 춥고 얼어붙은 출근길과 더 추운 퇴근길, 그리고 앞자리 수가 달라진 고지서가 짜증을 불러일으키는 그런 계절이.

"그건 이진우 씨 당신의 몫이에요. 제가 왜 그쪽의 삶에 필요한지 모르겠네요."

제 딴에는 최대한, 적합하고 딱 맞는 단어들을 선택하려고 애썼다 생각했다. 그러나 그가 다시 피식 웃는 바람에 좀 더 단호한 어조를 써야 하는가 싶어졌다. 그러나 그건 조금 무리인가 싶었다.

웃는 남자의 얼굴에 늦가을 햇살이 쏟아졌다. 절대 그럴 일이 아닌데도 불구하고 그녀는 눈이 부셨다. 제 눈이 시린 건 눈이 부셔서일 뿐이었다.

"왜? 누가 뭐라 하나? 뭐가 마음에 안 드는데?"

남자의 목소리가 달라졌다고 느낀 건 뭘까.

"여기서 혼자 뭐 할 건데? 당신의 손길을 기다리는 아이들이 있어서?"

'그렇게 사는 게 행복해?'

그 언젠가 저 남자가 제게 물었었다.

다행이다. 저 남자와 함께하는 그 로또 같은 행운이 절대 행복이 아니라는 이유 하나를 또 찾아내서. 그래서 힘내 또박또박 대답할 수 있었다.

"내가 그렇게 희생적이고 공익적인 인간이 아니라는 걸 말하고 싶다면 맞아요. 그래요. 그런 게 이유가 아니라는 거. 그냥 이진우 씨 당신은 착각하고 있어요. 그 착각은 금방 오류를 찾아내고 교정될 수 있기 때문에 긍정적인 거구요."

그 차가운 남자의 표정은 금방 사라졌다.

"무슨 소리야. 알아듣게 이야기해 봐."

제가 알고 있던, 제가 살을 섞었던, 그 남자는 다시 부드러운 목소리로 애원하듯 물었다.

"당신이 필요한 건 그냥 곁에 있을 그 누군가예요."

결론은 이것 단 하나였다.

"아니, 그렇지 않아. 난 당신 때문에 다시 살고 싶어졌다고! 지난 2년여 동안 온갖 방법을 다 써 봤어. 수많은 의사들이 온갖 치료를 다 해 왔다고. 그렇지만 난 아무것도 느낄 수 없었어. 오로지 당신이 있었으니까, 당신이 내 앞에 나타나서 난 살아야겠다고 느낀 거야. 그러니까……."

"그게 착각이라고요."

고집스럽게 혜진이 말했다.

"이 집에 누군가 다른 사람이 있었더라도 그런 결과를 낳았을 게 분명해요. 그냥 하필 그게 나였을 뿐. 그러니까……."

"왜 그런 말을 해?"

"그게 사실이니까요."

충분히…… 괜찮은 기분이었다. 맞아 그게 당연한 거야, 라는 말을 듣지 않아도 되니까.

"누구든 그랬을 거예요. 그게 하필 나였을 뿐이에요. 이진우 씨의 건강이 회복된 건 다행으로 생각해요. 난 그 외에는 아무 생각이 없어요."

그의 굳은 얼굴이 마음에 들었다. 그래 주길 원하진 않았지만, 이상하게 전에 왔던 경훈의 표정과 비교되는 것 같았다. 경훈에게 조금이나마 이런 표정이 드러났으면…… 아마 저는 더 마음 상하진 않았을 것이다.

"누구든이라니…… 그런 무책임한 말이 어디 있어? 그래 누구였든지 똑같았을지도 몰라. 그러나 그건 그냥 가정일 뿐 아니야? 하필…… 당신이잖아. 유혜진이라는 당신이잖아. 내 곁에 있었던 건. 그러니까 그런 가정 따윈 필요 없는 거야. 우연이 아니라 필연인 거잖아."

그때였다.

그 소설이건, 영화건, 아니 지나가던 만화책에도 나온…… 그 빌어먹을 단어.

사랑이라는 단어의 의미를 깨달은 것이. 제겐 평생…… 그런 시간 따위 오지 않을 줄 알았다. 그리고 어느 순간엔 그걸 자신하고 있었다. 그러나 그게 아니었나 보다.

그래서 더욱더 강하게 이야기할 수 있었다.

"그게 뭐가 중요해요? 필연이든 우연이든. 그냥 중요한 건 난 상관이 없다는 거예요."

상관없지 않은가. 이 집이 내 건데…….

그 짤즈부르크인지가 어디인지 따위. 저 인간 같지도 않은 아름다운 남자가 세상에 존재하는지 따위조차도.

후회라는 건 선택할 기회가 존재했을 때, 잘못된 선택을 한 뒤에 오는 몹쓸 감정 따위를 지칭하는 단어였다. 선택의 여지 따위가 없었을 때는 그런 단어를 쓰는 게 아니었다.

그런 말도 안 통하는 유럽의 어느 도시 따위 가서 제가 그 남자 하나를 바라보고 사는 삶 따위가…… 과연 제 인생의 어느 구석이라도 가능한 이야기였는지를 이야기하고 싶을 뿐이었다.

그는 떠났다.

때마침 찾아온 한 사장이라는 남자와 함께. 아무 말도 없이 굳은 표정으로.

젠장, 저 안방 거실에 있는 옷이나 책 따위도 가져가지…….

그는 그냥 저를 다시 한 번 뒤돌아보더니 다른 말 없이 조용히 그 잘난 남자와 함께 잘빠진 외제차를 타고 갔다. 아마 다시는 오지 않을 게 분명했다. 후회 따위는 없었다. 왜…… 당연하고 옳은 선택이니까. 후회란 건 선택의 여지가 있었을 때, 기회비용처럼 이걸 포기하지 못해서 공중에 흩어진 다른 효용 따위를 그리워하는 그런 감정일 뿐이었다.

당분간은…… 썰렁할 게 분명했다. 늘 그렇듯 사람이 든 자리보다는 나간 자리가 크고, 아무도 없는 저 혼자 사는 집이니까 덩치 큰 남자가 떠난 자리는 분명 허할 것이다. 그러나 혜진은 알고 있었다. 그런 감정 따위…… 사치일 뿐이라고. 안 되는 건 일찌감치 말았어야 하는 거라고.

〈알았습니다. 그대로 해 드리죠. 최대한 빨리 처리하겠습니다. 다음 주 내에 확인하십시오. 그 집 명의 혜진 씨 앞으로 해 놓겠습니다.〉

그러면 된 거 아닌가? 제 목적은 이 집 하나였으니까, 그걸 얻었으면 다인 거 아닌가.

아주 잠시 잠깐 후회 따위의 감정을 생각해 낸 건, 그 남자가
두고 간 게 분명한 모 시중 은행의 수표였다. 달랑 한 장짜리 수표
였기에 그것이 어떤 것인지 몰랐었다. 거기 찍힌 숫자가 그녀의 속
을 아릿하게 만들고 있었다.

27

네가 없어도 나는 괜찮다……라고 말해 본다

그는 떠났다.

집은 텅 비었다.

멀쩡하게 사람이 살고 있음에도 불구하고, 좁디좁은 집은 텅 비어 버렸다.

전화가 몇 번이고 왔다. 그러나 독한 제 맘은 번호를 확인하고 받지 않았다. 마음 한쪽 구석이 쓰리긴 했지만 전화를 받았을 때 할 말이 없을 걸 알기에 받지 않았다. 스스로 잘했다고 토닥거리기도 했다. 그리고 멍하니 있지 않으려고 애썼다.

"아…… 겨우 그거 때문이었어요?"

시골은, 일요일 같은 시간 감각에 무뎠다. 그게 참 신기했다.

아무 생각 없이 전화를 하고 나서도 오늘이 일요일이라는 사실에 전화를 끊으려 했을 때 저편에서 아무렇지도 않게 전화를 받는 게 정말로 신기했다.

고장 난 보일러에 대해서 묻자 한참 있다가 잔뜩 공구를 든 나이 든 아저씨가 찾아왔고, 어처구니없게도 에어가 차서 그렇다며 한참 녹물을 빼고 나니 멀쩡하게 보일러가 돌아갔다. 그래서 더 이상 한쪽 벽면에 쌓여 있는 쪼개진 지 얼마 안 되는 나무토막들에 대해 신경을 쓰지 않아도 되었다.

그렇게…… 가을이 지나갈 것이 분명했다. 아무렇지도 않게. 작은 해프닝을 제 기억 속에 남긴 채.

굳이 남자가 남긴 것들을 애써 치우려 하지 않았다. 쓰지 않으면 어디론가 다 사라져 버린다는 걸 잘 알고 있었으니까. 그걸 치우면서 그의 생각 따위에 잠기고 싶진 않았다.

거치적거리니까 옷은 옷장 구석으로 들어가 버릴 테고, 제 옷이 늘어나면 어딘가 더 보이지 않는 곳으로 사라질 것이다. 면도기니 칫솔 따위도 곧 바싹 말라붙어 어느 날 화장실 쓰레기통으로 들어갈 것이다.

삶이란 건 어떤 사람에겐 그렇게 유난스럽지도 요란하지도 않게 슬금슬금 지나가 버릴 수도 있었다. 그리고 제 선택이 정말로 잘못된 게 아니라는 걸 입증하듯 부산스럽게 마트 쇼핑을 하고 온 다음 날, 창밖으로 눈이 내리기 시작했다.

집이 무너지지 않을까 싶을 만큼 요란스럽던 늦가을 바람은 기어이 아침에 희끗한 눈발을 뿌려 대면서 노랗게 내려앉던 가을 오후의 햇살 따위의 추억을 휘릭 구겨 구석에 처넣어 주었다.

다행이었다.

"정말 가는 거야?"

"그럼 정말 가지."

"공항에서 볼 수도 있겠네?"

"글쎄."

"그럼 같이 가자. 우리 차에 타면 되잖아."

"됐어. 무슨 신혼여행 부부 사이에 끼어서 눈총받다, 가기도 전에 죽으라고? 나 버스표 다 예매했어. 잘 가. 잘 살아."

"혜진아……."

유난히 화장이 잘 되었나 보다. 저래서 저렇게 비싼 돈을 주고 신부 화장 같은 걸 하는가 싶었다. 기미니 주근깨 따위 하나도 안 보이는 두꺼운 화장의 은진은 예뻐 보였다.

최신 유행에 맞춘 비싼 한복도 잘 어울렸다. 좀 과하게 살이 붙어 있던 예비 신랑, 아니 방금 식을 올렸으니 진짜 신랑은 그동안 다이어트를 했는지 건장해 보이는 게 딱 좋았다. 다만 은진보다 훨씬 나이 들어 보이는 게 티라고 할 수 있겠지만.

"그냥 학원 네가 하면 좋았을걸."

"아니야. 나 이거 엄청 오래전부터 준비했어. 갔다 오고 나면…… 그때 생각할 거야. 그런 생각 하지 마."

"너 때문에 돈도 잘 벌었는데 말이야. 하여튼 무사히 잘 갔다 오길 바란다. 아마 엄청 멋질 거야."

2년간의 밀당 끝에 결혼에 골인한 은진은 지긋지긋한 학원을 정리했다. 남편은 군청의 계장급이었고, 은진은 미리 들어선 배 속의 19주 된 아기 때문에 일을 정리하고 살림만 하기로 했다. 그리고 같이 일을 하던 혜진도 타의 반 자의 반 일을 그만두게 되었다.

"너도 좋은 사람 만날 거야."

"그럼. 그렇겠지."

별로 미련은 없었지만 혜진은 은진의 말에 대꾸를 했다. 곧 새

시누이가 된 여자의 손짓에, 은진은 아쉬움을 뒤로하고 잔뜩 부풀린 속치마를 입어 풍성한 한복 자락을 흔들면서 사라졌다.

혜진은 결혼식 내내 같이 있느라 새벽부터 신고 있었던 힐이 뼈근해 얼른 몸을 돌려 집으로 향했다.

마음이 바빴다. 딱딱 시간이 정해져서 휘리릭 지나가는 도시의 결혼식과는 달리 농협 회관 2층에서의 결혼식은 딱 한 건밖에 없었기에 한없이 길어졌었다. 예매해 놓은 버스 시간이 빠듯한 그녀는 재빨리 차로 돌아갔다.

시간이란 건, 참 대단했다. 좋은 약이고, 좋은 친구였다.

버스가 잔뜩 단풍이 든 산골 사이를 헤집으며 고개를 올라가고 있었다. 설렌다는 건…… 좋은 일이었다. 길을 떠날 때 설레고 집으로 돌아올 때 설렌다. 그건 혜진이 결코 제 스스로가 원하지는 않았지만, 결코 후회하지 않는 새로 생긴 취미 덕에 절실하게 깨달았고, 그 강도는 아마 지금이 가장 클 것이다. 굉장히 지루하고 오랜 시간이 걸릴 테지만 그것조차도 설렘의 연속이었다.

그가 떠난 뒤, 기나긴 겨울을 보낼 수 있었던 건, 엄마와의 싸움 덕분이었다. 어쩌면 그게 다행이었는지도 몰랐다. 어떻게 알았는지, 아니 무얼 알았는지 뚝 끊어졌던 연락을 심심찮게 하더니 기어이 집에 나타났고, 휘황찬란한 집기들로 가득 찬 집을 보더니 염치없이 들어앉으려 했다.

아마 집을 판 돈과 아빠의 보험금, 보상금도 모조리 사기꾼한테 걸려 날린 뒤였을 것이다. 집요하게 집을 되찾게 된 경위를 물으면서 그녀를 괴롭혔다.

매번 출근해야 끝나는 싸움은 퇴근과 동시에 다시 시작됐고, 잠시 엄마란 사람이 나간 사이에—그것도 그 사기꾼을 다시 만난 것이 아니었다면 절대 그러질 못했겠지만— 문의 잠금장치를 모조리 바꿔 버리고 며칠 밖에서 지낸 다음에나 끝이 났다.

그러나 그 싸움은 간간이 불쑥불쑥 나타나는 그녀의 엄마 덕에 다시 시작되었고 그 덕에 혜진은 집 밖에 나가는 일이 많아졌다.

그래서 생긴 취미가 여행이었다.

여행이라니…… 참으로 언감생심 꿈도 못 꿀 사치 아닌가. 그러나 당혹스러운 원인 때문에 생긴 취미는 점점 마음에 들었다.

여행이라는 게 전에 생각하듯 그렇게 대단한 것은 아니었다. 단지 집에서 벗어나 있기 위해 그냥 차를 끌고 쭉 이어진 7번 국도를 내려가다 이왕 가는 길 즐겨 보자 하는 단순한 생각에서 시작되었다. 근처 한두 시간 거리의 정동진 따위를 가 보다가 점점 더 멀리 내려가 보게 되었을 뿐이었다.

마땅히 혼수 준비를 해서 누군가의 살뜰한 아내가 되는 것 따위의 평범한 꿈을 폐기 처분해 버리자, 삶은 여유로워졌다.

집세 따위가 나가지 않는 집이 있고 꼬박꼬박 적은 돈이지만 월급을 타게 된 혜진은 혼자 이삼만 원이면 하룻밤을 잘 수 있는 저렴하고 깨끗한 모텔들이 널렸다는 사실을 알게 되었다.

꼭 일행이 같이 있지 않아도 상관없었다. 한적한 바닷가의 그늘 밑에서 하루 종일 짭짤한 바닷바람을 맞으며 책을 본다든지, 깊은 첩첩산중의 시골 장터에서 혼자 앉아 산더미 같은 순대를 먹는 것 따위가 그다지 사치스럽지 않은 취미 생활이라는 걸 알게 된 뒤로, 그녀는 그걸 즐기기로 했다.

그 김에 마련한 저렴한 폴라로이드 카메라로 찍은 이곳저곳의 사진이 텅 빈 벽에 하나둘씩 늘어나면서, 혜진은 점점 이 즉흥적인 여행을 생활화하게 되었다.

낯선 곳에서의 낯선 점심이라든지, 혹은 처음 보는 곳의 극장에서 혼자 감상하는 영화라든지. 조금 피곤해서 그렇지, 금요일 밤에 떠나면 우리나라 어디든 갔다 올 수 있었다.

시험이 끝나거나 공휴일이 끼면 꿈에도 생각 못 했던 땅끝 마을까지도 갈 수 있었다. 너무 몸이 아프거나 피곤해서 자리보전하고 누워 있지 않는 한 그녀는 주말에는 늘 밖으로 나섰다.

그리고 그런 그녀의 차 안에는 늘 유려한 바이올린의 선율이 흘렀다.

그래서 파르티타니, 타란툴라니, 샤콘느니 하는 곡들의 이름을 알 수 있었고 세계적인 연주자들의 미묘한 음의 차이를 알게 되었다.

그러나 결국 가장 많이 손이 가는 건, 매끄럽고 믿을 수 없으리만큼 유려한 테크닉으로 더할 나위 없이 깨끗한 본연의 음을 만들어 내는 카일 리의 음반이었다.

혜진의 여행은 점차 먼 곳으로 향했다.

정선, 삼척 같은 주변에서 해남이나 여수를 향했고, 기어이 제주도를 가더니 그다음에는 중국이나 일본의 홋카이도까지 갈 수 있게 되었다.

혼자 가는 여행에서는 많은 사람들을 만나기도 했지만 그래도 결국은 혼자라는 게 좋았다. 무엇에도 구애받을 필요가 없다는 점에서. 그리고 많은 사람들 속에 있다가 텅 빈 집에 혼자 돌아왔을 때가 가장 좋았다. 아무 생각 없이 푹 쉬고 자고 먹고……. 그래서 누군가 있었던 점을 자꾸 되뇌지 않아도 되는 게 좋았다.

그리고 이제 그녀의 삶에서 가장 긴 여행을 시작했다. 아마 이

것을 성공하면 더욱더 먼 곳으로 갈 수 있을 것 같았다.

비행기 밖으로 푹신한 구름이 앞으로 열 몇 시간의 비행을 설레는 마음으로 기다리게 하는 데 일조했다.

"아직 준비 안 된 거야? 이렇게 불쑥 찾아와서 미안한데……."

그는 두리번거리면서 주변을 살폈다. 토플리스 차림의 미녀를 보게 될까 봐였는지도.

"일어났어."

안쪽에서 익숙한 목소리가 들렸다.

"흠흠, 그게…… 두 사람 아침 시간을 방해한 건 실례지만, 내가 이렇게까지 찾아오게 만든 건……."

"두 사람이라니? 혼자야."

그가 기지개를 켜면서 걸어 나왔다.

"뭐? 이자벨은?"

어이없다는 표정으로 지석이 물었다.

"왜? 꼭 같이 있어야 한다는 법이라도 있는 건가?"

"어제 같이 간 거 아니었어?"

아무렇지도 않은 그의 대답에 오히려 당황한 지석이 되물었다.

"매니저님께서는 그런 사생활까지 신경 안 써도 되는 거 아닌가? 다른 걸 신경 써야지."

지석의 표정이 아무렇지도 않다는 듯, 그는 느릿느릿 걸어 나왔다. 늘 그렇듯 막 내린 커피가 담긴 잔을 집어 드는 그를 보고 지석이 말했다.

"좋아. 그건 그렇다 치고. 준비 안 했잖아? 어제 하루 종일 리허설해야 하는 것도 빠졌잖아. 그런 식의 일탈은……."

"됐어. 난 준비 다 했어. 원래 그 공연의 묘미는 즉흥성 아니야?"

"카일!"

지석의 목소리가 커졌다. 그러나 당사자는 아무것도 듣지 못했다는 듯 웃는 얼굴로 마치 커피 잔으로 건배라도 하듯 내밀면서 커다랗게 외쳤다.

"Merci, merci! 스티브의 지대한 관심에 대해 감사!"

"카일."

지석의 입술이 굳어져 잇새에서 소리가 흘러나왔다.

"걱정 따윈 말라니까!"

검은색의 쫙 붙는 드로즈만 입은 그는 매끈한 맨몸 위에 가운을 걸치면서 커피를 마셨다.

"카일, 너답지 않게 이게 뭐야."

"뭐? 나다운 거? 나다운 게 뭔데? 이제는 프라우 장 대신 스티브의 말을 꼬박꼬박 듣는 거? 글쎄. 그게 내 유일한 단점 아니었나? 스티브도 내 옆에 있는 게 지겨운 거 아니었어? 이제 새로운 일을 해 봐야 하는 거 아니야? 더 늙기 전에 말이야. 언제든지 환영이야. 퇴직금은 넉넉히 계산하지!"

그가 웃으면서 커피 잔을 놓고는 욕실로 향했다.

"카일, 제발…… 좀!"

지석의 이마가 찡그려졌다.

"아무 걱정 마. 오늘 공연은 최고의 공연이 될 거야."

이미 시야에서 사라진 그의 자신만만한 목소리가 울려 퍼졌다.

무려 석 달이나 준비를 했었다. 덕분에 영어 실력이 는 것 같은 느낌이었다. 하늘을 쳐다보았다. 붉은색의 벽돌 건물들 사이로 구름 한 점 없는 새파란 하늘이 펼쳐졌다. 영국의 가을이라니……. 그러나 한국보다는 훨씬 시원했다. 9월이면 아직도 한국에선 여름의 끝자락일 텐데…….

"아, 진짜 너무너무 기대돼요!"

"네……."

혜진은 옆에 앉아 있는 일행에게 고개를 끄덕였다.

유럽은 처음이었다. 처음에 일본에 갈 때는 첫 해외여행이라 여행사에서 가는 여행을 갔지만, 그다음 중국은 혼자 떠났다. 이번 유럽 여행도 제대로 한 번 알기만 하면 혼자 올 수도 있을 거라 생각했지만, 그것이 요원해 보였다. 유럽은 달랐으니까. 게다가 막 점심때를 넘긴 시간이었지만, 해 뜰 때부터 앉아 있던 이 길바닥에 얼마나 더 앉아 있어야 할지는 미지수였다.

"아, 진짜 설렌다니까요! 그렇죠?"

"네."

여전히 영혼 없는 대답을 하는 그녀였지만, 아마 여행 카페에서 만나 옆에 앉아 있는 젊은 대학생들은 모를 것이다. 그녀들이 설레는 것과는 전혀 다른 설렘으로 가득 찬 혜진의 속마음을.

총 다섯 명의 일행은 여행 카페에서 만난 사람들이었다. 음대생 친구가 셋, 배낭여행 중에 특별한 경험을 하고 싶다는 총각 하나, 그리고 혜진이었다. 자신이 나이가 가장 많았지만 경험은 가장 없는 초보였기 때문에 그녀들이 없었더라면 이렇게 여기 오지도 못했을 것 같았다.

어린 나이이지만 다들 해외유학이나 배낭여행 경험이 빵빵한 축이었다. 그 정도 내공이 돼야 여기 와 앉아 있을 수 있는 게 분명했지만.

"작년 공연도 너무 좋았어요. 그런데 오늘은 진짜 사람이 많긴 많네."

"이거 줄이 줄기나 하는 겁니까?"

침묵을 지키고 있던 총각이 겨우 입을 열었다.

"번호표 받았으니까요. 이번 프로그램이 인기가 최고거든요. 프롬스 페스티벌 중에서 아마 경쟁률이 가장 치열했을걸요. 나 진짜 온라인 예매해서 좋은 자리에서 보려고 정말 애썼는데, 와 거의 순식간에 다 팔린 거 같아요. 결정적인 순간에 바로 에러나서……. 그래도 원래 프롬스 클래식 페스티벌의 묘미는 이렇게 현장 티켓팅해서 보는 스탠딩 공연이니까 말이죠."

몇 번이나 프롬스 페스티벌에 왔다는 여학생이 자랑스럽게 말했다.

"어떻게 이 가격으로 그런 공연을 볼 수 있겠어요? 카일 리라구요! 나 카일 때문에 바이올린 전공했다니까요. 아 떨려. 진짜 실제로 볼 생각을 하니!"

다른 처녀의 격한 반응에 옆에 있던 처녀도 덩달아 소리쳤다.

"까악! 나도 그렇다니까. 난 전에 중학생 때 뉴욕공연 보고 완전 기절할 뻔. 연주는 그렇다 치고 그 외모에 그런 재능이라니!"

"아우, 부러워라! 난 이번이 처음이야. 정말이지 실물을 보면 쓰러질지도 모르겠어! 오빠는 왜 이 공연 보려고 하는 거예요?"

가장 막내인 일행이 유일한 총각 일행에게 물었다.

"나도 대학원에서 지휘 전공하려 하는데…… 이것저것 스케줄 맞는 게 이거뿐이라. 그리고 카일 리가 뭐 슬럼프 극복하고 나서 완전히 달라졌는데 그것도 좀 보고 싶기도 하고. 전에는 너무 기계같이 연주해서 인간 냄새가 안 났다고나 할까……."

"까악! 무슨! 그럴 리가!"

음대생 셋은 작정을 하고 이 공연을 보려고 배낭여행을 계획한 축이었고, 이 총각은 어쩌다 이 공연을 보려고 한 모양이었다.

"그런데 언니는 왜 이거 보려고 하는 거예요? 전공 아니죠?"

동그란 얼굴을 한 여대생이 제게 물었다.

"누가…… 이런 공연이 있다고 말해 줬는데, 문득 생각이 나서 겸사겸사……."

'영국에…… 로얄 알버트 홀이라고 있어. 둥근 건물이라 주변에서 보면 금방 알 수 있지. 음…… 9월인가? 하여튼 가을에 프롬스라는 클래식 페스티벌이 있는데 거긴 좀 자유롭게 연주할 수가 있어……. 그다지 격식이 있진 않아. 홀이 굉장히 크지만 자유로운 분위기거든. 아마 프롬스 페스티벌 때만 그럴 거야. 평소엔 늘 하듯 딱딱한 공연이 이루어지는 대형 홀이라서.'

둥그런 돔에 고풍스러운 커다란 붉은 벽돌로 된 건물의 앞에 쳐진 대형 현수막에 인쇄된, 화사하게 웃고 있는 잘난 남자가 몇 년 전에 했던 말이 아직도 기억난다는 게…… 참 신기했다. 그땐…… 그냥 넘겼는데.

어쨌든, 정말 그를 보게 될까.

혜진은 귀가 시끄럽도록 떠드는 그녀들을 뒤로하고 끝도 없이 늘어선 각양각색의 사람들 사이에서 멍하니 현수막 속의 남자를 쳐다보고 있을 뿐이었다.

로얄 알버트 홀은 평소에는 앞에 좌석이 있지만, 프롬스 페스티벌에는 의자를 다 치워 버리고 많은 사람을 수용하기 위해 스탠딩 좌석으로 클래식 공연을 하는 특별한 공간이었다.

오천 석이 지정석이라지만 이미 들어선 인원은 그것보다 훨씬 많았다. 마치 영화 속에서나 본 듯 둥근 커다란 홀에는 벽 쪽으로 테라스 식의 좌석들이 3층으로 배열되어 있었다. 아마 온라인으로 예매하는 좌석임에 분명했다.

밑의 스탠딩 석에는 배낭을 멘 젊은이들이 태반이었다. 평소에는 그 열 배를 줘도 볼 수 없는 세계 최고의 공연을 열심히 줄을 서서 기다리면 단돈 12파운드에 볼 수 있었기 때문이었다.

일찍 줄을 섰다지만, 그다지 무대 가까이에 자리를 잡을 수는 없었다. 홀의 머리 부분에 있는 뒤는 둥글고 앞은 네모난 그다지 넓어 보이지 않는 회색의 무대는, 조명이 쏟아질 뿐 그 외에는 커다란 그랜드 피아노 하나와 단출한 의자 하나뿐이었다. 대신 공중에 커다란 구처럼 보이는 금속성의 풍선들이 둥둥 떠서 페스티벌의 분위기를 나타내 줄 뿐이었다.

"어머, 웬일이래…… 요즘 무대 엄청나게 화려하게 하던데."

옆에서 수다스러운 아가씨들의 속삭임이 들렸다.

"작년에도 밑에 오케스트라 반주 깔았었는데, 어머나. 어쩐지 그래서 인원이 더 들어온 건가?"

그녀들의 수런거림 속에 곧 조명이 어두워지고 무대는 더욱 밝아졌다. 그리고 갑자기 엄청난 함성과 박수 소리가 들리기 시작했다. 저쪽 끝에서 하얀색의 예복을 입은 두 사람과 반주의 악보를 넘겨 줄 진행자가 들어섰다.

기립 박수와 찢어지는 함성 소리 때문에 까치발을 한 혜진은 들어서는 사람들의 움직임만 겨우 보일 뿐이었다. 귀가 찢어질 듯한 함성과 박수 소리가 가라앉자 옆에 설치된 마이크에 다가간 누군가가 인사를 했다.

428

"Beautiful night(아름다운 밤입니다)!"

아름다운 목소리였다……. 화답하는 휘파람 소리와 우레와 같은 박수 소리가 수천 명이 운집한 커다란 홀을 꽉 채웠다. 이제야 먼 발치에 보이는 목소리의 주인공은 큰 키에 짧은 머리카락을 하고 바이올린을 들고 과장스럽게 인사를 했다.

"Now…… Let's take a trip(이제 여행을 떠나 볼까요)?"

아름다운 미성에 여기저기서 '예스' 라는 함성이 쏟아졌다. 그러 곤 피아노 소리가 울리기 시작하자 그 수많은 관객은 일제히 숨소 리마저 죽였다. 신기한 일이었다. 피아노 반주 속에 그가…… 바 이올린을 들었다.

혜진은, 왜 제가 숨이 막히는지 이해할 수 없었다. 정말…… 그 는 바이올리니스트가 맞구나…….

곧 익숙한 반주가 흘러나왔다. 카르멘…… 그녀도 익숙히 아는 그런 반주였다. 다들 피식거리면서 반가움에 웃음소리를 내미는데, 갑자기 그 사이를 뚫고 현란한 바이올린의 음이 쏟아져 내렸다. 아, 저게 저렇게도 연주가 될 수 있나.

살아 있는 소리는, 제가 지난 2년 동안 듣기만 했던 소리와는 전혀 달랐다. 왜 그 대단한 작품들에 박제된 음이라는 혹평을 하는 지 그 짧은 시간에 이해가 간다면 그건 제 오지랖일 것이다. 그러 나 지금 제 귓가를 울리는, 홀에 꽉 찬 소리는 그것과는 완전히 달 랐다.

멀리서도 보이는 바이올린을 든 남자의 리드미컬한 움직임과 엷 은 미소가 돋보였다. 동영상들 속에서 보았던 잔뜩 긴장된 채 굳은 인상을 하고 심각하게 연주를 하고 심각하게 보고 있는 관객들과 는 달리, 다들 반짝거리는 눈을 하고 침 넘기는 소리가 날세라 잔뜩 기대감에 차 있었다. 눈앞에서 숨소리와 함께 흩어지는 바이올린 소리는 믿을 수 없는 선율을 만들어 냈고, 그 소리에 다들 하나가 되고 있었다.

후회 따위…… 수천 수백 번을 했다.

혼자 밥을 먹다가 문득 숟가락을 놓았을 때, 매번 그렇게 청소를 열심히 한다 했는데도 소파 위에서 낯선 짧은 머리카락을 보았을 때, 말라붙은 칫솔을 쓰레기 봉지에 버리면서, 한 번도 입지 않은 남자의 속옷을 챙겨서 박스에 넣을 때, 펼쳐 보아도 여전히 무슨 이야기인지 알 수 없는 손때 묻은 책들을 구석에 쌓아 놓을 때…….

터미널에서 떨이로 사 온 떡볶이를 먹을 때도, 엄마와 싸워서 진이 빠졌을 때도, 심지어 무심코 튼 심야 영화에서 남녀가 사랑을 나누는 장면을 보았을 때도…….

그냥 마지못해, 아니 기꺼이 기쁜 마음으로 그 남자의 손을 잡았으면 제 인생은 아마 180도 달라졌을 것이다. 공기조차 다른 이 아름다운 유럽을 제 앞마당 삼아 파리지앵이 되어 있을지도 몰랐을 것이다.

후회하지 않는다.

그게 제게 맞지 않는 옷이란 걸 잘 알고 있었다. 저 사람은 저렇게 무대 위에 있는 위대한 예술가였다. 저는 예술이란 것의 예자도 모르는 삶을 살았다.

촌구석에서 악바리같이 공부만 했지만, 이도 저도 못 된 그런 평범한 인생을 사는 엑스트라 같은 삶을 끝낼 방법이 없어 꾸역꾸역 살고 있었을 뿐이었다.

그는 태생이 다른 사람이었다. 그녀는 지금 그걸 뼈저리게 느끼고 있었다.

수천 명이 숨을 죽이고 공중에 흩어지는 저 믿을 수 없는 소리
에 귀를 기울이고 있었다. 간장에 절인 메추리알을 집지 못해 자꾸
만 빠져나가던 서툰 젓가락질을 하던, 그 장갑에 쌓여 있던 굳은살
이 잔뜩 박인 손끝이 눈으로 보고도 믿을 수 없으리만큼 현란한
움직임을 보이며 귀가 의심스러운 음들을 만들어 내고 있었다.

여기저기서 휘파람 소리와 찬사가 쏟아져 내렸다. 유려한 목소
리로 뭐라고 말을 한 것 같은데 혜진은 그 말을 놓치고 말았다. 그
리고 또다시 사람들의 환호성이 울렸다.

하차투리안의 칼의 춤……. 최고의 기교가 필요하다는 현란한
음이 또다시 커다란 홀을 채웠다. 수천 번을 보았던 동영상에서 굳
은 얼굴로 눈이 어지럽게 복잡한 곡을 켰던 남자는 마치 장난이라
도 치듯 웃으면서 무대 위를 돌아다니고 있었다.

피아노 반주자의 휘파람 소리가 흥을 돋우었다. 마치 전혀 다른
곡인 듯 그 귀가 의심스러운 복잡하고 난해한 곡은 유쾌한 웃음소
리같이 펼쳐졌다.

저도 모르게 제 명치 어딘가가 찌릿거리는 느낌이었다.

그동안 잊고 있었던, 저 어마어마하게 아름다운 남자가 제 목덜
미에 입을 맞추고, 제 숨에 부푼 가슴을 머금고, 제 몸속에서 몸부
림칠 때의 감촉이 생생하게 살아났다.

귓가에 쏟아지는 현란한, 도무지 저 조그만 나뭇조각에서 나는
소리라는 게 믿기지 않는 아름답고 끔찍스러우리만큼 어마어마한
소리를 들으면서 제 속살은 마치 그 나긋한 손길들이 제 속을 휘
저을 때처럼 떨리고 있었다. 다리의 힘이 풀리고 제 심장 언저리가
덜컥거리는 아픔으로 얼룩졌다.

안 돼…….

그녀는 속으로 외쳤다. 지금은 저 아름다운 소리를 제 귀에 새겨 넣어야 했다. 저 대단한 남자의 아름다운 연주를 대뇌피질 구석구석에 새겨 넣어야 했다.

모두가 탄성해 마지않는 대단한 무대가 끝나자 수천 명의 관객들은 한마음이 되어 같은 박자의 박수를 쳤다. 저도 알아들을 수 있는 단어가 쏟아졌다. 앵콜…….

제가 넋을 놓고 있는 사이에 그 긴 프로그램이 다 끝난 것이었다. 혜진도 손바닥이 아픈 것도 잊은 채 열심히 박수를 쳤다. 그 홀에 가득 찬 사람들을 다 광기로 몰아넣을 만큼 대단한 연주였다. 수많은 찬사가 가라앉을 무렵, 거만스럽게 인사를 하던 그가 주변에 있는 마이크에 대고 말했다.

"지구 저편에 있을 그녀에게 바칩니다."

귀를 의심할 수밖에 없었다. 옆에 있던 그의 말을 알아들을 수 있는 세 학생들은 경악에 차 소리를 질러 댔다. 분명히 마이크에서 울린 소리는…… 제가 알아들을 수 있는 한국어다. 다들 알아들은 걸까. 홀 안에 수천 명이 환호성을 질렀다.

"Ravel Tzigane!"

익숙한…… 제가 가장 많이 들었던 곡명이었다. 순식간에 그 수천 명이 숨을 죽였다.

시시 라시도레 시시…….

젤 앞부분의 계이름조차 외우고 있던 그 장중하고 서글픈 음이 커다란 홀에 가득 찼다. 주변에서 경탄의 음이 터져 나왔다. 집시의 서글픔을 가장 난해한 음으로 만들고 싶어 했던 라헬의 광기가 서린 음이 기대에 차 있던 이들의 귓가를 울렸다.

그러나 혜진의 머릿속에는 제 휴대폰에 있던 음이 새 나가 그걸 듣고 놀란 그가 구석에 쓰러져 경악에 차 있던 모습이 기억났다.

'그런 박제된 음을 왜 듣는 건데……'

제 귓가에 울리는 저 소리들을 잡아 박제를 해 제 곁에 둘 수 있다면……. 혜진은 저도 모르게 흘러내리는 그 음들이 제 볼 위에 궤적을 남기면서 미끄러지는 뜨거운 것들을 만들어 내고 있다는 걸 알 수 있었다.

지구 저편에 있을 그녀가…… 그 누구여도 상관없었다. 그가 잃었다는 그의 어머니와 사랑했던 약혼녀일 수도 있었다. 아니 감히 저 따위가 그의 삶 속에 기억될 리가 없다는 걸 잘 알고 있었는지도 모른다.

그냥…… 그의 입에서 흘러나온 제가 알아들을 수 있는 말 한마디가 제 속을 후벼 파고 있었다.

장중한 오케스트라의 반주와 함께했던 차간느는 달랑 피아노 한 대의 반주에 맞춰 연주되고 있었다. 너무 멀어 그걸 연주하는 사람의 표정 따위는 볼 수 없었다.

그러나…… 알 수 있었다.

그는…… 제가 잡아서는 안 되는 사람이었다는 걸. 제 아픈 마음과 후회 같은 것이 정당했음을. 저 사람이 제 곁에 숨 쉬고 저를 안았던 날들이 제 기억 속에 남아 있는 게 다행이라는 걸.

다음번에 기회가 온다면 꼭…… 온 힘을 다해서 잡고 싶다고 혼자 제 속에 대고 말했다.

그러나 그것의 전제는 그럴 일이 절대 없다는 것이었다.

다시 한 번, 그 남자의 입에서 흘러나온 제가 알아들을 수 있었던 말이 제 속을 휘저었다.

제 속이 휘저어져 우주를 떠돌고 있는 사이 그의 대단한 연주는 끝이 났다.

다들 일어서서 끝이 없는 박수를 치는 사이, 제가 다리에 힘이 풀려 일어설 수 없어 수많은 우레 같은 박수와 환호성 사이에 갇혀 있다 일어서 무대를 보았을 땐, 무대는 텅 비어 있었다.

28

당신도 가끔은
내가 그리워 웃을 때가 있었을까?

"아 내일요? 내일은…… 전에 여행 카페에 있던 후배들이 찾아 오기로 해서요. 죄송합니다, 원장 선생님."

컴퓨터에 마침 메일이 와 있어 다행이었다. 얼른 돌아가지 않는 머리가 적당한 이유를 찾아낼 수 있게 되었다.

"네…… 네. 그러게요. 아마 그 친구들 일요일 오후 늦게나 갈 거 같아서요. 당연하죠. 네…… 네. 죄송해요. 일부러 신경 쓰셨는 데……. 네, 다음엔…… 꼭."

난처한 전화를 끊은 그녀는 컴퓨터 속의 글자들에 시선을 빼앗 겼다.

〈언니!

올해 프롬스는 정말 대박이에요.

올해도 같이 왔으면 좋았으련만, 은진이도 아쉽고, 영태 오 빠도 보고 싶고, 언니도 보고 싶어요.

대신 사진이랑 동영상 보낼게요. 내년엔 꼭 같이 가요.〉

여전히 성의 없는 답장을 후루룩 써서 전송 버튼을 눌렀다. 이 팔자 좋은 아가씨들이 또 이 가을 영국의 하늘 아래 있을 걸 생각하니 작년 가을이 떠올랐다.

부럽지는 않았다. 올가을에도 슬슬 지겨워지는 일자리를 그 핑계 삼아 걷어 치울 수도 있었지만, 짧은 제 영어 실력으로 아무리 BBC의 홈페이지를 훑어보아도 제가 알아보는 단 하나의 이름이 없기 때문에 그녀는 올해 유럽행을 아무렇지도 않게 포기할 수 있었다.

즐겁긴 즐거웠다. 그동안 알고 있던 세상과 또 다른 세상. 그 근사한 목소리로 속삭이던 교과서 속에나 있던 타국의 도시들을 가본다는 게.

그의 공연을 봤다고 해서 그를 만날 수 있으리란 걸 기대한 건 아니었지만, 그래도 그렇게 그냥 스치듯 영국을 떠날 땐 마음 한구석이 싸했었다. 그 말로만 듣던 짤즈부르크를 가 보지 못한 것보다더.

창살 너머로 노란 햇살이 쏟아져 내리고 있었다.

그사이, 외딴 집이었던 그녀의 집 주변은 택지가 조성되고 그 작은 집이 낡고 옹색하게 보이게 만들 만큼 으리으리하고 아름다운 목조 주택들이 주변에 들어섰다. 그 덕에 휑한 벌판에 유일하게 요상한 모양이었던 그녀의 그 작은 집은 주변의 그림 같은 집들 사이에 끼어, 버려진 아이가 쪼그리고 앉아 있는 것처럼 옹색한 모습이 되어 버렸다.

그리고 올봄에 막 주변 공사가 한창일 즈음 낯선 취객이 그녀의 집 창문에 돌을 던져 문을 열려고 한 덕에, 커다란 두 면의 창에 방범 창살을 대게 되어 그녀의 집 창으로 쏟아지는 햇살들은 흉한 무늬를 가지게 되었다.

하얗고 물기가 가득하던 원목 나무들은 점점 붉은색을 띤 마른 나무로 바뀌었고, 허한 무늬를 가지고 있던 텔레비전 위의 텅 빈 공간에는 다닥다닥 폴라로이드 사진들이 붙어 채워졌다. 게다가 맨 윗부분의 사진들은 이미 색이 바래 가기 시작했다.

끝이 오그라들어 사진들이 들뜨자 혜진은 다 치워 버릴까도 고민했지만, 지난 3년간의 제 궤적들이 어디론가 사라지는 것 같은 느낌에 매번 다음에 해야지 생각하며 넘겨 버렸다. 여전히 아랫부분이나 옆 부분에는 새 사진이 늘어나고 있었다.

전화의 내용은 점잖은 소개팅 주선이었다. 한 달 동안 유럽 여행을 하고 돌아온 혜진은 목구멍이 포도청이라고 새 일자리를 알아봐야 했다.

그녀의 작은 소읍에는 제가 비비고 들어갈 일자리가 없어, 벌이는 조금 더 낫지만 일은 배나 힘든 데다가 옆에 있는 소도시까지 출퇴근을 해야만 하는 일자리를 찾아야 했다.

그렇게 취직하게 된 대형 학원의 원장이 그녀에게 건실한 총각을 소개시켜 주마 하고 농담처럼 늘 이야기하더니 갑자기 전화를 해 약속을 잡자는 것이었다.

물론 그전에도 제가 늘 혼자였던 건 아니었다. 제가 떠나보낸 그를 추억하면서 독수공방 혼자 평생 수절할 생각 따위도 없었다. 당연히 그럴 가치도 없었지만.

시시한 B급 영화에 자주 나오듯 낯선 여행지에서 만난 외모는 전혀 그렇지 않지만 말발이 매력적이었던 남자와 즉흥적으로 술김에 하룻밤을 보낸 적도 있었다. 물론 술이 깨고 나서 지독한 후회를 하고 각자의 삶으로 돌아가면서 절절했던 사이는 금방 흐지부지해졌고, 그 추억 따위는 잘 이름도 기억이 나지 않는 거창한 바위 앞에서 다정하게 찍은 사진 한 장의 구구절절한 사연으로 끝맺게 되었다.

그 외에도 얼굴도 나이도 그리 빠지지 않는 데다 낡았지만 차도 있고 집도 있는 절 보고 주변에서 떼밀어 주는 남자도 몇몇 만나야 했다.

그러나 차라리 혼자 어디론가 쏘다니는 게 훨씬 나은 저로서는 그 만남이 오래가진 못했다.

결코 이 삶을 혼자 즐기면서 살아야겠다 결연하게 마음먹고 있었던 건 아니었다. 인연이 된다면 제 곁에 누군가 있을 수도 있다고 생각했다. 그러나 그 자리는 쉬이 차지 않았다. 길에서 만날 그 누가 '그'를 지울 만큼 대단할 수 있을까. 아직은 요원했다.

그건 미련이었다. 그 미련과 이 미련은 엄연히 다른 뜻이지만, 결국 하나로 귀결되고 마는 듯했다. 떨치지 못한 미련이 이런 미련스러운 상태로 남게 되게 만든다는 거.

그가…… 떠나고 나서, 아니 제가 떠밀어 보내고 나서 벌써 세 번째의 가을이 지나고 있었다.

이제 20대의 마지막 가을이었다.

처음 태어나서 다리에 피가 고여 뻣뻣하리만큼 오랜 시간을, 날아가는 저 새들보다 더 빠른 비행기를 타고 가야만 하는 그 어딘가에 있는 남자를 아직 못 잊은 것은 절대 아니었다. 아니 잊고 자시고 할 필요가 없지 않은가.

재작년에 결혼해 벌써 첫아이 돌잔치까지 했다는 경훈의 소식처럼, 아니 어쩌면 그것보다 더 자세히 어느 때는 모스코바니, 어느 때는 뉴욕이니 또 어느 때는 파리니 하는 곳에 있다는 그의 소식은 더 찾기 쉬웠다.

처음 이 년여 동안 별 소식이 없던 그는 제가 갔던 그 공연을 계기로 활발한 활동을 하고 있다는 뉴스를 컴퓨터를 켜기만 하면 알 수 있었다. 아니, 굳이 컴퓨터가 아니라도 밥 먹다 말고 휴대폰만 뒤적거려도 금방 찾을 수 있었다.

환하게 웃는 모습이 트레이드마크가 된, 가르마를 탄 부드러운 머리카락이 이마를 뒤덮은 그에겐 늘 천재의 제2의 전성기, 이 시대가 낳은 최고의 아티스트, 바이올린계의 돌아온 젊은 비르투오소라는 거창한 수식어들이 따라다녔다.

그런 대단한 사람이…… 제 미련의 원인이라도 될 수 있는 걸까.

버릇처럼 커피믹스를 뜨거운 물에 타고 봉지를 꺾어 휘휘 저었다. 커피는 언제나 달착지근하고 따뜻했다. 저 흉물스러운 창살들만 없다면, 창 너머로 보이는 그림 같은 집들을 바라보면서 관대한 마음을 가질 텐데, 흉터 같은 무늬가 생긴 오후 햇살은 그녀의 마음 한구석을 더 허하게 했다.

어디론가 가야 할 것 같았다.

유난히 무더웠던 올 여름, 사람들에 치이고 나서 그녀는 잠시 휘릭거리면서 떠났던 여행의 취미를 접어 버렸었다. 아홉수라는 게 괜히 말만 있는 게 아닌지, 가벼운 접촉 사고로 타지에서 고생을 하기도 했다. 그리고 돌아와서는 무얼 집다가 접질려 깁스까지 했어야 했다.

덕분에 그 먼 거리를 버스로 출퇴근을 하느라 고생 아닌 고생을 하다 보니 여행 같은 취미는 요원한 생활이 되어 있었다.

팔이 자유로워진 지 이삼 주가 지났지만 혜진은 주말이면 푹 퍼져 나른하게 창밖으로 해가 넘어가는 걸 보면서 자다 말다를 계속했고, 그러다 어느새 월요일이 되곤 했었다.

겨우 정신을 차린 토요일이었지만 그런 뻣뻣한 소개팅 자리를 아무렇지도 않게 나가기엔 힘에 겨웠다.

해가 쏟아지는 그녀의 작은 거실에는 어느새 컴퓨터 책상과 일인용 흔들의자가 자리를 차지해 더 이상 바닥에서 잠을 잘 수는 없었다.

그러나 자리만 차지하는 딱딱한 나무 소파는 그 자리를 지키고 있었다. 몇 번이고 치우려고 했지만 차마 그러지 못한 이유가 스스로 생각해도 겸연쩍어, 그녀는 그걸 볼 때마다 고개를 돌리고 말았다.

삼 년이면…… 세상 모든 것을 다 잊을 만한 시간이었다.

상전벽해, 십 년이면 강산이 변한다지만, 요즘 강산은 2년 단위로 변하고 있는 게 분명했다. 불과 2년 만에 우후죽순처럼 들어선 이 벌판의 집들만 봐도 그랬다.

누군가 묻는다면 피식 웃으면서 어이없네요, 라고 대답해 줄 수 있지만 제 속에다 대고 묻는다면…… 뭐라 말할 수 있을까. 그건 변명이 분명했다.

그러나 분명히 그렇게 변명할 수 있었다. 그가…… 너무 대단해서 쉬이 잊을 수 없는 거라고. 그 사실은 세상 그 누가 제게 묻는다 해도 자신 있게 대답할 수 있었다. 대체 그런 사람을 완벽하게 잊을 수 있는 이가 이 지구상에 몇 명이나 되겠느냐고. 찌질했던 경훈은 이제 얼굴도 제대로 기억나지 않는다는 걸 생각해 보면 당연한 일이었다.

　그러나 제가 잊고 안 잊고는 세상이 돌아가는 데 하등의 영향을
줄 수 없었다. 그냥…… 그냥 속앓이일 뿐이었다.

　"세제도 없고, 즉석밥도 없고, 또…… 음……."

　여행 다음에 가장 좋아하는 마트 쇼핑이라는 찌질한 취미 생활
을 위해서 혼자 썰렁한 거실에서 중얼거린 혜진은 차 키를 들고
집을 나섰다.

　하늘이 지나치게 파랬다. 그 하늘 밑 논두렁은 지나치게 노랬
다. 하늘이 파랗게 높았고, 논두렁에 샛노랗게 익은 벼들이 가득할
때, 저는 집을 잃었고, 대신 정신병을 앓는 환자를 돌보라는 일자
릴 얻었었다.

　세상은 가끔…… 참 재밌다. 제가 평생을 재미없게 살았기에 한
번쯤 재미있으라고 그런 해프닝을 만들어 줬나 보다 싶을 정도였
다.

　그러나…… 지금이 별달리 재미있을 일이 없다는 게 문제였다.

　재미도 없는 세상.

　오렌지가 열한 개였다. 한참 단풍철이라 관광지의 마트는 터져
나갈 듯 사람이 붐볐고, 열 개를 담아 8,000원에 파는 오렌지는
열한 개였다.

　다들 열심히 좋은 것을 주워 담으려고 난리인 가운데서 저도 열
심히 담았을 뿐이었다. 의도했건 의도하지 않았건 간에 긴가민가
하면서 담았는데, 다시 세어 보니 열한 개였다.

　괜히 무슨 횡재를 한 것 같은 느낌에 어둑해지는 길가를 보면서
히죽거리는 건, 아마 사는 게 이런 것에나마 재미를 느껴야 할 만

큼 시시해서일지도 몰랐다.

저쪽 산 너머로 석양이 오묘한 색깔을 만들면서 가득하던 온기를 잡아끌어 가고 있었다. 상쾌한 바람에 차창을 열어 놨던 그녀는 문을 닫아야 했다.

내일은 일요일이었다.

또 무얼 해야 할까. 어디로 가야 하는 걸까……. 혜진은 고민에 휩싸였다. 그러는 사이에 익숙한 지형이 나타나고 샛길로 빠지기 위해 좌측 깜빡이를 켰다.

남편을 따라 다른 도시로 가 버린 은진이 그리워졌다. 이 동네에 있더라도 토요일 오후에 젖먹이 아이를 내버려 두고 저를 위해 술자리로 나올 리는 없을 텐데도.

저녁은 대충 득템한 오렌지와 바삭하게 구워져서 시식대에서 너무 주워 먹는 바람에 눈치가 보여서 산 크로와상 뭉치로 때워야겠다 생각하고는 차에서 내렸다.

잠깐 사이에 해가 넘어가 버린 골목은 어둑어둑했고, 잔뜩 들어선 집들 사이에 몇몇 집만 불이 켜져 있었다. 아마 다들 별장용으로 사 놓았는지 동네는 스산했다.

별로 산 것도 없는데 박스 처리하기 귀찮아서 종량제 봉투 두 개에 나눠 든 봉지를 들고 막 제 현관문을 열려고 했을 때였다.

"비밀번호 바꿨던데?"

제가 오버스럽게도 두 손에 든 종량제 봉투를 모두 놓쳐 버린 건, 그 목소리를 아직까지도 잊지 않았다는 데서 오는 당혹감 때문이었다.

29

그렇게 돌고 돌아 네게 향한다

쳐다보지 않으려 애썼다. 그래서 탁자 위에 올려놓은, 제 손을 아프게 했던 비닐봉지 속의 것들을 꺼내는 데 온갖 신경을 다 쓰고 있었다.

"여기 많이 변했어. 분명히 그 계약서에 있던 주소대로 찍고 왔는데, 난 여기 도착해서도 길을 잘못 든 줄 알았다니까. 이렇게 건물들이 잔뜩 들어서 있을 줄 몰랐거든."

전화받는 제 목소리 빼고는 이 집에서 다른 사람의 목소리가 울린 적이 없었다. 저 남자가 떠난 뒤로 인터넷이 고장 난다든지, 아니면 창문에 방범창을 설치하기 위해 온 사람 빼고는 다른 사람이 온 적은 없었다. 아 물론 대단한 불청객인 '엄마'도 있긴 했지만. 혜진은 아무래도 이게 현실이 아닌 것만 같았다.

"전엔 그래도 꽤 넓어 보였는데…… 이젠 좁아 보여. 책상 때문인가?"

목소리도 기억나지 않는다고 생각했다. 그런데 왠지 다른 사람처럼, 밝고 명랑하게 들리는 목소리이건만 하나도 변하지 않았다는 문장이 머릿속에 떠오를 정도였다. 계란과 밑반찬을 냉장고에 넣고 오렌지 봉지를 꺼내 든 혜진이 참지 못하고 고개를 들었다.

벽에 다닥다닥 붙은 작은 사진들을 보고 있는 남자의 뒷모습이 그리 넓지 않은 공간을 부쩍 좁게 만들었다. 검은색의 코트와 자주색 아니 자주색이란 촌스러운 단어보다는 버건디라는 말이 어울릴 것 같은 스웨터를 입은 남자는…… 저도 모르게 제 목구멍 근처를 울컥하게 만들고 있었다.

"여행 많이 다녔나 본데."

그래서요? 제 입에서는 무의식적으로 퉁명스러운 대답이 튀어나올 뻔했다. 그러나 의식이 그걸 막고 있었다. 왜? 왜 막는데…….

남자가 한 사진을 유심히 보기 시작했다. 혜진은 저도 모르게 다시 오렌지 봉지로 시선을 보냈다. 그러곤 열심히 묶어 놓은 매듭을 풀기 시작했다. 그 사진이 어떤 사진인지 알기에.

"……애인인가?"

"여행 갔다 만난 사람이에요."

너무나 빠른 대답이 튀어나왔다.

"그래?"

"갔다 온 뒤로는 연락처도 몰라요."

아까 너무 빨리 대답했다고 생각했지만, 또 더 빠른 사족이 튀어나오는 걸 보고 저도 모르게 다시 입을 닫았다. 왜 이런 변명 아닌 변명을 하는 걸까. 아니, 그게 아니라면 뭐라 해야 하는 걸까. 잘 지냈냐고? 작년 그 가을의 대단한 모습을 보았으니 잘 지내고 있는 건 분명했다. 그러니 뭘 물어야 하나…….

"여긴 웬일이에요?"

그제야 시선을 딴 데 보내고 있던 남자가 돌아섰다. 훨씬 건장해진 게 분명했다. 처음 이 집에 왔을 땐, 정말 뼈 위에 거죽만 씌워 놓은 것 같이 앙상했으니까.

키가 큰 남자는 체구도 좋아졌고, 그 덕에 얼굴도 훨씬 부드러워 보였다. 어떤 사람이든 그렇게 살이 빠져 버리면 날카롭게 보일 게 분명했다. 그래서…… 다행히도 남자는 다른 사람처럼 보였다. 그 무대 위에 있던 대단한 바이올리니스트로…….

"당신은 하나도 안 변했네."

"그럴 리가요."

칭찬일까. 혜진은 문득 오늘 화장도 하지 않았다는 생각이 들었다. 물론 그나마 다행인 건 비비크림이라도 바르고 나섰다는 거였다. 아마 남자의 과한 외모 덕에 이런 생각을 하는지도 모르겠다 싶었다.

"좋아 보여요."

혜진은 다시 우묵한 볼을 꺼내서 오렌지를 담기 시작했다. 아주 오래전에…… 누군가를 위해 새파란 아오리 사과를 담아 놓았던 볼이었다. 저 혼자라면 오렌지를 봉지째, 그것도 이렇게 낑낑거리면서 매듭을 열기도 싫어 비닐봉지 한구석을 잡아 뜯어 그 구멍으로 하나씩 꺼내 먹었을 것이다.

"프롬스 왔었어?"

다시 시선을 돌린 그가 갑자기 큰 소리로 물었다. 그 사진이 마지막에 있었고, 그리고 꽤 사진을 많이 찍었었다. 거기서 사 가지고 갔던 폴라로이드 필름을 한 통 반이나 썼으니까.

"진짜네……. 왜 나한테 연락 안 했어? 그냥 갔던 거야? 어디쯤 있었는데…… 이거 내 공연 맞지?"

그가 빠르게 말을 내뱉었다. 마치 자기 집에 왔다 자신을 만나지 않고 간 것같이.

"그냥 우연히 알게 돼서요."

그 많은 사람들 속에 섞여 슈퍼스타 같은 당신의 얼굴도 제대로 볼 수 없었는데. 물론 그건 저 남자를 보기 위해서 시작된 여행이기도 했다.

혜진은 그때를 생각하니 지금이 더욱 당혹스러웠다. 이건 정말 현실인가. 그가 고개를 돌렸다. 저 숨 막히게 잘난 남자가 정말 그 무대 위에 있던 수천 명의 환호성과 기립 박수를 아무렇지도 않다는 듯 받고 있던 그 사람인가. 이건 뭐…… 저 혼자 토요일 오후에 잠들어서 꾸는 꿈인가.

그가 다가왔다. 나무 바닥이 삐거덕거리면서 '이건 현실일지도 몰라.' 하고 속삭이고 있었다.

"나 보러 왔던 거야?"

전에, 이 집에 있던 그 약에 취해 있던 그 사람은 아니었다. 대체 이 남자는 누구인 걸까.

"……."

절대 아니라고 말할 수는 없었다. 그러나 그렇다고도 할 수 없었다. 제 속은 대체 뭘 원하는 걸까. 바로 이거?

그가 단지 몇 걸음 만에 식탁 앞에 서 있던 혜진에게 다가왔다. 그러고는 고개를 숙여 새빨갛게 물든 게 분명한 제 뺨 쪽에 속삭였다.

"보고 싶어서 왔어. 당신도 내가 보고 싶어서 거기 왔던 거지?"

낯선, 아니 내내 제 꿈속에서 저를 괴롭혔던 익숙한 온기였다.

"지금 기억나네. 실은 거기 앙코르 곡은 차간느가 아니었거든. 그런데 문득 그게 생각났어. 당신이 그 전화기에 넣어서 들었던 차간느."

이건 꿈일 것이 분명했다. 욕구 불만인가? 왜 이런 꿈을…….

그러나 그녀는 더 이상 투덜거리지 못했다. 남자의 입술이 다가왔기 때문에. 단지 닿는 것으로도 제 머릿속의 획획 돌아가는 회로를 끊어 놓고 있는데, 익숙하게 제 속을 헤집는 남자의 달큰한 혀가 제 온몸의 힘까지 쫙 빼놓고 있었다. 그러나 흉하게 다리의 힘이 풀려 쓰러지진 않았다. 남자의 두 팔이 저를 안고 있어서.

한동안 제 속을 휘젓던 무언가가 아쉽게 빠져나가더니 제 귓가에 속삭였다.

"여기만 오면 배가 고프네. 전에 먹었던 거, 그거 먹자."

"잘 먹네요."

아까부터 식욕이 없어진 혜진이 그를 보면서 말했다.

"맛있네. 역시 이 맛이야. 비어 학센 같은 거 먹어 봐도 이 맛이 아니었어."

뭔진 모르겠지만 족발 비슷한 유럽 음식이 있었던 게 기억났다.

"술도 늘었네요."

"아? 그래? 그런데 좀…… 맛은 그래. 전에 생각했던 맛은 아닌 거 같아."

여전히 머그컵에 따라 놓은 소주를 한 모금 마신 그가 히죽 웃었다.

이 남자는 원래 이런 사람이었던 걸까. 제가 그렇게 잊으려 했지만, 반대로 단 한 조각도 잊지 못했던 이 남자와의 기억들이 갑자기 빗물에 씻겨 내려가는 창틀의 먼지 같은 느낌이었다.

오랫동안 풀썩거리면서 묘한 모양을 그리고 있어 익숙했지만, 어느새 들이친 세찬 빗줄기에 그 흔적만 창틀 밑에 끼어 있는 것처럼. 분명히 뭔가 찌꺼기처럼 남아 있는데 낯설었다. 제가 그리워한 건…… 하루 종일 잠만 자던, 제 한마디에 움찔거리던 그 남자였을까.

"내가 원래 비행기 안에서는 아무것도 안 먹는 주의라서……. 이상하게 기압 낮은 데서 먹으면 컨디션이 안 좋아져. 공항 음식은 영 맛이 없어서 말이지."

저도 실은 혼자서 배달음식을 시켜 먹은 적은 거의 없었다. 이 집에서 혼자 살게 된 뒤로는 한동안 집에서 뭘 먹은 적이 없었다. 혼자 먹는다는 적막감에 짓눌려서 금방 체할 것 같았으니까.

제 머리는 분명히 잘한 일이라고 했지만, 제 위장은 그러지 못했던 게 분명했다. 그래서 그렇게 집 밖을 벗어나 어디론가 떠나려 했는지도 몰랐다. 굶어 죽지 않으려고.

"혹시나…… 이 집이 없어져 버린 건 아닐까 걱정했었어. 아니, 집은 있는데 사람이 어디로 가 버린 건 아닐까 하고. 이 근처에 와서 멍했던 순간에 왜 3년 동안 당신이 여기 그냥 있었을 거라 단정하고 있었는지 내 스스로의 생각이 바보스럽더라고. 그래도 다행히 집이 있는 걸 보고 문을 열려고 했는데 안 열리는 걸 보고 그땐 또다시 집주인이 바뀠을지도 모른다는 생각을 하곤 덜컥 겁이 났어."

그는 다시 방 안을 휘이 둘러보더니 말을 이었다.

"그래도 자전거도 그대로고, 뒤에 있던 장작도 그대로인 거 보고 기다려 보자고 했었지. 그런데 저 장작들은 그대로인데 겨울을 어떻게 난 거야?"

"보일러 고쳤어요."

혜진이 아무렇지도 않다는 듯 대답하자 그는 어이없다는 듯 웃고 말았다.

"하…… 그랬구나."

제 표정이 어땠을까. 한참 말이 없이 자신을 쳐다보던 그가 말했다.

"그때…… 왜 날 안 잡았어?"

"……."

왜 그랬을까. 제가 침묵하고 있으면 안 될 것 같았다. 날은 어두워지고, 남자는 술을 마셨다. 대체 무슨 속셈인지 알 수가 없었다.

"그냥, 오래돼서 기억이 안 나요. 아마…… 뭐 그래야 할 것 같으니까 그랬겠죠."

"지금은?"

지금은…….

그땐 그랬었다. 제게 다시 기회가 온다면 절대 그냥 보내지 않겠다고. 그리고 그 오랜 시간 비행기를 타고 낯선 타지에서 환호성을 받으며 자신만만한 그 슈퍼스타를 보면서도 되뇌었다. 다시 기회가 온다면 절대 놓치지 말아야겠다고.

그러나 그건 그냥 그럴 리 없다는 데서 오는 가정 아니었을까. 그 수천수만의 사람이 환호하는 저 무대 위의 남자는…… 현실이 아니니까.

"하, 비싼 여자 같으니라고. 잠깐만."

피식 웃던 그가 일어났다. 그러더니 뚜벅뚜벅 걸어 나갔다. 휘익 하고 막 써늘한 찬바람이 제 뺨을 스치고 지나갔다.

눈앞이 텅 비었다. 이건 또 꿈인가? 그러나 삐리릭 소리가 나고 있었다.

문이 자동으로 닫히지 말라고 신발이라도 끼워 놓고 나간 모양이었다. 무슨 일이 있나 나가 봐야겠다 싶을 만큼 시간이 지나 막 몸을 일으켰을 때 문이 다시 활짝 열렸다. 남자의 손에는 커다란 여행용 트렁크가 들려 있었다.

"이거…… 실은 이것 때문에 왔어."

바퀴가 달려 있어 밀고 오긴 했지만, 그리 무게가 가벼워 보이지는 않았다. 큰 가방을 밀고 들어온 그는 가방을 눕힐 공간을 찾았다.

"그게 뭐예요?"

"내가 여기 온 이유. 이리 와."

주춤주춤 가방이 놓여 있는 나무 의자 앞에 갔을 때 혜진은 배를 가르고 누운 가방 속을 보고 당황하게 되었다. 가방을 연 그는 잠시 멈칫하다가 눈에 가장 띄는 것을 꺼내 들었다.

"자 이거 먼저. 마트료시카는 러시아 인형이지만, 이건 짤즈부르크의 벼룩시장에서 산 거야. 거기서 팔던 것 중에서 아마 제일 컸을 거야. 색깔 예쁘지?"

남자가 내밀어 얼결에 받아 든 축구공만 한 나무 인형은 열면 잔뜩 똑같은 모양의 인형들이 안쪽에서 계속 나오는 러시아 나무 인형이었다. 파란 앞치마를 하고 머릿수건을 한 인형은 긴 속눈썹이 예술적이었다.

그러나 한눈에 봐도 새것은 아니었다. 오래돼서 반질반질해졌지만 크기는 매우 컸다. 이걸 왜 준 걸까. 혜진이 멍하니 인형을 바라보고 있다가 트렁크에 시선을 옮기자 인형이 빠져나온 가방 속은 당혹 그 자체였다.

"음, 이건 머리핀인데, 빅토리아 시대 거라고 엄청 수다스럽게 떠들더라고 약간 얼룩이 있는 걸 그때 알았다면 더 값을 깎았을 텐데. 어때?"

건네준 머리핀은 너무 컸다. 그러나 모양은 고풍스러워서 머리핀이라기보다는 무슨 장식용 집게 같았다.

"이건 파리 뒷골목에서 산 건데, 여기다 일기 같은 걸 쓰면 막 무슨 역사적인 사건을 기록한 느낌일 거 같지 않아?"

두꺼운 다이어리였다. 안쪽은 아무것도 쓰여 있지 않았지만 이미 종이는 누렇게 바래 있었다. 그러나 고풍스러운 가죽 케이스와 꼼꼼한 마무리는 꽤 값이 나가 보였다.

남자의 커다란 트렁크에서는 온갖 물건들이 쏟아져 나왔다. 우스꽝스러운 미니마우스 슬리퍼라든지, 간혹 면세점표 포장이 된 립스틱도 있었고, 프랑스 영화배우의 화장대에나 놓여 있을 법한 펌프가 달린 향수병도 있었다.

"이건 저기 문 앞에 달면 예쁠 거 같아서. 이거 wind ball인데…… 한국말로 뭐라고 하지? 그, 문에 달면 바람에 달랑거리면서 소리 나는 거."

"풍경요."

금속으로 된 새 모양의 실이 달린 물건을 건네받자 딸랑거리는 소리가 났다.

"아. 그거. 소리 참 좋아. 그거 소리를 듣는 순간 이 집이 생각났거든."

가방 안에서는 아직도 끊임없이 무언가가 나오고 있었다. 꽉꽉 쑤셔 넣었던 모양이었다. 보고 있던 혜진이 기어코 물었다.

"그런데 이게 다 뭐예요? 어디 장사라도 하려고 그래요?"

그냥…… 남자를 보고 있는 게, 남자의 목소리를 듣고 있다는 게…… 왜 이렇게 숨이 막히는지 모르겠다 싶었다.

아까의 그 입맞춤은 꿈이었나? 3년 내내 잊어 보려고 애쓰던, 아니 그러다 포기해 버린 남자가 어느 날 홀연히 제게 나타나 저런 이상한 것들을 꺼내며 당혹스러운 소리를 하고 있는 걸 묵묵히 참고 있기엔…… 그동안 되씹었던 제 마음 따위가 불쌍해졌다. 혜진은 손에 들고 있던 러시아 인형을 탁자 위에 올려놓고 말했다.

"이봐요. 이게……."

"카일. 아니 진우라고 불러야 하나. 내 이름 알잖아."

마침 손에 들고 있던 어떤 책을 휘리릭 넘기던 그가 혜진을 바라보면서 말했다. 카일이라니……. 혜진은 입술을 깨물었다.

제가 원한 남자는 그 대단한 카일 리였을까. 그건 아니었다. 카일 리는 그 무대 위의 대단한 사람이니까. 그녀는…… 이 눈앞의 남자가 카일 리라는 걸 알지만 제가 기다렸던 남자는 치우지 못한 나무 벤치에 누워 있던 그 남자였을 것이다.

"좋아요, 이진우 씨. 3년 만에 갑자기 찾아와서 이게 다 뭐냐고요."

제가 선택한 이름이 그에게는 어떤 의미도 없을 것이다.

그래서인지 그는 아무렇지도 않게 가방 속을 뒤지더니 무언가를 꺼내면서 말했다.

"뭐긴. 선물이지. 이거…… 찾았는데 이제야 나오네. 이거 말이야. 내가 오스트리아로 돌아가서 가장 처음 산 물건이야."

의외로 그의 손에 들린 건 인형이었다. 밤에 보면 조금 무서울 것 같은 노랑머리를 올리고 파란색 드레스를 입은 고전적인 인형이었다.

"마담 알렉산더 블루밍이라고 하던데. 그냥…… 그 이름이 마음에 들었어. 블루밍…… 막 피어나는 꽃 같은……. 실은 이 인형하고는 안 어울리는 단어 같은데. 이 인형은 무슨 아줌마가 공주 같은 차림새를 한 것 같잖아."

그래서…… 그게 무슨 상관인데……. 그러나 혜진은 가만히 그의 말을 듣고만 있었다. 그…… 목소리가 마치 그가 켜는 바이올린의 가장 아름다운 음과 비슷하게 들려서.

"물론 많이 돌아다니긴 했지만, 여섯 살 때부터 거기서 살았어. 짤즈부르크 말이지. 그런데 운동하러 다니던 곳하고 스티브한테 운전을 배우러 다닌 외곽 도로 빼고는 전혀 그 동네를 돌아다녀 본 적이 없었지. 그렇게 매정한 당신의 이야기를 듣고 당장에 짤즈부르크로 갔는데, 막상 카두로스와 씨름하는 것보다 그곳이 참…… 아름답다는 걸 느꼈어. 당혹스럽게도 말이지."

그가 피식 웃음을 터뜨렸다.

"그러곤 매일 주변을 돌아다녔지. 메이플가 바로 뒤에 토요일마다 벼룩시장이 선다는 걸 이십여 년 만에 처음 알았던 거야. 거기서 본 게 이 알렉산더였어. 그다지 예쁘지도 않은데 왜 이걸 보고선 당신이 생각났는지 이해할 수 없었지. 마치 홀린 것처럼 이 인형을 샀거든. 그때부터 난 어디든 돌아다니기 시작했어. 막다른 골목에서 돌아 나온 적도 많았고, 길을 잃었던 적도 많았지만, 마치 내가 무슨 모험가가 된 기분이었지."

그는 마치 그때를 회상하는 듯 미소를 띤 채 말을 이었다.

"그리고 그런 모험 끝에는 늘 전리품처럼 무언가를 사 들고 들어왔어. 그러다가 공항 면세점이나 아니면 콘서트 홀 주변의 낯선 가게들도 탐험 목록에 넣었지."

그가 마치 무슨 동화의 한 구절이나 영화 속의 이야기를 하는 듯 묘한 표정을 지었다. 혜진이 한 번도 본 적 없는 남자의 그런 얼굴이었다. 정말 그가 이야기하는 동화 속의 왕자님 같은 그런…… 모습이었다.

"난 솔직히 당신 잊으려고 했어. 나 싫다는 사람 잡아서 뭘 하나. 그런 심정으로 떠난 거니까. 그런데 늘 자고 일어나면 이 딱딱한 나무 바닥의 싸한 냉기가 떠올랐고, 그리고 자연스럽게 그 옆에 있던 당신이 떠올랐지. 그럴 때마다 나는 길을 나섰고 무언가를 사들고 들어와야만 그 냉기가 가시는 느낌이었어. 뭐, 그사이 난 다시 바이올린을 시작했고, 예전과 같은 생활로 돌아갔지. 그렇지만 모든 걸 내 스스로 해야 하는 삶은 예전하곤 달랐어. 즐겁고 신나고 재밌었지. 물론 다른 사람도 만났고 말이지."

말을 끊을 수 없던 혜진은 그제야 마트료시카를 비틀었다. 매끈한 아줌마의 가슴께가 돌아가고 열리더니 똑같이 생긴 인형이 또 나왔다. 혜진은 그 인형을 또 열었다.

"아까 그 윈드 벨은 저기 현관문 옆에 달면 좋을 거라 생각했어. 그 마트료시카는 저 텔레비전 옆이 어울릴 것 같았고. 물론 마담 알렉산더도 그 옆에 놓으면 될 거라 생각했지만, 당신이 그걸 저기다 놓을까?"

그제야 다섯 개째의 마트료시카를 열던 혜진이 손을 멈췄다.

"내가 한 모험 끝에는 늘 당신이 있었어. 베니스의 뒷골목에도, 모스코바의 광장 귀퉁이에도. 당신 얼굴은 가끔 생각이 안 나는 경우도 있었는데, 그래도 난 유혜진이란 여자에게 어울리는 슬리퍼를 사고 무릎 담요를 샀어. 사다 보니까 너무 많아져서 주인한테 가져와야겠더라고."

왜 제 팔에 좌르르륵 소름이 돋았는지는 알 수 없었다.

"솔직히."

그가 저를 쳐다보는 게 느껴졌다. 그래서 혜진은 다시 멈추었던 마트료시카를 열려고 애썼다.

"비행기에 타자마자 당신 얼굴도 잊었어."

남자의 목소리가 아까 트렁크 속의 물건을 꺼낼 때와는 달랐다.

그랬나? 그랬구나. 그건 저도 마찬가지였다. 그가 떠난 뒤로 그냥 너무 잘났다고만 생각했지, 그의 얼굴이 기억나지 않았다. 물론 동영상이든 포스터든 남자의 얼굴은 사방에서 확인할 수 있었다. 그러나 그건 카일 리의 얼굴이었지 이진우의 모습은 아니었다.

"짤즈부르크에서 카두로스와 싸울 때도…… 난 당신이 미웠어."

혜진은 다시 여섯 번째의 인형을 꺼냈다. 그래도 아직 주먹보다 컸다.

"난…… 그 누구도 사람에 대해서…… 그런 생각을 가져 본 적이 없었으니까."

혜진은 다시 인형을 비틀었다. 또다시 비슷한 인형이 나왔다. 그의 얼굴을 쳐다볼 수 없었다. 저는 옳은 선택을 했을 뿐이었다. 단지 이 남자가 왜 여기서 이런 이야기를 하는 걸까……라고 생각해야 했다. 한 번쯤…… 나 자신을 위한 생각이나 말을 하고 싶다는 게 울컥 쏟아져 나올까 봐 혜진은 또다시 인형을 비틀어 열려 애썼다.

"하지만, 당신은 없었지. 그리고 고개를 드니까 다른 사람들이 보였어. 난…… 그들에게 처음으로 다가갔어. 그리고 그 사람들도 날 마다하지 않았어. 신세계 같았지. 난 더 이상 그냥 동떨어진 기계가 아니란 걸 알았으니까."

다행이야…… 혜진은 맞장구를 쳐 주고 싶었지만 역시 아무 말
도 하지 않았다. 커다란 인형에서 나온 무수한 비슷한, 그러나 단
하나도 같지 않은 인형들이 그녀의 탁자 위에 무리지어 놓여 있었
다. 그러나 아직도 주먹만 한 인형에는 또 다른 타인이 숨어 있었
다. 혜진은 또다시 인형을 비틀었다.

"그러다가 그 블루밍을 본 거야. 그냥 아무 생각 없이 저 텔레
비전 옆 빈 공간에 놓으면 좋을 것 같다는 생각에 터무니없는 가
격을 주고 그 인형을 사서 집에 온 순간 내가 왜 그랬을까 싶어 하
루 종일 아무것도 못 하고 멍하니 앉아 있었어."

혜진은 잘 열리지 않는 작은 인형을 계속 비틀고만 있었다.

그는 없었다. 그를 떠나보냈다. 후회했다.

하지만…… 그는 늘 곁에 있었다. 휴대폰 속에서, 노트북 안에
서, 낡은 차 속의 정성껏 구워 만든 CD 속에서……. 그리고 혹 제
가 누군가 다른 남자의 집사람이 되고 누군가의 엄마라는 이름으
로 불리더라도 그랬을 것이다. 촌구석에서 고상한 척 클래식을 듣
는 그런 여자쯤으로 다들 기억할 테지만, 저는 그를 만나고 있었을
터였다.

"아마, 그 일이 없었더라면…… 난 또 다른 가방 속을 낯선 골
목에서 발견한 전리품을 채우면서 보냈을지도 몰라. 그냥 막연하
게 유혜진이라는 여자한테 어울릴 것 같다는 생각조차 잊어버리고
습관처럼 시장을 헤맸을 거야."

무슨 사건. 혜진은 묻고 싶었지만 차마 묻지 못하고 여전히 인
형을 열려고 애를 쓸 뿐이었다.

"저번에 뉴스에 있었던 사고 기억나? 모스코바행 비행기 추락

456

사건."

"아…… 네."

막 작은 인형이 열렸다. 혜진은 뉴스에 떠들썩하게 났던 비행기 추락 사건을 떠올렸다. 아마 흑해 바다에 추락해서 탑승자 전원이 사망했었다는 그런 기사였던 거 같았다.

"실은 그 비행기, 내가 탈 뻔했었어."

"네?"

그제야 혜진은 놀라 그를 쳐다보았다. 그러나 금방 후회했다. 제 속이 울컥하리만큼 그의 모습은…… 정말 근사했다. 왜…… 저런 사람이, 이런 곳에 있는 걸까. 마치 폭탄이라도 맞은 것처럼 커다란 가방 속에서 나온 온갖 잡동사니 옆에 앉은 남자는 저를 보고 있었다.

"그런데 말이지. 드골 공항 옆에 있는 작은 가게에서 산 물건을 깜빡 두고 온 거야. 일행들은 그냥 가자고 했었는데 그게 이상하게 꺼림칙했어. 그래서 그걸 찾으러 가야 한다고 우겼던 거지. 그런데 그게 이 가방에는 없네. 하여튼 그걸 찾으러 갔다가 보딩 시간을 놓친 거야. 난리가 났었지. 그것 때문에 일정에 차질이 생길 게 뻔했거든. 그런데 그런 사고가 난 거야. 공항에서 다음 비행기를 기다리다 그 소식을 듣고 한동안 난 말도 하지 못했어. 우리 일행들도……."

그 일이 없었다면…… 이 사람은 여기 없었을까. 아니 그것보다 저는 믿지도 않는 신에게 감사했다. 그가 그 사고를 당하지 않은 것에 대해…….

"삶은 그리 길지 않아. 사람은 당장 내일 어떤 일이 생길지, 아니 한 시간, 일 분 후에 무슨 일이 생길지 알 수 없어. 그래서 생각했어. 늘 내게 쌓여 있는 저 가방의 주인을 찾아 봐야겠다. 그리고 그걸 전해 줘야겠다고."

드디어 엄지손톱만 한 마지막 인형이 나왔다. 더 이상 열리지 않은 손톱만 한 인형에도 정성껏 색칠이 되어 있었다. 잘 보이지 않는 이목구비도⋯⋯.

그랬구나.

무언가 더 있을 거라 생각했지만, 저 대단한 마트료시카도 끝이 있었다. 제 무작정한 기다림도 이제 끝이 났다. 그가 저를 이만큼 생각해 준 것에 대해 감사했다. 그럼 된 거 아닌가. 뭘 더⋯⋯.

부스럭거리더니 그가 일어났다. 그러곤 탁자 위에 잔뜩 늘어져 있는 물건과 인형들 곁에 있는 그녀에게 다가왔다.

"아, 정말 많이도 들었네. 그 할머니가 정말 귀한 거라더니."

혜진은 다시 인형들을 집어넣기 시작했다. 그런데 인형들이 잘 보이질 않았다. 왜 그럴까. 눈가에 열이 나고 있었다.

갑자기 따뜻한 손이 부들거리면서 인형을 넣고 있는 손을 감싸 쥐었다. 그 순간 정말 주책없게도 제 눈에서 뚝 하고 떨어진 방울이 그의 손에 떨어졌다. 무슨⋯⋯ 이런 타이밍이 있어.

"왜 울어."

아무것도 아니라고 대답을 해야 하는데 제 입술이 구겨지듯 떨리고 있었다. 왜일까.

남자의 손이 제 손가락을 풀어 인형을 놓게 했다. 그러곤 떨리는 제 어깨를 감싸 안았다.

"이번에도 싫다고 하면⋯⋯ 이제 다시는 시장 같은 곳 다니지 않을 거야."

"⋯⋯."

무언가 말을 해야 하는데 나오질 않았다. 뭐라 해야 하는 걸까. 대체 뭐라고…….

"그때가…… 가장 좋았어. 내 인생에 그 한 달 남짓한 시간이. 잊으려고 해도 잊히지 않았어. 그때부터 난 진짜 사람이란 게 됐으니까. 그리고 그래서만은 아니었어. 당신이 있어서 그래서 좋았던 거야. 그러니까 앞으론 그런 작은 시장 골목들 같이 다녀. 그래 봤으면 좋겠어."

저도 모르게 펑펑 울고 있는 그녀를 그는 꼭 감싸 안았다.

"벽난로 앞이었으면 더 좋았을 텐데……."

"보일러 고친 뒤론 써 본 적 없어요."

흐트러진 머리카락을 넘기곤 그가 귓가에 입을 맞췄다. 샤워까지 하고 난 후인데도 여전히 뜨거웠다. 머리카락을 넘기던 손은 그녀의 목줄기를 타고 내려 봉긋한 그녀의 가슴 위에 머물렀다. 만지작거리는 손길에 그녀는 다시 움찔거렸다.

"안 자요? 나 졸린데……."

"자."

그러나 말과는 달리 그의 입술은 또다시 화인을 찍으면서 그녀의 온몸 위를 떠돌았다.

"아……."

어느새 다시 제 위에 올라온 그가 그녀의 목덜미에 진한 입맞춤을 하다가 고개를 들었다.

"이제 같이 갈 거지?"

어딜? 혜진이 이 갑작스러운 말에 피식 웃었다.

"이거 프러포즈인데 대답 안 할 거야?"

"아니 무슨 프러포즈를 이런 데서…… 이렇게 해요?"

이렇게 다 벗은 채 침대 위에서라니.

그가 다시 그녀의 머리카락을 쓸어 동그란 이마가 드러나게 하더니 귓가에 속삭였다.

"실은…… 가방을 잘못 가져왔어. 드골 공항에서 산 반지가 든 가방은 이게 아니었어. 아까 연 순간 완전히 당황했거든."

그녀는 저도 모르게 웃고 말았다.

"그 반지가 날 살렸어. 그러니까 내일 반지 찾으러 가자고. 대신…… 늦게."

대답을 하려 했지만 할 수 없었다. 막 말을 하던 그의 입술이 엉뚱한 곳을 물어 왔기에.

"으윽……."

—fin

에필로그

예술가와 산다는 건, 그리 간단한 일이 아니었다.

은은한 바이올린의 선율이 들렸다. 아까부터 같은 부분이 계속 반복되고 있었다. 7시간이란 시차에 적응하는 건 나름 괜찮았다. 늘 느지막이 일어나 오후에 생활하는 게 버릇이 되어 있으니까 올 빼미가 종달새로 변신할 수 있는 기회였다. 그러나 이 종달새는 너무 일찍 일어났다.

"사람이 어떻게 저럴 수가 있나⋯⋯."

들을 사람도 없는데 그녀는 혼자 중얼거렸다. 시계는 6시 반을 가리키고 있었다. 그럼 벌써 한 시간 반이 지났다는 이야기인데. 다시 바삭거리는 면 시트를 뒤집어썼지만 이미 귀에 익은 희미한 소리는 점점 더 커지는 느낌이었다. 혜진은 내려앉는 눈꺼풀과는 달리 싸늘해진 머릿속 때문에 몸을 일으켰다.

여전히 창밖은 흐릿했고 불을 켜지 않으면 안 될 정도로 어두웠다. 오늘도 날이 갤 것 같지는 않았다. 어제도 밤새 빗속을 걸어 다니다 자정이 넘어서 들어왔고 잠든 건 한참 뒤였다. 그러나 여전히 소리는 줄기차게 이어졌다.

어마무시한 방음 장치를 뚫고도 소리가 새어 나오는 건 주변이 너무 조용했기 때문이었다.

"Guten Morgen!"

아래층으로 향하는 계단을 내려서자마자 보이는 사람들에게 말했다. 유일하게 그녀가 아는 독일어였다.

"Guten Morgen!"

역시 상대도 발랄하게 답했다. 뒤에 뭐라 하긴 했는데 잘 알아들을 수 없었던 혜진은 그냥 웃을 뿐이었다.

유럽인들은 정시 출퇴근하기로 유명하다고 들었지만, 이 사람들은 이 시간이 정시인가 보다 싶었다. 완벽하게 차려입고 고풍스러운 탁자에 앉아 책을 보거나 혹은 태블릿을 들여다보고 있는 이들은 일을 하러 왔다기보다는 친구 집에 놀러 온 듯 표정이나 행동이 자연스러웠다.

제가 '사는 집'이었지만 늘 이른 새벽부터 타인들이 그득하기에 씻고 간단하게 비비크림까지 바르고 내려오느라 시간이 지체된 모양이었다. 미미하던 소리는 그쳤고 그 소리가 나던 방의 문이 열렸다. 그제야 각자 다른 일을 하고 있던 사람들이 모두 일어나 그 방 앞으로 다가갔다.

"일찍 일어났네. 더 자지. 피곤할 텐데."

마치 아무렇지도 않다는 듯 손에 든 바이올린을 기다리던 사람에게 건넨 그가 한쪽 구석에 마련된 간이침대로 가면서 그녀에게 말했다.

"진우 씨가 더 피곤한 거 아니에요?"

"뭐, 버릇이 돼서."

아무래도 카일이라는 이름은 그녀에게 익숙하지 않았다. 그러나 그는 전혀 신경 쓰지 않는 눈치였다.

그의 어마어마한 바이올린은 오로지 그것만을 관리하는 독일인 전문가가 받아서 열심히 몸체에 묻은 송진 등을 닦고 정리를 하고 있었고, 다른 덩치 큰 프랑스인은 간이침대에 누운 진우의 어깨와 팔을 마사지하기 시작했다.

이제야 좀 적응이 되는 것 같은 느낌이었다. 늘 똑같은 일상. 동이 트기도 전에 정확하게 새벽 다섯 시가 되면 그는 일어나 연습을 시작했다.

모차르트의 생가가 있다는 짤즈부르크 구시가지의 끄트머리에 있는 그의 아파트는 겉으로 보기엔 마치 그림엽서에 나오는 것처럼 아름답고 고풍스러운 5층 건물이었고, 4층과 5층을 튼 복층 구조의 내부는 고풍스러운 가구와는 달리 최신식 인테리어가 되어 있었다.

4층엔 식당과 이렇게 외부 사람들이 머무는 응접실, 그리고 그의 연습실이 있었고 꼭대기 층에는 침실과 아담한 거실 등 퍼스널하게 꾸며졌다. 물론 그것은 그가 혜진을 위해서 대대적인 공사를 한 결과였다.

그전에도 물론 서울의 그 유명한 주상복합 아파트의 펜트하우스를 보고 놀랐지만 이곳은 유럽의 한가운데, 그것도 모차르트로 유명한 짤즈부르크였다.

한차례 유럽 여행을 통해 이 동네의 삶을 대충 알게 되었지만 그의 집이 이런 곳에 있을 줄은 몰랐었다.

그리고 그의 생활 패턴에 맞춰 저 어마어마한 가격의 바이올린만을 전문으로 관리하는 사람과 혹사당하는 연주자의 몸을 위해 따로 건강을 관리하는 사람이 아침마다 출근을 해 제 할 일을 하고 있었다.

그 외에도 식사를 위한 요리사와 집 관리를 위한 메이드, 개인적인 일을 처리하는, 일명 집사라고 할 만한 관리인과 운전과 그 밖의 자잘한 일을 하는 개인 비서도 있었다. 또 그녀가 알고 있는 대표적인 매니저인 한 사장, 즉 지석도 꾸준히 드나들고 있었다.

마치 모두 회사에 출근하는 사람들인 양 오로지 카일 리 한 사람을 위해 수많은 사람들이 그의 아파트에 드나들고 있었다. 그냥 열심히 바이올린 연습이나 하고 무대에 서는구나 하고 추측만 했지 이런 모습을 매일 아침마다 볼 거라고는 생각하지 못했었다.

"식사 준비할까요?"

혜진을 위해 한국어가 가능한 사람들을 다시 채용했다고 했다. 물론 악기 전문가나 마사지사는 제외했지만.

서툰 한국어가 들렸다.

"어때? 아침 준비하라고 할까?"

"글쎄요."

"나도 좀 그렇네. 좀 이따 생각나면 말할게요."

"네."

아직도…… 이건 꿈인가 싶다.

"매일 이래요?"

"응."

눈앞에 여전히 실감이 나지 않는 과한 남자가 빵에 버터를 바르면서 말했다.

"안 힘들어요?"

"전혀."

혜진은 그가 평생을 이것보다 더 지독하게 살았다는 걸 알 길이 없었다.

"스케줄 다 미뤄 놔서 그냥 슬슬 손이나 푸는 건데 뭐."

전엔, 한 번도 이런 생활에 대해서 상상조차 해 본 적도 없었다. 이 지나치게 잘난, 그러나 전에는 밤송이 같은 머리를 하고 하루 종일 약에 취해 잠만 자던 남자와 이역만리 짤즈부르크의 차갑고 맑은 공기, 만년설이 창밖으로 보이는 고풍스런 저택에서 우아하게 크로아상과 파티세리로 아침 식사를 하다니.

이 남자가 내민 손을 마다하고 후회를 했던 게 마치 아득한 옛날 같았다. 아니 지금도 꿈속이라 눈을 뜨면 그 작은 나무 집의 고요한 아침 속에 있을 것만 같았다.

"오늘 사진 찍는 날인 거 알지?"

"뭐라구요?"

저도 모르게 달칵 버터나이프를 내동댕이치고 말았다.

"다 예약했다니까."

"싫다고 했잖아요!"

"난 해야 해."

"난 싫어요!"

"결혼식을 안 하는 대신 사진은 찍어야지. 난 웨딩 사진도 없이 평생을 보내고 싶은 생각 없어."

"제발……."

혜진은 울상을 지었다.

저 사진발 잘 받고, 실물은 더더욱 화려한 남자 옆에서 우스꽝
스러운 드레스를 입은 채 사진을 찍어야 한다는 건 재앙 그 자체
였다.

그녀의 비자 문제 때문에 두 사람은 한국에서 혼인신고를 했고,
그건 구청 건물의 데스크 앞에서 간단한 서류를 쓰는 것만으로 해
결되었다. 그러고 나선 곧 그의 스케줄상 유럽으로 와야 했고, 당
연히 결혼식 같은 걸 올릴 시간이 없었다.

아니 여유는 있었지만 혜진은 필요 없다고 했다. 올 사람도 없
었거니와 이렇게 대단한 남자 옆에서 결혼식이란 걸 한다는 자체
가 끔찍했다. 다행히 그녀의 의견은 십분 존중되었다. 그러나 그걸
로 둘 다 만족할 수는 없었다.

'난 적어도 증거는 있어야 한다고 생각해. 웨딩 링과 서류만으로
는 부족하다고.'

그의 고집스러운 주장 때문에 혜진은 낯선 곳에 앉아 남의 손에
저를 맡기고 있어야 했다.

카일 리는 모차르트의 고향인 이 대단히 유서 깊은 도시에서도
유명 인사였다. 그의 집이 이곳에 있다는 것만으로도 대단한 영향
력을 끼쳤고, 실제로 그에게 사사를 받고 싶어 하는 어린 신동들이
나 혹은 그를 만나고 싶어 하는 음악계의 사람들도 많았다.

심지어 그의 집 앞에는 늘 그의 팬들이 놓고 가는 꽃이니 선물
이니 하는 것들이 수북하게 놓여 있었다. 그래서 그에게는 그런 대
외적인 일을 처리하는 매니저와 비서가 여럿 있었다.

그런 그가 웨딩 사진을 찍겠다고 했으니 이 간판도 없는 스튜디

오는 한바탕 난리가 난 듯했다.

끊임없이 수다를 떠는 뚱뚱한 금발의 중년 여인은 오스트리아에서도 대단한 메이크업 아티스트라고 했다. 그러나 한 마디도 알아들을 수 없는 딱딱한 독일어를 속사포 쏴 대듯 떠드는 게 괴롭기만 했다.

게다가 오랜 시간 화장대 앞에 앉아 있었던 것 같은데 거울 속의 제 모습은 영 맘에 들지 않았다. 제가 늘 마음에 걸려 하는 왼뺨의 주근깨 따위를 그대로 놔두다니.

"차라리 한국에서 찍자고 할 걸 그랬네요. 화장 하나는 끝내주는데."

"여긴 자연스러운 걸 좋아해. 왜, 괜찮은데. 예뻐."

한참이나 그 중년 여인과 웃으면서 대화를 나누던 그가 미소 지으면서 말했다. 언뜻 봐도 머리에 왁스를 발라 정리한 것 외에는 아무 화장도 하지 않은 그를 보고 더욱더 의아한 혜진이 말했다.

"진짜 유럽은 자연주의군요."

한국 같았으면 남자도 분명히 신부 화장 비스무리하게 요란을 떨었을 게 분명했다. 하지만 아무것도 손대지 않았으나 여전히 대단스러운 이 남자의 얼굴은 언제 봐도 적응이 되지 않을 정도였다.

"가자고."

"되도록 얼굴 안 나오게 해 주세요."

짤즈부르크는 어디를 보아도 한 폭의 그림 같은 도시였다. 그러나 두 사람의 사진은 낡은 창이 있는 가정집을 개조한 스튜디오 안에서만 찍어야 했다. 추적추적 비가 오기도 했거니와 이 상태로 바깥으로 나다니는 게 불가능할 만큼 그는 유명 인사였기 때문이었다.

빈티지한 드레스를 입은 혜진은 무슨 말인지는 모르겠지만 살집 좋은 사진사의 유쾌한 말투와 표정 덕에 굳은 표정을 풀면서 이리 저리 사진을 찍게 되었다.

이만큼 찍었으면 됐다 싶었을 때 문득 그 사진사가 뭐라 말을 했다. 여전히 두 사람의 대화는 심각하게 이어졌고 혜진은 멍하니 듣고만 있어야 했다. 결국 고개를 끄덕이는 그를 보고 박수를 칠 듯 좋아하는 사진사는 무언가 옆에 있던 사람에게 이야기를 했고 한참 있다가 익숙한 얼굴이 보였다.

"한 사장님!"

"난 사장 한 적 없는데요. 그런데 오늘 정말 아름답네요."

진우가 아닌 다른 사람의 자연스러운 한국어를 듣는 게 다 반가 울 지경이었다. 비록 대화의 내용을 수긍할 수는 없을지라도.

"여긴 어떻게 오셨어요?"

"물건 배달 왔죠. 자."

그가 내미는 건 혜진도 무엇인지 알 수 있었다. 육중한 케이스 에 든 저 어마어마한 물건의 정체를.

"이왕이면 카두로스도 한 컷 찍어야지."

케이스에서 고색창연한 악기가 나오자 주변에서 다들 탄사를 보 내느라 소란해졌다. 그녀로서는 대체 저 작은 나무 악기의 가격이 왜 80억이 넘는지 이해를 할 수 없었으나 그래도 그런 가격을 알 고 나니 주변에 얼씬하기도 무서웠다.

"이리 오지?"

한 손에 바이올린을 든 그가 손을 내밀었다.

"그냥 그분하고 찍어요."

"오늘의 주인공은 아름다운 신부라고."

그러나 그건 그의 눈에만이었다. 주변의 수근거림은 멈추지 않았다. 그러다가 결국 사진사가 그에게 다가가 뭐라 장황하게 이야기하기 시작했다.

"감사하단 말 하고 싶군요."

그와 사진사의 대화를 보고 있던 지석이 혜진에게 조용히 말했다.

"뭘요?"

"그때 내 말 들어준 거 말입니다."

그의 말이라면…… 혜진은 치렁치렁한 드레스와 촬영하느라 손에 들었던 말린 꽃다발을 내려놓으면서 대답했다.

"그럼 지금은 그렇지 않겠네요."

그가 2년 전에 했던 말이 떠오른 건 당연했다.

"아닙니다. 지금도 그 마음 변하지 않았습니다."

"네?"

혜진이 고개를 돌려 지석을 쳐다보았다.

"카일에게 시간을 준 거…… 정말 탁월한 선택이었습니다. 그래서 그는 혼자 일어섰어요. 그리고 나자 그에게 누군가 필요해졌습니다. 그게 유혜진 씨라는 게 다행입니다."

"이해하기 힘들군요."

"지난 2년 동안 카일의 곁에는 무수히 많은 사람들이 스쳐 지나갔습니다. 그런데 그 누구도 마다하지 않았지만 그 누구도 잡지 않더군요. 그러더니 어느 날 당신을 찾아가겠다고 했어요. 아, 그 모스코바 항공의 비행기 사고 알고 있죠? 우리 모두 오싹했어요. 카일이 반지를 찾으러 가겠다고 난리를 쳤었거든요. 그때 느꼈습니다. 운명이란 게 있구나 하고요. 유혜진 씨가 카일도 살렸지만 내 목숨도 구했거든요."

"그래요?"

혜진은 피식 웃을 수밖에 없었다.

"굳이 그게 아니더라도. 카일이 저렇게 진심으로 웃는 거 처음 봅니다. 무려 10년 동안 그를 알고 지냈는데 말이죠. 앞으로 더 많이 웃게 해 주십시오."

혜진은 대답하지 않았다. 아직…… 그녀조차 실감할 수 없었으니까.

그때였다. 갑자기 옆에서 요란한 박수 소리가 났다. 웬일인가 싶었는데 지석이 혜진에게 말했다.

"오늘 여기 있는 사람은 횡재를 했군요."

"네?"

"카일 리의 카두로스 연주를 눈앞에서 보는 행운을 얻었으니까요. 사진사가 그가 연주하는 모습을 찍게 해 달라고 했거든요. 아마 예스 한 이유도 혜진 씨 때문인 거 같군요."

지석의 말은 사실이었다.

"이리 와."

진우가 손을 내밀었다.

고풍스러운 카우치에 그녀를 앉힌 그는 정중하게 인사를 했다. 촬영 때문에 입은 드레스 셔츠와 매끈한 슈트 차림의 그가 천천히 고개를 숙여 인사를 했다.

"저기……."

"한 번도 당신을 위해 연주해 본 적이 없었어. 그걸 오늘에야 깨달았지 뭐야. 자, 그럼 시작하겠습니다. 나의 사랑하는 피앙세를 위해."

그의 손이 올라갔다. 손에 들린 활이 허공을 갈랐다. 그녀의 귀
에도 익숙한 차간느였다.

유명한 바이올린 작곡가 라벨이 바이올리니스트 엘리 다나리를
위해 단 이틀 만에 작곡한 차간느엔 바이올린 최고의 기교와 기술
을 요한다는, 묘기를 위한 곡이라는 설명이 붙어 있었다.

이름도 모른 채 제 휴대폰에 저장되어 있었던, 이 남자가 경악
을 하고 쓰러져 구토를 하게 했던, 그 수천의 관중 앞에서 자신에
차 연주하는 모습을 보고 눈물을 떨구게 했던…… 그 차간느였다.

오케스트라의 반주가 장엄하고 화려한 곡이었지만, 짤즈부르크
의 어느 스튜디오 안에서는 이 시대 가장 젊은 비루토오소라 불리
는 이의 바이올린 선율로 가득 찼다.

짤즈부르크에 온 지 며칠이 지났지만, 그동안에도 그는 새벽마
다 연습을 하고 있었다. 물론 오후에도 연습을 하는 경우가 있었
다. 그러나 그건 완벽하게 방음이 된 그의 연습실에서였고 혜진은
그 방에 들어가 볼 생각을 하지는 못했었다. 늘 그 방음벽 사이로
희미하게 스며 나오는 소리를 듣는 게 다였다.

그러나 지금, 제 앞에서 저 어마어마한 악기는 더 대단한 대가
의 손에 의해 떨리고 있었다.

7번 국도를 하염없이 달릴 때도 함께했었고, 수천만의 관중이
열광하는 로얄 알버트 홀에서도 들었었다. 그러나 바로 제 눈앞에
서 현이 긁히는 소리까지 들리는 그의 연주는 달랐다.

많은 사람들이 있었지만, 그의 눈은 오로지 그녀만을 바라보고
있었고, 그의 입가에 떠도는 미소 또한 그녀만의 것이었다.

그의 카두로스는 오로지 혜진만을 위해 울리고 있었다.

"왜 안 깨웠어?"

그의 잠결에 가라앉은 목소리에는 한 가닥 야릇한 기운이 묻어 있었다. 제 얼굴이 달아오른 게 어둠 속에서 보이지 않아서 다행이었다.

"곤히 자길래요. 새벽마다 그렇게 일찍 일어나는데 일찍 자야죠. 약 안 먹는 게 신기하네."

"시차 적응하려 할 때 빼곤 거의 안 먹어. 연주 때문에 어쩔 수 없이 자야 할 때만 먹지. 아직 안 잔 거야? 피곤했을 텐데."

그가 어둠 속에서 몸을 일으켰다.

"자요. 나도 막 잠들려고 했어요."

유난히 푹신한 유럽형의 침대 위에는 늘 바스락거릴 것 같은 새 침구가 깔려 있었다. 만화에나 나오는 것 같은 고풍스러운 검은색 치마에 하얀 앞치마를 한 진짜 메이드가 매일 갈고 있는 게 처음에는 정말로 신기했었다.

"그럼 좀 이따 자."

그의 거친 손이 그녀의 옷자락 안을 파고들었다. 혜진은 저도 모르게 그의 손을 잡았다.

"응? 왜?"

무심코 그의 손을 잡았을 뿐인데 그는 완곡한 거절의 뜻으로 생각했던 모양이었다.

"그게 아니라……."

"왜? 피곤해? 하긴, 하루 종일 사진 찍는 것도 일이었어. 중간에 길이 너무 막혔지? 다른 데로 이사를 가야겠어. 전엔 좀 덜했는데 짤즈부르크에도 사람이 너무 많아."

오는 길에 큰 페스티벌이 열렸는지 극심한 교통 체증을 겪었다. 유서 깊은 이 음악의 고도(古都)에는 페스티벌과 콘서트가 끊임없이 열려 작고 오래된 도시의 좁은 길로 터무니없이 많은 사람들이 몰려왔기 때문이었다.

그러나 혜진은 피곤한 게 아니었다. 그냥 낮에 들었던 그의 연주에서 헤어나지 못했다고나 할까.

그는 오후에 다른 스케줄이 있어서 아래의 응접실에서 사람을 만나고 있었고 혜진은 혼자 위층에서 영화를 보면서 시간을 때우고 있었다. 그러나 영화 같은 게 머릿속에 들어오진 않았다.

"오늘……."

"오늘 뭐?"

뭐라 말을 하고 싶은데 제 짧고 메마른 감정이 뭐라 해야 할지 고민하고 있었다.

"왜?"

깜깜한 어둠 속에서는 저 과하게 잘난 얼굴이 보이지 않아 다행이었다. 그냥 부드럽고 뜨거운 열기가 가득 갈무리된 따뜻한 두 팔이 저를 가만히 안으면서 귓가에 작게 속삭이는 근사한 목소리만 들릴 뿐이었다.

"고마워요."

"뭐가?"

"그냥…… 다."

"별일이네. 유혜진 씨한테서 그런 소리가 다 나오고. 난 오늘 뭘 했길래 이런 칭찬을 받나?"

그의 뜨거운 입술이 귓가에 닿았다. 저도 모르게 찌릿거리는 가슴 한 켠을 안고 혜진은 어둠 속에서 그의 왼손을 찾았다. 딱딱하고 거친 손끝이 만져졌다.

"손은 왜……."

평소에도 그는 자신의 상처투성이인 손을 별로 내놓으려 하지 않았다. 그렇게 연습을 한 훈장 같은 손인데도 불구하고 손목에 있는 상처들 때문인지 특히 왼손은 남에게 보이는 걸 꺼렸다. 그러나 혜진은 그 손을 잡았다.

"멋있어서요."

"뭐가."

"그렇게 가까이서 연주하는 거 본 게 처음이에요."

"아, 그랬나?"

"너무…… 멋졌어요."

"아, 그럼 앞으로 칭찬받으려면 자주 해야겠네."

"그래요."

혜진이 작은 목소리로 대답하자 그의 입술이 그녀의 목덜미로 파고들었다.

"그럼, 상을 줘. 내가 매일 해 줄 테니까."

그러나 더 이상은 대답할 수 없었다. 그의 입술이 그녀의 대답을 막아 버렸다.

제겐 좀 특별한 경험을 준 오후가 책으로 나오게 되었습니다.

언제부터인가 늘 글을 쓰는 게 생활이 됐지만 제 이름 밑에 주렁주렁 뜨는 아이콘들이 늘어 갈수록 점점 누군가의 기대에 맞는 글, 누가 봐도 재밌는 글, 악플이 달리지 않는 그런 글을 써야 하는 게 아닐까 하고 제 무의식이 고민을 하고 있었던 거 같습니다.

그런데 이 글은 좀 특별했습니다.

아마 시작부터 그랬을 거예요. 전작 〈달콤하지 않아도 괜찮아〉를 공저로 쓰면서 다른 작가님이 글을 쓰시는 차례가 되면 괜히 손이 근질근질해져 있는 차에 우연히 시 한 편을 본 게 이 글의 시작이었습니다.

바로 오명선 시인님의 〈오후를 견디는 법〉이라는 시입니다.

2014년 10월, 딱 가을이 무르익을 무렵 제가 자주 가는 사이트에 이런 분위기 있는 시들이 좋은 음악과 함께 있는 걸 늘 스크랩

해서 글이 잘 안 써지거나 문장에서 막히면 보곤 했는데 이상하게 이 시를 보자마자 무언가가 스쳐 가는 것 같았습니다.

삶에 지친 구석에 몰린 여자, 모든 것을 잊어버리고 싶은 남자, 작은 시골의 외딴 목조 주택, 그 창가에 쏟아지는 가을의 노란 햇살, 그리고 적막한 공기 속에 흩날리는 먼지 알갱이들……

그렇게 글은 시작했고, 늘 고민하듯 이 남자는 무얼 하던 사람이었을까 하고 전직을 고민하기 시작했습니다. 테이블 데스를 겪은 의사? 아, 이제 의사 선생님은 고만 쓸 테야……. 뭐 후계 구도에서 밀려난 재벌 2세? 식상해……. 그러다가 우연히 '바이올리니스트의 손'이라는 기사를 봤습니다. 바이올리니스트 박지혜 씨의 연습에 의해 새카맣게 멍이 들고 현 자국이 깊이 패인 손이었습니다. 아, 참 대단하다……. 그럼 나도 바이올리니스트를 써 볼까?

이 괜한 호기심은 겨우 소싯적 체르니 30번이나 쳐 봤던 음악 문외한의 고통의 길을 열게 된 계기가 되었습니다.

그때부터 또다시 폭풍 검색에 들어가 〈가장 어려운 바이올린곡〉이라는 단순무식한 검색어 덕에 찾아낸 곡이 바로 이 글 내내 흐르는 라벨의 차간느였습니다.

그때부터 내내 정경화 씨의 차간느가 제 노트북의 메인 배경음이 되었고, 그 뒤로 찾아낸 카일의 스승으로 나온 막심 벤게로프의 차간느 연주가 늘 동영상으로 컴퓨터 귀퉁이에 떠 있게 되었습니다. 무려 9분 40여 초의 런타임을 가진 이 난해한 곡을 열 번만 들으면 한 시간 반이 훌쩍 증발되는 기이한 증상을 선사해 준 곡이었고 그때부터 지금까지 무려 일 년 내내 바이올린곡만 듣게 돼 버렸습니다.

글 본문에 나오는 카일의 이력은 천재 바이올리니스트 막심 벤게로프의 이력을 그대로 편집한 것입니다. 그리고 스승의 이름으로 나온 유고르스키는 벤게로프의 제자 격인, 현대 젊은 바이올리니스트 중에 뛰어난 유진 우고르스키의 성에서 따왔습니다. 카일의 천재적인 재능 부분은 막심 벤게로프의 이력을, 젊은 바이올리니스트로서의 분위기는 유진 우고르스키를 모델 삼았습니다.

매번 이 대단한 예술가들의 동영상에 취해서 글 쓰는 것도 잊고 멍하니 있다가 아, 정말 저걸 제가 쓸 수 있을까, 저 위대한 사람들의 몸짓을 그려 낼 수 있을까 고민을 했고, 그 우려는 현실이 되어 겨우 이렇게 초라하게밖에는 쓸 수 없었습니다. 나중에는 우리 아이들까지도 카일이 15번 주자로 연주한 것으로 나온 베토벤 바이올린 콘체르토 61번을 흥얼거리고 차간느의 첫 음이 나오면 맨날 그거 들어? 하는 이야기까지 나올 정도였습니다.

그리고 이 글을 쓰면서 시구절 하나하나에 맞춰 글을 쓰다 보니 참…… 부끄럽구나 하는 생각을 늘 가지게 되었습니다. 나도 나름 좋다는 팬이 있는 글쟁이인데 참 내 문장이 비루하고 단조롭구나 하는 생각에 글을 쓰다 말고 멍하니 자괴감에 빠지게 되는 때가 늘어났습니다.

솔직히 처음 이 글을 시작하면서 생각한 게 이제 인기에 연연하지 말자, 그냥 내가 쓰고 싶은 글을 쓰자, 댓글에 휘말려서 흥미진진한 사건이니 멋진 남자니 하는 걸 생각하지 말고 내가 생각한 대로 버석버석한 이 느낌을 글로 옮겨 보자 했습니다.

그러나 오히려 많은 분들이 사랑해 주셨고 또 전혀 생각지도 않게 이렇게 출간까지 되는 걸 보고 이 글로 말미암아 참으로 많은 용기를 얻은 것 같습니다. 내가 좋아하는 글을 좋아하는 분들도 많다는 걸 알게 된 것이죠.

아마 이것이 이 글을 쓰면서 얻은 두 번째 기쁨이었던 거 같습니다.

그리고 마지막으로 이 글을 정식 출간하려고 하니 문제가 된 것이 인용한 시구절들이었습니다. 처음에 그냥 글을 쓸 때는 내가 자유롭게 연재를 하고 소수의 사람이 보니까 많이 나와 널리 알려진 시구절을 쓰는 게 아무 문제가 없었습니다. 그러나 출간이라는 문제에 앞서니 무단 사용을 할 수는 없었습니다.

뒤에 사용했던 조정래 시인의 시구절은 이리저리 필요한 구절을 짜깁기한 것이어서 쉽게 포기했지만, 이 글의 전체적인 메인 테마인 〈오후를 견디는 법〉의 시구절은 도저히 포기할 수가 없었습니다. 그래서 결국 용기를 내서 오명선 시인님의 메일 주소를 찾아 연락을 드렸고, 조마조마한 마음으로 기다리고 있었는데 흔쾌히 긍정적인 답신을 보내 주셨습니다.

제가 글을 쓰면서 세계 각국에 계시는 독자님들과 연락도 하고 선물도 주고받고 심지어 만나기도 했었는데 이제는 이렇게 좋은 시를 써 주시는 작가님하고도 인연을 맺게 되다니 정말이지 제게 있어 글은 새로운 삶의 기쁨이 되어 준 것 같습니다.

그리고 새삼스럽게 이 자리를 빌려 제가 병상에 있을 때 힘내라고 해 주신 수많은 이름 모를 독자분들께 다시 한 번 감사를 드립니다.

열 손가락 깨물어 안 아픈 손가락이 없다는데, 제 자식 같은 여러 글들 중에 이 오후는 깨물면 유독 아픈 사랑스러운 손가락 같은 그런 글이 되어 이제 제게 돌아왔습니다. 이 글을 보시는 많은 분들이 제 작은 기쁨을 조금이나 같이 느껴 주셨으면 하는 소소한 바람을 담아 봅니다.

전작 〈애인〉에서는 한겨울의 추위를, 〈K&J〉에서는 찌는 폭염을, 오후에서는 깊어 가는 가을을 썼습니다. 다음엔 잔인한 봄 이야기를 마저 쓰려고 합니다. 그때도 작은 관심 부탁드립니다.

　끝으로 차에서까지 바이올린곡을 듣느라 애쓴 저의 지기, 그리고 이제는 훌쩍 커서 저보다 키가 커진 아이들에게 고맙고, 제가 늘 글을 쓰게 해 주는 멀리 사는 윤난 작가님께 감사 인사 드립니다.

　또 까다롭게 말이 많은 아줌마의 말을 주의 깊게 들어 주고 이렇게 예쁜 책을 내준 다향의 편집자님께도 감사합니다. 그리고 역시 가장 고마운 이 글을 읽어 주시는 모든 분들께 항상 기쁨과 행복이 가득하시길 바랍니다. 감사합니다.

　　　　　　　-깊어 가는 가을의 초입에서 언재호야 올림.

초판 1쇄 찍음 2015년 9월 7일
초판 1쇄 펴냄 2015년 9월 11일

지은이 | 언재호야
펴낸이 | 정 필
펴낸곳 | **(주)뿔미디어**

기획·편집 | 이은정

출판등록 | 2002년 9월 11일 (제1081-1-132호)
주소 | 경기도 부천시 원미구 소향로 17, 303(두성프라자)
전화 | 032)651-6513 / 팩스 | 032)651-6094
E-mail | dahyangs@naver.com
블로그 | http://blog.naver.com/dahyangs
홈페이지 | http://bbulmedia.com

값 9,000원

ISBN 979-11-315-6738-8 03810